埋葬された夏

キャシー・アンズワース

1984年6月。16歳の少女コリーンは殺人容疑で逮捕される。イギリスの海辺の町アーネマスの異分子だった彼女は，有罪となり治療施設に収容された。そして20年後，進歩した科学技術が当時の証拠品から未知の人物のDNAを検出し，勅撰弁護人が再審を求めて動きだす。調査を依頼された私立探偵が町を訪れ，かつての関係者たちと会うことで甦る日々。悲劇に至るまでの1年ほどのあいだに何があったのか——現在と過去が交錯する構成が読者に投げかける，被害者捜しの趣向と衝撃の真相——そして鮮烈な幕切れ。感嘆をもたらす傑作英国ミステリ。

登場人物

ショーン・ウォード……………元刑事の私立探偵
ジャニス・メイザース…………勅撰弁護人
フランチェスカ・ライマン……新聞社の編集長
マーク・ファーマン……………キャプテン・スウィングの店主

＊

【一九八〇年代当時の人々】
コリーン（リーニー）・ウッドロウ……〈異形《ウィアードウ》〉と呼ばれた少女
デビー・カーヴァー……………コリーンの親友
アレックス・ペンドルトン……デビーの幼なじみ
ダレン・ムアコック……………｝デビーのクラスメイト
ジュリアン（ジュールズ）・ディーン…｝
サマンサ（サム）・ラム………転校してきた少女

ニール・リーダー……………………
シェーン・ローランズ……………… クラスの不良少年
デール・スモレット…………………
ノージ……………………………コリーンの友人
ジーナ・ウッドロウ………………コリーンの母
マルコム・ラム……………………サマンサの父
アマンダ……………………………サマンサの母
ウェイン……………………………アマンダの恋人
エリック・ホイル…………………アマンダの父、遊園地経営者
エドナ・ホイル……………………エリックの妻
フィリップ・ピアソン……………デビーたちの担任教師
シーラ・オルコット………………ソーシャル・ワーカー
レナード（レン）・リヴェット……アーネマス署の警部
ポール・グレイ……………………
ジェイソン・ブラックバーン……… アーネマス署の部長刑事
アンドルー・キッド………………

埋葬された夏

キャシー・アンズワース

三　角　和　代　訳

創元推理文庫

WEIRDO

by

Cathi Unsworth

マシュー、イヴェット、トマス、ウィリアム、ソフィー・ローズへ

死は訪れる
我ら契りし妻たちに
怯えた者たち
逃げ惑う――
小道をゆき丘をくだり。
私ではない
ここで殺戮の手をくだすのは
けれど出番となれば
逃しはしない。
――ベネディクト・ニューベリー「ある男の仕事」より

普通はつまらない
――ハリー・クルーズ

埋葬された夏

第一部　スモールタウン・イングランド

1　おまえはもうくたばってんだよ《ユー・アー・オールレディ・デッド》

二〇〇三年三月

世界から隔てられ、森の奥深くに彼女は隠されていた。そこで過ごして二十年近くになるが、嫌悪の囁きが鳴りを潜めるほど、あるいはその名が思いだされるにつけ騒ぎにならずに済むほど長い時間ではなかった。ことに、被害者加害者ともに十代である殺人事件がまたもや見出しを飾ったときには。

〈東の悪い魔女〉――タブロイド紙は彼女をそう呼んだ。〈キラー・コリーン〉――一九八四年の夏にノーフォークの海辺の町でティーンたちの心を摑み、鉤爪で死を引き寄せた悪魔カルトの女指導者。社会の背徳者、女破壊者。極めつけの異形《ウィアードウ》だと地元の人々は言った。コリーン・ウッドロウがよくないものだということは最初からわかっていた。彼女が有罪であり、厳しい永遠の罰が必要であることは、なんの疑いもない共通認識だった。

あの子には近づくな。

ショーン・ウォードは一九八四年の忌まわしい夏について、手に入るすべてのファイルとすべての新聞記事に目を通していた。頭には十代の犯人の顔が住み着いている。一部を剃りあげ、残りは派手に逆立てた黒髪の少女。決まって〝悪魔の〟と形容される目をかこむ真っ黒な太いアイライン。髪をなでつけ服装を整えてついに法廷に現れたときではなく、マスコミが繰り返し使っている逮捕されたときの写真のイメージだ。たいてい、隣には漂白したブロンドのマイラ・ヒンドリー（一九六〇年代に少年少女を狙った沼地連続殺人鬼カップルの女性）の写真が並んでいた。

森は松が鬱蒼と茂り、風の威力と斜めから降る雨で枝が揺れていた。ケンブリッジシャーの田園地方を通るこの一般道で、ほかにショーンが見かけた車は古びたマッセイ・ファーガソンのトラクターだけ、運転していたのは毛糸の帽子をかぶって背を丸めた男で、最後の交差点をガタガタと通り過ぎ、でこぼこ道を去っていった。ショーンはこことM11高速道路を結ぶどこかで――自然の森から〝魔女〟が閉じこめられている煉瓦の要塞までの旅の途中で――現実世界からそれてしまい、おとぎ話に迷いこんだのではないかと思うほどだった。

フロントガラスのワイパーが左右に振れ、雨がダークブルーのプジョー207のルーフをパラパラと打った。だいぶ前にラジオのスイッチは切っていた。今日の各紙の見出しを独占するイラクでの紛争のさらなる暗雲より、孤独とそぼ降る雨のほうがいい。ジョージ・ブッシュとトニー・ブレアはサダム・フセインがそうするはずもないと知りつつ国外退去を迫り、避けられない衝突へ事態を押しやっている。

衝突はもう十分だった。ショーンはロンドン警視庁の部長刑事だったが、仕事で危うく命を落とすところだった。セミ・オートマティックの銃口をむけてきた十代のドラッグ・ディーラーは、幸いにも彼の命を奪うほどの正確な腕をもっていなかった。ショーンはほぼ一年を病院とリハビリに費やし、夜にはあの若いディーラーと目が合う幻影に悩まされた。

いまではあたらしい仕事に就いている。古い職と大差ないものだが。年金をもらってロンドン警視庁を辞めたショーンは、元警官がやりかたを熟知しているただひとつの職業に落ち着いた。もちろん、私立探偵だ。浮気する夫婦やケチな詐欺師ばかりを退屈しながら相手にすることを想像すると気が重かった。だが、ソーシャル・ワーカーや刑務官になったり、もっと悪くすればやることもなくソファに座りこんで昼間のテレビを観るしかないような、目的のない人生よりはましだ。

意外なことに、探偵業には脳が備える役割を活かせるあらたな調査領域があることを知った。化学、物理学、DNA鑑定技術の進歩によって開拓された分野。弁護士たちがたんまり稼げる人気上昇中のエリア。

過去の事件の洗いなおしだ。

そうしたわけで、子供の悪党ひとりに殺されそうになったショーンは、同じような子供——収監後の歳月でコリーン・ウッドロウがどう変わったかは知らないが——のもとへ車を走らせている。

勅撰弁護人のジャニス・メイザースが今回の件の背景にいる。コリーンの終身刑判決に異議を唱える試みは二度目で、彼女はショーンの元職場の人間ならば激怒するたぐいの弁護士だった。そう、はやりの急進派であり、探しだした人知れぬ事件を取りあげ、司法機関の根幹に関わるような失敗を暴いて名を挙げてきた。今回は殺害現場で発見された衣類の法医学検査をやりなおしたところ、DNAクラスター分析と呼ばれる新技術のおかげで、コリーンが単独犯であるという断定に疑問を投げかける証拠が発見されていた。

別の何者かの遺伝子が衣類にこびりついていたのだ。警察にとって未知の人物で、あの事件以降、犯罪に手を出していないと考えてまちがいなく、逮捕されたこともなければ、どこにも記録がない無名の存在のものだった。地上に、あるいは今頃は地下にいるかもしれないこの謎の共犯者を見つけだすようショーンは雇われた。

弁護士の金を受け取ることに、前職の友人たちはこぞって反対した。その筆頭がチャーリー・ヒギンズ、ショーンの元上司である警視正にして、警視庁での十年間における指南役だった。証拠を疑っているからではなかった。たとえ不公平な扱いがあったのだとしても、今更〈東の悪い魔女〉が社会復帰できるどんな望みがある？　復帰してもこれから一生、名前を変えて暮らすしかないだろう。絶えず背後を気にしながら、けっして心が休まることもなく。これまでショーンは最初に疑惑が囁かれた時点で〝犯人〟がどうなるか目撃してきた。家の郵便受けに糞が投げこまれ、窓が叩き割られ、落書きされ、放火される。無実の人々がそんな目に遭うのを見てきた。過去のおこないで実際に汚点のある人々は言うに及ばない。

だが、調査を引き受けた真の理由は車を一マイル走らせるごとに明確になっていった。活動できない一年ほどを経て、脳がうずきはじめたからだ。事件が、目的が必要だった。自分の経歴を利用して売りこむこともできただろう——これが本当におとぎ話だったら、自分は白馬の騎士といったところだ——しかし、不運が報じられた期間にマスコミに命名された〈ヒーロー警官〉なる名前をいいと思ったことは一度もなかった。犯罪考古学では無名である本名こそがむしろ歓迎だ。

コリーンが事件を起こしたとき、ショーンは十一歳だった。報道の記憶はまったくない。このあたりに来たことも一度もなかった。施設に立ち寄ったら、さらに東へむかう。ノーフォークにある海辺の行楽地アーネマス、すべてが始まった場所へ。事件の捜査を率いたレナード・リヴェット元警部と話をする。だが、まずはコリーンに会いたかった。目を覗きこんでなにがあきらかになるか見極めたい。

助手席の地図から、次の角を曲がれば厳重な警備がなされる施設の敷地への入り口だとわかった。そこはヴィクトリアン様式の建物で、精神に問題のある犯罪者のためのいかつい重厚な館のご多分に漏れず、近づきがたい煉瓦の柱とアーチの鉄の門によって守られていた。

守衛が退屈な表情で通れと手を振り、ショーンは薄鈍色《うすにびいろ》の一本道を走った。ひらけた荒野に延びる道。ヒースやハリエニシダから雨が滴っている。生き物の気配はまったくない。こんな荒涼とした場所では頭上を旋回しているものと相場が決まっている鳥の群れさえもいない。厳重に警戒される建物が視界に飛びこんできて、ようやく理由がわかった。

小塔や尖塔があるのでまさしく要塞然として見え、細い切れ込みにすぎない窓は空の鉄の色しか映していなかった。これではなにものも寄せつけない。ショーンは震えるほどの強い嫌悪感を覚えたが、かろうじてブレーキは踏まず、Uターンしてすぐさま引き返しもしなかった。病院というだけでも憂鬱なのに、これでは……

こんな場所で心が影響を受けずにいられる時間はどのくらいだ？

深呼吸をして恐怖を呑みこみ、走りつづけた。

2　味気ない田舎で《イン・ザ・フラット・フィールド》

一九八三年八月

エドナ・ホイルは夫がいなくなってからも台所のテーブルにしばらく座っていた。夫が上着に片腕を通しただけで、灰皿に煙草をくすぶらせたまま出がけにした慌ただしいキスで頬がひりひりする。きれいにひげをあたらないのも、我が家にもう一秒たりともいたくないかのように紅茶を飲み干すのも、いつものエリックらしくなかった。そうは言っても、今日はいつもどおりの日というわけにはいかないけれど。

手を伸ばしてシルク・カットを揉み消した。この低タールの銘柄は、もっと健康に気を遣うようにという医者の命令に対してエリックが最近譲歩した結果だった。十代から吸っていたロスマンズのキングサイズより身体にはいいらしい。問題はこれにしてから本数が倍に増えたうえに、自分で自分の楽しみを否定していることへの隠しきれない怒りとともに吸っていることだった。どうなることかしら——エドナは考えた。来週の今頃は一日何本になっているか。なにもかもが変わっているでしょうから……

そんな考え事は彼女が知るただひとつの方法でとめた。すぐできる家事に専念するのだ。流し台を湯とフェアリー・リキッドの洗剤で満たし、グラス、皿、鍋をすべてピカピカに光るまで洗った。

サマンサのためにやりましょうよ。エドナはエリックに繰り返し言い聞かせねばならなかった。孫娘じゃないですか。母親があんなふうなのは、サマンサのせいじゃないですよ……

エドナは顔をしかめて水栓を抜き、さっさと手を拭いた。洗い物の上に布をかけ、洗ったふきんはヒーターの上に広げ、彼女の王国ではすべてが整然と片づいているようにした。

部屋の片隅にある籠から、エドナのトイ・スピッツのヌードルズが顔をあげてあくびをし、鋭く白い歯に縁取られたピンクの口内を見せた。立ちあがり、身体を揺らして飛びでると、後ろ脚の上へ尻尾を丸め、小さな耳をピンと立てる。

「かわいいぼうやね」身をかがめて犬をなでると、関節炎で膝が刺すように痛んだ。ヌードルズは返事をするように吠え、エドナの手の横に顔をすりつけた。ふさふさのゴールドの毛をしてじっとせずいつも歩きまわっているヌードルズは、彼女の犬らしく、楽しいことを見つけるのがうまい。ただし、過敏な性格でもあった。

飼い主と犬は厚い絨毯を敷いた階段をあがり、エドナがこの数週間、サマンサの寝室に改装している部屋へ入った。

エドナの視線はノリッジのローラ・アシュレイで見つけた壁紙と揃いのベッドカバーに漂った。親友で、サマンサと同じ年頃の孫娘のいるシャーリー・リースに助言を求め購入したものだ。

シャーリーは鮮やかで素朴なポピーの柄が絶対いいと言った。エドナはもうさほど自信がもてなかった。部屋はとても狭く、枝編み細工の鏡台とスツールが窓からの海のながめを遮っている。むかいの壁沿いに置いた箪笥はサマンサの服を収められるほど大きくは見えない。

「ああ、ヌードルズ」エドナは囁いた。「あの子が気に入らなかったらどうしましょう」

ヌードルズは主人を見あげ、茶色の目に同情の色を浮かべた。

エドナはエリックに取りつけてもらった棚に手を伸ばした。そこにはサマンサがレジャー・ビーチであてた雑多な景品のコレクションを並べておいた。来るたびに置いていった本も。陶器のミッキーマウスや、ナンシー・ドルーのミステリは、孫が夏の滞在でやってくるとたいてい真っ先に手にしたものだが、エドナはよくわかっていた。今回は幼い頃の懐かしい品々とふたたび熱心にふれあおうとはしないだろう。住むためにここへやってくるのだから。あの子は部屋を一瞥《いちべつ》して、住み心地をよくしようとエドナが心を砕いて選んだ品をすべてゴミ箱に捨てるだろう。

でも、母親があんなふうなのは、サマンサのせいじゃないですよ。

小さな陶器のミッキーマウスを手にすると、娘のアマンダが電話をかけてきて暮らしが一変したときの、一日じゅう、ひと月じゅう、夏じゅう封印しようとしてきた記憶が脳裏にあふれてきた。

アマンダがエリックの最初の心臓発作の原因だった。年齢の割には成熟しすぎた身体つきと厚底ブーツで、ロンドンからやってきた芸術家と駆け落ちしたのは十八歳になってすぐだった——十八歳の妊娠八週で。エドナは目をつぶり、悲鳴、怒鳴り声、皿を投げつけ、家具が壊れ、拳が振りあげられて、彼の血管が破れたあのときの記憶を閉めだそうとした……病院で人工呼吸器につながれて横たわり、話すことができないのに目にはまだ怒りを浮かべるエリック、隣ですすり泣くエドナ。アマンダがようやく連絡をしてきたのは赤ん坊が生まれてからで、最初からこちらの親心や、分別のある意見に対抗する武器として孫を利用してきた。

そう、サマンサのせいじゃない。自分に再度言い聞かせ、陶器をもつ手に力を込めた……

海岸通りでは街灯がジジジとうなり、息を吹き返した。このマリン・パレード通りをエドナのいる高級ヴィラがあるノース・デーンズから、隆起する砂丘のこぶのあいだをさらに一マイル進むと、アーネマス第一の桟橋に到達する。

中期ヴィクトリアン様式のブリタニック桟橋はこの町の強固なレジャー産業志向の象徴だ。五回の火事を経験し、二隻のスクーナー船が航路をそれて長さ七百フィートある橋の先端にぶつかっても、そんなことは物ともしない企業家が次から次に現れて、桟橋を再建し、夏のショーにいっそう多くの客を呼べるように劇場を飾りたてた。劇場の正面はいまではちょっとした乗り物広場になっていて、特大のカタツムリが笑う子供たちを乗せて周回している。上空では今シーズンのスターたちをネオンで派手に宣伝している。お笑い二人組キャノン&ボール、コント集団グランブルウィーズ、ジム・デイヴィッドソンの深夜の大人トーク。

乗り物広場から先の一マイルは〈ゴールデン・マイル〉の愛称で呼ばれているが、広がるビーチの砂の色からきた名称ではなく、遊歩道沿いに続く娯楽からきている。ゲームセンターはどれもラス・ヴェガスのカジノ――ザ・ミント、ザ・サンズ、ザ・フラミンゴ、シーザーズ・パレス、ザ・ゴールデン・ナゲット、サーカス・サーカス――にちなんで名づけられ、すべてコンクリート・ブロックで作られた平屋の洞窟の前面をきらめくネオンで飾ることで再現されていた。海辺のバーが建ち並ぶなかには、定番の〈いますぐキスして《キス・ミー・クィック》〉と書かれた日よけ帽の売店や綿菓子とドーナツの売店が、年季の入ったドラッグ・クイーンのようにうずくまり、人の視線を要求してできるかぎり目立とうとしていた。

ザ・ミントのなかでは、デビー・カーヴァーがピンボール・マシンにもたれ、なにが自分を一番いらつかせるのか突きとめようとしていた――金切り声か、耳障りでうるさいゲームの音か、頭上のスピーカーから鳴り響くマイケル・ジャクソン〈スリラー〉か。たぶん、一緒にいる連れのせいだ。夏休みの金曜の夜は今日を入れてあと二回しかないのに、いまだに退屈なゲームセンターなんかに入り浸って、スロットにいつまでもコインをつぎこみ、こちらが不満なことに気づいてもいない。

いまに始まったことではないけれど、九カ月前にデビーの住む通りのむかい——ガス工場の下の高台の通りに引っ越してきたこの女の子と友達になったのは、親切というより考えが足りなかったせいかもしれないと思う。と言っても、振り返ってみれば、どうしようかと考える暇もなかったけれど。

デビーが初めてコリーン・ウッドロウに出会ったのは刺繍の授業中、去年の秋学期もなかばが過ぎた頃だった。彼女が隣に座ると、生まれたときから知った仲のようにおしゃべりが始まった。近寄りがたいオーラを醸しだそうと懸命に努力していたデビーは心からびっくりしてしまった。

コリーンは親しみが湧く感じじゃなかった。上はシャツもネクタイもなしでタイトなVネックのセーターだけ、下は同じくらいぴったりしたペンシルスカートにすり減ったピンヒールという姿。長いダークブラウンの髪が、真っ黒にかこんだ目の上に厚く落ちかかっていた。パチヨリ・オイルの匂いが雲のように彼女にまとわりついていた。

遠くの町から越してきたんじゃないんだ、とコリーンはデビーに語った。ノリッジの向こう側から来たと。けれど母親が以前この町に住んでいて、じつは生まれも育ちもアーネマスなんだと。その話をしたとき顔を赤らめたコリーンの指は練習布の上を見事に舞い、あれだけ話をしていたのにデビーよりもずっと速いし、ずっと正確に針を刺していた。

クラスのほかの少女たちもみな、すぐにコリーンの母親について語るようになった。ケリー・グリマーはミセス・ウッドロウに噂があるのはたしかだと言い張った。デビーはその根拠がすぐにわかった。コリーンの家の前には、昼も夜もバイクが何台も停まっている。

でも、デビーはケリー・グリマーを特別に好きだと思ったことがない。デビー自身、外見を少々いじるようになり、父親に叱られずに出かけられるたびに少しずつ〝普通〟の枠をはみだすようになってからは、そうした噂を立てられたことがなくもない。目を黒くかこみ、茶色の髪をトタン屋根のようなウェーブに変身させて盛るためにコテを使った。いい子ぶった忠告を囁かれても、ますますコリーンと親しくなるだけだったし、あたらしい友達の人生について知れば知るほど、守ってやりたいと思う気持ちが強まった。自分が休暇中にバイトをするゲストハウスの仕事までコリーンに紹介してやったくらいだ――それをもう六週間も後悔していた。

コリーンはパックマンに夢中で、せわしなくガムを嚙みながらボタンを押していた。無意識のうちに左足をリズムに合わせて動かすので、細い足首がターコイズ色の靴からあがりさがりしている。コリーンはこのヒールを大の自慢にしていた。春休みの最初のバイト代で買ったものだ。それからは彼女自身のためにわずかなお金さえも使うチャンスはなかった。稼いで帰ったとたんに、母親が給料袋を奪うから。復活祭の頃にはあんなにきれいだった靴も、いまでは擦れて傷つき、サイドは膨らんでかかとは修理が必要だった。

デビーは黒く塗った爪を嚙み、あとたったひとつ年上だったら今夜はどこにいたかを考えていた。アレックスと一緒になにができたかな。

アレックス・ペンドルトンは隣に住む少年だ。背が高くて髪が黒く、印象に残るハンサム。デビーに音楽とスタイルについてすべてを教えたのは彼だった。アレックスのすることをすべてなぞりたいという欲望を彼女に植えつけたのも。長い目で見ると、それはつまり彼を追ってアーネマス芸術科高校《アート・カレッジ》へ入るということだ。彼はそこの二年生になるところだ。ただしいまは、マーズ・バーについているナショナル・エキスプレスのクーポンとヒッチハイクを活用して国じゅうを旅し、友達のブリーやクリスとバンドを追っかけている。彼らはデビーが一緒でも全然構わなかった。だが、デビーの母親はそうはいかなかった。「中学の修了試験が終わるまでは、そういうのはだめよ」母親としては当然ながらそう言った。

コリーンを押しつけられていなかったら、アレックスたちがよく飲んでいるパブのドアを押し開けてみるくらいはできたよね。南埠頭《サウス・キー》のキャプテン・スウィングの店の。デビーのクラスにはそれをやってのけた男の子がふたりいた。ダレン・ムアコックとジュリアン・ディーンだ。この夏にゴスとなり、髪型とメイクでずっと年上に見えるようになった子たち。でも、パブの名を出していくら誘っても、コリーンは下くちびるを突きだし、いまにも泣きそうな顔を見せる。

マイケル・ジャクソンがワム!の〈クラブ・トロピカーナ〉にかわった。デビーは内心ぞっとした。

外では、〈ゴールデン・マイル〉がきらめき輝いて、賭けをしないかとネオンのウインクで客を誘っていた。行楽客で満員の馬車がザ・ミントからパカパカと走り、あたらしい室内レジャー・センターや、イギリス式庭園とミニチュア村の前を通って次の桟橋へむかう。

ブリタニック桟橋と違い、トラファルガー桟橋は町の誇りを念頭に置く人々によって、ネルソン提督の名高い勝利を讃えるために建造が計画された。完成までに五十年を要した事実は、町民の熱意が発案した長老議員たちほどでなかったことを暗に匂わせている。それでも、この桟橋には海沿いで最大の建築物である、ツインタワーに挟まれたガラスと鉄製のパビリオンがあった。冬にはローラースケートのリンクになるが、現在の夏の姿はビアガーデンであり、状況に合わせて改良せんとする人々の意志がなし遂げた究極の勝利を体現している。

〈ゴールデン・マイル〉の終わりで馬車は停まり、興奮した荷を降ろすことになる。そこはアーネマスに建ち並ぶ楽しみの宮殿の、まさに頂点にある門。雪を冠したペンキ塗りの木造の山、まわる観覧車、赤と黄のストライプ模様のらせん滑り台のタワーが、自分たちはレジャー・ビーチ遊園地に到着したのだと教えてくれる。

全長一マイルのジェットコースターはヨーロッパ最長だ。また、最新アトラクションのスーパー・ループは巨大なサークルのなかを時速百マイルで浮かれ騒ぐ者たちを回転させ、設置されて以来、遊園地の端まで順番待ちの行列が伸びている。

遊園地中央のタワーにある彼の砦であるオフィスから、エリック・ホイルが通常の夜ならばいつもほほえみながら見おろすこの行列は、頭ひとつにつき入場料五ポンド、割引料金なら二・五ポンドになる。安らぎのBGMとして電卓の柔らかなカタカタという音をさせながら、スコッチをワンフィンガー注ぎ、煙草に火をつけ、彼の王国を見やり、イルミネーションの網目からその先の石油プラットフォームの照明がウインクを返す海へと視線をさまよわせるのがお決まりだった。

だが、今夜は通常の夜ではない。エリックの視線はただひとつのものに釘づけになっていた。いつもは金庫に入れたままにしている写真。何度も怒りを爆発させたので、どこかの時点で彼がとっくに捨てたものとエドナが信じている写真だ。

娘のアマンダが、サイケデリックなゆったりしたカフタンを着て、揃いのヘッドスカーフからブロンドの髪を垂らし、腕にはエリックの初めての、ただひとりの孫を抱いている。

右手の煙草がフィルターまで燃えたが、エリックは気づいていなかった。シャツは喉元のボタンを外し、ネクタイはスコッチボトルの隣にある書類の山の上に投げ、今夜はスリーフィンガー以上入っているタンブラーを摑んで写真をにらみつづけた。目は細まり、口は薄くいかめしい一本線に結ばれた。

レジャー・ビーチ遊園地の前から、マリン・パレード通りはトレーラーハウス式キャンプ場、サウス・デーンズの吹きさらしの砂丘を通り、アーネマスの最果てへたどり着く。町が北海に場所を譲る岬だ。ここで、ネルソン提督はロンドンのあの広場と同じ柱の上に立って生まれ故郷の州を守り、視線は永遠に水平線へ投げかけていた。撃退すべき敵は外からやってくるはずだった。

3　現実《リアリティ》の収容所《アサイラム》

二〇〇三年三月

一時間後、ショーンは森を出てA11幹線道路をノリッジ方面にむかっていた。風景が変化していき、松とヒースの荒野にかわってどこまでも続く茶色の畑と、それをかこむ雑木林とポプラの長い並木になった。鴨のいる池や燧石《ひうちいし》でできた丸い塔のある教会、門番のコテージ、農園のある村落を通り過ぎていくと、空は次第に広くなり土地はどんどんたいらになっていった。車の流れも滞りなく、雲はまだ低く垂れこめているが、ワイパーはとめてもよさそうだった。しかし、ラジオはつけていた。

本気で聴いているのではなく、収容施設で目撃したものから気をそらす声がほしかっただけだ。あの場で思ったことからも。コリーン・ウッドロウの外見には衝撃を受けた。予想とはまったく違っていた。当時のままだと考えるのはバカげたことだが、時をとめた写真の顔というのはそう思わせるものだ。その点でショーンは賭け事好きと同じくらい単純だった。

施設の責任者である医師はショーンを研究室に招き、彼女に会わせる許可を出す前に簡潔な聞き取りをおこなった。ロバート・ラドクリフは六十代初めの品のいい男で、まだ黒い髪は禿げた脳天の周囲できれいに刈られ、白衣の下にはジャーミン・ストリートのシャツとサヴィル・ロウのズボンが見えた。ハーレー街で稼ぐのではなく、このような場所の責任者を務める男というのは、仕事に深い情熱を傾けている者であり、遊び半分の口出しは不要だと考えているとショーンは見てとった。

ドクター・ラドクリフは半円形のメガネ越しに、デスクのむこうからショーンを見つめた。部屋にあるすべてのものと同じく、デスクも床にボルトづけされている。「今日はこちらにいらして、どのような成果が出せると思ってらっしゃるのかな?」スコットランド特有のRの発音がほのかにわかる豊かなバリトンで医師は訊ねてきた。

「自分でもよくわからなくて」ショーンは答えた。真剣なのだと医師に請けあうように、手のひらを突き出す仕草をしてみせた。「これまで、遠い過去の事件を再調査したことはありません。とにかくコリーンに会いたいと思ったんですよ。事件にかかわった人々から、彼女についての話を聞く前に」

医師はうなずき、ここで働いている者たちはコリーンに保安上の問題があるとは誰も見なしていないこと、本人以外の誰にも危害を与える可能性はないと考えられていることを語った。現在ではごく穏やかな効き目の薬を飲んでいるだけで、認知行動療法と美術療法の処置にいい結果が出ているという。ついに人生からふたたび恩恵を受け取るようになり、遠い昔に捨てた才能を発見したのだ。

「そんな穏やかな生活も、いまいましいジャニス・メイザースがふたたび降臨するまでの話でしたよ」ドクター・ラドクリフはショーンを御影石《みかげいし》のような瞳で見つめた。「ご存じのように、これはミズ・メイザースがコリーンを釈放しようとする二回目の試みですが、わたしがあの女性に言ったことを繰り返しましょう。主張は誤っていて、親切などにはなりません。コリーンにとっては」

ショーンはあたりさわりのない口調を保った。「どうしてそう言われるのですか」

「理論上はリベラルでいるのは大変結構なことです」ドクター・ラドクリフはデスクに広げられていたファイルを閉じた。「けれど現実には、この施設の扉がコリーンの背後で閉じられたとすれば、どうなると思いますか。友人もない、家族もない、支援の手段もない。いつまで生きていけると思いますか？」

「ここに来る車のなかで、ちょうど同じことを考えていました」ショーンは打ち明けた。

「ああ、でしたら」医師は太く黒い眉を問いかけるようにあげた。

ショーンはとっておきの人当たりのいい笑顔をむけた。「こちらに伺って先生やコリーンを苦しめたことはお詫びします。ですが、残念ながら……」

「やるべき仕事がある」ドクター・ラドクリフが続きを引き取って終わらせ、立ちあがった。「その点はわたしにはどうしようもない。わかりました、ミスター・ウォード。よろしければこちらへどうぞ」

灰色がかった緑の廊下に足音を響かせ、飾り気のない壁と厚さ六インチの窓のない扉が並ぶ前を歩いた。医師に続くショーンの肌は粟《あわ》立ち、緩衝材入りの壁の内側から発せられる無数の

SOSを感じとった。

彼らの狂気に影響されるまでどのくらいかかるだろうか？

コリーンが収監されている病棟は独房病棟ほど厳戒ではなかった。セキュリティのチェックポイントを過ぎると、囚人たちは枷《かせ》をされずに歩きまわることを許されていた。教室や談話室があり、創作を奨励されている美術作品や工芸作品が壁に飾られている。まるで彼らは刑務所ではなくシックスス・フォーム・カレッジ（大学進学のための高校）にいるようだった。部屋のすべての角に設置された監視カメラの聞き慣れたうなりを除けば。

ドクター・ラドクリフは絵がずらりとかけられた壁の前で立ちどまり、ある水彩画を指さした。空と海が出会う青く淡い線が長く引かれ、背をむけた黒い人影が四つ、カモメの群れが飛ぶ水平線を見ている。ショーンは専門家ではないが、砂の薄い黄色や徐々に暗くなっていく海の青を描くのに、抑えた色合いがいかにうまく使ってあるかは見てとれた。ほかの絵もざっとながめたが、残りは黒と灰色の地に過激に跳ねる赤と緑といったものだった。海辺の絵のパノラマの三次元の部分をあきらかに欠いた、ぐっと荒っぽいタッチの絵ばかりだ。

「これは彼女の絵です」ドクターが言った。「おそらく本人は意識していないでしょうが、これはイースト・アングリア地方の最良の水彩画の伝統にのっとって描かれています。海にあのような光を取り入れるには、本物の技術が必要なのですよ」

そう言うドクターの声は誇らしげで、このコメントがショーンをさらに居心地悪くすることを狙ったものならば、それは成功していた。

「さて、それでは」ドクター・ラドクリフはきびきびと振り返った。「こちらへどうぞ。静かな部屋であなたがコリーンと話せるよう手配しておきました」

ショーンはそのときのことを思いだして顔をしかめながら、ノリッジの環状道路に近づき、初めてアーネマス方面を示す標識を目にした。

足を引きずるように歩く内気なコリーンの身体は二十年に及ぶ投薬とほとんど運動をしていなかったことで膨らみ、顔は白いものが交じった長いダークブラウンの髪で隠れていた。彼女が席につくあいだ、検死を担当した病理学者の報告書がショーンの頭を駆けめぐった。

頭蓋骨後方に鈍器による外傷、へこみが残るほど力のある一撃……

「やあ、コリーン」

彼女はグレイのプラスチックの椅子に座り、床を見ていた。

両腕と顔に煙草による複数の火傷の痕……

「いくつか質問をしに来たんだ。長くはかからない」

コリーンはゆっくりと首を横に振り、膝に置いた手を揉みあわせた。

胸と下腹部に十六カ所の刺傷、形状は激情に駆られたメッタ刺しを示し……

「コリーン、自分は不公平な裁きを受けた犠牲者だと思うかい？」

彼女は首を振りつづけ、座ったまま前後に身体を揺さぶった。彼女とむきあっていると、喉が干上がって言葉がなかなか出てこない。

遺体周辺の床に被害者の血で描いた五芒星の絵……

「きみがここに入れられたのは公平だと思うか、という意味だが。それとも、ここに入るべき者はほかにいるのかな?」

コリーンがついに口をひらき、子供っぽいかすかな声を振り絞った。「いや……お願い……帰って……」

ショーンは身を乗りだし、目を合わせようとした。「コリーン、現場にはほかに誰かいたのか? きみは誰かと一緒だったのかい?」

彼女はついに顔をあげ、同じことをヒステリックになりつつ繰り返した。「お願い……帰って……お願い……帰って!」

その目に見えたのは、むきだしの恐怖だった。

ラッシュアワーで車の流れが滞ってくると、ショーンは立体交差やバイパスを使う道順を考えるほうに集中力を切り替えることができてほっとした。アーネマスの標識がだんだん大きくなって、競馬場、遊園地、キャンプ場の楽しげなシンボルで飾られるようになった。ひとつ右に曲がると、目的地への最後の道が目の前に現れた。

広々とした平坦な湿地をまっすぐに貫く長い筋だ。白い斑点のような羊、もう使われず翼をなくして朽ちかけた風車小屋が散在する。遠景では海から生えて稜線を象《かたど》る風力発電機が、旧世代の風車小屋の上にそびえて、翳《かげ》りつつある空を羽根で切り裂いていた。だが、それさえも、天空の広大さの前には小人《ドワーフ》程度に思える。

地平線にうずくまる町では、照明の灯った時計塔が凶悪な片目の男のようににらみを利かせていた。ショーンの右には入江の絵になる景色とひらけた広い海。あの空と張りあえるのはこの海だけだった。街灯が灯っていき、道が鉄道の駅にぶつかると、〈アーネマスへようこそ〉の標識が見えた。

4 火花散らす攻防《ファイアー・ダンス》

一九八三年九月

昼食を済ませてから長いこと、エリックとエドナは居間に腰を下ろして、置き時計が時を刻む音、エリックが新聞をめくる音、エドナの編み棒がカチャリと鳴る音のなかで、私道に車が入ってくる音を聞き分けようと耳を澄ましていた。けれど、ヌードルズがエドナの足元から飛びあがってソファに乗り、歯切れよく吠えて警告したとき、ふたりともまるで予想だにしなかったように、はっとして顔をあげた。

スプレーで紫に塗られたモリス・マイナーが私道に停まっていた。エドナは沈む気持ちを無視しようとして車から夫へ視線を移し、その表情を見て、玄関へ急いだ。

まずアマンダがその滑稽な車から現れた。ハニーブロンドの雲に包まれ、特別大きな楕円形の茶色いサングラスをかけていた。容姿が崩れていないことに、エドナは苦々しい思いで気づいた。ぴっちりしたジーンズとデニムのジャケットを細い腰と突きでた胸でさりげなく着こなし、茶色の革のブーツで背を高く見せ、ゴールドのチェーンを首元で光らせている。アマンダが赤い口紅とともに貼りつけたほほえみは母親とそっくりで、エドナは戸口から〈若さの雫《ユース・デュー》〉の香りを嗅げた。

「母さん」アマンダが呼びかけ、マニキュアを塗った鉤爪を伸ばしてエドナのもとに歩いてきた。ふたりの女はごく一瞬だけ手のひらを合わせ、それ以上の接触を極力避け、たがいの頬のあたりで空中にキスをした。娘の香水がまとわりつくと、エドナは鼻に皺を寄せた。縄張りに侵入してくる先駆けの気体。

「元気そうね」アマンダは一歩下がって母の全身を見ながら言った。代わり映えのしないパーマ、パステルのアンサンブル、澄ました表情という、相変わらずな特徴が勢揃い。足元ではなにもわかっていない小さな犬が歯をむきだし、憤慨しながら身体を震わせて吠えてくる。

この十五年というもの、ふたりの接触はサマンサの夏の訪問を取り決める電話と、毎年のクリスマスにどちらも開けるつもりがない贈り物をかわすことで主に成り立っていた。それでもエドナはアマンダが歳月に損なわれていないと感じた。娘は出ていったときとまったく変わらずに戸口に立った。

「ありがとう」エドナは外見を意識して髪にさわり、娘の声はどうしたのだろうと考えた。電話と実際に話すのとではどうしてこれほど違って聞こえるのかしらね。もうアーネマスの訛りはないじゃない。知らない人は、アマンダがボウの鐘が聞こえるところで生まれた生粋のロンドンっ子だと信じることでしょう。

サングラスの茶色いレンズの奥で、アマンダの視線は気にするようにエドナの顔の背後、いまだ父が埋めていない空間へすばやくむけられ、続いてモリス・マイナーへもどった。助手席から前かがみで降りてきて、彼の年齢では当然だろうが、気後れしている男の姿がある。今度の一件の原因だった。

「こちら、ウェインよ」そう言ったアマンダの声には、アクセントと同じくわざとらしい気軽さがあった。

エドナにはたいした男には見えなかった――うっすらとたくわえた口ひげ、乱れた茶色の巻き毛、ボマージャケットに鋲つきのボヴァーブーツの骨ばった若者。十九歳の画家兼インテリア・デコレーター。彼について知っているのはそれだけだ。

けれどアマンダにとっては、何年も前に駆け落ちした芸術家の夫であり、サマンサの父親であるマルコム・ラムを捨てるだけの存在だった。ラムは初めこそ先行きが不安定だったが、ロンドンで大きな広告会社を所有するまでに出世した。ところが、高級住宅街のチェルシー地区に構えたラム家の装飾を頼まれたウェインは、仕事をするどころかふたりの結婚を破綻させることになったのだ。アマンダは無謀に思える不動産への投資も自分が住んで改装するから損はさせないとエドナを納得させようとしてきた。そして、サマンサはロンドンで父親やパブリックスクール、友人たちのもとに留まるより少し潮風にあたったほうがいいとも……

エドナは笑顔を絶やさないようにしようと努力するうちに、顔にひびが入りそうな気がした。

「ウェインね」そっけなく会釈した。

彼は乱形石張りの私道から視線を引きあげ、挨拶をうめき、またもや視線を下げた。誰も握手をしようとしなかった。三人は動けず、まるで宙ぶらりんになっていたが、それも彼らの背後で車の後部ドアがガチャッと開くまでだった。

サマンサが腕組みをして立ち、首を傾げた。去年はおでこを出していたが、切った前髪が目にかぶさり、表情が読めなかった。変わったのは髪型だけではなかった。サムの身体はあの頃のアマンダのように、膨らみと曲線が目立ちはじめていた。それをひけらかしてはいなかったが――ピンクと灰色のストライプのTシャツに揃いのラスカート（ひだ飾りを入れたミニスカート）、ピンクのスニーカーはまさしくシャーリーのところの孫たちが着ているようなものだった――むくれて首を傾げるポーズには、どこかエドナの心に震えを走らせるところがあった。頭のなかで囁く声。歴史が繰り返されようとしている……

そのときサマンサが片手をあげて目にかぶさった分厚いブロンドの毛先を押しあげ、深嚙みしてピンクのマニキュアがはがれた爪を見せた。その動作ひとつで彼女は突然子供にもどった。エドナの小さなサムに。

「おばあちゃん」サマンサが囁いた。

「いらっしゃい、かわいい子」エドナは腕を広げた。「おばあちゃんをぎゅっとして」

エドナに気づかれないようにアマンダを横目でちらりと見たサマンサは祖母のもとへ駆け寄り、肩に顔を埋めて腰に手をまわした。

「おばあちゃん」彼女は繰り返した。「ああ、おばあちゃん。会えてとっても嬉しい」孫の目元から前髪をどかすと、そのまつげから大きな涙がひと粒転がった。愛と怒りが祖母の腹を蛇のように深く嚙んだ。「ほらほら、サム」そう囁いた。「もうおばあちゃんがいるからね。おばあちゃんがいるから」

アマンダが頭のてっぺんにサングラスを押しあげ、くちびるを歪めてこの光景をにらんだ。ヌードルズはまだ吠えていて、身体中の毛を立てたまま廊下の奥へあとずさっていき、後ろ脚が前進してくる革靴にぶつかった。ヌードルズとアマンダは同時に顔をあげた。犬はキャンと鳴き、台所の籠という聖域へ逃げこんだ。

「それでどんな具合だ?」エドナの肩に手を置いたエリックの声は優しかったが、アマンダをにらむ目は優しいどころではなかった。「わたしの小さな女の子は元気か?」

一瞬、アマンダは自分が話しかけられたのだと思った。

「おじいちゃん!」サマンサが顔をあげ、涙の跡がついた顔にためらいがちな笑みを浮かべ、歪んだ前歯を露わにした。矯正するのを拒否しているのだ。

「この子にはずいぶんな長旅だったんじゃないかしらね。少し疲れているでしょう?」エドナがほのめかした。

「おや、それは残念だな」エリックが言う。「仕事についてこないかと誘おうとしていたんだが」

「それはやめ……」アマンダが言いかけた。だが、残りのぶんは喉に留めた。

「ほんとにいいの、おじいちゃん?」サマンサの顔はいまや輝いていたが、エリックとエドナの視線は北海に吹きつけるシベリアの風のように実の娘にむけられていた。「もちろん、いいとも」エリックはサマンサの手を握り、口の端をぴくりとあげて笑顔になった。

「父さん」アマンダがふたたび声をかけようとした。弱々しくウェインのほうに手を振ったが、彼の視線は車を降りてから私道の亀裂に寄せられたままだった。「この子は荷物をほどいてお茶を一杯……」アマンダはかわりにエドナに訴えようとした。

「そういったことは、あとでやればいい」エリックはにっこり笑って言った。「この町にやってきたのだから、楽しくやりたいだろう。そうじゃないか、サム?」

彼女はうなずき、勝ち誇った冷たい笑みをちらりと母にむけた。

「心配するな」エリックは話を続けた。「ちゃんと茶は飲ませる」彼のくちびるから辛辣な言葉がこぼれた。「この子を不当に扱おうとしているのは、わたしではないからな?」

「デビー!」コリーンの声は一段と執拗になり、同じ質問を三回繰り返してようやく友人の物思いをやめさせられた。デビーの頭で流れていた音楽はアレックスが放浪の旅から彼女のために持ち帰ってくれたレコードの曲で、水晶玉に質問してタロットカードを配るという謎めいた歌詞を低いバリトンの男が詠唱のように歌うものだった……

「どう思うって聞いたのに」コリーンは《スマッシュ・ヒッツ》の表紙を掲げていた。アイラインの濃い、クルクルのパーマをかけた女の写真だ。

「かっこよくない？」

デビーは眉をひそめた。ちぐはぐだと思うけど。奇抜な感じを狙っているのに、自分がまだ野暮なドゥーリーズのメンバーっぽいヘアスタイルだって忘れてるビアガーデンのウェイトレスみたい。

「わたしもこんな髪にするね」コリーンが話を続ける。「バイト代が入ったらすぐ」そして、ふたりのあいだのテーブルに置いたジョン《J》・プレイヤー《P》・スペシャル《S》の十本入りパックに手を伸ばした。デビーは友人が発したばかりの言葉にどれだけ重みがあるか気づいた。

「お母さんがなんて言う？」

コリーンは紙マッチを擦った。

「どう言われたっていい」煙草をくわえたまま答えた。「夏じゅう少しずつ、へそくりしてきたんだよ。そのくらいいいじゃない――カット代ともうくたばってる靴ぐらい？」

「そうだよね」デビーはうしろめたく感じていた。ドゥーリーズのことを口に出して言わないでよかった。雑誌の女をもう一度ながめる。

「ニューヨーク・シティのディスコでいま人気のマドンナ……」そこまで読んだところで、窓を小突く音がした。表のヴィクトリア・アーケード商店街からダレン・ムアコックとジュリアン・ディーンが手を振っていた。

「んっ」コリーンが気づいた。「あいつらなんか変わったね」

ダレンは肩まで髪を伸ばし、真っ黒に染めていた。最初から肌と同じく髪も黒いジュリアンは縮れ毛をポンパドールにして、きらめいて濡れて見えるジェルで固めていた。ふたりとも黒いシャツ、ベスト、超細身のジーンズに、銀のバックルがついた先の尖った靴というでたちだ。

デビーは顔にぱっと笑みを広げ、入ってくるよう彼らに手招きした。

「キマってるよね」そう言ったとき、ドアの上のベルがチリンと鳴った。「席、つめて。リーニー」

「元気か?」ダレンはためらわずデビーの隣に座った。同じ背丈だったのはそう前のことじゃないけれど、いまではアレックスぐらいの身長に伸びたみたいだ。彼は黒いアイラインも入れていた。とてもよく似合ってる。

ダレンは賞賛を込めた視線でデビーを見た。「ゆうべ、パブでアレックスに会ったよ。スウィングで」彼はかなり得意気につけ足した。

デビーは目を見ひらいた。ダレンとはいつも仲良しだった。おたがい、昼休みを美術室で過ごすことが多いから。でも、前の学期の彼は背が低くてキーキー声、そばかすのあるガキに過ぎなかった。いまの彼はずっとおもしろそうな相手に成長したみたいだ。

「じゃあ、あの店で飲めるんだ?」デビーは訊いた。

「そうさ」ダレンはうなずき、声変わりした声を、一段と低く落とした。「いつか、一緒に行こう」彼は頬を赤らめないようにし、デビーのほうは波打つ前髪越しに彼を見た。

「次はいつ行く?」デビーは熱心すぎない口調を心がけて訊ねた。今夜は学校がふたたび始まる前の最後の金曜日だから、海岸通りをうろついて過ごしたくなんかない。

「今夜も行くさ」ダレンはジュリアンを見やって言った。「そうするだろ、ジュールズ?」

「なんて言った?」ジュリアンはコリーンに見せられていた雑誌を置いた。

「今夜スウィングに行くかって訊いたんだ」

ジュリアンがうなずいた。「うん」

「何時に?」そう言ったデビーはコリーンがジュリアンを見つめる目つきに気づいた。今度もコリーンの希望どおりにパブには行かないことになりそう。

「七時頃で」ダレンが言った。「どこかで待ち合わせしてから行こうか?」

「んっとね、わたしたち、六時頃にバイトが終わるから」デビーは急いで答えた。「それから着替えてバイト先から歩いてくると……」どのくらい時間がかかるか慌てて計算した。「町役場の前のバス停に、六時五十分でどう?」

ダレンはうなずいたが、コリーンはすでに浮かない顔になりつつあった。「話が見えないんだけど、デビー」

「今夜」デビーはどう言えばいいか、急にひらめいた。「このふたりと町に出かけてもいいかなって話」場所を特定しないよう注意した。「バイトのあとで」

「そうなんだ」コリーンは慣れない誘いにどう対応したらいいか考えて、ますます浮かない顔になった。

だが、ジュリアンが救ってくれた。「きみにテープを作ってあげるよ」彼は言った。「そのマドンナの12インチシングルの。家にあるんだ。まあ、ほんと言うと姉ちゃんのだけどさ、文句は言われないって」

「ほんとに?」コリーンが勢いよく顔をむけた。「絶対?」

「じゃあ、バス停で六時五十分に」ダレンが言った。

「りょうかい」デビーは目を輝かせた。


出し物主任がエリックの到着を目にしたとたん、出店の者たちにお達しがまわった——お姫様がやってくる。これはぬいぐるみが景品のダーツ、金魚を掬《すく》う輪っか、空気銃で撃つ木のターゲットに少し調整をしなければならないという意味だ。いつもならば、こうしたゲームの勝率は出店に若干有利になっていて、技術や力だけで景品を獲得できるのは運のよい客だけだ。けれど、まだ彼女が見ていない寝室のベッドの上の棚は、お姫様がどれだけ運よくレジャー・ビーチ遊園地の景品を手にしてきたか物語っていた。

「気合入れろ」テッド・スモレットが若い甥のデールの脇腹をつついた。「姫が来るぞ」口の端からいつも突きでている煙草は震え、茶色のきらめく小さな目の上でごま塩の眉がうねった。彼はひと声うめくと、ひとりごとをつぶやいた。「ちょっとばかり豊満になったな」

今期のノリッジ・シティFCのシーズン・チケットがほしければ、夏のあいだバイトするよう母親に命じられたデールは、いやいや伯父の視線を追った。この人はあまり好きじゃない。けれど強靭だが痩せた壮年、両腕に黒々とタトゥーを入れて出店で一生働くと決まっている人。けれど、デールもレジャー・ビーチでの仕事には役得があることは認めるしかなかった。今年はこれまでに十人の行楽客を月明かりの砂丘のデートに誘うのに成功していたし、ひとりとして美人じゃないのはいなかった。親友のシェーン・ローランズでさえ、ノース・デーンズのキャンプ場でのバイトでは、自分とはほど遠い成績しか収めていない。この遊園地には特別なところがあった。

いま彼にむかって歩いてくるもののように。

彼女の服は冷静に見れば子供むけだったが、服が隠しているものは子供じゃなかった。形のいいふくらはぎ、蜂蜜のように日焼けした肌、細い腰とその上の胸の膨らみはゆったりしたTシャツでもいっさい隠せていなかった。ブロンド、顔の半分を覆う前髪、首を傾げると漂う、どこか謎めいた雰囲気。

テッドがふたたび脇腹をつついた。「だらけた舌を引っこめろ、小僧」彼はそう言い、客引きの声を張りあげた。「マジック・ダーツ。マジック・ダーツはいかがですか！　真ん中に命中するとテディベア、ダブルリングならゾウのネリー、二十点でライオンかトラ。的にあてるだけ！」

彼女が店の前で立ちどまると、デールは自分の頬が熱くなるのがわかった。こちらを見もしないで、クマ、ゾウ、ライオン、トラ、ガラスの目玉の野獣たちの棚に視線を走らせ、退屈した表情でくちびるに嘲《あざけ》りめいた笑みを浮かべているだけなのに。

右手にあたらしい矢を握るデールの手のひらが汗で湿った。

「どうだい、お嬢さああん?」テッド伯父さんはがなり、手にしたおもちゃのオウムを振って、それがしゃべっている真似をした。「お気に入りがあったかなああ?」

デールは伯父さんを殺してやりたかった。お姫様が見えているほうの目蓋をバサッと伏せ、口角をさらにあげて曲がった歯が露わになると、それがますますセクシーで、デールはどぎまぎして左右の足に交互に体重をかけることしかできなかった。

「ううん」彼女は言った。「全部、子供むけでしょ?」彼女は頭を一度振り、ふたたび前髪で顔を隠して歩き去った。デールを二度見するどころか、一度の視線さえもむけずに。

「汗かいたか?」テッド伯父さんが訊ねた。

町の反対にあたる西側は、カモメが飛ぶ、異なる種類の産業を築いたアーネマスだった。アーン河口の港だ。ニシン漁の全盛期が過ぎて久しく、獲り尽くして三十年ほどが経つが、いまなお船で埋まっている。昔の小型漁船やはしけに変わり、コンテナ船、石油タンカー、フェリーが登場していた。

このあたりで行楽客を見かけることはあまりないが、サウス・キーの通り沿いにはヘンリー三世の命令で建立された町の城壁、洗練された十八世紀の商家、フランシスコ修道院の遺跡がある。サウス・キーは壮麗なヴィクトリアン様式の町役場《タウン・ホール》を過ぎたところから、ホール・キーに名が変わる。

役場の前のバス停にやってきたデビーは自分の幸運が信じられなかった。コリーンがコテとメイク道具の半分を借りても気にしないほどだった——そのくらい嬉しかった。

男の子たちが現れたときに息を呑む必要もなかった。角を曲がると、ふたりはもう待っていて、ベンチに座り、フライドポテトを包みから分けあって食べながら長く細い脚を揺らしていた。

「わ、少しちょうだい！」コリーンはふたりに挨拶する暇も与えず、包みに手を突っこんだ。

「来たね」ダレンはおもしろがっているようだ。彼もまた、カフェで会ってから一度帰宅して再度髪を整えてきたらしい。デビーは自分の髪を少し逆立てていて、結果に満足していた。少なくとも二インチは背が高くなった。

デビーはうなずき、一日の最後に輝く黄金の陽射しを見つめる彼の目がどれだけ青いか気づいた。しばらくふたりは見つめあった。

そのとき、コリーンの叫び声が空を裂いた。「きゃあ、やった！」彼女は塩とヴィネガーでべとつく指でカセットテープを摑んでいた。「彼、テープをくれたよ、デビー。ほんとにくれた！　マドンナが手に入ったよ、信じられない」

彼女に肩を思い切り叩かれたジュリアンは顔をしかめた。

「これからどこへ行くの？」コリーンが訊ねた。

「行ってみてのお楽しみさ」ダレンが答え、右へ首を傾けた。

彼はデビーの隣を確保し、みんなしてシップ・ホテルの前で道を渡った。ミッドランド銀行横の狭い抜け道を使う。ダレンはジュリアンがコリーンに興味なんかないことはわかっていたが、彼は気を利かせてくれるいい奴なのだ。

「あれ、引き返すの?」コリーンのまごついた声がうしろから聞こえた。

「いや」ダレンがデビーに笑いかけたとき、白く塗られた古いパブの横手に到着した。ドアの上に路地に突きでた看板がある——三角帽とベルベットのマント姿の男が処刑台で吊られ、燃えあがる炎に包まれている。三叉を掲げる人々のシルエット。中世風の文字で〈キャプテン・スウィング〉。

ダレンがドアを押し開け、一同はあとに続いた。

5 イーストワールド

二〇〇三年三月

シップ・ホテル前の駐車場に車を停めた頃には、ショーンは脚の感覚をほぼなくしていた。自身の肉という断熱材と車のヒーターの合わせ技もまったく効果がなかった。彼をひとつにまとめている金属のプレートやネジが雨風に見事に反応するので、今日のような湿っぽい夕方には、〝骨まで凍える〟という言葉の本当の意味を思い知らされる。

こわばった身体で車を降り、一瞬ルーフにもたれ、周囲をながめた。川の匂いが鼻腔を満たす。車の流れが港の横に連なり、ホテルのむかいの橋へと続いている。岸壁にはコンテナ船の黒い巨体が並んでいる。右には、五マイル先から見えた時計塔が、ヴィクトリアン様式の町役場の前にそびえたっていた。

ホテルは黒と白のチューダー様式を模した正面と赤い瓦の屋根からできていた。ショーンは車をロックし、カバン類を集め、表の階段をあがってチェックインにむかった。入り口の扉を開けたところは赤いカーペット敷きの廊下で、左手はラウンジ・バー、右手が磨りガラスのドアの食事室だ。肉とグレーヴィーの匂いが、バーから流れてくる有線放送の音楽よりも重く垂れこめている。

ショーンがバーを覗くと、銅の煙突カバーのガス暖炉があり、それをとりかこむ木枠から真鍮の馬具飾りがいくつもぶらさがっていて、暖炉の両側には葉蘭の鉢植えがあった。中年の酒飲みがパラパラといて、ほかにこれといってすることがないらしく、真剣な面持ちで新聞のクロスワード・パズルのページを見ながらハーフパイントをちびりちびりとやっている。硬そうな白髪交じりのボブでツイードの上着のがっしりした女が顔をあげ、しばらくしてショーンが泊まり客だと気づいた。

「受付はむこうよ」彼女が低い大きな声で言って廊下の先を指さすと、飲み仲間の数人がごま塩頭をあげた。

「どうも」ショーンは赤いカーペットの上を歩きながら、おかしなほどとまどった気分になった。

受付係は元気に挨拶をしてきた。丸めた干し草とトラクターが似合いそうな鼻にかかった声だった。模造ダイアのスタッドピアスを鼻につけ、黒、白、赤の縞模様の髪をした彼女は小粋な黒いスカートスーツとぱりっとした白いブラウスを着ていた。古い釣り船をモチーフにしたホテルのロゴ入りバッジが襟に留めてあり、その下のエナメルの名札に〈ホテル支配人、ジュリー・ブーン〉とあった。

二十歳よりたいして上には見えなかった。彼女が赤ん坊だった頃はかなり恐れられただろうファッションが、いまやここまでありきたりになって客から文句のひとつも引きださないとはおかしなものだ。ジュリーも悪魔カルトのひとりだというなら話は別だが。

「ありがとうございます」彼女はショーンの書いた宿泊者記録とクレジットカードを受け取った。「ああ、ロンドンからいらしたんですね、ミスター・ウォード。どちらで当ホテルのことをお聞きになったかお訊ねしてもいいですか？　参考にしたいので」

「薦められたんですよ」ショーンは答えた。「アーネマス観光案内所で」

ジュリーは喜んだようだった。「四号室をご用意しています。三階で港が見渡せるいい部屋です。エレベーターはそこの右側になります」彼女は手を振ってみせてから、はっとなった。「それとも、お荷物を運びましょうか？」

荷物は旅行カバンとブリーフケース、それにノートパソコンだけだった。だが、もちろん、彼女はショーンが受付に近づくあいだにゆっくりと足を引きずっているのに気づいたのだろう。こんなふうに自分の身体がもはや普通だとは受け取られなくなっていることに、ふたたびとまどいを覚えた。

「いや、大丈夫だよ」

客室は漆喰を塗りなおしたばかりらしく、ホテルにはつきもののピンクがかった白で塗ってから、色の足りなさを補おうと決めた誰かが内装を仕上げていた。ベッドの上掛けとカーテンはすべて鮮やかなターコイズ色、サンゴ色、黄色の幾何学模様だ。思い出がちらりと甦った――子供の頃、母親がこんなふうな布で家を飾っていたな。ボタン留めのある大きなふかふかのソファとかを。ショーンは窓辺に近づき、ベッドの脇に荷物を置いた。ジュリーは正しかった。すばらしい景色だった。港と橋はガス灯を模した照明でライトアップされ、船の灯火がアーン河口の暗い水面にきらめく筋となって反射している。

浴室はさらに好ましかった。大型のバスタブにクロームの強力なシャワー。服を脱ぎ、シャワーの下に立って、温度をあげていった。湯が細く流れて右腕の傷痕のパッチワークへ伝っていく。複数の弾丸が発射されたとき、彼は身を守ろうととっさにこの腕をあげたのだった。湯は流れて脚へ。撃った相手がよろめいて倒れたときに命中し、最悪の傷となった箇所。両方の膝頭の膨らみは、金属のネジだ。両方の太腿には金属の棒が入っている。また歩けるようになるとは期待していなかった。

ショーンがふたたび歩道に降り立つ頃には六時十五分になっていた。予定より少し遅れていたが、たいした遅れではない。目的地は遠くなかった。受付でもらった観光マップを頼りに、何本か道を曲がると到着した。

靴の安売り店とマリー・キュリーのチャリティ・ショップのあいだの厚い金属ドアにブザーがついていた。隣の金属のスロットには、小さなラミネート加工された紙に〈EANG〉と書いてある。表札らしきものはなく、新聞の正式名称さえも出ておらず、あるのは親会社イースト・アングリア・ニュース・グループのイニシャルだけだった。

ショーンはブザーを押して待った。夜になって通りの店はすべて閉まったようだが、まだ人通りは絶えていない。ベビーカーを押す重量級の女が、両手でフライドポテトのカートンをもつ重量級の子供たちに続いていく。だらしないジーンズとフードつきの上着姿の十代の少年たちが、地面に唾を売り歩いている。ミニスカートと生足の十代の少女たちが、嬌声をあげ、笑いあっている。女は若くても年配でも、たいていがジュリー・ブーンと同じように複数の色に染めた髪で、同じように顔にいくつもシルバーのピアスをつけていた。ロンドンの大通りを歩く住民とたいして違わず、例外は声だけだ。それに日が落ちて寒いというのに、誰もコートを着ていないという事実。

インターコムから女の声がした。「《アーネマス・マーキュリー》です」

「ショーン・ウォードです。フランチェスカ・ライマンにお会いしたい」彼はインターコムに話しかけた。

「約束はあるんですか？」どこか挑むような口調だった。

「ええ、ありますよ」

「あら」間、そして静寂。「わかりました。では、階段をあがってきてください。二階の左です」電子ロックが解除される音がした。

ショーンはドアを押し開けて階段をあがり、モダンな黒いデスクのむこうにいまの声の主が座る受付にやってきた。彼女の頭上には、新聞の発行人の名が入ったロゴがアクリルガラスに描かれて飾られていた。小さなオープン型のオフィスが背後に広がっている。

クリーム色のブラウスと青いカーディガン、栗色でボリュームとうねりのあるボブ、灰色がかった緑の目の中年女性は思案顔でショーンの全身をながめた。ショーンは最大級の温かな笑みをむけたが、彼女の表情は冷ややかなままだった。「ここにサインしてください」彼女は訪問者リストのノートとペンを押しやった。「少し待ってください」受話器をあげると、三つの数字を叩いた。

「ミスター・ウォードというかたが会いたいそうよ、フラン。約束があるそうで。ただ、わたしのところのリストにはなにもないけれど。あら、そうなの。わかった。伝えるから」

彼女は受話器を置き、オフィスのほうを指さした。「まっすぐ進んで。突き当たりの右ですよ」

《アーネマス・マーキュリー》は少人数で運営されていた。左手にはホワイトボードをかこんでデスクが配置してあり、そこは広告部だった——ジェルで髪を固めた若い男がふたり、事務椅子の背に上着をかけ、電話でペラペラとしゃべっている。肉厚の赤ら顔で酒好きらしく、色むらがあるブロンドの年配の男がひとり、電話のむこうの誰かとジョークを言いながら、ネイビーブルーのパンツに包まれたタマの位置を調整していた。

ショーンの右には、むかいあわせにデスクを置いた四人の女たちが、付箋だらけのパソコンをにらみ、全員が集中してキーボードを叩いている。そのうちふたりは広告部の男たちと同じくらいの年齢で、堅苦しい黒のスカートスーツを着て髪をピンでアップにしていた。三番目の瓶底メガネをかけて茶色の髪をウェーブさせた女は、もっとカジュアルに灰色のセーター、ジーンズ、スニーカーという身なりだ。四番目は年配で髪を派手なオレンジ色に染め、薄緑のブラウスを着て、同じ色の目で熱心に画面を見つめている。

フランチェスカ・ライマンのデスクは各号の一面で覆われた壁の前にあった。〈行楽客のための特別号〉、〈戦時中の思い出特集号〉。彼女はすでに立ちあがっていて、顔に浮かべた笑みは先ほどショーンが受けた歓迎とは対照的だった。

もっと言えば、この編集長は部屋にいる誰ともまったく違っていた。三十代初めらしく、上背があり、痩せて曲線のない身体、黒い豊かな髪は部下たちがあきらかに追随しようとしている髪型にまとまっているが、彼女の場合はもっと軽妙な感じだった。仕事用のスタイルをわざと踏みにじっているように。誂《あつら》えたグレイのパンツスーツ姿で、なかはオープンネックのターコイズ色のシャツだった。大きくまっすぐに見つめてくる目はシャツと同じ色で、その下は高い頬骨とダークレッドのくちびる。

「こんにちは」口をひらくと、きれいに並んだ白い歯がきらめいた。地元の訛りは彼女にはまったくなかった。

「ミズ・ライマン」ショーンは握手をした。なめらかで冷たい手には、いかつい銀のブレスレットがはめられている。すべての顔がこちらにむけられ、会話の囁きやキーボードの音が静かになったことを意識した。「会ってくださって感謝します」

「こちらこそ」彼女は言った。「お腹が空いてらっしゃるでしょ？　近くにゆっくり話せるお薦めの店があるんですよ」彼女は意味ありげに部屋を見まわした。「それに料理もなかなかで」

「よさそうですね」ショーンは答えた。ロンドンを発つ前に話をしたとき、想像したとおりにフランチェスカ・ライマンは振る舞っていた――退屈した地方紙の編集長で、なにか大きなニュースを求めているが、たしかなものだと思えるまではスタッフにさえ知られたくないらしい。この手の仕事で生計を立てる者を信頼せねばならないと思うと気が進まなかった。けれど、初めての町で新参者が動くとなれば、地元の新聞の味方はいやでも必要だ。それに、弁護士がこの人物には会え、彼女は役に立つはずだと主張していた。

編集長はノートパソコンをブリーフケースに収めると、黒いウールのコートに袖を通し、首に淡い黄色のスカーフを巻いた。オフィスを出ていくときにショーンはスタッフの視線がこちらを追って、崇《あが》めるようにフランチェスカを見つめるのに気づいた。

「おやすみ、パット」彼女は受付係に声をかけた。受付係は黄褐色のレインコートのベルトを結んでいるところだった。

彼女はショーンを怖い目でにらみ、「ちょっかい出したりしないんですよ」と言った。

6 魔女《ヘックス》

一九八三年九月

「さて、諸君。転校生を紹介しよう。サマンサ・ラムだ。ロンドンの出身だが、こちらにおじいさんとおばあさんがいらっしゃるので、アーネマスはなじみがないわけじゃない。きみたちができるかぎり温かく歓迎してくれるものと期待しているよ」

担任のピアソン先生は口ではそう言ったが、眉間に寄せた皺と薄い青の目は、不親切な歓迎をすればきっと代償を払うことになると目の前の生徒たちに伝えていた。茶色のスーツ姿のピアソン先生は長身で、襟に届く長さのウェーブした茶色の髪に細い口ひげをたくわえ、どこか冷たい死人のような顔つきで、彼が預かっている十代の若者たちの大半を怖気づかせるのに不足はなかった。どうしても引き離せないトラブルメイカー三人組——ニール・リーダー、シェーン・ローランズ、デール・スモレット——よりによって無慈悲な運命でアルファベット順に並んでいる連中も、例外ではない。

ミス・ラムは新学期が始まって一週間後に転校してきたので、いまから姓の順にしたくても席がない。余っている机はただひとつ、コリーン・ウッドロウの隣だ。姓からも成績からもクラスの最後になった少女。

「サマンサ、コリーンの隣に座ってくれるかな？」

けれども、この少女には意地悪なところがまったくない。それどころか、生い立ちを考えるとちょっとした奇跡のように、クラスにすんなりなじんだ。だからこそ、ピアソン先生は彼女のあたらしい髪型を監視対象にしない心づもりでいた。たとえ、毎回の授業をいままさにやっているとおり――窓の外をながめて口をぽかんと開け、頭のなかで音楽でも流れているかのように片脚を前後に振っている――に過ごしていても。緊張した面持ちの新入りの少女が近づいていくと、コリーンはゆっくりと顔をむけ、ぎこちなく笑いかけた。

「生意気そうな女だな」ローランズがリーダーに低い声でつぶやいた。

だが、デール・スモレットにはちゃんと聞こえた。親友ふたりの前に座っていてよかった。サマンサ・ラムが教室に入ってきて生徒の前に立ち、あの歪んだ前歯でくちびるを噛んで、首を傾げて黄金の髪のカーテンに片目を隠し、残る片目で教室をすばやく観察し、落胆の表情を浮かべて目を伏せたのを見たときの自分の顔を見られずに済んだ。彼女の視線をたどって蜂蜜色の脚を、長く白い靴下を見て足首の曲線に目を留めると、自分もくちびるを噛んだ。

ブロンドの少女は怖がっているらしく、コリーンはそれも無理はないと思った。初めて小顔《ピンヘッド》のピアソンに会えば、ぞくっとする。でも、あの先生はほんとはいい人だとわかっていたから、励ますように笑いかけた。「ども？」

「こんにちは」転校生は答えたが、まだ不安顔で青とピンクのストライプのキャンバス・バッグをあたらしい机の上に置いた。コリーンはそのバッグが素敵だと思った。自分の机の蓋をもちあげ、教科書、ペン、鉛筆をきれいに並べている内部を見せた。《スマッシュ・ヒッツ》から切り抜いたページが蓋の裏に貼ってある。大きな黒い十字架のイヤリングをつけ、鮮やかな黄色と紫のアイシャドーを入れたマドンナ。

「机に出しておかなくていいのは、こんなふうに入れとくといいよ」

転校生は彼女を見つめるばかりだ。

「それから、片づけが終わったら」ピアソン先生が視界にぬっと現れた。「こちらがきみのカリキュラムだからね」

先生はサマンサに時間割の紙を手渡した。ロンドンで通っていたパブリックスクールでの成績を参考にしてトップクラスの内容になっていたから、コリーンは勉強の案内役としてはほとんど役に立たない。

「デボラ・カーヴァー」ピアソン先生は教室の向こう側に目をむけた。「きみはサマンサと同じ時間割だ。各教室に案内してやってくれるね?」

デビーは口をひらいたけれど、言葉が出てくるのに少し時間がかかった。あたらしくやってきた少女を見ていると、胸で不安が渦巻いていく妙な感じがした。理由も、あの子のなにがそうさせるのかもわからなかった。のちに虫の知らせを感じたのだと想像することだろう。あれほど輝いて愛らしく見える少女が実際は頭上に黒い雲を浮かべていて、それがデビーの世界に広がろうとしていると。

彼女たちみんなの世界に。

三時間後、机のまわりに集まり、コリーンとデビーはふたりでいつもしているように、ランチボックスの中身を転校生とも分けっこしていた。

「で、どこに住んでるの、サム?」コリーンが訊ねた。

「マリン・パレード」新入りの少女は答えた。「ノース・デーンズ側の」

デビーはほっとして頰張っていた口いっぱいのサンドイッチを一気に呑みこもうとした。ノース・デーンズはふたりの家からは町の反対側だ。少なくともこの子と一緒に帰ったりしないで済む。

「おばあちゃんとおじいちゃんの家があるのよ」サマンサは話を続けた。「でも、すぐに引っ越す」彼女はタッパーに入ったサンドイッチの残りを見おろした。

「ママがトールゲート・ストリートに家を買ってね。二週間でそっちに行く。行きたくなかったけれど」サマンサはため息を漏らし、最後の四分の一をコリーンに差しだした。コリーンが提供した食事はチーズ&オニオン味のポテトチップス一袋だけだった。

「いいの?」コリーンはそれでは少しもらいすぎだと思った。

いまの言葉が突き刺さってデビーの喉はまた締めつけられた。

サマンサがうなずく。「お腹が空いてない」彼女はそう説明した。顔をあげるとデビーと目が合った。

「でも、トールゲート・ストリートはいいところだよ」デビーはそう言って顔を赤くし、こんなことを考えた。それにスウィングの店のすぐ近くだし。いまはあのパブと学校の美術室だけが、人生を過ごしたい場所だ。わざと転校生をいつも昼休みに過ごす隠れ家には案内しなかった。でも、コリーンはいつまで秘密を守れる?

「そうじゃなくて」サマンサが目元から前髪を払って言った。「ママがいやなの。一緒に暮らしたくない。おばあちゃんやおじいちゃんと一緒がいい」

「あんたのママ、いけすかないおばさんってこと?」コリーンがサンドイッチをもぐもぐ頬張ったまま訊ねた。「うちのがまるっとそれなんだよね」しかめ面で表情を一瞬固まらせてから、彼女はふたたび食事を続けた。

サマンサはこの日、初めて本物の笑い声をあげた。「そうね、あの人はあばずれよ」彼女は相槌を打ち、間を置いた。「それにふしだら」そう言い足し、ほほえんでコリーンを見つめた。

デビーは食べかけのサンドイッチをあきらめた。アルミホイルのなかで指先がつぶしてしまっていたのだ。

「うちのもそうだよ」コリーンはあっさり言った。「この夏、わたしがゲストハウスでバイトしたお金を取りあげたのに、それでも足りないんだから、あの恥知らず。でも、こっちだって思い知らせてやったけど。そうだよね、デビー?」彼女は人差し指で、パーマをかけハイライトを入れた髪をねじった。これが手に入ったのだから殴られて目元に黒いアザができても後悔なし、マドンナのメイクを真似してなんとか隠していた。

デビーは黙れと伝える表情を友達に見せようとしたが、コリーンは波に乗っていた。「それで、あんたのママはどんなことした？」

「男を作ったの」サマンサはふたたび弁当箱を差しだした。自分で食べるつもりだったクラブのミントクリームのチョコ・ビスケットだけが残っていた。

「へえ？」コリーンはお菓子を受け取り、これまで耐えてきた母親の数えきれない男たちを思いだしていた。「どんな男？　ドラッグやってる奴？　バイカー？」

「煉瓦職人」サマンサはふくれ面をした。「それに、わたしたちと四歳しか違わないのよ」

「はーん」コリーンはうなずいた。「本物のふしだら女だね、あんたのママは」

ふたりはどっと笑い声をあげた。

デビーは胃でなにかが這っている感じがした。これは予想よりひどい。

「さあ！」彼女は弁当箱の蓋を勢いよく閉じた。「外に行きたい人？　昼休みのあいだずっと座っているのはいやだな。こんないい天気なんだから」

「わかった」サマンサは肩をすくめ、ゆっくりとデビーに顔をむけ、全身をながめた。「わたしたちはあとで行くから」

コリーンは机から飛び降りようとしていたが、すんでのところで思いとどまった。

「外に行きたい気分じゃないの」サマンサはコリーンに説明した。「あなたは？」ほほえみかけて目でなにか訴えた。コリーンは言いたいことがわかった気がした。

「ええと、行きたくないかな」コリーンは浮かせた腰をもどした。「あんたと一緒にいる」そして教室の後方を一瞥《いちべつ》した。リーダー、ローランズ、スモレットがいつものように集まって座り、くだらないことをしゃべったり、教室のあちらこちらへ紙つぶてを投げたりしている。スモレットが急いで視線をそらし、首元まで赤く染めるのが見えた。

コリーンはサマンサに視線をもどし、共犯めいたウインクをした。「わたしが守ってあげる」

デビーはアレックスの部屋の壁のポスターをじっと見つめた。ドンキージャケットの背中を上にして目の前の床に置き、チャコペンで輪郭を描きはじめた。翳りのある音楽が大音量で部屋を満たしている。

アレックスは壁にもたれてシングルベッドにゆったり座り、バランスを取って膝にスケッチブックを載せてデビーの作業を見守り、彼女が真似しているロゴを見あげた。夏の旅行で手に入れたあたらしいポスター。ライヴの告知ポスターは、彼が国じゅうをまわった足跡を記すものだ。この寝室に飾りつけられていない場所は一インチたりともなかった。隙間を埋めるのは雑誌の写真だ。エレクトリック・ボールルームで演ったダムド、ライシーアムでのUKディケイ、一番古くて一番の宝物である切り抜きはウエスト・ラントン・パビリオンでのセックス・ピストルズ。黒いサングラスのラモーンズ、立てた前髪とカールのクランプス、裏路地に佇むクラッシュ。そうした写真をかこんで貼ってあるのが、アレックス自身のスケッチだ。意識をこちらにむけていない瞬間の友人たちを捉えたもの。彼はつねに鉛筆でその人物の本質を突きとめようとしている。たとえば、いまこのとき、デビーの額に刻まれている真剣なあまりの皺とか。

「今日、学校はどんなだった?」アレックスは訊ねた。「美術室に行ったかい?」

デビーはドンキージャケットの上で手をとめた。「うん」彼女は答えた。「昼休みに」

コリーンが転校生と教室に残るとデビーは美術室へ逃げ、ダレンとジュリアンを見つけて仲間にくわわりいやなことを忘れた。なのに恐ろしい始業のベルが鳴り、サマンサ・ラムに時間割の教室を案内する午後の務めに引きもどされた。

「でもね」彼女はチャコペンを置き、床に直座りしたまま紅茶のマグカップを手にした。「あたらしい女の子が来たんだ」ゆっくりとひと口飲むと、描きはじめたあたらしい作品を見おろした。「その子をあっちこっち案内してまわったから、いつものようにはいかなくて」

アレックスはおやっという表情になった。「その子が好きになれなかったとか?」

デビーは彼を横目で鋭く見た。「うん。でも、リーニーは好きになった」

彼女はマグカップを置いてチャコペンを摑み、ふたたび身を乗りだして絵を描き、帰り道の口喧嘩のことを考えまいとした。コリーンは転校生に親切にしようとしただけだし、サムはとてもいい子だと説得しようとして、もらったという小さな鉛筆を見せられた。ピンクのハートがついた白い鉛筆。むかつくくらい子供っぽいものだった。

「どうして?」アレックスはデビーの表情が変わって頰が紅潮していくのを見ていた。

「それがね」デビーは顔をあげずに答えた。「ピンヘッドがふたりを隣同士に座らせたら、その子、すぐにリーニーの機嫌を取りはじめたんだ。おじいさんがレジャー・ビーチ遊園地の持ち主だから、いつでも好きなときに連れていってなんでもタダで乗せてあげるって」

「ふうん？」アレックスは言った。「まあさ、そう悪いことじゃないかもしれないぞ、デビー。いいかい、きみができるだけコリーンによくしているのは知ってるが、ほんとはあまり共通点がないだろ？」

「ないけど」デビーは声が震えないようにがんばった。

「つまりさ」アレックスが話を続ける。「あの子はきみと同じことが好きじゃないね？　きみ、自分で言ってたじゃないか。先週あの子をスウィングに連れてこれたのは、あの子が、彼の名前なんて言ったかな、ジュリアン？　彼と仲がよくなったと思いこんでるからだって」

デビーはうなずき、喉の塊をぐっと呑みこんだ。「そうだよね」

「彼はいい奴だった」アレックスは考えこみ、もっと優しい口調になって言った。「それにダレンも。きみは彼が好きなんだろ？」

デビーはうなずいた。だが、目の前で躍っているのはダレンの顔じゃなかった。コリーンだ。学校から帰る近道の路地の真ん中に立って、怒りをぶつけてくる姿。「もうきみにはダレンがいる。ぼくのことだって、もう必要ないんじゃないか？」デビーの襟元のあたりをしっかりした小指でつついた。「ほら！　きみ、否定しようともしない。転校生やコリーンのことなんか、気にすることがあるか？」

アレックスはスケッチブックを置き、ベッドから滑り降りると隣に座った。三人兄弟の末っ子で、十歳ほど離れている兄たちは彼がまだほんの子供の頃に家を出ていて、いつも疎遠だった。昔からデビーこそ本物の妹のような存在だった。

「それ、すごくいいね」彼はデビーの肩に腕をまわし、描きかけの絵を見おろした。

「そう思う？」デビーは鼻をくすんといわせた。話題が変わって嬉しい。

「ああ」アレックスは答える。「絵の具をもってこよう。手伝うよ」

7　にごりのない真実《シルヴァー》を求めて

二〇〇三年三月

表の歩道に降り立つと、フランチェスカは笑い声をあげた。「やれやれ」彼女は一瞬ショーンの腕に手を置いた。「いまの、ごめんなさいね。あれがアーネマス流歓迎と呼ばれているものよ。わたし自身もこの町にやってきたとき、あれをくらった。とくにパットから。あの人、ここで一番古くて、十六歳から働いているのよ。誰が新聞社を仕切っているか、みんなに教えるのが好きで」

「まあ、きみはわたしよりましな印象を与えたんだな」ショーンは言った。「彼女はきみの番犬みたいになっている」

「わたしも自分の流儀を通すから。さあ、こっちよ」彼女はヴィクトリアン様式の商店街へ案内し、宝石、みやげ物、女物の衣類を売る店の前を歩いていった。

「このあたりはたいして洗練されてはいないの」フランチェスカは花柄模様の服のマネキンが飾ってあるのをちらりとながめた。おそらく、半世紀ほど前の。「でも、見つけるべきものは、いつも町の古い地区にある」

突き当たりまで来ると、ショーンは彼女が案内しようとしているのは、彼が泊まるホテルではないかと一瞬怯え、肉とグレイヴィーのしつこいにおいを思いだした。だが、彼女は左へ曲がらずに、ジョージアン様式の家が並ぶ広場を横切った。

「ねえ、あそこ。突き当たり」彼女はとくに古びた建物を指さした。古い町の城壁の残った部分と保存された砦だ。「あれはトールハウス。昔の牢獄よ。魔女狩り将軍のマシュー・ホプキンスが地元の女たちを連行し、自白させた場所」彼女は意味ありげに片眉をあげてみせた。

ショーンは調子を合わせて笑いながら、これはどうやってスタッフを味方につけたか行動で示しているのか、それともこの若干媚《こび》を売るように親しげな態度は自分だけにむけられたものだろうかと迷った。

「到着」彼女はあるタウンハウスの前で足をとめた。レストランに改装されたものだ。ドアの上にクリーム色の看板が下がっている。黒い文字で書かれた言葉は〈パフォス〉。

「ギリシャ料理だね」ショーンはそう言った。

「町で一番よ」フランチェスカが返事をした。「アーネマスにはキプロス人がたくさんいるの」

階段をあがりきる前に、男がふたりのためにドアを開けていた。背が高く筋肉質、豊かな真っ黒の髪、にこやかに笑うと非の打ち所のないまっすぐな白い歯が覗き、まるで映画スターのように顔立ちが整っている。

「こんばんは《カリスペラ》、フランチェスカ」男は声をかけ、彼女の手を取って軽くお辞儀をした。「いつもながら歓迎だよ。それにお連れ様も」彼はつけ足した。「もちろん」

「席を……?」フランチェスカが言いかけた。

「ああ、アーチリャスから聞いているよ。さあ、どうぞ」彼は受付のデスクに寄らずふたりを通し、階段をあがって母国のデザインに合わせて内装をやりなおした誰もいない食事室に案内した。マホガニーの床板、薄い青緑色の壁、窓には重厚感のあるカーテン、ぱりっとしたクロスに銀の枝つき燭台が置かれたテーブルが並んでいる。「この席へ」彼は広場を見渡せる張り出し窓の前のテーブルの椅子を引いた。「九時まではほかの予約は一階だけに入れているから」

「ありがとう、ケリー」彼女は先ほどショーンにしたのと同じように、彼の腕にふれた。「助かるわ」

ケリーが彼女に見せた表情は、スタッフがこの編集長に見せた敬意と同じようなものだった。彼はふたりの上着を預かり、メニューとワインリストを残してうしろに下がった。ショーンは空腹で胃がねじれそうだった。

「ワインはどう?」フランチェスカがメニュー越しに訊ねた。

「いいね」ショーンは答えた。「赤をグラスでもらおう」

「ボトルにしたほうがいいかも」フランチェスカはいかにも慣れたふうに話した。「心配しないで、経費で落とすから。ケリー、赤のボトルと前菜《メゼ》をなにかお願いできる?」

ウェイターが去るまで彼女はじっとしていたが、それからショーンと目を合わせた。「それで、わたしと話したいことというのはなにかしら?」

ターコイズ色の瞳は眼光鋭かった。ショーンは椅子にもたれ、肩の力を抜いたように見せようとした。「こうした事件を調査したことがないんだ」彼は説明した。「このあたりに来たこともない。昔の記事ならいくらでも読めるが、その町の雰囲気はわからない。求めているのはそれだ。地元の人のちょっとした意見」

「そういうこと」彼女は言った。

「たとえば」ショーンは話を続けた。「アーネマスでは、きみの受付係に受けたような歓迎を誰からも受けると考えていいのかとか」

「おそらくは」彼女はうなずいた。「パットはこの町を象徴する好例よ。あなたは彼女からなにも聞きだせないでしょうけど、彼女が家に帰ったとたん、電話線は使われっぱなしになるわね。見知らぬ男が今日、オフィスにやってきたと。だから、あなたの用件がなにかスタッフに知られたくなかったの。きっとパットは見つけだすでしょうけど。アーネマスの第一のルール——壁に目も耳もあると思え。最初だけでもあなたのために秘密にしておきたかったの」

ショーンはうなずいた。「なるほど。それで、スタッフにはどう説明するつもりか教えてもらっても?」

「あなたはロンドン時代の古い友人ということにする。どういった友人かは勝手に想像させましょう。暇つぶしの噂であなたが何者かでっちあげるほうに時間を割いてくれることを祈るわ」彼女は眉をあげ、ショーンのうしろを見やった。

「ああ。よかった。前菜が来た」

ショーンがフランチェスカを観察するあいだ、ケリーはディップ、オリーブ、ペイストリー、ピタパンをテーブルに並べ、酒を注いでほほえみながら去っていった。彼女は食事室全体がよく見えるただひとつの席を選んだのだ。壁に目ありか、たしかに。

「それで」彼はパンに手を伸ばしながら話をうながした。「きみはここに来てどれくらいになるんだ?」

「《マーキュリー》で働いてまだ三年とちょっと」彼女はフムスをスプーンで取り、皿に載せた。「この仕事に就いたときは、わたしとパットとポール・ボーマンだけだった。広告部責任者の、ピーター・ストリングフェロー(クラブ経営を主体とした実業家)みたいな顔の人。前編集長は広告以外の仕事を全部ひとりでやっていたけれど、心臓発作を起こしてデスクで亡くなったの。慣習をひっくり返すのに大変な努力が必要だった。でも、やり甲斐があった」彼女はグラスを手にして、物思いにふけりながら口をつけた。「わたしたちも遠くまで来たものね」

「それで、その前は?」ショーンは訊ねた。

「全国紙で五年間働いた。記者から始めて編集へ。でもね——あそこでは編集長になれるチャンスはまず来ないから」

「そうは言っても」この町のように陰気な田舎へ引っ越したのはなぜだろう。「ここに来るのはちょっとしたカルチャー・ショックだったろうね」

「そうでもないわ」彼女はほほえんだ。

ショーンは三角形のペイストリーを口に運び、なかの温かくて崩れるフェタチーズとほうれん草を味わった。ふたりが料理をたいらげるのに時間はかからなかった。

「でも、そう言うあなたはどうなの？　というのは、わたしもあなたがここに来た理由を調べたの」フランチェスカが言った。「地元の意見がほしいというのはわかる。でも」彼女はさっとふたたび顔をあげた。「先にメインを注文しましょうか」

「なんにするか決めてるよ」ショーンが答えたとき、ケリーが音もたてず隣に現れた。「ムサカの大盛り」彼はそう言ってウェイターを見あげた。

「同じものを」フランチェスカが言う。「期待していいわよ」

ふたたびケリーがいなくなると、彼女は身を乗りだし、長い指でグラスのステムを握った。

「それで、どんな進展があったの？　たぶん法医学、ＤＮＡね？　誰か情報提供者が現れたんじゃないでしょう？」

「正解だ」ショーンはうなずいた。「そんなことが起こるチャンスがあるとは思えないってことかな？」

彼女は首を振った。「あまりにもたくさんの人々の人生がぶち壊された。ここのような小さな町だとね、ひどい理由でひとりにスポットライトがあたると、周囲の抱えるストレスも耐えられないくらいになる。彼らは二十年前に生贄《いけにえ》を差しだして、かわりに構わないでもらうことを期待した。事件を掘り返したがる人が多いなんて思わないことよ」

「地元紙の編集長でさえもか？」

その質問が宙ぶらりんになっていると、ケリーがムサカをテーブルに置き、グラスにおかわりを満たし、ふたたびふたりで食事が楽しめるように去っていった。ショーンはフォークを刺し何口か食べてみた。フランチェスカの言うとおりだ。期待に添うものだった。しばらくはふたりとも無言で食べ、ショーンはひと口ごとに美味しさを噛み締めた。

「これはいいことなの？」フランチェスカがおもむろに言った。「手応えはどう？　事件の様相が変わるほどのものだと思う？　蜂の巣をつついて、大騒ぎが起こるリスクを冒してもいいくらい？」

ショーンは瞬きをしてコリーン・ウッドロウの目つきの記憶を振り払った。思いだすと、急に疲労感に襲われ、食事をすることで無視できていた脚の痛みがぶり返した。甦った。木陰から躍りでる若い男の影……

「証拠から、賭けてもいいと思う」

ふたりはテーブルを挟んで見つめあった。続いてフランチェスカは顔をそむけ、窓の外の夜景をにらんだ。「タ・エン・オイコ・ミー・エン・ディーモ（ギリシャ語で「内輪の恥を晒すな」の意味）」彼女はつぶやいた。

「なんて言ったんだい？」ショーンは訊ねた。

彼女はショーンの顔に視線をもどした。「では、あなたには助けが必要になりそうね」

8　夜は味方だから《ビコーズ・ザ・ナイト》

一九八三年九月

「なんだってもらえるとしたら」サマンサが言った。「世界のどんなものでもよ、なにが一番ほしい？」

コリーンは目を開けたが、砂丘の柔らかな斜面に寝そべるあいだ身体を温めていた太陽に目を細くした。いくつものアトラクションとそのあとのアイスクリームのせいで、まだ少し吐き気がする。ノース・デーンズで見つけた人目につかない窪みに埋もれるようにして横になったのだった。

「そうだな」彼女は下くちびるを嚙み締めてから言った。「たぶん……今日みたいな日が永遠に続くといいかな」

「やだ、なに言ってるの」サマンサは肘をついて身体を起こし、あたらしい友達に顔をむけた。

「その程度じゃないでしょ——なにかもっとほしいものがあるはずよ」

コリーンは頭のなかで日曜午後の気だるい暑さと闘った。今日はジェットコースターに三回、ロタ、それから、ゴースト・トレイン、スーパー・ループときて、最後にワルツァーで係員がふたりの乗った車をぐるぐるまわしながら冗談を言ったので、コリーンはスリルと笑いで頭がぼうっとなった。それから海岸通りを歩いて、リージェンツ・ロードの小高い場所にあるマリオの店で甘いごちそうのアイスクリーム、これはレジャー・ビーチを出る前にサムのおじいちゃんが握らせてくれた五ポンドで買った。

人生がこんなにいいものになるなんて思ってなかった。

サマンサの目が熱心にコリーンを見ている。緑と青の中間、北海と同じ色。くちびるにほんのり笑みを浮かべ、嚙んでいたビーチの草を手に取って、コリーンの鼻の上で振っている。

「ほらほら」サマンサが言う。「教えて」草を下げてくすぐりはじめた。

コリーンはぴくりと身体を動かした。「フーッ!」草を吹き飛ばそうとしながら、できるだけ顔をそむけた。「やめてよ、サム」そう頼んだ。

だが、サマンサはさらに近づき、彼女の頭で太陽が隠れた。口元の笑みが広がり、曲がった歯がきらめいた。「教えて。そうしないと、本気でくすぐるから」

「やめて!」コリーンは起きあがって座ろうとしたが、サムのほうがすばやく、コリーンの身体の両側を腕で押さえてから、胸に馬乗りになった。

「教えて!」サムはコリーンの鼻先を草でくすぐりながら迫った。

「降りてよ!」コリーンは息をするのもやっとだった。叫び声をあげて脚を蹴りあげ、身体をひねったから、ふたりは砂丘の坂を転がり落ちていった。サマンサのキャーッという笑い声に包まれながら転がり、手足がもつれたまま下についた。口のなかも髪も砂だらけだ。

「なにすんの！」コリーンは急いで身体を離し、ぱっと立ちあがった。顔は真っ赤だ。「髪のセットを台無しにして！」頭を上下に振って砂を振り落とそうとしたら、目の前に星が飛んでよろめいた。

「わたしは悪くないよ」サマンサはまだ座ったまま、相変わらず草を手にして前髪のカーテン越しに友を見あげた。「赤ちゃんみたいなこと言わないで座って。話したいことがあるんだから」

その声には棘があり、コリーンはたちどころに動きをとめて、言われたとおりにした。たったいま、掛け値なしのパニック発作に襲われそうになったのに、今日のような日々を失うことになる恐怖のほうが、身体がどんな不快な目に遭うより大きかった。

「どんなこと？」コリーンはそう言い、おずおずとしゃがんだ。

サマンサの表情は雲が太陽を横切って飛ぶようにあっという間に変わった。笑顔は消え、真剣な顔つきになり、いまの目は青というより緑に近かった。「本当の友達がいたことがないの」彼女は言う。「秘密を全部話せる友達は。あなた、わたしの友達になりたいよね？」目と同じく、声もすがるようだった。「それとも、あなたもほかの人たちと同じなの――おじいちゃんのことで、自分もいい思いできるから、わたしのことが知りたいだけ？」

コリーンは恥ずかしさでさっと頬が赤くなるのがわかった。「もちろん、違うよ」瞬きせずに相手の目を見つめようとした。「そんなふうに思わないで、サム」

「だって」サマンサは顔をそむけ、海を見つめた。「あなたはいまのままで平気よね。あなたにはデビーがいる。本当の友達でしょ？　なのにわたしのほうは……」彼女は下くちびるを噛んだ。「わたしにはかっこよくもないガキと駆け落ちしたばかりのママと、そんなママに立ちむかう根性もないパパがいる。ふたりとも、わたしのことなんか気にしてない。ふたりはわたしをここに捨てたんだよ。みんながわたしを甘やかされた偉そうなビッチだと思っているこの町に」

「ううん、みんなそんなこと……」第二のパニックがコリーンを執拗に襲おうとして、説得力のある言葉が考えられなくなっていた。「そんなこと思ってないよ、正直な話」

「ハハッ！」サマンサはいきなり振りむいた。「教室に入ってすぐにあの男の子の言ったことが聞こえたよ。あのシェーン・ローランズとニキビ面の仲間たちの。わたしを笑ってた。みんな。それにあなたの大事なデビー」そう言いながら目を細め、コリーンを鋭く見つめた。「あの子もわたしが好きじゃない。はっきり態度に出してる」

「ねえ」コリーンは手を差しだした。「ローランズの言うことなんか、聞かなくていいよ。頭、からっぽなんだから。誰でも知ってる。あいつがどう思うかなんて、誰も気にしない。みんなあんたが好きだよ、サム」

サマンサの目を見れば、そんな話は信じていないとわかった。もっと説得しなくちゃ。「もしも、みんながあんたを好きじゃないって言うなら……だったら、わたしもみんなが好きじゃない」

「ほんと？」サマンサの目つきが優しくなり、緑に青がなだれこんだ。

「いつもあんたの味方をするからね」コリーンは熱を込めた口調で言った。「誰にも文句言わせない」

サマンサは厳《おごそ》かにうなずいた。「わかった。小指を貸して」

コリーンは言われたとおりにした。

サマンサはコリーンの小指の腹を草ですばやく深く切って血を流させた。手を摑まれたまま、コリーンはびくりとした。

「だめ」サマンサが言い、その手に爪を食いこませた。「待って。今度はわたしが」

不意の痛みに目に涙を浮かべながらコリーンが見ていると、サマンサが身じろぎもせずにみずからの小指に同じことをして切った。続いてふたりの指を合わせ、空いたほうの手できつく押さえる。

「これで、わたしたちの血は混ざった」サマンサは目の奥に強い意志を浮かべて言った。「わたしたちは姉妹よ。ほかの誰にも教えないの。でも、自分たちの秘密はこれから全部教えあう。いい?」

コリーンは見つめられ動けなくなり、頭だけを動かしてうなずいた。

「よかった!」サマンサが言い、手を放して立ちあがった。「さあ、おばあちゃんに会いにいこう。お茶の時間にケーキを焼いてくれてるんだ。さあ、競走」

そして彼女は砂丘を駆け降りていった。当惑したコリーンが追いつけないほど速く。

台所のテーブルに座るエドナは内心、激しく動揺していた。視線は絶えず天井と、七時に近づいていく時計へと振れている。こわばった膝にヌードルズを乗せてなでている。

透視のできる目があればいいのに、サムの部屋でなにが起こっているのか見えたらいいのに。孫娘とあの……遊びにきた生き物とのあいだに。エリックが早くもどってくればいいのに。思い切って二階にあがり、明日は学校があるからそろそろ帰ったほうがいい時間だと、やんわり伝えたほうがいいかしら……

彼女とエリックは孫娘のあたらしい学校の友人に会えるのをそれは楽しみにしていた。玄関のドアを開けたらコリーン・ウッドロウがいて、けばけばしいハイライトを入れてガチガチに固めたうねる髪、紫のアイシャドウと口紅を見つめることになるまでは。あの手が自分の作ったカップケーキに伸びた場面を思いだしてエドナは顔をしかめた。レースの指なし手袋をはめた、あの黒く塗られた爪。実際に見たことはないけれど、あれこそ泥棒の手ですよ。

ヌードルズは女主人の膝にいるのに飽きて顔をあげて吠え、エドナの膝から飛び降り、汗で濡れた手でさわられて湿った身体をぶるぶる震わせると、ふたたびあたりを警戒する様子になった。それから〝あなたがやれないのなら、ぼくがやるよ〟と言いたげな視線を投げて、元気よく階段を駆けあがっていった。

「ほら」コリーンはスツールから一歩下がり、鏡に映った姿をサマンサが見られるようにした。

「どうよ？」

サマンサは変身した姿を冷静に見つめた。毛を逆立てて膨らませた髪型、毛抜で抜いて細く描いた眉。黒いアイラインとたっぷりつけたマスカラにピンクと黄色のアイシャドー。鮮やかな色で鋭角に入れたチーク、クララ・ボウのような小さなくちびるは黒でくっきりと輪郭を縁取られ、紫のグロスで塗りつぶされていた。

コリーンは視線を鏡から手にしていた化粧のパレットに移した。シュガーピンクから濃いモーヴまで、突きだしたくちびるの形のパレットがずらりと並び、かわいいリップブラシが一本ついている。「すごいね」彼女は言った。「これ、ロンドンで買ったんだよね。このあたりじゃ、こういうの見たことないし、それに……」コリーンはこう言いそうになるのをすんでのところで思いとどまった。〝パクったこともないし〟

「あげる」サマンサは浮かれた口調で言い、頭を違う角度に動かした。《レコード・ミラー》から切り抜いたスージー・スーの写真が鏡台にテープで貼ってある。コリーンはこの一時間がんばってサマンサの髪を同じように仕上げ、そのあいだ窓辺のトランジスタ・ラジオではトミー・ヴァンスがトップ40をカウントダウンしていた。

「あなた、こういうのがすごくうまいのね」サマンサはそう認めた。

「うん、わたし美容師になりたいんだ」コリーンは頬を赤らめた。この秘密の望みを誰かに漏らしたことはなかった。デビーにさえも。深く考えずに口走ってしまった。でも、サマンサとはもう姉妹の誓いをかわしたんだから……

「絵もうまいんじゃない?」サマンサが話を続ける。

「そうだね、下手じゃないかも」コリーンは謙遜した。「わたしはただ……わ、ちょい待ち、あれなに？」ドアをひっかく音を聞きつけ、近づいて少し開けてみた。「なんだ」毛むくじゃらの鼻先が突きだされたのを見ると、しゃがんでなでた。「すごくかわいい犬」

「まさか、なに言ってるの」背後でサマンサの声が冷たくなった。「うるさい覗き屋め」

ヌードルズが急に吠えてぱっとあとずさると、数秒差で彼めがけて投げつけられた靴がドア枠にぶつかって跳ねた。

「ちょっと……？」靴ミサイルはコリーンの肩をかすめ、彼女はショックでドアをぴしゃりと閉めた。

「あはは！　チビのチクリ屋め、いい気味！」サマンサは笑いはじめた。

「何事なの？」階段のてっぺんまでやってきたエドナはちょうどレースの手袋の手が自分のペットに伸ばされているところ、そのヌードルズが激しくあとずさって踊り場を駆け抜け、エドナのベッドの下へ潜りこむ場面を見た。サマンサが金切り声をあげるのを聞いて、自分の悲鳴も耳に響かせながら、ドアに駆け寄り、引き開けた。

コリーンは丸く、驚いた――そしてエドナの心にはうしろめたそうに見える――目で見つめ返してきた。

「わたしの犬になにをしてるの？」エドナは問いただした。

「なにもしてません」コリーンは反論した。

「そんな言い訳、通用しませんよ」閉じこめていた怒りがいまやエドナの血管を自由に巡っていた。「あの子、たったいま、ここから地獄のコウモリみたいに逃げていったでしょう！　さあ、あなたはいったいなにを――」

「おばあちゃん！」サマンサが勢いよく立ちあがった。エドナの視線はなぜか孫娘の声でしゃべっているように聞こえるふしだらな幻に注がれた。

「――したの？」言い終えたその言葉は喉につかえた。

コリーンはもうなにも聞きたくなかった。「帰ります」腰をかがめてバッグを床から拾った。

「だめ、待って！」サマンサが後ろ姿に呼びかけた。

コリーンはちらりと振り返った。「じゃあ、学校で」老婦人の脇をすり抜けるとカタカタ足音を響かせて階段を降り、誰かにとめられる前に玄関を出ていった。

「なにしてくれたわけ？」サマンサは祖母の顔面に言い放った。


マリン・パレード通りを中程まで走ったところで脇腹が痛くなってペースを落とすしかなかったが、その後もコリーンはほぼ十秒おきにそわそわと振り返っていた。あーあ、ぶち壊しじゃない？　もう二度とあの家には呼ばれないよ。小走りを続け、安全な海岸通りにたどり着いた。どなられて慌ててしまい、できるだけ早くサマンサの家から離れようと思った。コリーンは人が怒りはじめると、けっして足をとめて考えようとはしない。経験から闘争より逃走のほうが安全だと身に沁みていた。

ゲームセンターにやってくる頃には、怯えに変わって悲しみに包まれていた。あれだけの楽しいことが、握った手から滑り落ちてしまった。それでもありがたいことに、騒動が起こる前にリップ・パレットはもうポケットに入れていたけれど。

時計を見ながら、ザ・ミントに入った。誰かいるかな。七時三十分だった。すばやく室内を見まわす。知った顔は誰もいない。ジーンズのポケットに小銭がないかと探った。たいして入っていなかった。

コリーンはスロットマシンに一ペニーを何枚か入れた。マシンが金を食い、電子音の歓声や口笛とともに笑い返した。

悲しみのかわりに今度は不安が頭をもたげた。夏休みは終わったかもしれないけれど、母親は娘がなんの稼ぎもなく家に帰るとは思っていない。五ポンドのことを考えた。あれほどあっさりとサマンサに渡され、あっさりと彼女が使ったお金。自分のバカさ加減に顔をしかめ、一《ス》本腕の盗賊《ロットマシン》で大勝できるように祈った。

マシンにもたれ、手元に残ったわずかな金を数えた。なんとなくある男に見られているような気がした。胃と心臓に鉛の重石がのしかかってきた。

コリーンはトラファルガー桟橋の下から現れ、海岸通りをまっすぐ横切ってマリン・パレード通りの向こう側にある公衆トイレへむかった。落書きだらけの小便臭い個室で、便器に身を乗りだして吐いた。カップケーキとアイスクリームが、さらにそのあとで胃にくわわったものと一緒にどろどろになっていた。便器に嘔吐を続け、あの味を口から押しだそうとした。けれど、洗面台と水飲み場に引き返す前に、紙幣がまだポケットに入っているかは忘れずに確認した。

トイレの外に出て壁にもたれ、JPSに火をつけた。男性トイレから急いで立ち去る男がいた。うつむいてレインコートのポケットに両手を入れている。その少しあとに、もうひとつの人影が戸口に現れ、そこで立ちどまるとドア枠にもたれて足首を交差させた。煙が海霧の巻きひげのように頭をとりかこんでいる。煙草を口にくわえたつかのま、顔が照らされると、豊かな黒髪の奥で緑の目が輝いた。

「コリーン」彼は言った。柔らかな声で、訛りはアーネマスの基準とだいぶ違う。「今夜はどんな調子？」

「最悪」コリーンは歩道に唾を吐いて言った。「いつもとおんなじ」

「うーん」彼はまた煙草を吸いながら、ゆっくりと彼女の全身をながめた。「そうね、こっちも同じかな。もう今夜はたくさんなの、それともまだ粘る？」

コリーンは肩をすくめた。「もちろん、もうたくさん」彼女は手を揉みあわせた。「でも、家に帰る気分じゃないな」

「だったら、うちに来れば」彼は申しでた。「安全だよ。それに、すべてが変えられるものを教えるから……」彼の視線は海辺の左右をすばやく見た。「……もう少し耐えられるようになるものを。いま勉強してるものがあるんだ」

「どうだろ」コリーンは眉をひそめた。この手の話は前にも聞いたことがある。いつもは、母親がもてなしているハイになったドラッグ漬けの依存症の負け犬たちからだが。

少年は笑った。「ちょっと、コリーン。ぼくなら一緒にいても安全だってわかってるでしょ」

「そういうつもりじゃなくて」コリーンは顔を赤らめた。「ドラッグはやりたくないって思っただけで」

「ドラッグじゃないよ」彼は首を振りながら言った。「魔法さ……」

9　ぼくは夜になる《ノックターナル・ミー》

二〇〇三年三月

ショーンはシップ・ホテルの正面の階段に立った。不在のあいだに音楽が変わっていて、通りに漏れるほど鳴り響く大音量のものになり、おしゃべりの声も大きくなっていた。バーは人だらけで、地球のことを考えようというマイケル・ジャクソンの芝居がかったアピールをよほど聴きたがっているようだ。

フランチェスカとあれからさらに半時間を過ごし、メタクサ12スターのブランデー、コーヒー、ケリーがまたもや映画スターばりのほほえみを浮かべて無料で提供してくれたデザートのキプロスデライトを楽しんだ。彼が約束したとおり、二階は九時まではほかに客はなく、事件についてじっくり話すことができた。フランチェスカは背景について詳しいようだった。コリーンの仲間たちが足を運び、アーネマスの異形《ウィアードウ》たちを代々育み、流行のリバイバルによってなんとか営業を続けている店がまだ残っていて、当時から通う者たちがまだいくらかたむろしているという。店名はキャプテン・スウィング。記憶力がよくて地元ならではの意見を聞きだせる者を見つけたいならば、探すべきはそこだと提案された。

彼女は切り抜きを入れた茶色の封筒を残し、レストランの表でタクシーに乗りこんだ。すでに目にしていたが、それは《マーキュリー》が活字にしたもっとも興味深い記事だった。ネタをどうやって入手したか、彼女は話さなかった。

ショーンは上着のポケットのルームキーを探りながら、ホテルの入り口ドアを押し開けた。廊下で立ち話をしていた女ふたりがさっとこちらをむき、敷居をまたぐ彼を上から下まで好奇心いっぱいの目でながめた。痩せて冴えないブロンドで卑屈な表情の女と、背が低くてがっちりした黒っぽい髪の女——後者の喧嘩を売りたそうな顔つきは気前よく化粧を厚塗りしても、まったく和らいでいない。

廊下を歩くあいだずっと、ふたりの視線を背中に感じていた。三階の部屋にもどってフランチェスカのくれた封筒をベッドに置いた。床板越しに音楽が脈打った。ベースがずしりと利いて旋律は軽い曲で、感情を込めすぎた歌姫がホイットニー・ヒューストンばりに声を張りあげている。楽しいパーティ音楽のはずだった。しかし、ショーンが以前巡回していた地区にあった高層団地から轟く曲と同じ棘がある——ヴォーカルの熱狂が逆になにをしても埋められない虚しさを強調しているように思えてならない。けっして掻けない痒みのように。

そのせいで理屈抜きに心がざわついた。浴室へ入るとヘアワックスを少し手に取り、指先で揉みこみ髪を立てた。

ゴス、ウィアードウ、エモ、彼らがみずからどう名乗ろうとも……自分も若い頃にわずかだが遭遇したことがある。ロンドンではたいてい暴力を受ける側でそのかすほうではなかった。しかし彼らの音楽とギャングスタ・ラップのあいだにはおもしろい異花受粉がある。共通項は恐怖の要素。スカル、メキシコ風のレスリングのマスク、ゴシック文字のいたずら書き。大昔から少年少女が社会の規範を離れてきたような方法。

寝室へもどり、シャツを脱いでハンガーにかけ、無地の黒いTシャツに着替えた。革のジャケットをふたたび身につけて外見をチェックした。

満足して、ふたたびシップ・ホテルの外へ出ると、右に曲がって岸に沿って歩き、次の路地を北へむかった。フランチェスカに指示されたとおりに。アドレナリンがどんどん噴出し、皮肉な意味で、脚の違和感を無視するのが簡単になった。いまの彼は普通に見られないほうが嬉しい。長所の定義がまったく異なる場所へ行くのだ。

路地を半分ほど進むと、横手のドアにパブの看板が下がっていた。黒地に白い顔。つばの広い帽子を片目が隠れるようにかぶり、ねじれた口ひげに先の尖ったあごひげ。顔の周辺と上では炎が黄色に躍り、中世風の文字で店名が書いてあった。〈キャプテン・スウィング〉。

ショーンはすぐには足を踏み入れなかった。路地の突き当たりまで歩いた。右にはこの白塗りのパブ、左は古書店。狭い道路とそのむこうに駐車場、デパートの裏手。

彼はパブへもどった。看板の顔には見覚えがある。二〇〇〇年のメーデー、トラファルガー広場での激しい暴動のさなか、振りあげられる腕、盾、警棒の合間に初めてこの真っ白で不気味な顔を目にした。数秒してから仮面だと気づいた。数カ月後、ミーンホワイル・ガーデンズ・スケートパークにたむろしている連中にこのTシャツを着た者がいた。十代の子供をもつ同僚が由来を説明してくれた――ガイ・フォークスをモデルにした未来のアナーキストを描いたコミックのキャラだという。ここでふたたび出会ったわけだ。

ショーンは重いオークの扉を押し開け、温かい空気が漂うなかへ入っていった。ボブ・マーリーの〈バッファロー・ソルジャー〉がその上を漂っている。少なくともシップ・ホテルよりましな点だ。クルミ材に真鍮をかぶせた馬蹄形のカウンターがある。右側には窓の横にテーブル席が並び、そこには数人のティーンが座っていた。多色染めの長めに作った前髪やレザーカットして立てた髪で、眉にもくちびるにもピアスという子供たち。彼らのむかいのカウンターに寄りかかるのはずいぶんと年上の男で、バイカー風のデニムとレザーに身を包み、背中に編んだ髪を垂らし、あごには白髪交じりの山羊ひげを生やしている。

ショーンが立つ場所のもっと近く、カウンターが右へカーブする位置に、店にいるエモのキッズの父親ぐらいの年齢の男がふたり座っていた。グリーンの迷彩柄のアーミー・ジャケットを着てバー・スツールに座る大柄な男はフランチェスカのところの恐ろしいパットに似ていなくもないが、ずっと親しみやすい笑みが輝く、目鼻立ちの大きな男。その隣に立っているのは、連れより背が低く、背中に〈キリング・ジョーク〉と書かれたくたびれた黒い革ジャケットを着た男。立てた短い髪は大胆な黒に染められているが、額はずいぶんと後退していた。

ともに話を聞くのにふさわしい年齢に見えた。ショーンはそちらへ歩き、ふたりをやり過ごして店の反対側もそれとなく観察できる場所を探して、かつてなじんだ松葉杖が大柄なほうの男のスツールに立てかけてあるのに気づいた。

ショーンはカウンターにもたれた。これまでのところ店主の姿がまったく見えないが、店のこちら側を占領するビリヤード台といまだに7インチのレコードをかけていそうな古めかしいジュークボックスの隣で、男三人が語らっていた。ショーンがそちらをむくと、ひとりが会話をやめてカウンターに歩いてきてハッチをもちあげ、向こう側にまわって挨拶してきた。

「こんばんは、だんな。なんにします?」

四十代初めに見える男は、ほほえむ丸顔に茶色の目、くしゃりとした赤毛ともみあげ、革ボタンのくたびれたベージュのカーディガンのなかにストライプのシャツを着て、ロンドンのアクセントでしゃべった。

「フォスターズをパイントで頼む」ショーンは言った。今夜はもう酒を飲みすぎていたが、このような店に来てミネラル・ウォーターは注文できない。

「あいよ」店主のほほえみは髪と同じようにくしゃりとなった。

「ここには懐かしいジュークボックスがあるね」ショーンは言い、上着のポケットから財布を出した。しゃべっているあいだに、ボブ・マーリーはマーサ&ザ・ヴァンデラスに変わった。

〈ジミー・マック〉、ショーンのオールタイムベスト候補の一曲だ。「選曲がいい」店主がコースターにビールを置くと、ショーンは言い足した。

店主は顔をほころばせた。「そう言ってくれて嬉しいね。こいつはまあ、パブに伝わる宝さ。ジュークボックスに入っている曲のほとんどは、二十年前から変わってない。つまりお客さんは音楽通ってことだね？」

「こうした音楽を聴きながら育った」ショーンは調査に役立ちそうなことがありそうだと感じながら五ポンドを手渡した。「でも、まさかあんたは二十年前からここにいたわけじゃないだろう？」

「いたりいなかったりさ」彼は札を受け取った。「ここを訪れては去り、またもどってくる。イルフォード、イスラエル、アリゾナ、アーネマス——ドアの上に放浪先を書いておくべきだったな。お客さんはロンドンから来たんだね？」

「ああ。ラドブローク・グローヴだ、生まれも育ちも」ショーンは刺すような痛みが脚を上下するのや、視線が集まったのを感じていた。

店主が釣りをショーンに渡した。

「どうも」ショーンは言った。「ミスター……ええと？」フランチェスカに訊いた名前を忘れてしまっていた。店に入ったとき、ドアの上の経営者の名前の表示にも気づいていなかった。ショーンらしくない。キャプテン・スウィングのことを考えるので忙しすぎた。

「ファーマン」店主が言いながら、手を差しだした。「マーク・ファーマンだ」

「よろしく」ショーンは握手した。

「で、そちらは？」店主が訊ねた。

「ショーン・ウォードだ」そう答えながら考えていた。ファーマンは二十年前にここにいた。ここにいるあと何人が同じだ？　ビリヤード台にたむろする者たちにすばやく横目をくれた。

球を突いているふたりは年嵩のパンクで、背の高いほうはいまだに横に傾いた黒いモヒカン、背の低いほうの友人はスキンヘッドで片耳にピアスの輪っかが並んでいた。彼らを見守る女がふたり。ひとりは小柄で黒髪、もうひとりはずっと若く、鮮やかなピンクの頭髪。彼らの右の別のビリヤード台には、やはりバイカーっぽい男がいる。あごひげに銀縁メガネ。長い黒髪で豹柄のコートの女と一緒だ。

ファーマンはコリーンの仲間で、昔のねぐらを取りもどそうと帰郷したのか？　ビールを手にして考えこみながら口をつけると、店主がカウンターに身を乗りだし、ショーンが最初に目を留めた男たちに声をかけた。

「ここにいるミスター・ウォードがうちのジュークボックスに関心があるそうだ」ファーマンが言った。「趣味のいい人だよ。ミスター・ウォード、こっちにいるのは常連のショーとバグズだ。ふたりなら設置したときを覚えてるだろう」

松葉杖のほうのショーが手を差しだした。大きくて厚みがあってごつく、身体を使う労働者の手だ。「ここで初めて飲んだのは八一年の夏だった」彼はうなずいてみせた。「ところで、ここにはどんな用件で？」

「政府の仕事をしていてね」ショーンは早い時間に聞き流していたラジオでの討論をヒントに即席で答えた。「自然エネルギー産業だ。ほら、風力発電だとかバイオ燃料だとか。偵察をするつもりでね。どんなことが実行可能か」

「へえ」ショーの黒く太い眉が跳ねあがった。「自然エネルギー産業か。このあたりにもっとあっていいものだな。見てくれよ」彼は松葉杖を指した。「労災だ。地元の養鶏場で働いてた」彼は鼻の横を人差し指で叩いた。「労働安全衛生法がまともに機能する以前の話さ」

「あんた、あの風力発電とかかわりがあんのか」バグズという男が訊ねた。友人より鼻にかかった声に胡散臭そうな表情だ。「スクラットビーのほうに作ったやつのことか?」

「それも含まれているよ」ショーンは言った。「風力発電、海流発電、バイオ燃料で育てられるあたらしい作物……このあたりは再開発の機が熟しているんじゃないか?」

「そうとも言うな」バグズがジョッキにむかってつぶやいた。「石油を掘り尽くしたら、おれたちゃ、もうたいして構われなくなったからな」

「まずリサーチに盛りこむのは地理や土の成分だ」ショーンは偽りの身分について熱心に肉づけした。「それから拡張の計画だよ。使える土地はどの程度の広さか、どの程度の生産量になるか。調査結果を書類にまとめて上に提出してから……」バグズの表情がうつろになってきた。

「だから本当に」ショーンは嘘偽りなく言った。「ただ探ってまわっているだけなんだ」

「なるほど」ショーはさらに笑顔になって言った。「だが、おれが訊きたかったのは、このパブへ来たのはなぜかってことさ。旅行者がまず訪れるのはこの店じゃないから……」

「なんだ」ショーンは言った。「たまたま見つけたんだよ。宿がシップ・ホテルなんだが、あそこの音楽はあまり好きじゃなくて」

「わかるぜ」バグズがうなずいた。

「それで散歩に出たら、このパブの看板を見つけて惹かれたってわけさ。これは褒めているんだが、変わっているから。キャプテン・スウィングというのは何者だ?」

店主のファーマンがビールの注ぎ口に身をかがめた。「古い言い伝えさ。二百年ほど前、このあたりで反乱が起こったときの主導者がこいつだった。田舎者と都会人の衝突ってやつだ」彼は含み笑いをした。「そんなわけで、このパブは彼の名前をもらった。このあたりの連中の大半は自分たちが田舎者と思っているからさ」

「ガイ・フォークスに似てるな」ショーンは言った。

「さあねえ」ファーマンが答える。「こいつが実際はどんな顔だったか誰も知らないんだよ。わたしがここを経営することになって、あたらしい看板を作らせた。描いたのはブリーだよ」彼はビリヤード台のパンクたちに首を振った。「わたしの前のオーナーが店名をロイヤル・オークに変えて古い看板を外し、このあたりの考えなしの酒場がどこもそうだが、大画面でスポーツ中継するような店にして、大コケした。わたしたちはとにかく元どおりにしたくてな。ただ、昔の看板はちっとばかり素人臭かったから、ブリーがもっといいのを描いた」

「ここに来るとき、隣に小さな古書店があっただろ?」ショーが訊ねた。「ファーラーじいさんが経営してるんだが、あの人ならあんたにもっと話を聞かせてくれるぞ。地元の歴史ならなんでも知ってる、あの人は」

「情報をどうも」ショーンは言った。「では、その人を訪ねてみるよ。さて、きみたちに一杯おごらせてくれないか」

それから半時間をふたりと過ごし、むこうが自分たちのことを話すよう仕向けた。ショーは前の雇い主にもらった退職金で職業訓練を受け、いまはITで生計を立てている。バグズは最後の石油プラットフォームが解体されてから無職のままだった。

横手のドアから帰る際、外で携帯電話にしゃべっていた豹柄のコートの女とぶつかりそうになった。

「失礼」体勢を崩しそうになって片手を壁につくと、溶けた鉛を静脈注射したようなひどい痛みが左脚を一気に駆けあがった。

「もう切るわ」女は電話に言った。「ええ、明日会いましょう」そしてショーンにむきなおった。「大丈夫?」この声はなにか引っかかる——ショーンは苦悶をなんとか堪《こら》えようとしながら女に視線をやった。豊かな黒髪が顔の輪郭を覆っているし、街灯が暗すぎてそれ以上はよく見えない。

「ああ」ショーンはほほえみらしきものをどうにか引っ張りだした。「古い戦争の傷でね。寒い季節には痛む、慢性的なものさ」

「そうなの」女はほんの一瞬、ショーンの腕に手を置いた。「じゃあ、気をつけてね」女は脇をすり抜けてパブへもどっていったが、ドアの奥へ入りきる前に手の妙なタトゥーが見えた。

親指と人差し指のあいだで見ひらかれた目。ギリシャの漁師が呪いの邪視除けに船に描いていたような目だ。ただし、青ではなく鮮やかな緑だったが。

暗い路地にまたもや変人か。ショーンはそう考えながら埠頭へ歩いた。

10　愛の歌なんかじゃねえよ《ズィス・イズ・ノット・ア・ラヴ・ソング》

一九八三年十月

「あれはどんな意味なの」サマンサが訊ねた。「デビーのジャケットに描いてあるのは」

コリーンは美術室のむこうで、むかいの住民がダレンやジュリアンと顔を突きあわせて座っているのをながめた。問題の服は本人の隣の椅子の背にかけてあり、頭と星、その左右にMとRの文字が描いてある。

「さあ」コリーンはサマンサがまだ彼女にそんな関心を抱いているのにいらいらしながら言った。「好きなバンドかなにかじゃない」

「きっとおかしなバンドね」サマンサは考えこんだ。

「あれは」コリーンは言った。「全部アレックスの影響。隣に住んでる男の子の。芸術科高校に通っていて、その子のすることを全部真似しないと気が済まないんだよ」

コリーンはそう言ってしまってから赤くなった。どうして自分はこんな嫌味を言い、こんな嫉妬を感じてるんだろ。ほんの数週間で環境はがらりと変わっちゃった。

サマンサの祖母にどなられたから、またあの魅惑の王国への出入りを許されるとは思っていなかった。けれど、翌日学校でサマンサはすべての出来事を説明して老婦人には取りなしたと説明した。コリーンが心配することはない、次の週末もふたりでレジャー・ビーチへ行こう、よければデビーも連れてと。祖父がそう言ったから決まりだと。

これまで経験したことのない感情がコリーンのなかで渦巻いた。ジュリアンにのぼせた気持ちもとっくに忘れてしまったくらいだ。

「その高校生のどこがそんなに特別なの?」サマンサが訊ねた。

コリーンは鼻を鳴らした。「彼はウィアードウのひとりだよ。あのふたりみたく」彼女はダレンとジュリアンを見つめ、デビーに対して怒っているのはあの子がふたりと一緒だからだと自分に言い聞かせた、そういうことだと納得しようとした。「いつだってスウィングにたむろしてる。それでお高い存在になれると思ってるみたい」

ジュリアンがコリーンと視線を合わせ、くちびるにほんのりと笑みを漂わせた。

「なるほどね」サマンサは重々しくうなずいた。

顔をあげたデビーは胃がねじれた。サマンサ・ラムがこちらを堂々と見てる。隣に顔をしかめたコリーン。ふたりがとうとう美術室にやってきたのに気づいていなかったけれど、いつかはこうなると予想もしていた。〝気取り屋令嬢〟は親友を奪っただけじゃ満足しなかったんだ。

もっとなにかほしがってる。さらさらのブロンドをわざと乱して、一番上のボタンを外して細いネクタイを締めていることでわかる。わたしの服装と同じじゃないの。あのX線みたいな目で見透かして、こっちの服、髪型、バッグの隅々まで観察して……

サマンサがほほえみかけようとしたから、デビーは急いで、いまダレンと描いている絵に視線をもどした。ついさっきまであれほど楽しんでいたお気に入りのバンドの想像上のレコード・ジャケットのデザインに、ふたたび没頭しようとした。

「そこに行きたい」サマンサが言った。

「そこってどこよ？」コリーンは訊ねた。

「スウィング」デビーを見つめたまま、サマンサは笑顔になった。

「美容師になりたいのはあなただからね」サマンサが言った。「ほら、つけて」

土曜日の午後、サムの祖父母の浴室。コリーンはこの家にいるとやはり落ち着かなかった。いくらあのおばあさんが髪を青く染めたお堅い友人たちと出かけていて、おじいさんは仕事でも。ふたりのどちらかがいつ何時帰ってきて、なにをしているのか見つかっても不思議はないじゃない。

踊り場のむかいはサマンサの寝室で、そこから音楽が大音量で流れてくる。その日の午後、ウルジー&ウルジーズで買いこんだレコードの山からの一枚だ。コリーンには騒音にしか聞こえなかったけれど、サマンサは喜んでいた――これはデビーの好きなバンドのレコードだった。

コリーンに考えられるのは、こんな葬送曲みたいなのが流れていたら、玄関のドアが開いても絶対聞こえない、ということだけだった。

緊張した手で毛染めのパッケージを開けた。今日のサマンサはどんどんお金を使ってくれたんだから、言われるとおりにしないと。レコード・ショップでコリーンにあたらしいマドンナの12インチシングルを買ってくれて、その次にチェルシー・ガールに入った。サマンサは自分用にあたらしい服を上から下まで一式、コリーンに網タイツと蛍光イエローの靴下をおごってくれた。それからウールワースで毛染めとコテ。デビーがもっているのとそっくりなものを。

「これだけ買えるお金をどうしたんだよ、サム？」コリーンは訊ねずにいられなかった。計算したところ、友人はひと粒の汗もかかずに三十ポンドは使ってる。

「パパが小切手を送ってきた」返事があった。「気が引けてるんでしょ」

毛染めは洗えば落ちるタイプではなく、〈漆黒〉のラベルが貼ってある。失敗しちゃだめだ。コリーンは中身を最後まで絞りだし、サムの頭へ丁寧に重ねていき、生え際に塗っておいたワセリンから滴る液があればすべて拭きとったが、何かに見られている感じがした。

ゆっくりと振り返った。

ふたつの茶色の目が見つめている。ヌードルズが首を傾げてなにをしているか様子を窺っていた。

「ああ、なんだ」コリーンはほっとしてため息を漏らした。「驚かせないでよ」

「二度とさせない」サムが眉間に皺を寄せた。「こいつは覗き屋だって言ったでしょ。また、わたしたちをこまらせるつもりね、この薄汚い犬め」彼女は立ちあがった。

「だめ!」コリーンは突然恐ろしくなって言った。「動かないで、髪が……」

だが、ヌードルズはすでに大急ぎで逃げていた。

サマンサは不気味な笑みを浮かべてまた腰を下ろした。


エドナは六時過ぎまで帰宅しなかった。シャーリーや友人たちと過ごす時間を楽しもうとして、いつものようにノリッジへ出かけた。だが、いつもならば堪能する歴史あるエルム・ヒル通りでのクリーム・ティーを前にしても、食欲が湧かなかった。

「どうしたの?」シャーリーがエドナのほとんど手をつけていないスコーンを見て心配そうな顔で訊ねた。

エドナはうるんだ目で友人を見つめ返した。「サムのことよ」彼女は打ち明けた。「あの子と喧嘩をしてしまって……」

ついに話せて、そして人が同情の声をあげるのを聞きながらハンカチで目元を押さえると安堵した。自分を責めるべきではない——十代の子というのはいつでもむずかしいものだし、サムが切り抜けた大きな変化がきっと影響しているのだ。みんなの孫娘も好ましくない友人をよく家に連れてくるが、自分からそうした子とはつきあわなくなるよう自然に任せるのがいい、自分で気づくのが大事だと。エドナがそのコリーンとやらに会わないようサマンサに禁じれば、ふたりはますます親しくなるだけだ。とにかく、反抗期とは多くの孫が通過するものであり、友人たちもみんな孫との争いを経験していた。

「こんなふうに考えて」シャーリーが語った。「サムはわたしたちのように戦時中に青春時代を送ることはないのよ。最悪のことが起こるとして、髪型をばかげたものにする程度。頭にドイツ軍の爆弾が落ちてくるわけじゃなし」

自分が十代だった頃の恐怖を振り返ると、エドナの不安はいつまでと先が見えるものではあった。けれど、暗闇に包まれた我が家にもどると、懸念という名の細い鉤爪が玄関で鍵をまわしたとたんに腸をなではじめた。

「ただいま?」彼女は廊下に呼びかけ、明かりをつけた。

なにかがおかしい。家がこれほど静まり返って、しんとしていることはいままでなかった。いつもならばヌードルズが籠から飛びだしてきて、エドナの足が戸口を越えようとする瞬間に出迎えるのに。

「ヌードルズ?」彼女は声をあげた。玄関ホールが見つめ返すばかりで、壁につけた床置の大型時計の振り子が揺れる音しかしない。

エドナは台所へむかい、明かりをつけ、買ってきたものをテーブルに置いた。犬は籠にいない。鉤爪がさらに深くエドナの腸を摑んだ。

「ヌードルズ?」廊下へ引き返し、居間から食事室へ。すべての明かりをつけてソファや椅子の下を覗いた。空中に漂う異質な臭いに気づくまでしばらくかかった。玄関ホールにもどって、鼻につく臭いのもとがなにか、ようやくわかった。「毛染め」彼女は口に出して言うと、階段を勢いよくあがっていった。

浴室の照明のどぎつい光で事態がはっきりして、思わず膝をつきそうになった。黒と白のリノリウムの床、くすんだ緑色のバスマットやトイレマット、洗いたてだったはずなのにもみくちゃにされて雑に浴槽に投げこまれた白いタオル類、すべてが黒と紫のシミだらけだった。白いホウロウの洗面台にも鏡にもしぶきが散り、シャワーヘッドはできたばかりのアザの色に染まり、浴槽そのものも染まって……

「サム！」エドナは金切り声をあげた。彼女は孫の顔を思い浮かべようとしたが、見えるのはアマンダの顔だった。十八歳の、エドナを笑っている表情の。

「サム！」よろめきながら踊り場に出て、こんなひどいことをした者の部屋のドアを力ずくで開けたが、脱ぎ捨てられた服と雑誌の山があるだけ、つけっぱなしのレコード・プレイヤーのうなりが聞こえるだけだった。

腰をかがめてプレイヤーをとめると、哀れな鳴き声が聞こえた。

「ヌードルズ？」鳴き声がエドナの心臓を貫き、赤い怒りの霧は消失した。

ベッドの下に隠れていた犬が這いだしてきた。腹を引きずるようにして。

「ああ、どうしよう」エドナは囁き、犬を抱きしめた。「ああ、わたしのかわいい子……」彼女の目はショックで見ひらかれた。

ヌードルズは美しいブロンドの毛束を刈られていた。毛皮は不規則に切られ、かつては華やかな犬がいた場所に、痩せっぽちでぶるぶる震えるネズミめいたものがいるだけだった。耳のあいだの毛だけがごく細く残されて、その周囲に黒い毛染めのシミがあった。片目は紫に変色していた。

エドナは抱きしめた犬をあやしながら、大粒の涙をこぼした。

マーケット・ロウは、かつて蜘蛛の巣のようにアーネマスの市場をとりかこんでいた細い路地でただひとつ残った横丁だ。あまりにも家が密集して建てられているから、ハーフティンバー様式の家の二階はくっつきそうになっている。デビーの祖母は祖父との交際中のことをしばしば語った。むかいの家同士の窓に座り、道を挟んで手を握ったものだと。祖母の暮らした横丁は四十年前にドイツ空軍に破壊された。北海に出てドイツへ轟音をあげて帰る前に、レーダーに映った最後の町に残りの爆弾を落としたのだ。だが、デビーがそんなことを考えていると、ダレンがそっと手を握ってきて、彼女は顔をあげてほほえみかけた。

ふたりで過ごした楽しい一日だった。ノリッジへ出かけ、バックスでたくさんレコードを買い、エルム・ヒルの突き当たりにあった店で最高にクールなロボットブーツを見つけ、デビーはお金を貯めて買うと決めた。ヘイ・マーケットでフライドポテトを食べ、パブ殺人者《マーダーラーズ》たちでリンゴ酒のハーフを飲んでから、列車で帰ってきた。

ダレンの家にもどると両親は出かけていたから、好きなだけ大きな音であたらしいレコードをかけることができて、そのあいだにダレンはお茶うけに冷凍ピザを温めた。天国の子守唄についての曲がいまはデビーの頭のなかでまわっていた。夜空を背に動く観覧車のように。

その夜はスウィングに立ち寄る予定はなかった。ダレンに家へ送ってもらい、ひょっとしたらデビーの家にあがってコーヒーでも飲んでまた音楽を聴こうか、くらいのつもりだった。けれどパーマーズの駐車場の裏にある大きく白い建物に近づくと、窓から漏れるオレンジ色の輝きはふたりをセイレーンのように誘っているみたいだった。ダレンはポケットを探った。「ええと」そういって銀貨を数枚取りだした。「ここに一ポンドぐらいあるよ。一杯だけ寄ろうか?」

デビーは自分のバッグには銅貨しかないとわかっていたが、行きたい気持ちがやはり強かった。それに、スウィングで一時間過ごしても、まだ遅くならないうちに帰宅できるし、ふたり一緒に過ごす時間を延ばせる。

「うん、そうしよう。アルがいたら、もう一杯おごってくれるよ」

「よし」ダレンはにっこりして腰をかがめ、彼女の頰に軽くキスした。

スウィングのドアを開けると、ボブ&マルシアの〈ヤング・ギフテッド・アンド・ブラック〉が流れていた。店主のジェーンのお気に入りだ。店は賑わっていた。デビーが最初に見つけた知った顔はカウンターに寄りかかるブリーだった。彼のモヒカンは片側が黒、反対がピンクに染めてある。穴あきジーンズにハイカットのスニーカー、クラッシュのツアーTシャツに脇がジッパーになった黒いシャツ。耳たぶには銀の輪が並び、鉤鼻にもひとつ。おっかない見た目にしているけれど、彼の本当の性格は全然違う。ブリーはジェーンと笑いながら、パイント三杯をしっかり摑んだ。

「デビー！」彼女に気づくとグラスをふたたびカウンターに置き、バックスの袋に目を留めた。「ノリッジに行ってたんだな？　楽しかったか、きみ？」彼は名前を知らないダレンに会釈した。

「うん、楽しかったよ」デビーは言った。「こちらダレン」

ダレンは誇らしくて胸を張った。アーネマスで一番の強面《こわもて》パンク野郎が挨拶に手を差しだし、ふたりに一杯ずつおごってくれている。ブリーの背中越しにアレックスとクリスが奥の隅のテーブルにいるのが見えた。クリスの彼女のリン、それにショー、バグズ、あとふたりと一緒だ。

「こっちだ」ブリーがグラスを集めてふたりを案内した。

まさに目の前に行ってから初めてデビーは誰がアレックスと座っているのか気づいた。まず、コリーンが見えた。腕組みをして、気持ち離れて座り、床を見つめて会話に参加していない。とはいえ、彼女だと気づくには少しかかった。髪をおかしなワイン色に染めて、パーマはコテですっかり伸ばして適当に逆毛を入れ、後頭部は立てて前半分は目元に垂れているという髪型だ。

「リーニー？」デビーは問いかけた。コリーンがびくりとして顔をあげた。しばしふたりは見つめあい、ふたりとも相手がここにいるとは思っていなかったことや、いてほしくもなかったことで罪悪感を覚えた。

「デビー」コリーンが小声で言った。不安の影が目で躍った。

デビーは顔をしかめた。「どうし……」彼女は切りだした。そのとき、コリーンの視線を追ってテーブルのむかいを見た。

少女がアレックスの隣に座っていた。彼の左手はさりげなく少女の肩にまわされている。コテをあてた黒髪が顔に落ちかかり、着ている服は前回デビーがコリーンとチェルシー・ガールで買ったものとまったく同じ――黒いモヘヤのセーター、赤いタータンチェックのミニスカート、厚手の黒いタイツ、バックルつきの先の尖った靴。ふたりは会話に夢中で、身体も密着していた。

「誰……?」デビーはダレンに脇腹を突かれた。

「信じられないよ」彼は囁いた。

少女の顔がゆっくりとこちらをむき、前髪をどかした。弓なりの眉、あの歪んだ笑み、初めてのあたらしい舞台での勝利に酔いしれた目がはっきりと見えた。

「わたしもよ」デビーは落とす前にグラスをテーブルに置いた。

「あら、ハロー、デビー」サマンサが言った。

第二部　道を誤る少女たち《サム・ガールズ・ワンダー・バイ・ミステイク》

11　クラスの道行き《ステーションズ・オヴ・ザ・クラス》

（イエスの死刑宣告から埋葬までを描いた〝十字架（クロス）の道行き〟より）

二〇〇三年三月

二〇〇〇年のメーデー——カメラを手に、トラファルガー広場のライオンの石像をかこむ青い封鎖線をくぐる。煙と喧騒、うごめく群衆、騎馬警官、コンクリートを叩く蹄の音、暴動用の盾にあたる警棒のガンガンという音の先、ひとつの顔にフォーカスしようとする。人波の白く光るものにズームする。プラスチックの仮面。跳ねあがった口ひげの下は深く裂けた笑み。その顔は彼の目の前で変化して十代の少女のものになる。頭を剃りあげ、顔は煤《すす》だらけだ。その目が彼に訴えつづけ、周囲のものの形が変わり、口にボロ布を詰めたボトルをもつ手になる。ジッポで火がつけられると大きなシューッという音があがり……不意に彼は見渡すかぎり広がる麦畑の真ん中に立っている。青空の下のたいらな畑、作物は手がつけられないほど燃え、厚く黒い煙がもくもくとあがり、炎の壁が彼のほうに迫ってくる。煙からなにやら現れて、それが人影になっていく……

ショーンは汗びっしょりになって目覚めた。夢はまだ鮮烈に頭に残っているし、耳鳴りがしていた。目を開けると、見慣れぬ部屋の鮮やかな模様のカーテンが見えた。

フランチェスカは裏口から犬たちを出し、彼らが一目散に庭の先の門をめざすのを見守った。夜が明ける直前の時間、世界は濃い青で塗られたようだ。空気は静かで冷たく、音といえばブライドン橋を渡るトラックのかすかな低音くらいだった。建設途中を見守った二十年近く前から〝あたらしい〟ものとして考えている橋。

けれど昨夜が証明したように、過去はほんの吐息ひとつの隔たりだ。

手袋をはめた手で門を開けるとき、犬たちがまわりで飛び跳ね、湿地に放してもらいたがってクンクン鳴いた。そこは彼らのお気に入りの場所である。フランチェスカにとってもそうだ。古くからの湿地の土手で毎日の夜明けを迎えるというこの儀式のおかげで、この三年というもの正気を保つことができていた。

フランチェスカはアーネマスにもどるなどとは夢にも思っていなかった。だが、《マーキュリー》の編集長の椅子が空いたことで帰郷を決意する頃には、母にはすでに半年しか残されていなかった——そして連れ合いをなくすという途方もない孤独に父をひとり直面させることはできなかった。それで母ならきっとそうしただろうことをやった。目の前の仕事に取りかかり、その過程で自分自身の取るに足らない願いや望みは遮断した。

昨夜までは。

犬たちが土手のてっぺんでとまり、円を描いて走って彼女を待った。空がまず淡いピンクに染まった部分を背にした痩せて黒いシルエット。毎朝この場所にやってくると、フランチェスカは生まれたばかりの風景を見る。東では、太陽が町の上へ昇り、石畳を目覚めさせ、煉瓦を灰色から赤へと塗り替え、その色を西へ広げていき、西では三本の川がひとつに集まって水平線を満たし、水がどこまでも広がっている。季節は徐々に移ろい、景色は毎日違っていて、彼女をこの土地、この低湿地帯と結びつけてくれる。子供の頃にあれほど嫌悪していたのに、いまでは救いと癒やしの場所となったこの土地に結びつけてくれる。

コザクラバシガンの群れが頭上を飛んでいき、鳴き声で空を満たした。

ショーン・ウォードから最初の電話を受けるまでは、フランチェスカは自分の野心がここで、この東部湖沼地帯《ブローズ》の端、世界の果てで死んだのだろうかと思っていた。いまは夢のない長いまどろみから目が覚めたように感じている。自分がここに留まっていた理由の答えを得て――どういうわけか、心の奥底のどこかで、あれだけのことが永遠に地中で横たわっていられるはずがないと知っていたに違いないと。

悲しい目をして足を引きずって歩く男が墓石を蹴り倒しにやってきたのだ。死者を起こして語らせるために。

彼がそれをまっとうできるように、彼女はここにいる。

デール・スモレットは忍び足で息をとめ、寝室をそっとあとにした。客用の浴室で鏡に映る自分をじっくり見つめながら歯を磨いてクリームを使ってひげを剃り、あごの線や目尻の細い皺をながめ、短めにカットしてハイライトを入れた髪にワックスを揉みこんで整え、コロンをつける。

自分が三十五歳にしてはじつに容姿をよく保っていると考えたかった。いまでも固く引き締まっている腹をぴしゃりと叩く。多くの同僚と違って、ジムへ定期的に通い、食堂の料理や夜更けのテイクアウトの誘惑に負けない鉄の自制心の賜《たまもの》だ。自分の外見に満足して客室へ静かに足を踏み入れた。世間話をするのにふさわしくない時間帯に仕事に行くことになって妻を煩わせたくないときのために、たくさんの予備の服を置いている部屋だ。

手早く服を身につけ、携帯はベッドに置いた。マナーモードで震えても、うるさい音を出さずに済む。ぱりっとアイロンをかけた黄色のシャツとグレイの細身のパンツ。薄いグレイのカシミアのVネックセーターを上に着た。十代の頃の服装とたいして変わらない――あるいは、当時、こうありたいと彼が熱望していた姿と。素材がよくなり、高価な仕立てになっただけのこと。デールにはイタリア製の服を相手に生涯情事を続けるだけの余裕がある。長年の愛情深い結婚生活にもかかわらず、子供はいない。

足音をたてない駆け足で階段を降りてキッチンへむかい、かすかな音でもしないかと耳をそばだてた。電話の金属を握る手のひらは汗で湿っていた。

デールが警官になって十四年。巡査から警部の地位まで昇進した。たいていのものは怖くない。例外である数少ないひとつが、すでに裏口の外で彼を待っていた。照明をつけると、でかい茶色の人影が磨りガラスに映った。灰色熊のようにそこに寄りかかっている。実際はシープスキンのコートと大きな頭になでつけた髪、横に羽根のついた黒いフェルトの中折れ帽だ。煙がたなびく細巻きの葉巻を、熊のような手が握っている。ドアの錠が開く音がすると、ゆっくりと振り返った。

「レン」デールは言った。

アーネマス犯罪捜査課《CID》の元ボスが重たげな目蓋の下からデールを見つめ返し、なにも言わずに頭の動きだけで外に出るよう伝えた。黒々とした庭の暗がりを通りぬけ、背後で門をカチリと閉めて、街灯が照らす歩道の下に立って初めて、この年配の男は口をひらいた。

「ちょっとした問題がもちあがった」

最後のキャンドルの炎が朝の六時三十六分に羊皮紙に燃え移り、すでに麝香《じゃこう》、ライラック、ラベンダー、クローブの香りが濃厚な空気に焼けた匂いを足した。ほんの数秒ほど炎は大きくなり、周辺のオイルに火が移ってから、羊皮紙は瞬く間に燃えて丸まり、新月が満ちはじめてからちょうど四時間で火は消えようとしていた。

手が伸びて、呪文の灰が入った皿をもちあげる。親指と人差し指のあいだのタトゥーは鮮やかな緑の目だ。

四分後、太陽の黄金の縁が青い水平線に現れると、波が岸辺にザザーッと寄せては返すところに、手は灰を空へ撒いた。黒い紙の花びらがゆっくりと、雨のように降ってくる。

入り口の上の掲示が〈OPEN〉となっていたので、ショーンがドアを押し開けて入ると、頭上でチリンチリンと鳴るベルが彼の到着を知らせた。ファーラー書店はロンドンではもはやめったにお目にかかれないたぐいの店舗だった。広くて古い店に壁から壁まで、床から天井まで頑丈なオークの書棚が並び、店を横切る形でも何本か書棚が置いてある。どの棚にも古いものやあたらしいもの、ペーパーバックやハードカバーが、ぎっしりと詰めこまれていた。タイトルが金箔で型押しされた革の背表紙。輝く真新しい背表紙。セロテープで留められたよれよれの割れた古い背表紙。印刷された言葉の周囲からかすかに埃っぽく、麝香のような香りが漂っていた。

ショーンの正面の棚は〈郷土〉と分類されていた。目を惹くように数冊が表紙をむけて並べられている。『湖沼地帯の幽霊』――薄明かりの水面と重なっているフードつき外套を着た骸骨。『不穏なる田園』――険しい表情の農場労働者が責めるように前世紀からカメラを見ている。四時間前にショーンを無理やり目覚めさせた悪夢に出てきたような顔。

「おはようございます」

かすかにシュッという音が混じる静かな声がショーンの右から聞こえたが、あまりにも足音が柔らかで気づかなかったから、思わず飛びあがるところだった。

小柄な老人がそこに立っていた。たまご形の頭のてっぺんに白髪が薄く生え、ハーフリムのメガネを紐で首から下げている。きらめく青い目で慈愛に満ちた笑みを浮かべて見あげている姿は気高くすらあった。

「なにかお探しでしょうか？　お手伝いいたしましょうか」

「こんにちは」ショーンも笑顔になって言った。「ぜひ。郷土について調べていまして、あなたが専門家だと聞いたんですよ、ミスター・ファーラー」

老人は胸元で手を組んだ。「いやあ、それほどのものではありません。素人歴史家がせいぜいですよ。しかし、たいていの人よりかなり長くこのあたりに住んでいるという有利な点がありますからね」彼は照れ笑いをした。「それに好奇心をもちつづけています。とくにご関心のある分野はありますかな？　歴史？　地理？　伝承でしょうか？」彼は『湖沼地帯の幽霊』にあごをしゃくった。「わたしは昔からこれを好んでおりましてね」

「わたしが知りたいのは」ショーンは言った。「キャプテン・スウィングについてなんです。昨日、隣のパブの看板で見かけたんですが、これまで出会ったことのない名前でした。それでパブに入って店主と話を。そこまで詳しいことは知らないようでしたが、店にいた男からあなたに会うよう薦められて」

「ほうほう」老人の顔は嬉しさに輝いた。老齢にしては、とてもなめらかで、とても血色のいい肌だ。「あの昔の指導者ですか。隣のパブは少なくとも一世紀前からあの店名なのですよ」胸元でファーラーの指がぴくぴく動いた。「彼はこの町で反乱を率いました。田舎のラッダイト運動にあたるものと申しましょうか。一八二〇年代に脱穀機が発明され、労働者たちは職にあぶれる危機に直面しました。スウィングが最初に立ちあがったのは、一八三〇年でした。すでにひどい夏を二年経験し、作物は雨が多すぎて育たず、人々は極貧に追いやられたのです」

ファーラーの青い目はショーンを透かして当時を見ているかのようだった。「けれど、このキャプテンは人々の絶望を怒りへ変えさせたのです。迫害者に対して人々を一致団結させ、ゲリラ戦を組織し、あたらしい機械を壊し、畑を焼き、誰かに捕まる前に解散した」

ショーンが襟首の下に汗をかきはじめたと思うあいだにも、ファーラーの声はさらに大きくなっていった。「スウィングの名前は野火のように十六の州に広がりました。ケントやドーセット、ハンティンドンシャーやグロスターシャーにまでも。フランス革命に迫る勢いとなり、ジェントリー階級を大いなる不安で悩ませたのです」

「まるでそこにいらしたような迫力ある話しぶりですね」

ショーンにふたたびむけられたファーラーの目はきらめいた。「ありがとうございます。ですが、キャプテン・スウィングについてなにより注目に値する点をお話しさせてください。彼は実在の人物ではありませんでした」

店主の右手が棚へふわりと伸び、『不穏なる田園』を摑んだ。「どうぞ。ここにすべて書いてあります」

「ありがとう」ショーンは言った。「その本をいただきましょう」

「これはどうも」店主は喜んだ様子だ。「さて、ほかになにかございませんか?」

「いまのところ、これだけでよさそうです。どうも」

老人はうなずき、目にも留まらぬ速さでレジに案内した。ショーンは金を渡すときまで待ってから、ふたたび情報を引きだそうとした。

「隣のパブは百年以上、スウィングという店名だと言われましたね」

「そのとおりですよ」ファーラーは十ポンド紙幣を受け取り、レジに入れた。

「でも、店主からしばらくロイヤル・オークという名に変わっていたと聞きました。八〇年代だと思いますが。それはどうしてだったんでしょうね」

ファーラーは鼻をひくつかせながら、ショーンに一ペニーの釣りを渡した。「ええとですな」彼の声は囁きにもどった。「この町の歴史をどの程度ご存じか知りませんが、どうやらアーネマスにいらしたのは初めてではありませんか」

「そのとおりです」ショーンはポケットに一ペニーを入れた。

「町ではその頃、問題があったのですよ。隣のパブとそこで飲んでいた人々にとくに関係したことが。身の毛がよだつ殺人事件がありまして、それから……」ファーラーはドアのほうを見た。「魔女狩りが」

ショーンはとまどった表情を作った。「一九八〇年代の話ですか？　ひょっとして一八八〇年代では？」

だがベルがチリンと鳴り、店主が返事をする間もなくドアが開いて、別の客が現れて店主の注意はそちらへもっていかれてしまったらしい。

「ああ、こんにちは。きみかい」ファーラーは言った。皺ひとつない顔を気高い笑みがふたたび輝かせた。続いて彼はショーンを見やった。「申し訳ございませんが、失礼してもよろしいでしょうか。あちらのお客さんに取り寄せの書籍を渡さねばなりませんので」

「構いませんよ」ショーンはそう言って歯ぎしりしないよう気をつけた。ファーラーの注意を惹いた人物を見ようと振り返った。

そこに立っていた彼女は豹柄のコートを着て、黒く長い前髪でやはり顔の半分を隠していた。陽の光がこれだけ照っていても。

「でも、ぜひまた寄ってください」ファーラーがそう言う声が聞こえた。「いつでも」

このときも、ショーンは自分自身の想像力に抵抗しないとならなかった。そこに一九八〇年代のコリーン・ウッドロウが甦って現れ、目の前に立っているのだと考えたりしないようにしなければ。だが近づいてみると、前髪の下から覗く目は緑だった。コリーンの目は茶色だったと自分に言い聞かせた。

女はなにか声をかけてきたが、言葉が聞き取れなかった。

ショーンは瞬きをした。「なんだって?」彼女の声にはなにか気になるところがある……

「こう言ったのよ、もう具合はよくなった？　古い戦争の傷のことよ、覚えてる?」

ショーンは無理に笑顔になった。胃がひっくり返るようだ。ピンで刺すような刺激が脚をあがってくる。「もちろんだよ。元気だ、ありがとう。さて、その……」彼がドアの握りに手を伸ばすと、彼女は横へずれた。「帰るよ」

「またね」ドアを閉めるとき、彼女は言った。

ショーンは急いで近道から埠頭へもどった。昨日の雲はなくなって淡い青の空が現れ、陽の光が窓ガラスに反射しているが、気温をあげるほうにはたいして貢献していない。カモメが頭上で旋回してキーと叫び、川のにおいが鼻腔を満たした。あたりまえの古い町のあたりまえのあたらしい一日だ。脚の痛みが治まって、脈拍が平常にもどってきた。

「しっかりしろ」彼は自分に言い聞かせた。ベッドに置いてあるフランチェスカの切り抜きのことを考えた。「書類仕事にもどれ」

リヴェットに会うまで、あと二時間つぶさねば。

12　わたしに気づいて《ノーティス・ミー》

一九八三年十月

「ここがあなたの部屋」アマンダはそう言ってドアを押し開けた。「どう?」

そこは家のまさにてっぺんで、近隣の屋根や煙突やヴィクトリア・アーケード商店街の鉄とガラスの天井が見渡せた。インテリアは灰色、黒、赤の縞の壁紙と同じ柄の寝具セット、それから黒い漆塗りの家具と赤いビニールのクッションで仕上げられている。娘のむくれた顔つきに感謝の気持ちが浮かぶのを期待していたわけではなかった。

「へえ」サマンサは上くちびるを歪めた。できるだけ退屈な表情を崩さぬようにしていたが、急に瞳孔がひらいたことをアマンダは見てとった。人でなしの母親が自分のためにこんな洒落た部屋を用意できたことが信じられないわけだ。

笑いたくなって口の端がひくついたが、耐えた。サマンサは自分こそ反抗的なティーンエージャーの元祖であり、祖父母に究極のショックを与えることになったと思っているらしい。でも当然、エドナはサマンサが自分であんな騒動を引き起こすことができたなどと信じようとせず、学校の頭の悪い友達にそそのかされたのだと言いきった――そして暗にアマンダのせいだとも。サマンサをアーネマス中学《ハイ》のようにレベルの低い学校へ入れたからだと言いたいのだ。

アマンダは娘を地元のパブリックスクールに入れなければ両親が怒ることはお見通しだった。エリックはすぐさまマルコムに電話をかけた。父親として口添えしてくれることを期待したのだ。けれど、マルコムは泥酔していて泣きだし、自分には娘をパブリックスクールにやるだけの金がないこと、会社を続けていけるよう、必死のあがきでチェルシーの家を売りに出したところだと打ち明けた。エリックとエドナが思いも寄らぬほど事態は悪いことになっていた。

アマンダはエリックが授業料を払おうと言ったときも、自分の意見を曲げず、地元の子供たちとふれあったほうが娘のためになると主張し、公立の学校でなんら問題ないと説得した。サマンサのことなら、あの人たちより自分のほうがわかっている。両親の海辺のヴィラで暮らすほうが、サムは悪い影響を受けるかもしれない。甘やかされた小マダムを自分の目の届く範囲に連れもどす潮時だった。

サマンサの視線は床からあたらしいステレオ・セットへと移動した。そちらへ歩きながら母親をすばやく見あげ、どう言ったらいいか知恵を振り絞っているようだった。「ありがと」ようやく出てきたのはその言葉だった。

アマンダは片眉をあげた。「ここならいくらでも陽射しが入るわね」彼女は言った。「おばあちゃんの犬じゃないものに色を塗りたければ」

サマンサがきっとなって顔をあげると、ふたたび瞳孔がひらいた。ファンデーションを塗った娘の頬はすぐさま赤くなった。アマンダは視線をそらさず、娘のほうにそらさせた。他人の前でもサマンサはあからさまに母を拒む。ふたりだけになってしまうと、目を合わせることはまれだった。

サマンサは瞬きをしてから、ステレオにむきなおった。レコード・プレイヤーの蓋を開け、ターンテーブルをじっくり見るふりをしながら、目盛りに指先を走らせる。

ふたりのあいだに広がっていた沈黙は階段からの足音で破られた。一声うめいてウェインが戸口に現れた。サマンサの荷物が入った箱を運んできたのだ。「どこに置いたらいい？」彼は言った。

「サマンサ？」アマンダはそれでも両目で娘を射抜くように見つめた。

「そこの下でいい」サマンサは顔をあげず、ベッドの横へ首を振った。顔色はファンデーションでも隠せないほどの濃い赤へと変わっている。

「あ、あ、ありがとう」アマンダは極めつけの辛辣な声で言い足した。

「ありがと」サマンサはかろうじて聞き取れる程度の声でつぶやいた。

「それでいいわ。じゃあ、あとはひとりで片づけて。好きなように配置も変えていいから」アマンダは箱をそっと置くウェインの視線を捉え、片目をつぶってみせた。「夕食ができたら、呼ぶわ」

「残りはどうする?」ウェインが訊ねた。玄関ホールにまだ箱が六つある。

「サムが運べばいい」アマンダが言った。「都合のいいときに。自分でやれるはずよ」彼女が階段を降りていくと、ウェインも続こうとした。

「ねえ、ウェーイーン」サマンサは母親が行ってしまったとたん、口調を真似て低い声で言った。彼はさっと振りむいた。少女は指に髪を巻きつけながら、最近どんどん大きくなっている胸をできるだけ突きだしていた。これが初めてのことではないが、ウェインはこの子の前にいるととても落ち着かなくなった。

「ありがと、ウェーイーン」続いて、口角をあげて冷たく笑った。「さあ、行きなさいよ。女主人のあとを。犬よ、つけ!」

毛を剃られた犬っころの姿が目の前に浮かび、ウェインは急いでアマンダを追った。

台所でアマンダは冷蔵庫を開けた。リースリングのボトルとフォスターズの缶をカウンターに置き、グラスを探して上の戸棚に手を伸ばした。

「飲んでも許されると思うの」彼女はそう言い、ウェインにビールを渡し、自分にはかなりの量のワインを注いだ。「乾杯」

ウェインはわざわざグラスを使わなかった。彼女の緑のゴブレットに自分の缶ビールをふれさせ、味わいながらごくごくと直飲みした。「ありがとう、ダーリン」アマンダは彼の肩に手をあてて握り、ウェインが浴室の修繕をしてやったときの母の表情を思いだしていた。無理して礼を述べたときの、引きつる頬やせわしなく瞬きする目。「あなたはわたしのために本当によくしてくれた。とても感謝しているの」

ウェインは彼女の腰に腕をまわした。「言ったじゃないか、ベイビー。きみのためならなんだってする」

「うふふ」彼女は背伸びをして彼にキスをした。まさにそのとき、地響きするようなくぐもったベースの音が鳴り、サマンサがあたらしいレコード・プレイヤーの使いかたを学んだことがわかった。アマンダは天を仰いだ。「やっぱりね。簡単にはいかないと言ったでしょう」

ウェインは恋人の瞳を覗きこんだ。「あの子がやったんだね？　犬のことだが……」

アマンダはワインをひと口飲みこんだ。「ええ」そう言い、うなずく。「あの子がやったはず」

頭のなかで一連の場面が切り替わった。絨毯の上できらめくこわばった四匹の小さな金魚。鳥カゴの底で首を折られて脚を宙にむけたカナリア。水槽の石のあいだに首を突っこまれたキスイガメ二匹。サマンサはいかにも無邪気に目を見ひらいてなにもしていないと断言し、毎回、家の掃除をしていた女性たちのせいにしようとしたが、アマンダはもういっさい娘に生き物を飼わせなかった。

セント・ポール・パブリックスクールの女校長の顔も思い浮かんだ。校長室にアマンダとマルコムを招き入れ、ある少女が縄跳びで縛られて掃除用具入れに閉じこめられていたのが見つかったと話すところ。たしかな証拠はないものの、首謀者が誰か知っていること、このような出来事が続くのであれば、思い切った手段に訴えるしかないことを説明された。そんな事態を避けるために故郷にもどった。アマンダはアーネマス中学——自分自身の経験をもとにすれば、パブリックスクールのあどけない目をしたプリンセスたちに比べれば、遥かにたくましく自分のことは自分で面倒を見ることができる生徒が多い場所——に通わせるという荒療治で、娘にいくらかはまともな感覚を叩きこめると確信していた。弱い者いじめをされると考えて青ざめるだろうと。でも、サマンサはなんだかあっという間に自分より弱い者を見つけたみたいね。

「母は受け入れる気がない、というのとは少し違うの」アマンダは言った。「受け入れることなんてできないのよ。サムの本当の姿を認めれば、気が狂うわね」マルコムもそんな話を聞きたがらず、掃除の女性たちを次々と解雇したが、ついにアマンダはあとにひかず、三人続けてペット殺しを雇う可能性がどのくらい低いか指摘した。すると、娘がそんなことをやったなどと考えたというのでさんざん非難されて……

「きみのお父さんはどう思ってるんだ?」ウェインが言った。

「父は同類のことは見抜くから」アマンダは凍てつく口調になった。「あの子が人殺しをやっても逃がそうとするでしょうね、きっと」彼女はウェインの肩をふたたび強く握り、どうにか笑顔になった。「あの子の不機嫌なところやいつも挑発してくる性格は無視するのが一番。気にしないで。自分で思っているほど特別な子じゃないから」

「あの子はきみとはちっとも似ていない」ウェインはそう言った。彼の目を見ていると、アマンダは喉に塊がこみあげてくるようだった。

「そうね。でも、ある一点では、わたしに似ていてほしい」

ウェインは顔をしかめた。「どんな点で？」

「あと二年で――わたしたちが幸運ならば、もっと早くかもね――あの子がそこのドアから出ていって、二度ともどらないという点で」

ウェインが返事をする暇もなく、玄関ホールの電話が鳴りだした。ほぼ同時に、階段を降りてくる足音がした。

「わたしが出る！」サマンサが叫んだ。

「電話を待っていたのね」アマンダは声を落とした。「あの子に取らせましょう」

娘が電話に出るのを待った。それからキッチンのドアに近づき、閉めるように見せかけて声が聞こえるよう細く開けておいた。

ウェインはからになったビール缶を握りつぶし、ゴミ箱に放った。首を振りながら冷蔵庫まで歩いてもう一本を取りだした。

「これだけ言わせて」コリーンがデビーの家の戸口に立ち、友達の目をまともに見ることもできず、くちびるを歪めていた。泣きだす前はいつもこうなる。「ごめん」

デビーは一週間、コリーンに会っていなかった。この子はデビーがダレンとスウィングに行ってすぐ、店を飛びだしていったから。学校にも来なかったし、家にもいないみたいだった。最後に見たときと服も同じようだけど、奇抜なことになった髪をあきらかに誰かがなんとかしようと手を貸してくれたらしい。

服と違って髪は洗いたてで、くすんだ赤ワイン色のそれは耳にかぶさるように垂らしてあり、毛先は不揃いだった。片手でビニールの買い物袋の持ち手をねじり、片手では短くなった煙草で指先を火傷しそうになっていた。

「許すって言って」コリーンはべそをかき、涙の最初のひと粒が目をかこんだ真っ黒なアイラインをにじませて頬に筋をつけた。

「許すってなにを?」デビーは言った。友達の哀れな様子にショックを受けて、この数週間の不当な扱いは頭からほとんど消え去ったくらいだった。でも、ほとんどであって、すっかりじゃない。コリーンにはっきり言ってもらいたかった。

「サムと仲良くしてあんたを置いてきぼりにして」コリーンは振り絞るように言った。「それに、あの子をスウィングに連れていって」

「そういうこと」デビーはドア枠にもたれたが、まだドアを完全には開けなかった。

「あんなことしたくなかった」コリーンはすがりつくような目をして、鼻水も垂らしはじめた。「でも、あの子にやらされた。信じてよ、デビー。どんな子か気づいてなかったんだよ、ひどいことを……」

けれど、そこから先の言葉を口にすることはできず、身悶えして涙を流し、地面に煙草を捨てて足で踏みつけ、あのかわいそうな犬の記憶を揉み消すことができたらと願っていた。

「わかったよ」デビーは言った。「うちに入ったほうがいい」

「誰なの、ラヴ?」母親が台所から声をかけた。

「大丈夫、ママ。リーニーだから」デビーは返事をした。「上に行ってて」コリーンにはそう言った。「わたしは紅茶を淹れてくるから。すぐ行く」コリーンはそれに従った。デビーは母親になにか言われる前に先手を打たないとならなかった。父親が夕方のタクシー勤務に出たあとでよかった。

台所ではモーリーン・カーヴァーがタオルで手を拭いていた。茶菓子を焼いていたところで、エプロンは粉だらけ、頰は紅潮し、オーブンの熱で髪が縮れている。顔に不安を浮かべているのは、娘からコリーンが一週間ずっと学校を休んだとすでに聞いていたせいだ。デビーはそれしか言わなかったが、ふたりが仲違いをしていたのは手に取るようにわかった。あんなにふさぎこんだ娘は見たことがない。

だからといって、モーリーンはふたりの友情に安心してはいなかった。もちろん、コリーンのことはかわいそうだ。まともならそう思わない人間はいない。あんな母親をもって生まれて将来の希望がないような子だ。娘がこのあたらしい友人を遊びにこさせ、飲み食いさせるのにもいやな顔をしたことはなかった——ただし、デビーがコリーンの家にも遊びにいこうなどと考えないと約束するかぎりは。

モーリーンはコリーンが結局は母親と同じ暮らしをするようにならないか、もしかしてデビーが巻きこまれることにでもならないかと心配していた。最近はふたりが一緒に過ごさないようになり、デビーがダレン・ムアコックのような気持ちのいい男の子を見つけたことでほっとしていたのだった。

「ママ」デビーが低い声で呼びかけ、ドアを閉めた。「なにがあったのか知らないんだけど、あの子はちゃんとしてるから。学校のことはなにも言わないで、わたしが話を聞くから」

「いいでしょう」モーリーンは受け入れた。「じゃあ、あの子は夕食まで残るのね?」

「たぶんね」デビーはうなずき、そう言ったとたんに心が重く感じられた。コリーンが身近にいなくなって肩の荷が下りたと感じていたのはモーリーンだけではなかった。ただし、デビーはそんなふうに考えてうしろめたくなった。「部屋へお茶とビスケットを運んで、あの子を落ち着かせてもいい?」

「もちろんよ、ラヴ」モーリーンは網で冷ましている焼きたてのジンジャー・スナップをあごで示した。

コリーンはデビーのベッドに座り、窓の外を見ていた。鼻の下まで流れた涙がひと粒、くちびるの上に溜まっていた。膝に本を載せていたが、デビーが部屋に入るとすぐ我に返り、隣に置いた買い物袋に本を突っこんだ。

「どうぞ」デビーはトレイを置いて、コリーンに紅茶カップとビスケットで山盛りの皿を差しだした。自分のカップを手にすると、ベッドの反対側に座り、小型恐竜なみのスピードでコリーンが食べ尽くすのを待った。目の前の皿がからっぽだと気づいて初めて、コリーンは手をとめて言った。「あっと、どうしよ、ごめん――食べたかった？　飢え死にしそうだったから、なんも考えてなかった」

デビーは首を振った。「なにがあったわけ、リーニー？」話題を変えてそう訊いた。「どうして一週間も学校に来なかったの？」

「怖かったんだ」そう言ったコリーンの目つきは、スウィングで会ったときと同じになった。「サムだよ。あの子、普通じゃない。あの子がほしかったのは、わたしじゃなかった。いまならわかるよ。あの子、わたしを利用しただけだ。もっとあんたみたいになるために」

デビーの鼓動はさらに速くなった。「どういう意味？　髪とかそういうこと？」

コリーンはみじめな様子でうなずいた。「あの髪、わたしがやらされたんだ。そのあとであの子……」顔がまたくしゃくしゃになり、肩が震えはじめた。

「なにがあったのよ、リーニー？」デビーは訊いた。「あの子がなにしたの？」

だが、コリーンは手を振って拒んだ。「言えない……」

「いいよ」デビーは思い切って身を乗りだし、コリーンの腕に手をあてた。以前は、人がふれてもびくりとはしなかったのに。デビーは別の方法を試した。

「ところで、どこにいたの？　家にはいなかったよね？」

「うん」コリーンは袖で鼻を拭いた。デビーが鏡台のティッシュの箱に手を伸ばして渡すと、音をたてて鼻をかんだ。「ノージの家にいた」

デビーは顔を曇らせた。「誰？」

「ノージ」友人は答える。「あんたは知らないよ。海岸通りで会ったんだ」

そんな変わった名前は聞いたことがなくて、サマンサ・ラムがコリーンになにをしたか知らないけれど、それに負けないくらい心配になった。

「大丈夫」コリーンは真剣な表情でデビーを見た。「安全だよ。親父さんは油田の仕事に出かけてて、そうすると母親は愛人のところに行っちゃって、彼ひとりにするんだ。ノージがちゃんとわたしの世話をしてくれる。うちよりも、道で寝泊まりするよりもいい」コリーンは震えた。

「これ、彼女がやったの？」デビーはコリーンの髪をつまんだ。染める前にまず漂白したのか、まだらになった部分を仕方なく途中で切ったように見える。コリーンがうなずいた。

「どうやればいいかわかってるって、あの子言ったんだよ。たぶん、それほんとだったんだね」コリーンの目に不意に怒りが浮かんだ。「わたしをバカみたいに見せたかったんなら」

「どうするつもり？」デビーはコリーンに訊ねたが、自分にも問いかけているようだった。

「美容室に行くかな」コリーンは肩をすくめた。「全部切って、また伸ばすよ」

「ううん、そうじゃなくて……」デビーは説明しようとしたが、考えなおした。「お金ある？」

言いたかったことはやめてそう声をかけた。また重荷を感じてきたし、ノリッジの店で見かけたロボットブーツは予定より一カ月長くあそこに留まるだろう。

「ない」コリーンの顔は険しくなり、デビーの顔にむいた視線はさまよって窓の外へ、チカチカする街灯へむけられた。

「少しなら助けられるかも」デビーは声をかけた。「数ポンド貯めてるから……」

コリーンは首を振った。「だめだよ、デビー。許してくれただけでいい。これ以上、あんたになにかしてほしいって思ってないよ。それにさ、もう帰らないと……」

「え、なに言ってんの。ママが夕食まで残りなさいって……」

けれどコリーンはすでに立ちあがって、買い物袋を手にしていた。「残れないんだ。やることがある。ここに寄ったのは、あんたとまだ友達だって、たしかめたかっただけ。友達だよね？」

デビーはうなずいた。つかのま、コリーンはデビーの手を取って握りしめた。「でも、わたしの心配はしないでいいよ。ほんと。ノージの親父さんはあと一週間は留守だから」

「学校にもどってくる？」デビーにはそれしか言えなかった。

「ううん」コリーンは顔から髪をどけた。「このいまいましいのを、なんとかするまでは」彼女は作り笑いを浮かべた。「でも、ひとつ頼むよ。あんたにできること」そしてふたたび真剣な表情になった。「誰にも言わないで。とくに」そしてしかめ面に。「彼女には言わないで」

デビーはコリーンが帰ってから、ぼんやりとベッドに座っていた。例の子がコリーンにした、あの髪型よりひどい仕打ちがなにか考えたくない。コリーンが話せないほどひどいことって、なんだったの？

窓越しに隣の家を見やると、アレックスの部屋の明かりが消えた。すぐに玄関から彼が現れ、笑顔で前髪をいじっていた。そして急ぎ足で道を進み、北へ、中心街へと去っていった。

コリーンはデビーの家をあとにする頃には、気分が上向きになっていた。ふたりのあいだがまたうまくいくようになってとても嬉しくて、突然、目的意識が生まれた。デビーに言ったように、髪をなんとかしなくちゃと思った——わかりきったことだけど。問題はただひとつ、お金を手に入れるという部分。でももう、どうやればいいか学んでいた。

ずっと裏通りを歩いてセント・ピーターズ・ロードに出ると、右に曲がって海岸通りとトラファルガー桟橋にむかった。

パビリオンのビアガーデンは冬の生活にもどってローラースケートのリンクになっていたけれど、入場待ちのティーンたちの列には並ばなかった。かわりに隠れるようにしてパビリオンの横の暗がりへ入った。〈スリラー〉のメロディーが壁越しにひずんでズンズンと聞こえたが、桟橋の突き当たりまでいくとすべてが背景の単調な音へ溶け、海がみずからの音楽を作り、波が岩にあたってひそやかなため息をついていた。

遠い油田の照明を見やった。いまでは石油プラットフォームがたくさんできて、水平線を埋め尽くすくらいだ。十二まで数えたところで、隣に男が立った気配を感じた。いつもの安っぽいムスクのアフターシェーブローションが彼だと告げている。期待したとおり、これで髪をなんとかするお金がじきに手に入る。

けれど、その次に起きたことは計画に入っていなかった。

彼女は桟橋を支えて交差する暗い橋脚の下で、冷たく柔らかい砂にしゃがんだ。男がうめき声をあげて、両手をズボンのジッパーにかけ、すり足で彼女に近づいた。

「失礼ですが、そこのあなた」隣で声がした。「なにをしているのか、はっきりと説明してもらっても?」

コリーンは客より早く何事か気づいた。けれど、慌てて立ちあがって逃げようとしたが、懐中電灯で目がまぶしく、肩を手で押さえられた。

「きみもですよ、お嬢さん」警官が言った。

13　未知の人物《パーソンズ・アンノウン》

二〇〇三年三月

ショーンは海岸通りを運転していった。三月の午前の肌寒さをものともせずに年金生活者たちがどのベンチにも肩を丸めて座り、まるで雨ざらしになった灰色の鳥の群れのようだった。左側では、荒れた白い波頭が陰鬱なダークブルーの海に続けざまに立ち、犬が一頭、波打ち際でなにかの匂いを追いかけている。右側では、並ぶゲームセンターが照明をきらめかせ、どんな景品があるか派手に宣伝していた。〈ゴールデン・マイル〉の端に堂々たるヴィクトリアン様式のホテルがある。近隣の毒々しいきらめきと対照的に清らかな白に塗られ、表のイギリス式庭園を盾としていた。はびこるみやげ物を中和する匂い玉のような存在だ。ショーンはこのホテルが視界に入るとスピードを落とした。目的地は次の角で、ここもやはり人目を惹く十九世紀の建物で、灰色の燧石《ひうちいし》にクリーム色のスタッコ仕上げの邸宅でポルチコ風の玄関ポーチがある。レン・リヴェットの〝オフィス〟、フリーメーソンのロッジだ。

駐車場に車を入れると、ドアの前に男が立っているのが見えた。シープスキンのコートと横に羽根のついた黒い中折れ帽といういでたちで、細い葉巻を吸っている。フランチェスカの切り抜きにあった顔で、たちどころに誰かわかった。たいして変わっていなかった。

ショーンが車を降りると、リヴェットはほほえんで挨拶に片手をあげた。目元は帽子のつばで隠れている。

「ミスター・ウォード」彼は声をかけ、葉巻を砂利の地上に捨てると、灰色のスリッポンで踏んだ。「太陽のアーネマスへようこそ。レン・リヴェットだ。なんなりと訊いてくれ」

ショーンはリヴェットが差しだした手を取った。大きくてずんぐりした指にはゴールドの指輪がいくつもはまっているが、これから骨も砕けそうな握手で度胸を試そうというのだろうか。しかし、元警部の握手はほほえみと変わらず親しげだった。

「こんにちは」ショーンは言った。「お時間を割いてくださり、感謝します」

「ちっとも構わないさ」リヴェットはそう返した。「無事に到着したな。鷹めたホテルに宿を取ったかね？」

「ええ、ありがとうございます。大変いいホテルで」

リヴェットはうなずいた。「このあたりのホテルよりいい」そう言って、ショーンが車で前を通ってきたばかりのそびえたつケーキのようなホテルを指さした。「前面はいかにもきれいにしてあるが」彼は片目をつぶった。「一歩なかに入れば、ゴキブリが這いまわってる。それはともかく」ショーンの肩に手を置き、玄関へ案内した。「ここを見せてまわろう」

「あんたのことは、かねがね話を聞いているぞ」リヴェットがメニュー越しに言った。「勇敢な男だな」

ショーンは食事相手と同じように昔のままの肉料理のリストから顔をあげると、彼のダークブラウンの目と視線を合わせた。メイン・ロッジ・ルームに案内されていた。シャンデリア、市松模様の床、紋章入りのプレート、百年前にアルバート公がノーフォーク砲兵在郷軍の名誉大佐だったときに食事をしたという場所だ。ふたりはいま、奥のバーにいた。細長くて品のいい部屋で、紫がかった赤の革張りの椅子が並んでいる。

「そうじゃないんですよ」ショーンは首を振った。「訓練で学んだことを忘れて衝動的に行動し、適切にリスクを確認しなかった。せいぜいが、幸運な男、というくらいです」

リヴェットは顔をしかめた。「ところで、そのたわけた小僧はどこにぶちこまれたんだ？」

「ダーラムです」ショーンは答えた。「できるだけわたしから離れた場所に」

「なるほど」リヴェットはうなずいた。「だが、それでも満足できるほど離れていない、と。おれもミス・コリーン・ウッドロウについてそんなふうに感じている」

豊かな黒髪に白いものが幾筋も交じっていた。細い血管の網目が赤く、鼻から頬骨に広がっていることから、元警部が余暇になにを好むかわかる。だが、濃い眉の下の目はいまもなお燧石のように強く鋭かった。

「そうですね」ショーンはうなずいた。「それはわかっているんですが」目の前で手を広げた。施設のドクター・ラドクリフの前でしたのと同じ仕草だ。「近頃では仕事をあまりより好みできないんですよ」

「言い換えると、誰から金を受け取るか、ということだな?」リヴェットが軽い口調で言った。ほのかな笑みが口元に浮かんでいる。

「そうとも言えますが」ショーンは肩をすくめた。「でも、金の問題じゃないのですよ、正直なところ。ひさしぶりに自分のやるべきことをやっているという気分になれるんです。本当の仕事をしているという気分に。愛する仕事を辞めて年金生活を始めるのは、たやすいことじゃないですよ」

リヴェットはうなずいた。目つきが穏やかになっている。「言いたいことはよくわかるぞ、あんた。言いたいことは。その年頃では、格別につらいに違いない」

彼は人差し指をあげ、近くをさりげなく歩いている給仕の注意を引いた。

「なんにするかね？　お薦めはTボーン・ステーキだが」

「では、それをいただきます」ショーンはメニューを閉じた。

「よしよし」リヴェットが言う。「いつものをふたつだ、テリー」彼は給仕に言った。「それから飲み物はミネラル・ウォーターだけにする」ショーンにウインクした。「こういった古くてつらい事件を再見分するならば、頭をぼんやりさせるわけにはいかんからね」

「そのとおりです」ショーンは答え、ブリーフケースに手を入れて、渡された書類をすべて入れているファイルを取りだした。「これが法律関係の書類です。ご確認されたければ……」

リヴェットは浮かない顔でファイルを受け取り、隣の椅子に投げた。「これからというときに、食欲を台無しにするのはやめようじゃないか。だが、率直な話」彼はウォードに身を乗りだし、水のボトルを手にしてふたりのグラスを満たした。「あんたはこの件をどう考えているんだ？　あの娘っ子のために、女はあんたになにを探らせている」

「女とは、メイザースのことですか？」ショーンはリヴェットに言われたことを考えてみた。「そうですね、わたしは監視病棟で医師が言ったことにおおむね賛成です。コリーン・ウッドロウはいまいる場所に留まったほうがよさそうだ。問題はメイザースがあたらしい鑑識結果を手に入れたことです。現場一面にほかの何者かのＤＮＡがあったことがわかったんですよ。だからといってウッドロウが無実ということにはなりませんが、ほかの何者かが存在して、彼女に手を貸したんです。そのあたり、ここにすべて書いてありますから」ショーンはファイルにあごをしゃくった。

「そうなのか？」リヴェットは片眉をあげただけで、とくに驚いた表情ではなかった。

「ええ、そうなんですよ」ショーンは言った。「ただし、科学の力でもそれが誰のものかはわかりません。全国警察データベースに記録がなく、問題の人物は事件以来、警察の世話になったこともなく、ひょっとしたらもうこの世にいないかもしれないですね」

リヴェットはあごを掻いた。「おもしろい」

「ですから」ショーンは強引に先を続けた。「その人物が誰である可能性が高いか見つけだすために、この町に来ました。だからこそ、あなたの記憶力に頼り、正しい方向に導いてもらえるのではないかと期待したわけです。あなたは事件の捜査責任者で、有罪判決が出るまでのすべての経緯をご存じだ。コリーンの友人知人もご存じでしょう。当時のささやかな仲間たちで生きている者のうち、数人はメイザースが所在を突きとめています。今回、DNA鑑定にみずから協力して関与はないと証明した学校の旧友たちです——名前はこちらのリストにあります」彼はファイルに身振りした。「けれど、それは一握りだ。ここにいない者たちを見つけださないと。コリーンより年上の者たちを調べるというのはどうでしょう。母親とつながりのある者たちなどは？　ずっと以前のことで、答えが魔法のように現れるとは思っていませんが、ご協力を考えてはいただ……」

「テリー」リヴェットが顔をあげると、給仕がカートを押して現れ、分厚いTボーン・ステーキが載った白い磁器をふたりの前に置いた。テリーがその場でフライドポテト、キノコ、トマトを肉に添えると、元警部の顔には肉食獣のような満足の表情が浮かんだ。「こうでないとな」彼は言った。給仕は薬味入れとソースの瓶を置いてから、恭《うやうや》しくカートを押して下がっていった。

ショーンが見ていると、リヴェットはHPソースに手を伸ばし、料理にたっぷりとかけた。

「美味しそうですね」ショーンは声をかけた。

「この町一番だ」リヴェットが言う。「これを見なさい」彼はステーキをカットし、にじみでる血を見つめた。「レアと言ったらレアで出てくる。そうそうないことだ」

「なるほど」ショーンはケチャップを手にした。「これはまさにレアですね」

「ハハッ！」リヴェットは喜んだらしい。「あんたはおれと似ているな。そうじゃないか？いつも矜持《きょうじ》を最優先に考える」

ショーンの目から見てもあきらかに思えた。ここに引退生活の味気なさから喜んで飛びだそうとしている男がいる。自分と同じように目的を必要とする男が。

「で、このファイルにはほかにどんなことが書いてある？」リヴェットはフォークに突き刺したポテトをファイルのほうに振った。

「話を聞いてみたい事件の証人たちのリストを作りました」ショーンはステーキを切りながら答えた。「居場所を突きとめるのを手伝ってもらえたら、ありがたいんですが。ほかに会ったほうがよさそうな人物についてご意見があれば、それも聞かせてください」

「いいだろう」リヴェットはキノコを突き刺し、該当するかどうか査定でもするように掲げた。「そう、おれの記憶《メモリー》については心配無用だ。保つのにマイクロチップはいらない。特定の顔がもういくつも浮かんできたぞ。ただし、たいして愉快な顔じゃないがな。ミス・ウッドロウはお上品な仲間とつきあっていたわけじゃなかった」

ショーンはステーキをやっつけつづけた。サイズは大きいくせに、妙に味がないようだ。今頃は腹が減って仕方がないはずだ。朝食にブラック・コーヒーとトースト一枚しかとらなかったんだから。それなのに食欲は失せていく。

「母親はどうなったんでしょう?」彼は訊ねた。

「まあ、あんたが想像するとおりだな」リヴェットは自分の肉をたいらげて言った。「この町に住むことはできなくなった。あの事件で彼女には風当たりが厳しくなった。地元のドラッグ売買につながりのある依存症女、という評判が立ってな。家に火炎瓶を投げこまれてから、ノリッジに引っ越して商売に励んでいたよ」そこで彼はショーンの皿を見おろした。「それもある夜、ささやかな窃盗という彼女の副業にあまり寛容でない顧客に出会い、車の工具で殴り殺されるまでの話だった。だからって気の毒には思えないが。あれは自分の汚れ仕事をいつもほかの野郎にやらせるような女だった。この町のバイク仲間のひとりにっていうことだがな。あぁ、だが、亡くなった頃には、バイク仲間とさえつきあわないようになっていたが。どうした、あんた。腹が減ってないのか?」

「そんなはずはないんですが」ショーンは答えた。「うまいのに、なぜか……」

「手伝ってやろう」リヴェットのフォークがショーンのフライドポテトに刺さった。「もったいない」

ショーンがどうにかステーキをあと数切れとキノコを二個ほど口に入れるあいだに、同席者はランチの残りを食べ尽くしてくれた。

「これでいい」リヴェットはナプキンで口元を拭いた。「あたらしい責任者に話をつけておいたから、古いファイルを閲覧できるようになっているはずだ。これからあんたのリストをもって警察署へむかい、責任者に紹介し、ほかに署で掘り起こせるものがないか、たしかめるというのはどうだね」彼はふたたびウェイターに合図した。「おれにつけておいてくれないか、テリー？」彼は財布に手を伸ばして五ポンドのチップを取りだした。「これはきみが取っておいてくれ。もしも」リヴェットはショーンを振り返った。「あんたがもう腹は減っていないならだが？」

「減ってませんよ」ショーンは言った。「大丈夫です」

彼の胃は反対だと言っていた。


アーネマスの警察署はマーケット・スクエアの北西の裏手にあった。二階の壁に濃紺の掲示があり、ノーフォーク地区警察は〈あなたのために働いています〉と主張している。自動ドアがシュッと開いたところを通ると、リヴェットが仕切りのない受付へと案内した。ひげ剃りの必要もなさそうな若さの男が訪問者リストにショーンの名前を書きつけ、入所許可証を渡した。それからふたりはエレベーターで二階のスモレット警部のオフィスへむかった。

「最年少で警部になった男だ」リヴェットがショーンに語った。「事件が起こったときは、半ズボンを穿いていたくらいの年頃だった。だが、近頃じゃ昇進が早いものだからな。コンピュータってやつのおかげだな」

彼はノックすると、返事をたいして待ちもせずに、ドアを押し開けた。

スモレットを一目見て、ショーンはリヴェットのいまの意見ににじんでいた軽蔑の理由が言い当てられた。後継者は前任者が忌み嫌いそうなすべてを備えていた。小ぎれいで、身だしなみがよく、煙草も吸わないだろう外見。イケアのミニマリズムが徹底されたオフィス。背後の壁にはフローチャートが貼ってあり、前にはノートパソコン、右にはデスクトップ。机にはフレーム入りの妻の写真。爪の磨かれた手が差しだされると、きついコロンが香った。

スモレットの日焼けして人当たりのいいハンサムな顔が歓迎の笑みを浮かべると、ショーンの革の上着とカシミアのVネックに品定めの視線がちらりとむけられた。

「ミスター・ウォード」彼は言った。「ロンドン警視庁にいらしたんですね?」

ショーンはうなずいた。「ええ、そうです」

「なるほど」スモレットはふたたび腰を下ろした。ふたりも座るようにというほのめかし。ショーンは手近の椅子に座ったが、リヴェットは立ったままだった。「レンからあなたの話はすっかり聞きました。彼はちゃんとお世話をしましたか?」

「とても世話になっていますよ。こんなに手伝ってくださるとは、ふたりともご親切に」

「ちっとも構いませんよ」スモレットは机に身を乗りだし、手をあごの下で合わせると、ショーンの目線のすぐ上、リヴェットのほうを見た。「そちらがお入り用でこちらに準備できるものがあれば、なんなりとおっしゃってください。隠し事はいっさいありませんからね」

「リストをもらってるぞ」リヴェットがそう言ってファイルを振った。「記録と照らしあわせたい。構わなければ」

「コピーを作ってありますよ」ショーンはブリーフケースに手を伸ばし、同一のファイルを差しだした。「こちらが把握している情報をお知らせするために。なにか気づかれた点があれば……」

「どうも」スモレットはファイルを受け取り、ノートパソコンの隣に置いた。「今日の午後にでも目を通し、詳細を知りたい点が出てくればご連絡しましょう。まずはレンがあなたに当時の事件ファイルをお見せするのがいいだろうとふたりで考えましてね。わたしよりレンのほうがあの事件にはずっと精通していますので。いまのところ、わたしからはあなたを歓迎するとお伝えしたいだけです。なにか問題があれば」彼の視線はふたたびさっと上にあがった。「どんなことでも、知らせてください。電話番号です」彼は未処理トレイの隣の山から名刺をつまんだ。「ご存じかもしれませんが、念の為に渡しておきましょう」

「ありがとうございます」ショーンは財布に手を入れ、自分の名刺も渡した。

「では」スモレットはまた立ちあがった。「レンの有能な手にあなたを任せますよ」

彼は鼻の下にいやな臭いが漂っていて、ふたりが帰ればただちに消散するとでも言いたげな表情を見せた。リヴェットは言われたとおりに、ドアへむかった。

「これだけ訊いてもいいでしょうか」ショーンは座ったままで言った。「初動で逮捕を実行した刑事について。ポール・グレイ、という名前だったはずです。まだこの町に住んでいますか?」

スモレットは眉をひそめて額に皺を刻み、リヴェットを見やった。

リヴェットの表情は手つかずのステーキにむけたものと同じだった。「奴のことは調べられるだろう。遠くには越していないはずだ。さあ、行こうか?」

ショーンがスモレットを振り返ると、視線はさらに一拍リヴェットにむけられてから、ふたたびショーンにもどされ、すばやい笑みを浮かべて賛成の印にうなずいた。ショーンは立ちあがった。ふたりのあいだにわだかまるこの緊張。本当はどちらが現在の責任者なのだろう。

14　最新の狂乱《ザ・レイテスト・クレイズ》

一九八三年十月

ポール・グレイ部長刑事は桟橋の下で補導した少女を小窓越しにながめた。鉄製のベッドに座り、膝に本を載せてなにも頭に入っていない様子でひたすらページをめくっている。左脚が激しく上下に揺さぶられ、ガムをクチャクチャと嚙み、もつれた髪を絶えず目元から押しあげている。どうやら強気に見せようとしているようだな。

彼女はおとなしく連行されはしなかった。部長刑事があとを尾けていた年配の不届き者とは違った。ああした輩《やから》の多くと同じように、男は手錠をかけられたとたんにめそめそ泣きだし、尋問のあいだずっと黙りこんでいた。いまはつきあたりの留置場でハンカチを使い盛大に鼻をかみ、朝に治安判事のもとへ連れていかれるのを待っている。

この少女は本当の年齢以外はなにも話そうとしなかった。十五歳だ。別に悪いことはなにもしていないと言い張った。ビーチを散歩していただけで、それのどこが法律に反しているのかと。少女にとって残念なことに、学童は親かソーシャル・ワーカーか校長に連絡が取れるまでは署に留めておくべしと定められた規則がある。少女は簡単にここを出ることはできないと悟ったとたんに、怒りを吐きだした。なだめて名前と住所を聞きだすだけで、グレイのありったけの忍耐力を必要とした。それに留置場で待つあいだ、大事な本をもちこむことを許可しようという提案も効いた。

ロイ・モブズはグレイに比べて二十年近く長い経験がある。グレイが母親の名前を聞きだしてもどってくると、ウッドロウという姓を聞いてどこかぴんとくるものがあり、モブズの記憶の力が引きだされた。額をぴしゃりと叩くと受話器を手にして、母親に連絡せずに、校長からソーシャル・ワーカーの名前を聞きだした。こうしてミセス・シーラ・オルコットという人物の到着を待っているところだった。

コリーンが本から顔をあげた。見られていると気づいたのだ。

「ほしいものはないかね?」グレイは親しみやすさを心がけて訊ねた。「紅茶は? コーヒーは?」

少女は彼を見つめた。驚きの表情が顔を横切った。「紅茶がいいかな」結局そう言った。

この子はグレイ自身の娘より七歳年上だった。

「なにか入れるかね？　ミルクと砂糖でいいかな？」

コリーンはうなずいた。「砂糖を二個でお願い」彼女は言った。「ビスケット、もってない？」

グレイはこうしたものをみずから留置場に運んだ。警官としてより父親として心配していた。彼女がこんなふうになってしまったのはどうしてなのか。

「ありがと」少女は礼を言ってマグカップを受け取ると、両手でしっかり握った。近づいてみると、彼女の目はパンダのように見えた。にじんだ化粧でかこまれている。

「こいつを見つけてきたよ。あるだけもってきた」グレイはクリームサンド・ビスケットを二枚ほど失敬して皿に載せてきた。少女はあっという間にこれを食べ尽くし、音をたてて紅茶を飲み干した。痩せっぽちの少女だった。最後に食事を与えられたのはいつなのだろう。

少女が広げたままベッドに置いた本を一瞥《いちべつ》した。黒革の装丁の古い本で、金箔をほどこしたエッチング画で装飾されている——冠をかぶった女王、ラクダに乗った男、翼を広げたドラゴン——中世の寓話を思わせた。

タイトルは『ゴエティア——ソロモン王の小さな鍵』。

歴史書のようなものか？　そうは見えないが。

〈訳：サミュエル・リデル・マグレガー・メイザース。編・前書き：アレイスター・クロウリー〉。

「なにを読んでいるんだい?」彼はどこでクロウリーという名を聞いたのか思いだそうとしながら訊ねた。

黒く塗られた爪がすぐさま本を摑みとった。「どうして、そんなこと気にすんの?」敵意の仮面が外れたときと同じぐらいたちどころに顔を覆った。「没収しないで。めずらしい本なんだよ。わたしに、ゆ、だね、られてる本なんだから」最後の一文はつっかえながらそう言った。まるで練習が必要なセリフのようだった。「しっかり、もってなくちゃいけないんだから」ビスケットの皿と紅茶のマグカップにはもう見向きもせず、両手で本をきつく抱きしめている。「いいかい」グレイは笑いたい衝動と闘った。少女をからかっているように思われたくない。当初は反抗的なところも見せはしたが、もっと幼い子供なみに感情が移ろいやすいことはあきらかだった。「その本をきみから奪うつもりなどないよ。ただ、そんな本を見たことがなかっただけさ。学校の宿題かなにかなのかい?」

コリーンの表情は攻撃的なものからとまどいへと変わった。「ちがーう」彼女はゆっくりと首を振った。「でも、これから教わっているところ、ではあるかな」

「じゃあ、いい本だね」グレイは言った。「どんなことを教わっているんだい?」

少女は首を傾げ、細めた目で彼を見つめた。「自分をどうやって守るか」しばらくしてそう答えた。

グレイのおもしろがっていた気持ちはさっと退いていった。「そうかい。なるほど……」ドアをノックする音で言葉は遮られた。「ポール、そこにいるのか?」ロイ・モブズの声が小窓から聞こえた。「ソーシャル・ワーカーが到着したぞ」

「わかった。じゃあ、入ってもらってくれ」

「ああもう最悪！」それが知らせを聞きつけたコリーンの挨拶だった。ベッドの上で壁に背中がつくまでずり下がり、脚を組んだ。グレイがドアを開けるとき、薄汚れた上着の下に本を突っこみ、それを守るように腕で支えたところが見えた。

ドアの向こう側には小柄な女が立っていた。細かく縮れたごま塩の髪、茶色のアノラックを着ている。庭いじりの途中だったようだ。

「シーラ・オルコットです」彼女は赤い手を差しだした。「ここにあの子はいるのね？」

「そうです」グレイは答えた。シーラは田舎のヒッピーのような外見かもしれないが、声は女教師めいた鋭さがある。

「ポール・グレイ部長刑事です。お越しいただいて感謝しますよ、ミセス・オルコット」

「できるだけ急いで来ました」シーラはうるんだ青い目に不安の色を覗かせた。「アクリ・ストレートの先に住んでいますし、電話を受けたとき、堆肥づくりで手が離せなくて。あまりお待たせしたんでなければいいけれど」

彼女はシミのあるハンカチをポケットから取りだして鼻をかんだ。膨らんだ髪の奥から藁が一本、突きでていた。

「この手のことがコリーンに起こりやしないかと、ずっと前から心配してたんですよ」彼女は話を続けた。「さて、この子と少し話をさせてもらいましょうか」

グレイが返事をしようと口を開けかけたところで、廊下から女の大きな声が響いた。

「それでどこよ？　あたしの娘になにするつもりさ、この畜生ども」

グレイは顔をあげ、こちらに荒々しくむかってくる女を見た。黒い石炭のような目に怒りを燃えあがらせている。

「あらあら」ソーシャル・ワーカーが言った。「結局、ミセス・ウッドロウを見つけたのね」

誰も彼女を呼んではいなかった。ただしグレイが考えるに、アーネマスの歩道の下で脈打つジャングルの太鼓、すなわち、ミセス・ウッドロウのような者が出入りする場所の板壁や石壁のあいだに存在する噂の蔓《つる》というやつは別だ。

だが、彼女は予想していたような見かけではなかった。罪深い生活で損なわれてやせ細り、肌はぼろぼろ、腰のない脂ぎった髪ではない。反対に、バイク乗りの黒い革の服をまとった若いエリザベス・テイラーのようで、漆黒の髪が肩にふわりと落ちかかっていた。

「クソ娘はどこよ？」彼女はたたみかけ、六インチの厚底ヒールで背筋をぐいと伸ばした。

ドアの外でどなりあいが始まってコリーンの血は凍った。ノージに教わったことをなんとか思いださなくちゃ。母親の権力に対抗するために唱えることになっている呪文を。でも、クソばばあの声を聞いて恐ろしくなり、聖なる本が自分の手元にあると考えると、頭のなかは轟々と音をたてて真っ白になった。放送最後の番組が終わってもつけっぱなしのテレビみたいに。

今日の午後、ノージの家から帰るときに、本をもちだす許可はもらっていなかった。でも、もっと早く学びたかった。切羽詰まって本をウエストに押しこみ、とにかく気づかれないで済むよう祈ったのだ。

そのとき、妙なことが起こった。

ノージの目が頭のなかに現れた。緑の揺るがない目。雑音が消え、彼の声が耳に流れこんできて、どうすべきか教えてくれた。「目を閉じて、コリーン。白い光の球体がきみのまわりにある。見える？」コリーンはうなずいた。目蓋の裏に、ちらちらする白い光のボールが出現した。

「今度はその光がにじんでくるまで見つめて、その部屋の色や形も混ざるようにして」コリーンはこれまでにない変な感覚をもった。空中に浮かびはじめたような。冴えないベージュの毛布、緑がかった灰色に塗られた留置場の壁、泥みたいな茶色の床が自分の腕や身体をすり抜けていく。外の廊下の音がみんな消えて、光の球体に自分が包まれていくのを感じた。

「その光に溶けていって」ノージが言う。「その光に溶けて、消えるんだ」

ドアがひらく音は聞こえなかったし、複数の人が自分を見おろして立っているのも見えなかった。

「意識をなくしてる」シーラ・オルコットがコリーンの右の目蓋をそっとあげた。

「その姿勢で？」グレイは言った。コリーンは背筋をまっすぐにして座っている。

「カタトニア（緊張症）ね」シーラは似たような例を何度も見てきた者の口調で言った。「救急車を呼ばないと」

コリーンはおかしな臭いを感じて目覚めた。すばやく瞬きをして、周囲の状況を理解しようとした。少し時間がかかってから、病院のベッドにいることを、さらに少しかかってからどうして自分はここに運ばれたのか気づいた。

一瞬、パニックに陥った。ノージの大事な本をなくしたと思ったからだ。けれど、横を見るとベッド脇のテーブルにちゃんと載っている。母親も、警官も、ソーシャル・ワーカーもみんないなくなって、静まり返っていた——相部屋ではなく、小さな個室だ。窓のブラインドの隙間から陽射しが斜めにシーツにあたっていた。

このとき、魔法は本当に効き目があるとコリーンは知った。

15 兄弟の契を結ぼう《アイ・ブラッド・ブラザー・ビー》

二〇〇三年三月

ショーンはテーブルに顔写真を並べた。コリーンの仲間として知られていたが、殺害現場でグレイが彼女を逮捕したのちに、告発されず釈放された者たちだ。写真の裏にクリップ留めされた供述はキャプテン・スウィングの店への手入れで事実上、彼らが網にかかった事実を証明していた。

　見覚えのある顔が視界に飛びこんできた。

〈マーク・アンソニー・ファーマン。十四歳。アーネマス、リージェンツ・ロード五十二番地。アーネマス中学の生徒。無断欠席と未成年飲酒で注意〉。

　やりなおそうとしているパブの現店主。

〈ショー・テレンス・マクドナルド。十八歳。アーネマス、ハヴロック・ロード二十三番地。メープルズ養鶏場従業員〉。

　松葉杖で気さくな表情をした男。それに彼の友人のバグズもいる。正式に紹介するならこうなる。〈ハーヴェイ・マシュー・バントン。二十歳。アーネマス、サウスタウン、スクラビー・ロード七十四番地。ロック運送会社従業員〉。

　先日の夜にビリヤードをしていたスキンヘッドとパンクはそれぞれ、クリスチャン・ケンパーとデーモン・パトリック・ブル。当時はふたりとも十八歳でセント・ピーターズ・ロード二十一番地Aで同居、町議会に造園師として雇われていた。なるほど、ふたりとも頭の葉っぱに注意を払っている説明になりそうだ。

　彼らの詳細をノートパソコンに打ちこみながらショーンは考えた。おまえたちは古いお仲間というわけか。

　アーネマスの記録を掘り起こして三時間、昔の興奮が初めて甦った気がした。風にのった獲物の匂いを猟犬が嗅ぎつけたような。顔写真は過去へつながる初めての目に見える手がかりだった。パンク――デーモン・パトリック・ブル――の写真を手に取ると、ファーマンの声が聞こえてきた。〝昔の看板はちっとばかり素人臭かったから、ブリーがもっといいのを描いた……〟

若い頃のブリーはトラヴィス・ビックル（ロバート・デ・ニーロが演じた映画《タクシードライバー》の登場人物）に驚くほど似ているが、それからやや落ち着いたようだ。

リヴェットはショーンのリストに対応するファイルをすべて見つけてくれていた。だが、いくら鋭く写真を見つめても、確実に見つかると思っていた人物はいなかった――手にタトゥーを入れた女。きみはどこにいる？　きみは誰なんだ？

テーブルをコツコツと叩き、メールをひらいた。一通はフランチェスカから、会社のアカウントではなく、ホットメールの個人アドレスを使っていた。コリーンを担当して、いまは引退しているソーシャル・ワーカーを見つけ、これから訪ねようとしているところだという。

ショーンはメールを閉じ、椅子を回転させた。警察署の地下は上のスモレットの最新式オフィスとは別世界だ。アルフ・ブラウンはスチールとプレキシグラスのファイル室のなかで記録の面倒を見ている者で、やはり古株であり、引退間近に違いない人物だった。薄くなりかけた頭、垂れかけた口ひげ、左耳に鉛筆を挟んでいた。

フロアの残りの空間はコルク板で小さく仕切られ、その大半にはビンテージ級の犯罪防止ポスターが貼られていた。古くて端は反り、黄ばんでいる。昔の特別捜査本部の名残だと思わずにいられない。データ化されていない書類の箱が机に所狭しと並べられていたが、それをコンピュータにインプットしているのは若い巡査たったひとりで、顔もあげず、もくもくと指を動かしていた。

ショーンのむかいに年代物のMacがあった。それが載っている机より大きなくらいのサイズだ。リヴェットがキーボードを叩き、モニターに視線を走らせる。古いラジオがアルフのファイル室のどこかにあるらしく、チャンネルはBBCラジオ3に合わせられ、クラシックのかすかな旋律が作業に葬式のような雰囲気を与えていた。

自分が訪ねてくるという例外的な出来事がなくても、いつもこんなに静まり返っているんだろうか。

「レン」ショーンは言った。

リヴェットが振りむいた。「なんだね、探偵さん」

「ポール・グレイの電話番号を見つけてくれると言われましたよね？」

リヴェットは片眉をあげた。「そうだった、言ったな。ちょっと待ってくれ」

彼は受話器を手にして内線ボタンを押すと言った。「やあ、ジャン。レンだ。ポール・グレイの電話番号を教えてくれないか。そうだ。その男だ。ありがとう」彼は付箋になにか書きつけた。

「ほら」リヴェットは立ちあがらずに番号を差しだしたから、ショーンは自分が立って歩いていかねばならなかった。

「地元の番号だな」リヴェットが言った。「サンドリンガム・アヴェニュー。ノース・デーンズの先だ」

「ありがとうございます」ショーンはふたたび腰を下ろし、電話をかけた。幸運だった。相手は三度の呼び出し音で電話に出て、陽気な声で自宅の番号を告げてから言った。「もしもし」

「もしもし。ポール・グレイさんでしょうか?」ショーンはしゃべりながらリヴェットから視線を離さなかった。何気ない様子で椅子をまわしている。

「どちらさまかね?」口調は相変わらず親しげだったが、若干の警戒心が表れた。

「ショーン・ウォードといいます。私立探偵です。かつてあなたが関わった事件を調べておりまして、お知恵を拝借できないかと思ったのですが」

「ほう?」声は驚いたものに変わった。「どの事件かね?」

「覚えてらっしゃるはずです」ショーンが見ていると、リヴェットがふたたびモニターにむきなおり、調査を再開した印象を与えた。「コリーン・ウッドロウ、一九八四年の夏です」

電話のむこうでは一瞬の沈黙があった。リヴェットはなにか興味深いものを読んでいるように目を細くしている。

「いやはや、なんと」ポール・グレイはようやく返事をした。「なにを探っているんだね?」

ショーンはリヴェットにしたように、今回も説明した。ジャニス・メイザースのこと、あたらしいDNA鑑定のこと。

「そうか」グレイは言った。ふたたび長めの沈黙があった。「レン・リヴェットは知っているんだな?」

まるでリヴェットがいまでもこの署の責任者であるかのような口ぶりだ。

「彼にあなたの番号を教えてもらいました」ショーンは答えた。

グレイはため息のような音を出した。「なるほど。そうかい」気さくなところはすべて声から消えてしまった。

「ということですので、その件でお話を聞かせてもらいたいのですが」ショーンは言った。

「しばらくこの町にいます。一時間ほどお願いできないでしょうか。明日の朝では？」

「わたしに断る権利はなさそうだが？」グレイが言った。

うんざりして皮肉めいた口調をショーンは無視した。「どこでお話しするのがよいでしょう？」

グレイはふたたびため息をついた。「ここに来てもらおうか。サンドリンガム・アヴェニューの四十八番地だ。よければ、十時に。家内がその頃には働きに出てるからな。この件であいつを煩わせたくないんだよ」

「結構ですよ」ショーンは携帯に時間とグレイの番号を打ちこんだ。「感謝します、ミスター・グレイ。あまりお時間をとらせないようにしますから」

「頼むよ」グレイが答えた。「では明日」

リヴェットはコンピュータから落とした情報を吐きだすプリンターの前に移動して立っていた。用紙を手にぶらりともとの席にもどっていく。「ウッドロウのお袋がつるんでいたバイカーたちで、付近に残っている者のリストだ。アクリ・ストレートでトラックの下敷きにならなかった者たち。もっとも、手足が少しばかり足りなくなってるかもしれんが。あいつらはそうなりがちだからな」

彼はプリントアウトをショーンのノートパソコンの隣に置いた。「ほかに必要なものはないか?」

「そうですね」ショーンは午後六時に近づきつつある画面上の時刻を見やった。「今日はだいぶ長いことつきあわせてしまいましたかね、レン」

リヴェットは鼻に皺を寄せた。ショーンはかつて上司のオフィスで一杯やりながら事件について意見を交換したときのような気安い態度で、夜もつきあってほしがっているとほのめかしてみた。実際は自分がむかおうとしている場所に元警部を連れていくなどごめんだったが、いたずらにリヴェットの機嫌を損ねたくもない。

「正直に言うと」ショーンは話を続けた。「いまいましい脚が痛くてたまらないんですよ。一日に数回、半時間は横にならないとまともに動けなくなるので。こんなことは言いたくないのですが。でも、限界に達したようなんです」

リヴェットの表情は変化した。「もっともだな。気がつかなかったよ。帰るといい。アルフにここはこのままにして明日続きから作業できるようにしてもらおう」

「ありがとうございます」ショーンは言った。「ご親切なかただ」

「町でももっぱらの評判だよ」リヴェットは片目をつぶって言った。

リヴェットはショーンが脚を引きずってシップ・ホテルに入っていくのをながめ、肉に開いた弾丸の孔を想像した。あの男は威厳を漂わせ、痛がる表情を顔に出そうとしない。リヴェットはその点に感心した。警部だった頃に出会ったロンドン警視庁の偉ぶった連中の大半は好きになれなかった。だが、ショーンは虚勢を張るのではなく、思考を使う男だな。

リヴェットはショーンより早くホテルに到着した。アーネマスの悪名高く厄介な一方通行のルートを知り尽くしているおかげであり、自分の車はまったく見えない場所に駐車しておいた。リヴェットはショーンが脚のことで偽りを言って、夜の早い時間に自分を厄介払いしたかったのではないか、とりあえずたしかめたかったのだ。

街角にしばらく佇んで見張りながら、ポケットから携帯を取りだして数秒おきにメッセージがないか見おろした。ショーンが姿を見せることのないまま十五分が経つと、携帯をポケットに入れ、ローヴァーへもどって海岸通りへむかった。きらめくヘッドライト、足場に覆われたトラファルガー桟橋の名残、フリーメーソン・ロッジの誘うような窓を通り過ぎてレジャー・ビーチへ。

シーズンオフの不気味な光景が広がっていた。黒いこぶのあるジェットコースター、骸骨のような観覧車や垂直ループのジェットコースター、無言の小塔や大きなタワーが街灯の光を受けて影を投げかける。リヴェットがスタッフ用駐車場のゲートの管理をする警備員に通行証を提示すると、警備員はうなずいて彼を通した。

舌に塩の味を感じながら、リヴェットは誰もいない王国を中央のタワーにむかって歩いていった。てっぺんにひとつきりの照明が灯り、空の黒さを背に淡黄色に光っている。エレベーターに乗り、オフィスのドアをノックした。

ショーンは波止場に続く迂回路を歩いてから町の中心部へもどり、土地勘を摑んでいった。地元の人の視線で町をながめてみたかったし、すべてがどのように嚙みあっているのか理解するには、歩くのがいちばんだと経験から知っていた。

リヴェットに脚が音を上げたと伝えたとき、真実を控えめに言ったわけではなかった。だが、薬が効いてくるまで三十分仮眠してミスター・ファーラーの本を読むと、この町にやってきて以来初めて調子がよくなった。心理的な面もあるのはわかっている――いまでは手がかりらしきものをもち、アドレナリンが出てキング・ストリートを歩く彼は意気揚々としていた。

昨夜とは逆からこの道に入ったら、クラブ一軒とパブ三軒が固まっていて、どの窓にも販促のポスターが貼られ、どのドアにも用心棒がいた。このスキンヘッドの守護者たちは、あまり客のいない店から大音量で流れてくるヴォコーダーで声をアレンジしたチャート音楽のほうをむいて退屈そうに瞬きしている。一軒のドア越しに、フランチェスカのところの広告部長が二名の部下を従えてフロア中央の背の高いテーブルを前に立ってラガーを飲んでいる光景が見えた。モダンな飲み屋の調度品は客の少なさを強調するだけだった。

《マーキュリー》のオフィスに差しかかって顔をあげた。照明はまだ灯っていた。ソーシャル・ワーカーと会ってもどってきたフランチェスカだろうか。彼女はこんな町でなにを証明しようとしているのか。あるいは、なにから逃げてきたのだろうか。なかば本気でブザーを押して訊ねたくもあった。

けれどのんびり歩きつづけ、違うルートを通ってマーケットを通り過ぎた。スウィングの店の前の駐車場がある立派な一九三〇年代のデパートを別にすれば、どの店もチャリティのリサイクル・ショップか安売りショップのようだった。バグズが北海の油田について話していたことを思い返した。金がなくなってしまえば、見る影もない。

ショーンは左に折れてマーケット・ロウに入った。この通りに例のパブがある。リヴェットから教わった、バイカーたちに好まれる溜まり場。バック・ルームという店名で、ハーフティンバーの建物二軒に挟まれた細い路地に赤い看板が出ていた。壁からズンズンと伝わる音楽は、キング・ストリートの飲み屋のものとは異なっていた。ディープ・パープルの〈スモーク・オン・ザ・ウォーター〉。一度ここにも顔を出さねばならないと考えながら歩き去った。明日の夜にでも。まだスウィングの客との話を終えていない。

頭のなかであのゴスの女の手にあった緑の目のタトゥーが見える。一日じゅう、脳裏から彼女のことが離れなかった。マーケット・ロウの突き当たりで左に曲がって目的地にやってきてようやく、今夜誰よりもばったり出会いたいと思っているのは彼女だと気づいた。

スウィングに足を踏み入れると、ショーとバグズが昨夜とまったく同じ場所に座り、カウンターに新聞を広げていた。

聞いたことのない曲が流れていた。壮大で、どこかオペラ風の曲だ。弦楽器と見事なピアノ、バリトンの男が空と星と月について歌っていた。

「ほら、また来てくれただろ」スツールをドアにむけて座っていたショーが、背をむけていたバグズを小突いた。「言ったとおりだったろ、なあ?」

「やあ、ミスター・ウォード」バグズが挨拶し、からっぽのジョッキをカウンターに置いて手の甲で口を拭いた。

「ショーンでいいよ」彼はそう返した。「きみたちに一杯おごらないとな。ファーラー書店にはたしかにキャプテン・スウィングの本があったよ。おもしろい人だね、ミスター・ファーラーというのは」

「そうだろ」かすかな笑みがバグズの口元に浮かんだ。

「知りたいことを解決してくれたろ?」ショーがにこやかに笑った。

「そのとおりさ」ショーンはうなずきながら、視界の端でカウンターの先にいる店主が昨夜、タトゥーの女と一緒だったバイカーに話しかけているのが見えた。ショーンは急いでビリヤードのほうを見やった。女はいなかった。ブリーやクリスもいない。ただし、若いエモの連中がカウンターの端に固まっていた。今夜、前を通ったどのパブよりも確実に繁盛している。

「で、なにを飲む?」彼は訊ねた。

「アドナムスのパイント」ショーが言った。

「おれも同じものを」バグズが注ぎ口にあごをしゃくった。ファーマンが視線に気づいてバイカーとの会話を中断し、拳を胸でこすりながらやってきた。

「ここに来ないではいられなかっただろ?」ファーマンが声をかけてきた。「また会えて嬉しいよ、ミスター・ウォード。なんにする?」

「アドナムスを二パイントと、フォスターズを頼むよ」ショーンは答えた。

「本を手に入れたんだね」ショーが言う。「キャプテンの絵はあったかい?」

「いいや」ショーンはにこりとした。「そして絵なんてものはなさそうだ。そこがうまい点だった。キャプテンは誰かであり、誰でもない。幻だ。実在しなかった。だから捕まえられなかったんだ。この地域の読み書きができた何者かがキャプテンになりきったんだろう。そういうのはたいてい印刷業に携《たずさ》わっていた者だった。パンフレットを作ることができて、噂を広めることができる。きみが看板に描かせた絵も一役買った」

「ひゃあ」バグズはファーマンに渡されたジョッキを掲げた。「自慢できそうだな?」

「からかうなよ」ファーマンは最後のジョッキを寄越した。

「だからキャプテンはあれだけの脅威だった」ショーンは本に書かれていたことをさらに思いだした。「名前の由来を知っているかい? 民衆が地主の人形を作って玄関前の絞首台にぶらさげて揺《スウィング》らしたからだ」

バグズが我が意を得たりとばかりに大笑いした。

「その話を書いてどこかに貼っておくべきだな」ファーマンが言う。「みんな知りたいだろう。とくにうちの客は」

「実際、きみの客を書店で見かけたよ」ショーンはバイカーを盗み見た。カウンターにへばりつき、いまではショーに近い席へ移っている。「手にタトゥーのある女だ。ゆうべ、ここにいた」

ファーマンが額に皺を寄せた。「女？」

「黒髪で毛皮のコートを着ていた」ショーンは言った。

バイカーはいまではショーンを見つめていた。石板のような灰色の目に細い銀縁のメガネ。あまり喜んでいる表情ではない。下くちびるに入れたゴールドのスタッド・ピアスが、カールした茶色のあごひげのなかできらめいている。今日、調べた警察の顔写真では見かけなかった。ほかの者より十歳ほど若く見えるから、コリーンのもともとの仲間であったはずはない。ほかの者たちは相変わらず困惑しているようだ。

「はてな」ファーマンはそう言ってショーンのビールを寄越した。「全部で八ポンド二十五ペンスだ」

ショーンは十ポンドを渡しながら首を振った。「ここの料金にはまだ慣れないよ。乾杯」彼はふたりにむけてグラスをあげた。ショーも同じようにした。バグズはすでにグラスを口元に運んでいて、ビールの表面越しに乾杯とつぶやいた。

「そういえば、ほかにもおもしろいことを話していたな、ミスター・ファーラーは」ショーンは先を続けた。

「へえ」ショーが言う。「どんなことだ？」

「このパブについて」ショーンはバイカーに聞こえるぐらいの声で言った。「少なくとも百年はキャプテン・スウィングという店名だったが、八〇年代に一度変わった理由は殺人だったと。ここで飲んでいた人に関係していると、言っていたよ」

曲が終わり、次の曲が始まるまでの静寂に聞こえるのはビリヤードのキューが球を突く音だけだった。ショーンの脚に痛みが走ったが、アドレナリンが負けないほど出ていた。

「誰か覚えてるかい？　ショー、最初にここで酒を飲んだのは一九八一年だったと言ったろ？」

ショーの視線は酒に注がれ、頰は赤くなっていた。彼は首を横に振った。

「それは変だな」ショーンはそう言ってバグスに視線を送ると、ちょうど彼とファーマンが目をそらすところだった。「ミスター・ファーラーは魔女狩りのようなものについても話をしていたからね。そんなことがあったんなら覚えているはずだろう？」

「じゃあ」バイカーが口を挟んだ。ベルファスト出身のアクセントだ。「ミスター・ファーラーから魔女狩り将軍の話は聞かなかったのか？」

「聞かなかった。その機会がなかったんだ。先ほども言ったが、ほかの客が来たからね。きみの友人が……」ショーンはバイカーを見つめた。

アイルランド出身者は声をあげて笑った。「じゃあ、そのうち調べてみるといい」そう言ってショーンにグラスを掲げた。「とにかく」ほかの者たちにうなずいてみせた。「乾杯だ、みんな。歴史の授業はあんたたちに任せるよ」

ショーンは男を見送り、動揺を見せまいとした。すると腕に手を置かれた。見おろすと、緑の目がそこにあった。黒い前髪越しに、同じ緑の目で見あげてくる女の手についたタトゥー。

「あたしを探してる？」

16　澄《クリスタル》みきった日々《デイズ》

一九八三年十二月

「ほら、行こう」デビーは言った。「ずっとここにはいられないよ、リーニー。それに大晦日なんだし……」

チェルシー・ガールのショーウィンドウに映る自分の姿をコリーンは見つめた。髪はようやく、またまともに見えるようになった。やっぱり好みよりはずっと短かったけれど。

「ほんとクール」デビーはコリーンの考えを読み取ったようにして言った。「その黒、あんたによく似合うよ」

コリーンは後頭部にふれた。短いレイヤードのボブにカットしてある。前髪はツンツンに立てて、サイドはカミソリで短くそいである。漂白でまだらになったブロンドの縞を切ってしまうと、また染めても大丈夫になった――今度はちゃんと染めてもらった。

「リジーがやってくれたんだ」デビーに教えた。「オリヴァー・ジョンのトップ・スタイリストだよ」

いまでは週末にその美容室で働いている。床を掃いてお茶を淹れるだけだが、まじめに仕事を続ければ、学校を卒業したら見習いとして雇ってあげようとリジーに言われている。これはソーシャル・ワーカーのアイデアだった。あの人はいい人だ、あのシーラは。

「すごくいいよ」デビーが言った。

コリーンは窓に映った自分を見てほほえんだ。「なかなかだよね？」自分でもそう認めた。

「あのさ」デビーに腕をまわしていたダレンが言った。「これをお祝いしないで、なにを祝うんだって話だよ。おいで、コリーン。ぼくたち、きみがいなくて寂しかったんだからな」

コリーンは頬が赤くなるのがわかった。退院して学校にもどってから、いろんなことが一気によくなった。いままでよりもずっと少人数のクラスに移り、そこではひとりの親切な先生が全部の授業を担当し、生徒がこまっているのはどんな点か、自由に話をさせた。あの刑事からにらまれ、シーラからコリーンを施設に入れると脅されると、母親はおとなしくなって叩かなくなったし、毎週末に美容室で働いた報酬の十ポンドを取りあげず、外に行って稼いでこいとも言わなくなった。だから整えたばかりの頭で下をむいて、この数カ月の出来事はできるだけ忘れ、もとのクラスメイトたちとのつきあいは避けるようにしていた。シーラにそうしたほうがいいと言われた。他人のせいで面倒に巻きこまれるのをとめられるだろうと。

でも、コリーンは最近運勢がいいほうに変わった本当の原因がなにかわかっていた。ノージの防御の呪文が効いてるんだ。毎週日曜の夜にふたりで繰り返す儀式。そのことは誰にも言えないけれど。デビーにだって。

「どこへ行くの?」彼女は訊ねた。

「ジュールズとドジャーの店で待ち合わせだ」ダレンが言った。「それでどうだい?」

「ドジャーの店?」コリーンはためらった。デビーとダレンはとても親切だから、出かけてもひどいことになりっこないよね? サマンサに近づきさえしなければ……「スウィングの店じゃなくて?」

デビーは首を振って笑顔になった。また考えを読んだみたいだ。「スウィングの店じゃなくて」

「じゃあ、いいよ」コリーンは決めた。にっこりしてふたりと一緒に、歩道の雑踏を縫っていく。バーゲン品の袋を抱えた買い物客、早い時間からパブへむかう浮かれた人々でいっぱいだ。頭上には、クリスマス休暇の終わりを告げる言葉をつづった色とりどりの照明、流れ星の飾り、ヒイラギの葉が暗い真冬の空を背景に輝いていた。どの店の戸口からも流れてくるのは、普通の人々への愛のララバイを歌うポール・ヤング。マーケットの屋台から漂う熱々のフライドポテトとヴィネガーの匂い。これでコリーンは急に元気が出た。悪いことのあったこの一年を友達と一緒に見送ってしまえそうだ。

「じゃあ」彼女はパブの戸口にむかいながらデビーに言った。確認しておきたかった。「あんた、アレックスたちとはあとで会うんだね?」

デビーは顔をしかめた。「ううん。言ったでしょ、スウィングには行かないって……」

「彼女がいるといけないから」ふたりは声を合わせて言った。

アレックスは時計を見あげた。七時十五分。

「もう一杯ほしい奴はいるか？」ショー・マクドナルドはグラスに残ったビターを最後まで舐めるように飲み、仲間が集合したテーブルを見まわした。

「全然いけるぞ」バグズがげっぷをしながら、からになったグラスを置いた。

「アルは？」ショーは声をかけた。

アレックスはジョッキを見おろした。きっかり五分でほぼ飲み干してしまったが、いまだに次にどうしたらいいかひらめかないでいた。ポケットにはノリッジでのライヴのチケットがある。売りだされてすぐ、九月に買っていたものだ。いまこのとき、ブリーとクリスが駅にいるはずだ。三十分過ぎの列車を待って、予定どおりに彼が合流するのを待って。

だが、アレックスの頭のなかには黒髪の少女がいた。十月にキスとそれ以上のことで仲間からアレックスを盗んだ少女が。彼女の顔が心を埋め尽くしていた。どんなに努力しても、紙にはどうしても描けそうにない顔。彼女の姿は鉛筆や絵の具から逃げていった。けれども、あの子は彼に印を残した。

あのとき彼女がこのパブに足を踏み入れる瞬間まで、アレックスはある事実を受け入れようとしていた。女の子に本気で性的な興奮を覚えないというのは、ただひとつのことを意味すると。その感覚は、デビーの友人のジュリアンに出会って強まった。年下の少年の黒い瞳に共通の意識をたしかに読み取ったと思った。

だが、サマンサがそれも、ほかのすべても、ひっくり返した。彼女は初めて一緒に過ごした夜、ロンドンでアーティストにかこまれて育ったことを語った。父親がカウンター・カルチャーに傾倒していた時代からつきあいのある者たちだ。送っていくと、最後に彼女は家の前でアレックスの顔じゅうにくちびると歯を這わせた。いにしえの牢獄の壁にもたれて熱く性急に彼を身体に押しこんだときは、爪で背中をひっかいた。アレックスの反応は本能むきだしの衝動のままで、交わる衝撃と肉欲はすべてに優先した。あれほど嫌っていた学校の少女と自分が連れ立ってスウィングをあとにしたときの、デビーのすっかり青ざめた顔の記憶さえも薄れた。

あれ以来、まともに考えることさえむずかしくなった。成熟した女であり、同時に子供でもあり、とにかく大人のように洗練された彼女。アレックスの芸術に対するひたむきな思いを軽く凌ぐサマンサとの官能の行為はますます激しくなって、結局自分はノーマルだったのだと最初ほっとしたのだが、いまではもうなにが〝ノーマル〟なのかわからないという、やむことのない疑いに屈していた。彼女が年齢的に違法な抱擁に彼を引きこむたびに――暗くなった路地で、ビーチで、一度などは彼女の母親が一階で紅茶を淹れてくれているあいだに彼女の寝室の床で――肉につける傷が、今夜のほかの約束を思いだすとうずきだしてむず痒くなってくる。

マーク・ファーマンがアレックスと目を合わせた。「行かないでいいのか?」

マークは何時に列車が出るか知っているし、アレックスはすでにライヴの計画を話していた。マークはここでだべっているよりよさそうだと意見を述べていた。

「一緒に行くよ」マークが言いだした。「ダフ屋からチケットは手に入るさ。簡単に」

アレックスは時計を巡る長針を見やり、ポケットのチケットを手さぐりした。

「行くぜ」マークが言う。


アマンダは片手にクリーム煮込みのミニパイ詰め《ボローバン》の皿、片手にソーセージパンをもち、混みあった自宅の居間に視線を投げた。炉棚の時計はまだ早い時間だと告げているが、パーティは成功まちがいなしの様相を呈していた。

「食べすぎてはいけないのだけど」サマンサのクラスメイトの母親のひとり、メアリー・グリマーがエビとアボカドのパイ焼きをもうひとつ手にして言った。「これは美味しいわね、アマンダ」

「母が作ったの」アマンダは返事をして声を落とした。「ちょっとしたクリスマスの奇跡よ。だって、今年はいろいろあったから……」

彼女の視線は部屋のむこうの張り出し窓へむかった。現在の首相そっくりに首にリボンタイを結び細かい水玉模様の服で輝いたエドナが、ボウルのポテトチップスとフィンガー・サンドイッチをつまみながら、ウェインと身振り手振りを交えての会話に没頭している。

あれこれ積み重なって、次第に母を懐柔できるようになった。たとえば、この家は以前の美しかった頃を想像して修復した。台所、ふたつの浴室、サムの寝室はすべてモダンな設《しつら》えになっていたが、この一階の居間とつながった食事室は伝統を重んじた内装にしておいた。エドナとエリックは修復の徹底ぶり、アマンダとウェインがすばやく完成させたことに思わず感心していた。ふたりが思っていたよりアマンダとウェインの関係に深い絆があることを知らしめることになったのだ。

天井を横切る梁と古い暖炉の煉瓦壁はむきだしで、毛足の長い赤紫色の絨毯が贅沢に足元に敷きつめられていた。樫材のテーブルや椅子、食事室の食器棚ではクリスタルのグラスが光っている。居間にはキノコのような茶色のスエードのソファ、壁には十九世紀のノーフォークの風景を描いた狩猟画がかけられている。

キツネ狩りの猟犬の役割を担ったエリックが、部屋にいる中年男性を集めて暖炉をかこみ、ふんぞり返っていた。ウイスキーのグラスを手に真鍮の柵に足を乗せ、手持ちのエピソードと下ネタを披露している。隣ではサマンサが笑いの渦に参加していた。

「たとえば」アマンダは話を続ける。「あれを見てよ」

娘の髪はすっかり見慣れていた鳥の巣のようなものに比べれば、誰かがアイロンをかけたように見えた。前髪はカーラーとヘアクリップで丸め、赤いきらきらした蝶リボンで留め、残りは肩に垂らして毛先を外ハネにしていた。黒と赤のベルベットのドレスは膝下丈で、袖は肩のところが膨らんだもの。あの子はそれに黒いタイツと少し先の尖ったスエードのブーツを合わせていた。さらに化粧はほんの少しのアイシャドーと赤いリップグロスだけに減らしている。

「人間らしく見えるわ」

「まあ」メアリーは引きつるように笑った。「ひどいのね、アマンダ。あたらしいドレスを着てかわいいと思うわよ」

「たしかにね」アマンダは賛成した。「あれは驚くべき子よ。わたしは努力しろとは一言も頼まなかった。それなのに、いまはここにいておばあちゃんとおじいちゃんが帰る時間になるまでは喜ばせ、それから出かけて恋人に会うのよ。全部自分で考えた処世術……」

アマンダは顔を曇らせた。マルコムからのクリスマス・プレゼントのお金をサムはあのドレスにつぎこんだんだろうか。今年はたいした額ではなかったから、セール期間まで待つしかなかったのも不思議じゃない。

「いいこと」アマンダは間もなく法的にも元夫になる男を心から追いだした。「あの子、出かけるために生け垣だって乗り越えるわ」

メアリーは弱々しい笑い声をあげてから、ゴシップを囁くために声を低くした。「彼女はまだアレックス・ペンドルトンとつきあっているのね、あなたのサミーは?」

アマンダはうなずいた。「娘の快挙よ、あの少年とつきあうことにしたのは。だってね、服装の改善にはたいして役に立たないけれど、あの男の子のおかげで娘はまた絵を描くようになったの」

「絶対にコリーン・ウッドロウよ」メアリーが言う。「いけないことをあなたのサミーに吹きこんだのは。最近、あの子に会った?」

「いいえ」アマンダは母とウェインに視線をもどした。

「それでいいのよ」メアリーが言う。「あれは悪い子だわ。学校もいいときに特別学級に入れてほかの生徒から隔離してくれたものよ。だって、あの子の母親は身体を売ってるんですからね？」

犬のヌードルズは結局、安楽死させるしかなかった。ひどい目に遭ったせいで、神経過敏で失禁ばかりする壊れた犬になってしまった。いまはそのことを考えたくない。ウェインの視線を捉え、ドアのほうへ首を傾けた。

「それに父親が誰だかわかったものじゃない。きっとあたりをいつもうろついているバイカーのひとりよ」メアリーは噂に熱が入って話を続けた。「まともに育つ機会がたいしてなかったとは思うのよ。でも、あんな子と自分の子供をつきあわせたいとは思わないわよね？」

ほっとしたことに、ウェインの手がアマンダの肩に置かれた。「やあ、きみ」彼は言った。「どうも、メアリー。飲み物は足りてるかい。これから何本か運んでくるところなんだよ。少し足りなくなってきたから」

アマンダは皿を見おろした。「手伝うわ、ダーリン。お料理もトッピングがもっとあってもいいかも」とっておきのまばゆい笑みを浮かべてメアリーを見つめた。「失礼してもいいかしら？」


ドジャーの店は暖かくてうるさかった。〈新年おめでとう〉の垂れ幕が天井からぶらさがり、金ピカの飾りや小さなイルミネーションのライトが梁や、たくみなかわし屋《ドジャー》、オリヴァー・ツイスト、窃盗団の頭フェイギンのフレーム入りの絵のまわりにかけてある。クリスマス・ツリーだけが疲れた様子で、あまりのバカ騒ぎに直面して垂れ、絨毯には葉が山と落ちていた。

ジュークボックス近くの小さなテーブルをなんとかみんなでかこんだ。ダレンとジュリアンが懸命にまともな曲を探しているが、目下のところ、シンプル・マインズの〈ウォーターフロント〉が耳元に迫るように鳴り響いている。

「で、それからどうしたの」コリーンがデビーをせっついた。「なにがあったんだよ?」

「あんたは正しかったの。あのいまいましいサマンサ・ラムは」デビーは言った。「なにもかも奪うんだよ。日に日にわたしに似てくるんだ。髪も、服も、靴も真似て……その半分だって、あの子がどうやって手に入れたかわかんない。こんな感じなんだ」デビーは足首を突きだし、三カ月お金を貯めて買ったブーツにコリーンの目をむけさせた。「これね、店に一足しかなかったんだよ。休み前の最後の土曜にノリッジで買ったんだ。月曜の朝に学校に来たら、あの子がまるきり同じ靴を履いてんの! どうやって手に入れたわけ?」

コリーンは首を振った。「あの子、リッチなビッチだよ? ほしがるものを家族が全部買ってやるんだよ」

デビーはうなずいた。「彼女、毎日美術室に来て、座って、わたしの描いてる絵をじっと見て、完成近くになるまで待つんだ――それからアイデアを丸ごと真似するんだから」デビーは顔を曇らせた。こんなことを打ち明けるのはいやだったが、自分でもとめられなかった。「しかも、彼女のほうが百万倍も上手なの。わたしの頭にあるなにかを撮るカメラでももってるみたいに。それで、ウィッチェル先生ったら、わたしの点数を下げるんだよ。こっちがあの子の真似をしてると思ってるから!」

デビーは怒りで焦げそうな目をしていた。

コリーンは美術室でのサマンサを思い返した。デビーのジャケットを見つめてあれこれ質問してた。人に友達の悪口を言わせ、それがやめられなくなるよう仕向けるやりかたを思いだした。デビーの言うとおりだ。あの子、人の心を読む方法を知ってるんだ。

「最悪だな、あの子」コリーン自身も怒りが湧きあがってきた。

「でも、もっと最悪のことがあるんだ」デビーは言った。「ほかのみんなは彼女が大好きなんだよ。というか」彼女は視線をあげてダレンを見やった。まだジュークボックスを見つめて、ジュリアンがあれこれボタンを押している。「あのふたりは違う。やれやれだよ。でも……」

デビーは思いとどまった。コリーンにしゃべったら、この子は自分を責めないだろうか？

それか、わたしが責めていると思うとか？　そんな罪悪感に少しは真実が含まれているとしても、十月のあの日、自分が味わったような気持ちをコリーンにもってほしくなかった。心臓に刺された刃をねじられたように、動揺が走った。

「どした？」コリーンがしつこく訊ねた。「教えてよ、デビー。なにを聞いても平気だから」

望んでもいない涙がデビーの目尻でひりついた。

「アレックスのことだね？」コリーンがたたみかけた。「あの子が好きなように操ってるんだ」

デビーは人差し指でアイラインを押さえた。「あれからアレックスに会ったのは一度だけなんだ。わたしの言うこと、全然聞こうとしなかった。いまじゃ電話するたびに、お母さんに留守だって言われる。でも、友達と一緒じゃないんだよ。このあいだ、ブリーやクリスに会ったら、アレックスはどうしたのか知ってるかって訊かれた。だから、たぶん彼女を連れてスウィングにも行ってないみたい。でも、もうわたしはあそこに行きたくないし」デビーの声は険しくなった。「あの子は望みのものを手に入れるんだもんね」

まつげの先から涙をこぼしながら、デビーはコリーンの目を覗きこんだ。「こんなこと言うと、頭が変になったみたいかもしれないけど、でもまるで……」デビーは顔をあげて、ダレンとジュリアンがまだジュークボックスに夢中になっていることをたしかめた。これまで口に出したことはなかったし、自分のボーイフレンドに聞かせたいことかどうかも自信がもてない。

「ううん、そんなことないよ、言ってみて」コリーンが安心させた。「あの子がどんな子か、わたしはよく知ってるもん。忘れた?」

デビーはうなずいた。「あのね、あの子は急に絵がうまくなって、先生のお気に入りになったみたいなんだよね。まるでアレックスの才能を全部吸い取って、かわりにあの子が表現してるみたいに」デビーは自分の言ったことが途方もなくて、ぎくりとして鼻で笑ってみせた。

「ああ、ごめん、リーニー。こんなこと言うとビョーキみたいだよね?」

だが、コリーンの顔は真剣そのものだった。

「それはビョーキじゃないよ」彼女は言った。「黒魔術」

コリーンはデビーを見やった。頭のなかである考えが形になっていった。

「じゃあまた! 新年おめでとう!」アマンダとサマンサは玄関前の階段に立ち、手を振ってエドナとエリックを見送った。車を出すときエリックは葉巻を嚙んだままクラクションを鳴らした。エドナは投げキッスをした。

「ねえ」アマンダは娘にむきなおった。「あなたが誇らしいわ、サム。今夜はおばあちゃんとおじいちゃんに優しかったわね。それに服装も素敵だし。本当よ。その髪型は今日やってもらったの？」

「まあね」サマンサはうなずき、輝く黒髪を人差し指に巻きつけた。「商店街のあたらしい美容室」母にそう教えた。「五ポンドの特別メニューというのがあったから、わたしもやってもらおうと思って」

「でも、その髪型のままでいるつもりはないんでしょ？」

「ない」サマンサは口を歪めて笑った。「でも、五ポンド出すだけのことはあったよね？」

「本当にね」アマンダは娘の肩に腕をまわし、軽く抱き寄せた。「じゃあ、出かけてきなさい。またすっかりおかしな格好になるといいわ」

サマンサは軽やかな笑い声をたてながら抱擁から身を振りほどいた。「これで証明されたことがあるよ」彼女はあからさまな嫌悪の表情で母親を見つめた。「あんたみたいに人を偽るのは、どれだけ簡単かってこと」そう言い捨て、弾むように階段をのぼっていった。

ブリーは時計を見あげた。この五分で十回目だ。

「あいつ、来そうにないな」彼は言った。

「遅刻するなんて、あいつらしくないけどな」クリスは相槌を打ち、からっぽのビール缶をつぶしてゴミ箱に捨てた。「でも、この列車に乗らないと……おっと、待てよ」

回転式改札を通る人影が、彼らのほうに手を振っている。アレックスと同じ黒いロングコートを着ているが、背は低いし、太めで、黒いコーデュロイの帽子は額に垂らした豊かな赤毛を収めきれていない。

「待ってくれ！」マーク・ファーマンが呼びかけた。

「アルはどこだ？」ブリーが顔をしかめた。

「スウィングだ」マークが息を切らして説明した。「今夜はノリッジに行きたい気分じゃないそうで、おれにチケットを売ったよ」

ブリーとクリスは顔を見合わせた。

「ほかに誰かと一緒だったか？」ブリーが訊ねた。

「ショーとバグズ。けど、ずっと時計ばかり見てたな……」

「ずっとどこに隠れてたんだよ、アル？」ショーが訊ねた。「ずいぶんとひさしぶりに会うよな」

「作業をしてた」アレックスは嘘をついた。「ほら、授業の課題さ。二年目はやることが多くなってくるんだ」

「へえ」ショーにとって作業といったら、ベルトコンベヤーの前に立ち、死んだ七面鳥を昼も夜も切り刻むことを意味する。「そりゃ、大変だな?」

アレックスはうなずき、鉛筆でデッサンしたときを思い返していた。親指で彼女の顔の比率をそれは慎重に計ろうとしたときのこと。視線をぱっと時計にむけた。八時四十五分。

「デビーとはよく会ってるのか?」ショーが話を続けた。

アレックスは落ち着かなくなって座ったまま身じろぎした。いまこのときにも、デビーがそのドアからやってくるかもしれないと気づいた。前のように、傷ついて理解できないという表情を見たくなかった。彼女にもっともな説明もできなければ、自分でさえもどうなっているのか説明できないときに。

「悪いな、ショー」アレックスは立ちあがった。「ちょっとよそへ行くよ」

ショーが驚きを顔に浮かべる間もなく、友人はドアを開けた。

「あいつ、どうしたんだ?」バグズは去っていくアレックスの背を見つめた。

「おい、見ろよ」シェーン・ローランズが太い指でヴィクトリア・アーケードを示した。「変なのがひとりいるぞ!」

「おう、そうだな」ニール・リーダーが目の焦点を合わせようと少しふらついた。

シェーンがもうひとりの仲間にむきなおった。「誰だか見てみろよ、デール」

デール・スモレットは今夜、友人たちの半分ほども飲んでいなかった。一緒にいたらどんな醜態を見せられることになるかと考えはじめていたところだった。彼の胃は違う理由でひっくり返った。彼女がアーケードをこちらに歩いてきたからだ。

デールの表情を観察していたシェーン本人も、みるみる頬を赤くしていった。「惚れてんだな?」そう咎めた。「ほら行けよ」彼はデールを彼女のほうに押しだそうとした。「ものにしてみろ、できるもんなら」

デールはたくみに身体をかわした。長年放課後にしている柔道の稽古と比較的しらふであることが幸いした。「放っておけよ、シェーン」

サマンサ・ラムが彼らの前で立ちどまり、首を傾げた。目がきらめいている。

「そうだぜ」ニールがそう言い、シェーンに押しだされない場所へ逃げてよろめき、家のドア枠にもたれてバランスを取った。「放っておけよ、そんな気分じゃない」彼は胸焼けが始まっていた。

「放っておけだ?」シェーンは派手にやる構えになった。「まだなにもしてないだろ。このホモどもめ。おまえな」彼はサマンサをにらんだ。「気味悪いんだよ」そして彼女の前に躍りでて、顔に指を突きつけた。「澄ました魔女めが。何様のつもりだ?」

「シェーン」デールの声が険しいものになった。「放っておけと言っただろ」

シェーンは振り返って友人にむきなおった。顔は真っ赤で、額に血管が浮かんでいた。「それが物を頼む口のききかたかよ」彼は拳を作った。

「喧嘩はしたくない」デールの身体の芯は冷たくなった。長年の友情が酔っぱらいの鼓動ひとつのうちに壊れていく。シェーンが本当はどれだけみじめな奴かようやくわかった。

シェーンが拳を繰りだしてくるとデールはスローモーションのように動いてその腕を摑み、後方へねじり、膝のあいだに右脚を入れて転ばせ、コンクリートの上になぎ倒した。

「気持ちわり」ニールの胃の中身が喉元にあがってきた。

「くそっ」シェーンは道路にあごがぶつかって歯を折り、血の味を嚙み締めた。顔をあげると、デールのまわりで星が躍っていた。

その背後を見やるとサマンサがアーケードの端へ消えるところで、そこで彼女を待っていた背の高い人影へと歩み寄り、こちらを振り返ることさえなかった。

デールのうしろでニールが歩道に茶色いものを噴きだした。

17 揺れ動く男《ヨーヨー・マン》

二〇〇三年三月

「そのとおりだ」ショーンは彼女の手の目を見おろし、ふたりが出会うと決まって感じる、めまいがして世界が遠くなる妙な気分を味わっていた。

頭の片隅で、なにかの形が暗がりから出てきた……

ショーンは視線をあげて、ほかの者たちを見まわした。「わたしが言っていたのは、この人のことだよ」そしてみんながまだ素知らぬふりを続けるかどうか、反応を待った。

「なんだ」バグズがジョッキを手にして首を振った。「気づかなかったよ。あんた、女と言ったと思ったから」彼は騒々しい笑い声をあげて腕をぴしゃりと叩いてきた。

「この俗っぽい奴は気にしないで」女は言った。「あたしと話をしたい？　ふたりで散歩しようか」彼女は澄ました顔になり、ショーンの背後に視線を送った。昨夜バイカーと一緒にいたとき、ショーンとぶつかって挨拶した、部屋の隅の出口に。「そのほうが話しやすいみたいよ」

その形は人になっていく。両手をあげて、銃をむけている……

ショーンは瞬きをしてイメージを振り払い、カウンターにグラスを置いた。もう酒はいらない。副作用はごめんだ。

「いいとも」このきゃしゃな人物なら自分に暴力を振るうことはないさ。

彼女に続いて出入り口へむかった。「じゃあな、ミスター・ウォード」バグズが背後から呼びかけ、ほかの者たちが忍び笑いを漏らした。ショーンは片手を突きあげて挨拶としたが、振り返らなかった。

「きみの名前を聞かなかったが」歩道に出ると彼は訊ねた。

「名乗らなかったもの」彼女はほほえんだ。「でも、言っておこうかな。あなた、もっと注意したほうがいいよ。この町の人はぼんやりしてるわけじゃないからね。いくらあなたにはそう思えても」

ショーンは動揺した。「すまない」そう切りだした。「そんなつもりは——」

「キャプテン・スウィングの時代」女が遮った。「清教徒革命の時代は、魔女狩り将軍の名前はマシュー・ホプキンスだった」

　ギリシャ・レストランの前で、魔術をおこなった罪のためにトールハウスで女たちがどのように拷問されたかしゃべるフランチェスカが脳裏に甦った。

「でもね」女が話を続ける。「あたしたちの時代では、違う名前で知られてた。あたしたちは彼をレナード・リヴェット警部と呼んでた」

　ショーンは彼女を見つめた。

「だから、あなたここにいるんでしょ？　コリーンのことで来たんだね」

　喉がカラカラになった。うなずいた。

「じゃあ、あなたが会いたいのは、このあたしのはず」彼女はそう言って、歩きはじめた。

　ショーンはあとに続いた。自分はなにをしているのだろう。女の歩みは速く、遅れないようにしていると汗をかいてきた。川から風が吹き、刺すような夜気で骨のなかの金属に冷気が押しこまれているのに。

　女は例の書店の前を過ぎると左の路地へ曲がり、突き当たりまでやってくると、右に折れて小さな広場に出た。木立の下にいにしえの修道院の遺跡がある。

「ちょっと待ってくれ」ショーンは声をかけた。

　あの木立にはなにかがある。落葉した枝越しに輝く街灯。ミーンホワイル・ガーデンズ・スケートパークにもどったかのようだ……

「何事？」女が訊ねた。

ショーンは首を振り、デジャヴを自分から引き離そうとした。

「きみに話した戦争の古傷だよ」彼は歯を食いしばるようにして言った。「きみの歩みについていけない」

「でも、もう到着したけど」女は言い、ポケットから鍵を取りだして道路の端の二階建ての家にあごをしゃくった。「あなたがここに入る気があればね。こうしたことは道端では話したくないから。壁に……」

「目もあり耳もある。このあたりでは」ショーンが続きの言葉を引き取った。

「そういうこと」女はうなずき、鍵をまわした。

ショーンはドア前の階段でためらい、彼女が先に入って明かりをつけるまで待っていたが、急に不安になった。スウィングの店の客で結成した歓迎委員会があって、自分をリンチするために待ち構えているかもしれず、もしかするとフランチェスカまでもがそこに座っていて一緒になって笑い、トールハウスの地下牢へ引きずっていき足枷《レッグ・アイアン》をつけようとしているかもしれないぞ……

足の鉄《レッグ・アイアン》。ふと気づいて思わず笑ってしまった——足にはとっくに鉄がついているじゃないか。見おろせば、そこにはごくあたりまえの廊下が続いていた。クリーム色の壁にベージュのカーペット。コート掛けがきれいに壁に並んだ先のドアのむこうは、一見、歯科医の治療室のようだった。ためらいがちに一歩踏みだすと、リクライニングした椅子と手術道具めいた器具はタトゥー・スタジオのものだと気づいた。奥の壁が作品の写真で埋め尽くされている。ケルト結び目《ノット》紋様。交差紐紋様。部族の象徴《トライバル・トーテム》。渦巻きに波形。花や孔雀の羽根。ティーンが夢想するホラー本の一場面だ。

「では、これを仕事にしているのか」ショーンは考えたことを口に出した。その日、目にするのは二度目になるブリーのモヒカン頭の写真が壁にあった。

「これで家のローンが払える」女あるじがそう言って、壁の写真とショーンをかわるがわる見やった。「でも、キッチンへ行きましょう。あそこのほうがゆっくりできる」

そこは家庭的な雰囲気で、だいぶ驚いた。パイン材のテーブルと椅子、フランス窓の横には葉蘭の鉢植え。赤い陶磁器のティーポット、ずんぐりした揃いのマグカップ——こうしたものを目にするとは予想していなかった。

「お茶はいかが?」女は彼の視線に気づいて言った。

「ぜひお願いするよ」ショーンは言った。

「座ってて」女は手招きし、置き場からやかんを掴んでシンクへ運んだ。ショーンの視線がキッチンをさまようあいだ、彼女は蛇口をひねった。その前の窓台にオリヅルランの鉢がふたつある。シンクと水切り板はステンレス、調理台は白い合成樹脂製だ。四口の電気コンロと白い冷蔵庫。壁はどこも白いタイルだが仕切り壁は薄い青で塗られ、海の風景の水彩画がフレームに入れてかけられていた。フランス窓の向こう側には動物のバスケットがあり、隣にボウルがふたつ置かれている。赤い内張りについた黄褐色の毛から判断するに猫だ。すべてが小ぎれいに片づいていたが、大金をかけた部屋には見えない。ただし、あの絵だけは別だ。視線はそこへ吸い寄せられた。

「夜だけどお茶っ葉はイングリッシュ・ブレックファストでいい?」女あるじが訊ねた。

「構わない」ショーンは振り返って顔を合わせた。

「だと思った」彼女は言った。天井に渡された棒状の蛍光灯の下で、顔がだいぶはっきりと見えたが、それでも年齢を正確に推し量ることはむずかしかった。

やかんが沸騰し始め、女はポットを湯で満たすと冷蔵庫からミルクを取りだしてショーンの前のテーブルに置いた。そこにポット、カップを二個、砂糖の容器を運んでやっと、豹柄のコートを脱いで椅子の背にかけた。

コート以外、彼女が着ているものはすべて黒だった――ジーンズ、長袖で前に刺繡のあるエスニック風のブラウス。首から細い革のストラップで下げたお守り。すべての指に指輪、それに大きな緑の目のタトゥー。両の手首には金属のバングル。部分的に隠れたタトゥーの巻きひげが腕と首のまわりに這うように入れてある。

「それで」女はポットをもってカップに注ぎはじめた。「あなたが名乗るのなら、あたしも教えるけど」

「ショーン・ウォードだ」

「ショーン・ウォード」女はうなずいた。「強い名ね」

これだけ近くにいると、女の瞳は本当にエメラルドの色だとわかった。カラーコンタクトで作られた偽物ではない。真っ黒にした目のまわりのシャドーの下に、かすかな目尻の皺がついに見えた。鼻とくちびるのあいだのごく細い皺。実際はコリーン・ウッドロウと同じくらいの歳かもしれない。

「で、きみは？」

彼女がほほえむと、えくぼができた。「母親はあまり教会に行かない人だった。あたしに洗礼を受けさせなかった。でも、出生証明書にある名前はジョン・ブレンダン・ケニヨン」

ショーンもほほえんだ。自分が見抜けなかったことに驚いていた。もちろんそうだ。彼女の声にはどこか本物らしくないところがあった。

「でも、学校の友人たちは、共通の無意識っていうのかな、母親の名づけはまちがっていると決めたの。ノージって呼ばれてた――ＪＯＨＮを逆から呼んだところからきていてそれが定着して。みんなあたしが本当は男の子じゃないと思ってた。男の子たちと共通点がほとんどなかったの」彼女は細い眉をあげてみせた。「それで、あたしは女の子になった」

彼女はティーカップを差しだした。「この名前が気に入ってるの。だから、そう呼んで」

だから警察の古いファイルに彼女が載っていなかったのか。自分が探していたのは少女であって少年ではなかった。けれど、そういうことでもなさそうだ。これまで見てきたどの警察写真にも、彼女の写真はなかった。

「それで、きみはコリーンと学校で一緒だったのか？」

女は首を傾げた。「まず、どうして知りたいのか教えて」

ショーンは紅茶をかきまぜながら、彼女の目から視線を外さなかった。「この戦争の古傷だが」彼はそう切りだした。「わたしの歩きかたがおかしな原因。こいつは十五歳の少年にやられたものなんだ。密造銃《ジップ・ガン》で。ありがたいことにそいつは間抜けすぎて、まっすぐ狙えなかった。ディーラーだったよ。ストリートキッズだ。どういうのかわかるだろう」

「あら、もちろん。あたしもそんなふうに呼ばれたでしょうね。もう何年も前ならば」

「それで、わたしはその少年を助けようとしていると自分では考えた。あいつの信頼を得ていると思いこんでいた。密売組織のもっと上の者を逮捕するために手を貸すよう説得した。わたしが本当に狙っていた人でなしだよ、うちの近所の不良少年たちをみな配下で働かせていた。少年が待ち伏せの手はずを整えた《セットアップ》」ショーンは首を振った。「セットアップはうまい言葉だな（罠に陥れるという意味もあり）」

「その子があなたを撃った？」ノージが言った。

ショーンはうなずいた。「事件のあとで、ホラ話ばかりが書きたてられた。わたしをヒーロー扱いするバツの悪い記事さ。笑うよ。わたしこそ間抜けだったのに。恵まれない少年をストリートから救おうとしていたが、当の少年が心からいたい場所はそのストリートだけだった。そうこうして、ようやくわたしの継《つ》ぎ接《は》ぎ作業が終わると、もうロンドン警視庁ではやっていけなくなっていて、私立探偵の仕事をやるしかなかった。それでここに来たんだ。ロンドンの勅撰弁護人がコリーンに再審理を受けさせるだけの証拠があると考えた。それでわたしが雇われて、さらなる証拠固めができないか探ることになったのさ」

ノージが目を丸くした。「ほんとに？　じゃあ、チャンスがあるの……？」

「彼女は有能な弁護士だ。だからといって、なんでもできるという意味じゃない。コリーンのもとの仲間たちの信頼を得ようとするわたしの努力がどの程度実ったかは、きみも目撃しただろう」

ノージは首を振り、目の前のテーブルに手のひらをぺたりと置いた。

「それは心配しないで。どちらにしても、あの人たちからたいして情報は引きだせないよ。あのね、みんな当時ここに住んでいたし、彼女がどんな子かもみんな知ってた――でも、なんの関係もなかった。事件のあとで警察に質問攻めにされただけ。ちょっとでも変わってる人はみんなそうされたからね。あの人たちは、あなたがサツだと思ってる。人生を左右するような質問を受けたら警察を助けるわけないよ」

「なるほどね」ショーンはカップを手にした。「では、教えてくれないか――きみはどこにあてはまるんだ？」

「あたしはそこにいた」ノージが言う。「すべてを見たの」ほほえんでまた眉をあげてみせる。

「でも、あなたが追いかけている連中と違って、あたしを見る人はいなかった」

紅茶は美味しく、ショーン好みの濃いものだった。たいていの人はこのように淹れられないものだ。

「いいだろう。では、初めから話を聞かせてくれ」

「任せて」ノージは両手を合わせた。「あたしとコリーンはたしかに同じ学校に通っていたけれど、教室で友達になったわけじゃなかった。よく出くわしたんだ。夜や週末に、海岸通りの同じ公衆トイレのあたりで」

彼女は間を置き、意図が伝わったことを確認した。

「きみたちは通りに立っていたのか？」ショーンは言った。「何歳で？」

彼女はうなずいた。「十四歳か十五歳。あたしたち、それですごく親しくなった。あたしは商売をたいていそのトイレのあたりでやった。コリーンは客を桟橋の下に連れていって、あとで身づくろいのためにトイレにもどってくるってパターン。あたしたち、仕事に対する態度は違ったけど」彼女は小指を口元にやり、ありもしない埃を払った。

「コリーンはあれが大嫌いだった」彼女は話を続ける。「十二歳のときに、あの子の母親が手ほどきしたんだよ。汚いバイカー相手にやらせたんだ。相手は三人だったって。あの子はたまに大げさに言うところはあったけれど、あれは本当だと思ったよ。想像できる？」彼女は目を閉じて両手をきつく握りあわせた。「初めての体験がそんなだったなんて」

「いいや」ショーンは首を振った。「神に感謝だな、想像できない」

「ちょっと、神に感謝なんてしないでよ」ノージはぱっと目を開けた。「とにかく」それ以上は話から全能の神は省くと言いたげに指を振ってみせた。「あの母親は怪物だった。コリーンはそのうち妥協させたんだ。毎週まとまった金を持ち帰るなら、自宅では仕事しなくていいって。夏はよかったよ、ゲストハウスでバイトしたから。でも、休暇のシーズンが終わるとすぐ、ね……」

ショーンはまた紅茶に口をつけた。自分の仕事はやる価値があると信じられたのは、こうした情報があればこそだった。それもあの夜、ミーンホワイル・ガーデンズ・スケートパークの件の前までだったが……

「あたしはまた話が違ったんだ」ノージが言う。「あなたが理解してくれるかどうか、わからないけれど……」彼女は皮肉な笑みでくちびるを歪めた。「でもね、あたしはむしろ楽しんでた。馬鹿者たちをひっかけて相手にするのを。あいつらはようするに手段だった」

彼女の視線は激しさを増してきた。「ほしいのは金だけじゃなかった。もちろん、金は簡単に稼げたけど。力だったんだ。こういう閉鎖的な町で暮らしているとあたしみたいな人間には、保険のようなものが必要なのよね。あたしは仕事でそれを手に入れた。キュートな若い尻に関心をもってトイレをうろつくのは、ただの哀れなおじさんたちだけじゃなかった。この小さな海辺の町のすごく尊敬される有名な人もたくさんいたんだ。毎回ね、あいつらはあたしをファックしてると思ってたけれど、こっちのほうがあいつらをファックしてると考えてた……」

ノージはもうショーンを見ていなかった。彼を見透かして、ショーンが想像すらしたくない過去の場面をふたたび訪れていた。「でも、あの子はそんな毎日に追いつめられそうになってた……」

「では」脱線したノージの話を軌道修正しようとした。「それで彼女を気の毒に思っていたんだね？ コリーンのことを」

ノージは話の腰を折られて不満そうな視線を投げかけた。「そうよ。あの子はとてももろかった。あたしはどうやって自分を守るか教えようとした」

「髪を黒く染めることで?」ショーンは思いついたことを言った。「あれはきみの提案だったんだね?」

ノージはもどかしそうに瞬きをした。「いえ、違うの。アーネマス中学にはああいう格好の子はたくさんいたのよ。あたしはそういうのじゃなかった。あの頃だったら、あなた、あたしに気づきもしなかったはず。そういうふうにしておきたかったの」

「ではきみがやっていたのはどんなことだ?」ショーンはノージの手の甲のタトゥーに視線を落とした。「黒魔術か?」

ノージはくちびるを突きだし、険しい目つきになった。「なんかイラッとしてきた。あなたのこと、見当違いしていたかも。あなたも結局リヴェットや、警察のお仲間と同じだったりして」

「そうとは言えないな」ショーンのほうも疑いが頭をもたげていた。こうして招かれて話をしているが、これはオカルトに傾倒して死に魅せられた者が事件において彼女――あるいは彼――自身を重要人物に見せようという自己顕示欲による行為なんかじゃないという保証があるか? 思わせぶりな態度にもかかわらず、ノージはショーンが知らないことをじつはそれほどしゃべっていない。「もっとひどい。ロンドンで警察がなんて呼ばれているか知ってるかい? 〝けもの〟だ」

彼女は笑った。金切り声めいた音をたててから、口に手をあてて笑いを抑えた。

「それいいね。〝彼〟にちなんで、あなたたちに呼び名をつけるなんて。でもね」彼女の表情は変化し、笑みが消えていった。「彼はこの悲しい物語にたしかに登場するんだよ、残念なことに」

「いったい、なんの話だ？」

「誤解があった。マスコミや数えきれないくらいのゴシップが広めた、本当じゃないこと。コリーンが黒魔術にかかわっていたって話。もともとはあの子を逮捕した警官が言いだしたんだから。グレイ、って名前だった」彼女は緑の目でショーンを見つめた。「グレイは前にもあの子を捕まえたことがあったんだ。ほら、桟橋の下で客と一緒に。そのとき、彼女は本をもっていたんだよ。アレイスター・クロウリーの、というか、本人が好んだ呼び名で言えば〝大いなるけもの666〟の名前が書いてある本。彼のこと知ってる？」

ショーンはうなずいた。ポートベロー・ロードに彼のTシャツを売っている店がある。むっつりした表情をした年配の禿頭の男、顔の周囲には五芒星が描いてあった。

「よかった」ノージは話を続けた。「それで、グレイは本当はそうじゃない意味にとってしまったの。皮肉なのは、グレイは悪い人だとは思えないことよ。でも、それがどんな本か同僚たちから話を聞いたのと、コリーンと友人たちがしていた服装から、2足す2は666になって……」

「だが、犯行現場の写真で見たよ」ショーンは口を挟んだ。「床に五芒星が描いてあった。被害者の血で。まさかリヴェットがでっちあげたとは言わないだろう？」

ノージは攻撃前のコブラのように背筋を伸ばした。「あの男にどんなことができるのか、わかってないくせに。自分の目的に合わせるためなら、どんなことでもねじ曲げる男よ」

今度はショーンが笑う番だった。「いやはや」彼はカップを置いた。「笑ってすまないが、信じてほしければもっとましなことを考えだしてほしいな。ここまできみが教えてくれたことは、新聞を読めばすぐわかることの周辺情報ばかりだ」

ノージは両手を見おろし、扇のようにテーブルに手を広げた。

「からかわないで、ショーン・ウォード」彼女は静かに言った。「あなたはこの町でひとりきりなんだよ、それを忘れないように。味方になってくれる人を失う余裕はないから」

「だったら」ショーンは同じように穏やかに言った。「役に立つことを教えてくれ」

ノージは目を閉じた。「あなたをできるかぎり助けるよ。道を外れた十代の少年たちを心配していたのに感心したから。ほんとに。でも、忘れないで。あたしはここで暮らしてるの。あなたのために保険をすべて使っていいか、まだはっきりわからない」

彼女は目を開けて奥の壁の水彩画に視線をむけた。瞳は最初の輝きを失っていて、それは本人も同じだった。少なくとも歳相応に見えた。

「リヴェットが仕事を引退したのは知ってるね？」ショーンは言った。

彼女は首を振った。「いいえ。鮫は絶対にとまらない。とまったら、死んでしまうから。でも、あたしはあいつに餌を撒いておいた。食いついてくるか、楽しみにしておきましょう」

「どういうことだい？」ショーンはこめかみを揉みながら訊ねた。

ノージは肩をすくめた。「明日また寄ってくれない？　あなたがもう少し調査をしてから。その頃にはあたしの話を信じてると思うけど」彼女は手を振った。帰ってという仕草。「じゃあ、とくに見送りはしないから」

彼は壁の絵を見ながら、家をあとにした。広場に立ったとたん、携帯が鳴った。フランチェスカだ。「もしもし」彼女が言った。「どこにいるの？」

ショーンは笑顔になった。ずっとまともな相手としゃべれることに感謝した。「きみのオフィスからそう遠くない場所だ。きみがそこにいるならばだが」

「キャプテン・スウィングにいたのね？」彼女が推察した。「なにかわかった？」

「なんとも言えないな」

「だったら、わたしが発見したことがあるの。とてもいいことよ。ここに来ない？」彼女はメイ・ウエスト風に気をもたせる話しかたをした。

「すぐに行く」

18　セックス（ザ・ブラック・エンジェル）

一九八四年二月

「諸君」リヴェットが言った。「おれのために、ちょっとした特別な仕事をやってもらいたい」

特別捜査本部の広い部屋をコルクボードでざっと仕切っただけの職場で、リヴェットだけは個室のオフィスをもっていた。四面すべてにプレキシグラスの窓があって外から見えるようになっているが、防音になっているので捜査本部の喧騒に煩わされることがない。大型のマホガニーの机の上には書類であふれた未処理トレイ、それにリヴェット夫人と幼いふたりの娘たちの写真がある。少女たちはどちらも夫人には似ていない。大柄でぽっちゃりして、小さな目に赤い頬、グレイの子供たちより少し年上だが、まだ小学生ぐらいの年頃だった。ふたりと比べると、母親のほうは痩せておずおずした小柄な人だった。

「少しのあいだ、しっかり注目してくれるか」リヴェットは集まった夜勤の者たちを見まわしていき、贔屓にしている部長刑事たち、ジェイソン・ブラックバーンとアンドルー・キッドの前で目を留めてきらめかせた。「みんな気づいているとおり、おれたちの町に変質者を寄せつけないでいるのは難儀な仕事だ。だが、おれの知る者は」彼は視線をグレイにむけた。「とくにその必要性を感じているはずだ。諸君たち優れた警官の不断の努力のおかげで、おれの大事なシャーロットとトマシーナは夜になればベッドで安心して眠ることができるのだとわかっているぞ」

グレイは自分の足元を見おろした。ふたたび顔をあげると、リヴェットはまだ彼を注視していた。

「そしてまた、諸君の職務においておれが注目するのは」彼はデスクにもどり、写真に手を伸ばした。「諸君がこの女に出くわす機会もあるということだ」

彼はその顔写真を掲げた。逮捕時の記録用の写真でフラッシュが強いにもかかわらず、尊大な美しさを発散していた。

「ジャニーン・バーニス・ウッドロウだ」リヴェットは言った。「本人好みの呼びかたではジーナ。一年と少し前にノリッジからこの町に越してきて、有名になるつもりでいる。すごい美人じゃないか?」

「口をひらくまでは」グレイは先日の出会いを思い返してそう言った。

「まったくだ、刑事」リヴェットはうなずいた。「さて、おれはオランダから定期的にやってくるある船舶について、港長と話をした。船乗りというのがどういった連中かわかっているな。しばらく港で停泊して陸にあがると、あらゆるたぐいの悪い仲間を作る傾向にある。そういうのをひとり監視した」彼はジーナ・ウッドロウの顔写真をデスクに下ろし、未処理トレイの一番上のファイルを手にして別の写真を取りだした。「ニコラス・ノベル」細く、角ばった顔に高い頬骨。極端に薄い色の目が彼らをにらんでいる。「称号を勝ち取れるただひとりの人物だ」リヴェットは話を続ける。「まともなシーランダー号に乗船している最悪のろくでなしという。諸君が今夜彼を逮捕すればな」

「ほう?」グレイは頭を掻いた。「なんの罪で逮捕ですか?」

「ヘロインだ」リヴェットが言う。「この町でお気楽な自殺に至る最新の流行病の根源だよ。我らが友人のジーナはニコラス・ノベルの売人であり、流通させているバイカー連中の仲介者だ。おれたちにとって幸運なことに、彼女は下品な口を閉じていられなかった。小鳥がおれに教えてくれるのさ」リヴェットは腕時計を見た。「彼女はノベルと今夜会うはずだ。今頃、ノベルは上陸許可を得ているだろう。奴がおれたちのお得意さんのマーケット・ロウの酒場に収まったら、おまえたちは突入して手入れをおこない、ふたりを逮捕しておれのもとへ連れてこい。ふたりはブツを身につけているはずだ」

彼はポケットに手を入れた。「ヴァンの手配をしておいた」彼はキーをグレイに放った。「パブの裏手が駐車場だから、女を長い距離、引きずらずに済むぞ」

グレイは運転席に収まり、ブラックバーンとキッドが助手席に、若い連中があとふたり、後部座席に座った。

「笑ってしまうな」キッドが言った。「たかが女とオランダ人をしょっぴくのに、おれたち五人でむかうとは。レンはおれたちがへなちょこの集まりだと思ってるんだぜ」

「さてはジーナに会ったことがないな?」グレイはイグニションにキーを挿した。

キッドが股間をさすった。「いや、おれはまだその喜びにあずかっていない。こう言ったほうがいいかな、彼女はその喜びにあずかっていないと」

「んんんん」ブラックバーンが警棒を上下になで、キッドと卑猥《ひわい》な視線をかわした。グレイは駐車場からヴァンを出し、ふたりのほのめかしはできるだけ無視した。

「きっとバイカーたちの件があるからだ」グレイは言った。「彼女は連中と一緒だから、援軍が大勢いるだろう? まあ、まちがいなく、そいつが必要になるぞ」彼はまだ警棒をいじっているブラックバーンに流し目をくれ、アクセルを踏みこんだ。

「ひゃっほーう!」ブラックバーンはアメリカ南部男のアクセントを真似た。「おれたちの管轄でOK牧場のドンパチが起こったみたいだな、聞いたかおまえら?」彼はうしろのふたりを振り返った。グレイは左に曲がり、もう一度左に折れてジョージ・ストリートに出た。

「ひゃっほーおおおーう!」うしろから別のコメディアンが叫んだ。「インディアンを捕まえるぞー!」

グレイはパブの駐車場に車を入れた。ずらりと並ぶカスタマイズされたトライアンフとノートンのバイクをヘッドライトが照らした。

「わたしは表から行く」彼は言った。「おまえたちは裏から行けばいい。いつものように」

グレイはパブの端にあるマーケット・ロウに近いドアから店に入った。めいっぱい姿勢を低くした。ここが建てられた頃には、身長が五フィートをだいぶ超える客はひとりもいなかった。

戸口をいっぱいにふさぐ格好になりながら、彼は薄暗い照明の店に入った。ハーフティンバー様式で、天井には低く黒い梁が何本も走り、銅張りのカウンターの奥に板張り壁のアルコーブの仕切り席がある。カウンターには海賊旗が飾られた下に酒瓶が逆さに二列並び、あいだの南北戦争当時の南部連合国の旗をエッチングで描いた鏡が、グラスをあげて定量のバーボンを注ぐ頬ひげのバーテンダーの顔を映していた。男ふたりがグレイに背をむけ、カウンターにもたれている。黒い革ジャケットの一面にワッペン、絵柄は旗や彼らアウトロー組の象徴――スカル、羽根、ドミノ、サイコロ、尻尾で立ったコブラ、裸の女。すべてうっすらと汚れに覆われ、ふたりがバイカーとして新顔ではないことを証明していた。どちらもオープンフェイスのヘルメットを足元に置いている。

グレイの左右のアルコーブは店内の残りのスペースの大半を占めていて、誰が座っているかたしかめるには、店の奥へと入っていくしかない。うつむき加減で片手を眉にあて、ゆっくりと歩いた。最初のアルコーブには誰もいなかった。二番目のには地元の芸術科高校の若者たちのグループがいた。五〇年代風のロングコートや女みたいな髪型、テーブルの手巻き煙草のパックからわかった。ゆうべのBBCラジオの《ジョン・ピール・ショー》について熱心に話しあっている最中で、グレイが横を通っても四人の青年の誰ひとりとして顔さえあげなかった。

奥のほうでビリヤードの球がポケットで跳ね返り、誰かがはやしたてた。カウンターのバイカーのひとりが顔をあげ、鏡に映るグレイの姿に目を留めて振り返ろうとしたとき、少し前に大ヒットしたオランダのバンド、ゴールデン・イヤリングの〈レーダー・ラヴ〉がジュークボックスから大音量で流れはじめた。

　彼女は店のもっとも目立たない場所、突き当たりの壁横の一番奥のアルコーブに鎮座していた。まず、例のオランダ人船乗りが見えた。貧相な顔は署で見た写真からすぐさま見分けられた。身を乗りだし、テーブルの下に手が隠れている。グレイがさらに近づくと、黒い頭が見えてきた。ウェーブした輝く豊かな髪が、革に包まれた肩に広がっている。見おろすと、彼女が左手で椅子と壁のあいだになにかを押しこんでいる。そのとき、彼女はこちらを見た。くちびるのほほえみは消えた。

「そこにあるのはなにかね、あんた?」グレイは声をかけてオランダ人も女も簡単には立ち去れない位置に動き、身分証をさっと提示した。

「誰に話しかけてると思ってんの?」女の黒い目が疑り深く光った。

「何事だ?」オランダ人がさっと顔をあげた。

　グレイは両側からシュッという音を聞きつけ、とっさに身をかがめた。ふたりの何者かが突進してきてぶつかったから、両手を伸ばして仕切りの横手を摑み、ジーナ・ウッドロウの膝に倒れないようにしないとならなかった。この一瞬の間に、彼女が隣にあった包みを押して、シートの下へ蹴り入れるのを目撃した。蛇のような手慣れた動きだ。

「警察だ!」背後でキッドが叫んだ。「その場から動くな」

　そこでなにかが割れる凄まじい音がして、グレイの脳天をヘルメットで殴ろうとしていたバイカーの腕を、すんでのところでキッドが背中へねじりあげ、芸術科高校の学生たちのテーブルへ押しつけ、グラスや灰皿を宙に飛ばした。あちらこちらで悲鳴があがりはじめた。

グレイが身体を引き起こすとオランダ人も立ちあがり、スツールを押し倒して逃げだした。あれこれ考えている暇はない。脇をすり抜けようとしたから、全体重をかけて覆いかぶさり、ふたりして床に転がると同時に、スツールや複数のグラスが頭上へ飛んでいき、壁にぶつかって、割れた板張り壁の破片やガラスやビールの泡が降ってきた。

オランダ人が口を開けたが、声が出てこなかった。グレイがかぶさったために空気が肺から押しだされている。つぶされて勢いは弱まり、それ以上の抵抗を見せないことをたしかめた。グレイは身体を起こして首を巡らせ、ジーナ・ウッドロウがどうなったか確認しようとした。だが、入り乱れる脚しか見えない。

キッドがバイカーをテーブルにうつ伏せにして、膝を背中に押しつけ、両腕を腰に引っ張って手錠をかけようとしていた。芸術科高校の学生たちは服にかかったビールを拭いて絨毯の割れたガラスを踏みつけながら、よろめいてアルコーブから出ていった。ブラックバーンがもうひとりのバイカーの腕を押さえていたが、こちらは一筋縄ではいかず、円を描いて暴れ、ブラックバーンもろとも引きずって、手伝おうとした若い巡査のひとりをなぎ倒し、テーブルに突き飛ばした。歓声、怒声、悪態が店に充満し、ガンガン盛りあがるジュークボックスの曲と一体になっていった。

やれやれじゃないか。グレイは考えた。これじゃ、本当に西部劇の酒場のようだ。立ちあがると、またもやグラスが耳元をひゅっとかすめていき、彼女が見えた。学生たちに紛れて人混みを縫うようにドアへむかっている。グレイは床にのびているオランダ人にもう一度視線を送ってから、女を追った。ちょうど戸口で彼女の腕を摑み、引きもどした。

女はその勢いを利用して空いているほうの手で拳を繰りだしてきて、グレイの左耳をしたたかに殴ったから、もう少しで手を離すところだった。

「あんた、誰を相手にしてるかわかってないよ！」彼女はそう言ってグレイの目に唾を吐いた。

グレイは腕を摑む手に力を入れ、奥へ彼女を引きずっていった。

「あんたに会いたがっているのはわたしじゃないんだ。特別な謁見を希望したのはボスだよ。リヴェット警部だ」

これを聞いて怒りの表情は信じられないといったものへ変わり、女は口をひらいて言い返そうとした。だがそのとき、磁石に吸い寄せられるように、彼女の視線はグレイの手からひらいた戸口を覆い尽くす人影へとむけられた。

「なんだ、ジーナ」リヴェットが言う。「おてんばだな」

警部が店に入ると、すべての騒音はとまったようだった。舌は黙り、ジュークボックスの歌は振り絞るような声を出してエンディングとなり、割れたガラスが最後にチリンといってから、静寂がやってきた。リヴェットはオランダ人を見おろし、グレイに賞賛の視線をさっと送ってきた。

「でかした、刑事。この仕事におまえがふさわしいのはわかっていた」

それからリヴェットはキッドにむきなおった。この頃には、揉みあっていた相手に手錠をかけていた。

「なんだそいつは？」リヴェットは動物園の爬虫類でも見るふうにバイカーをにらんだ。バイカーも毒蛇のような視線で挨拶を返し、ふたりのあいだの絨毯に唾を吐いた。「ああ、答えないでいい」リヴェットはにやりとした。「ラットだな？　おっかさんにはレイモンド・ラントンとして知られる男だ」

「この男は公務執行中の警官を妨害しようとしておりました」キッドが言った。「ヘルメットで」彼は妨害に使用された物体をつま先で蹴り、これが床を転がった。

「ちっちっ」リヴェットは首を振ってから、ふたたびジーナを見やった。グレイに押さえられてぴくりとも動いていない。

彼女は焦げそうな目でにらみ返して言った。「どこにある？」

「なにがどこにあるって？」

「ちょっといいですか」グレイはアルコーブの下にもぐり、ビニール袋に入った品を見つけた。彼女が蹴り入れたので、仕切りのあいだにつかえていた。

「これのことではないでしょうか」そう言って警部に渡した。

ジーナの表情は不信を露わにしたしかめ面になった。「そんなもの、これまで一度だって見たことないよ。あんたが罠にかけようとして置いたんだ！　あんたたちもみんな、こいつのこと見てたよね！」彼女は振り返って店内に叫んだ。

「さて」リヴェットは若い巡査たちに告げた。「ここにいる全員の名前と住所を書き留めてくれるか、おまえたち?」彼はジーナ・ウッドロウの肩にどんと手を置いた。「それから、おまえと紳士の友人たちについては、このパーティの場所を署へ移す頃合いのようだ。あそこのほうが、もっと居心地がいい」

「こんな騒ぎを起こしてどういうつもりさ?」ジーナは取調室に入ったとたんに強い口調で訊いた。右肩をさすっている。革のジャケットの下では、リヴェットの指で押さえられた跡が紫の花束のように白い肌に浮かびあがるだろう。

「おまえのオランダぼうやが」リヴェットが言う。「ちょっとばかり、おれに面倒をかけたんだよ。気づいてないなら教えてやるけどな。公園でジャンキーがふたり死んだ。発見したのは、先週水曜の朝に乳母車を押していた若い母親だ。死体は真っ青に変わっていやがった。かわいそうな女はあの光景を忘れられんだろうよ。そしてもう一件」彼はテーブルに身を乗りだした。「金曜の夜、ヴィクトリア・アーケードのど真ん中でラリってシコって大騒ぎをした男がいた。そういうのは、区長がいま世間に与えたいアーネマス行政区のイメージじゃないだろう?」

ジーナは彼を見つめ返したが、口をひらかなかった。どちらにしても録音テープはまわっていないし、この部屋にはふたりだけだ。ドアは内側からロックされている。

「いいか、ジーナ」リヴェットが言う。「おまえのクズ友連中が自分の住む行政区内でなにをやろうが、おれには関係ないことだ。このクスリで自殺したければ、好きにやるがいい——おれの目につかないところでやるかぎり。だが、残念なクソ野郎どもがやらかしたように一線を越えれば、おれは職務として捜査しないではいられんだろう？　それにもうわかってるだろうがな、ジーナ。なにか怪しいと気づくのに、そうそう時間はかからんぞ。おまえ、この町にもどってきてだいぶ経って、隠し事をする余裕ができたんじゃないか？　フリーランスでやってるのか？」リヴェットは立ちあがり、テーブルの向こう側へ歩いていった。「おれの耳に入らないよう浮気してるだろ。このおれの町で……」

　ジーナは立ちあがり、椅子をうしろにひっくり返して、じわじわとあとずさっていった。

「問題は」リヴェットはジーナの歩みに合わせて前進し、葉巻臭い息を顔にかけた。「おまえの木靴を履いた友人がしつこく売りさばいているブツは――ちょっとばかり高級すぎて、アーネマスの者たちには純度が高すぎることさ。おっ死《ち》んだバカなヘロイン依存症たちは自殺するつもりはなかった。いつも打ってるやつの三倍も濃いことに気づかなかっただけだ」

　ジーナは背中にあたる壁の冷たさを感じた。怯えた顔をしないようできるだけ努力したが、警部は彼女に迫ってきた。彼女の瞳孔が広がり、鼓動が速くなったところで、リヴェットの大きな両手が壁につけられた。それぞれ彼女の顔の両側で。

「だから、見逃してもらいたかったら、特別なことをしてもらおうか。とにかく特別なことを。うしろをむけ、ジーナ」

　グレイは夜明けの最初の灰色の光が射す駐車場に立ち、用心しながら耳にさわった。カリフラワーのように腫れていた。冷凍グリーンピースの袋を当てて寝なければならないらしい。

最後に一度深々と吸って煙草を捨て、足で揉み消した。私用の黒いヴォクソール・アストラへ近づきながら、夜の出来事を頭のなかで再生した。オランダ人のノベルは取調室に入ったとたんペラペラとしゃべり、レイモンド・ラントンが仲介者だと名指しした。警官への暴行未遂でやはり身柄を拘束されている当のラントンはそれを断固否定。乙女の苦難と思って助けに入っただけだと主張した。

一方、オランダ人の荷物の中身は分析のために科学捜査班へ送られていた。

否応なしにグレイは気づいたが、リヴェットはジーナを尋問する役目をみずから買ってでた。勤務を終えてから彼の姿を見かけていない。

車に乗るとき、徐々に明るくなっていく空を目を細めて見あげた。町並みの屋根が薄い灰色の憂鬱な風景。ジーナが刑務所送りになったら、子供はどうなってしまうのか。頭からコリーンを振り払うことができなかった。

「かわいそうな娘だ」ひとりごとをつぶやき、エンジンをかけた。施設で暮らしたほうがましだという者たちもいるだろうが、自分は賛成できない。

あの子が読んでいた本のことを調べてみた。ミスター・ファーラーに訊ねると、、非常にめずらしい秘伝の書物とかで、とにかく驚いていた。十五歳の女生徒がもっていたのを見たと言うと、小柄な老書店主は初めて言葉をなくしていた。

ジーナはリヴェットが口にまわした革ベルトをきつく嚙んだ。それで悲鳴はとめられたが、視界は暗くなり膝から力が抜け、彼が左右から尻を掴む大きな手がなければ、まっすぐに姿勢を保てていなかった。

数秒かかって視界が晴れてきた。なにか言われていると気づいたからだ。

「……おれたちが求めてるのは、その手の演技だ」

リヴェットが抜いて離れ、彼女が前のめりに崩れるままにした。ジーナは壁に両手をついて身体を支え、じりじりと這いあがり、そのあいだも痙攣《けいれん》が身体を走っていた。リヴェットはそんな彼女を見つめてポケットからハンカチを取りだし、彼女のなかにさわらずに済むようそれでコンドームを外し、ズボンのジッパーをあげた。ジーナは黒い革パンツを引きあげ、バックルで留められたベルトを口からゆっくりと外して彼に返した。唾液でぬるぬるする。

ベルトをハンカチで挟み、唾液を拭いてからリヴェットはズボンの腰のベルト通しにもどした。

「場所は追って知らせる」彼は言った。「手配がすべて終わったら」

ジーナは髪をなでつけ、目や口から押しのけた。

「なんの話だよ?」彼女は言った。

「おれの話を聞いてなかったのか?」リヴェットが言う。

「そんなことできるわけない。あんたに頭までファックされてると」ジーナは口を尖らせた。

「大きなぼうやで」彼女はできるだけ皮肉った口調で言った。

リヴェットは忍び笑いを漏らした。「まあ、いまのくらい、いい思いができるとは約束できんな。主役を演じるのはおれじゃなさそうだから。だが、肝心なのはおまえがどれだけいい演技ができるかだ。どこぞのニキビ面の未熟なナニが身体に入れられたら、目を閉じて、このレナードを想像すればいい。ただ、革紐はつけたままにするがな。刑罰用の鉄の口枷《くちかせ》をつけるアイデアも気に入ってる。おまえのいい教訓になりそうだしな」

ジーナは息を呑んだ。なんの話をされているのか、突然はっきりとわかった。

ポルノ映画。ポルノ映画に出ろと言われてるんだ。

頼まれてこのデカい猿とファックしてやるのはいい。野蛮な性行為は彼女がアーネマスにもどってからの目的にぴったりかなう、ビジネスと楽しみが完全に結合したものだったから。

でも、映画は……

「クローズアップにするから手入れをしておけよ？」リヴェットは手を伸ばし、汚れたハンカチもコンドームも中身もすべて、彼女の革ジャケットの胸ポケットに詰めこんだ。

19　運命の輪《ザ・ホウィール》

二〇〇三年三月

フランチェスカとショーンはほかに誰もいない編集室に座り、写真エディターのモニター画面を前にして、五年前に遡り五人のほほえむ男たちを見つめた。アーネマス署の警部、レナード・リヴェットが三十年に及ぶ町への忠実な奉仕を終えて退職したときのものだ。彼の業績を讃えるのは、行政区長のミスター・アーネスト・コールマン、ノーフォーク州警察本部長のサー・リチャード・メドウズ、観光産業局長のミスター・ピーター・スウィフト、それに《アーネマス・マーキュリー》編集長のミスター・シドニー・ヘイルズだ。トニー・ブレアの内閣にいてもおかしくない洒落て押しの強そうなミスター・スウィフトを除けばみな老いていて、静脈が浮きでて毛深い眉が目立っていた。

「《マーキュリー》のデジタル・アーカイブから引っ張ってきたの」フランチェスカが言った。「ソーシャル・ワーカーとしゃべってから、彼女の話を裏づけられる記事がないか少し探ってみようと思ったのよ。この顔ぶれを見て」

「地元の有力者ばかりだ」ショーンはそう答え、彼女がリヴェットもまた腐敗していると切りだすのにどのくらいかかるか待ってみようと考えた。「どんなことが見つかると思ったんだい？」

フランチェスカはふたたび画面を見つめた。「いつものように、ありふれた話が見つかった。国を揺るがすスキャンダルになるか、それともここみたいな小さな町に押しこめておけるものか。ビジネス、保身、マスコミの永遠の三角形というやつよ。気のいいシド・ヘイルズは」彼女は受付のパットの声色を真似て、前任者の顔をペン先でつついた。「レン・リヴェットの犬だった。リヴェットの行動を逐一褒めちぎる記事ばかりよ。何十年にも遡って。うちのバック・ナンバーに書いてあることが一言でも信用できるかしらと思ってしまうくらい」

「ちょうどレン・リヴェットと半日過ごしてきた」ショーンは言った。「彼は調査を熱心に手伝いたがっている印象を受けた。わたしのために古いファイルをすっかり掘り返してくれて、名前や住所もいくつか見つけてくれた……」彼は話しながらフランチェスカの横顔を観察した。「ランチまでごちそうしてくれたよ。とても気さくな人だった。なのに、どうしてきみは彼が気に入らないんだ?」

フランチェスカは画面から視線を外さなかった。「あなたはシーラの話を聞いていないものね」

「と言うと?」ショーンはうながした。

「と言うと」フランチェスカが繰り返した。「一番興味深いのは彼女が話そうとしなかったことよ。当時は、ということだけど」

彼女は椅子を回転させ、ショーンを正面から見据えた。「シーラはコリーンがこの町にやってきたときから、あの子の担当だった。十四歳から、逮捕されるまで。コリーンはコシーで小学生だったときから福祉局の監督下に置かれていたの。ノリッジの内陸側で彼女が育てられた場所よ」フランチェスカの目がさらに熱を帯びた。「そう言えるとしてね」

ノージの声がショーンの頭で響く。〝十二歳のときに、あの子の母親が手ほどきしたんだよ。汚いバイカー相手にやらせたんだ……〟

「シーラはコリーンの生い立ちや医療記録のファイルをいくつももっていたから、裁判では弁護側で証言するはずだった。なのに、裁判の前日に若い刑事が家を訪れて、もう証言する必要はないと言ったのよ。

シーラは彼の言うことを信じなかった。なにかあったのね」視線はショーンから床へさりげなく移動した。「それで、とにかく出廷はした。でも、コリーンは有罪答弁をすることに同意して異論を挟む余地はないから、シーラの証言はもう必要ないと、コリーンの当時の弁護士に言われたのよ。シーラの証言は」彼女はふたたびショーンを見あげた。「コリーンの無実を証明したはずだというのに」

「どんな証言だったんだ？」ショーンは訊ねた。

「コリーンが緊張型統合失調症を患っていることは知っていた？　それとも誰かに聞いたことがあった？」

「もちろん」ショーンは答えた。「ファイルに書いてあった。施設の医者と一緒に目を通したよ。話も聞いた。投薬、認知行動療法、美術……」

彼はしゃべっている途中で口をつぐんだ。心の眼であの病棟にもどり、コリーンが描いた絵を見ている。海の景色を。続いて、ノージのキッチンに移り、壁にかかったまったく同じ絵を見ていた。

「それで」フランチェスカが話を続けている。「医師からは、発作が起こると彼女にどんな症状が出るか聞いたの？」

「いいや」ショーンは答えた。「だが、統合失調症については、いくらか経験がある」

「ああ、でも」フランチェスカの目は画面の明かりを反射して輝いた。「コリーンの場合の症状では、暴力行為はできなくなるの。できないどころか正反対。激しいストレスに襲われると、文字どおりに緊張する。動くこともなにもできなくなる。誰かに緊張を解いてもらわないと、極度の疲労から命を落とす可能性だってあるの。シーラはそんな状態になったコリーンを何度も見ている。すべて、怖いと思うものに直面して起こったそうなの。だからあの殺人を目撃したのはまさにあり得る話だけれど、身体的にあんな犯行は不可能だったし、本物の犯人——あなたが探しているDNAの持ち主がコリーンに血痕をつける事態を引き起こしたんでしょうね。シーラの話では、現場でコリーンを見つけた刑事がこのことを知っていたそうよ。以前に彼女が動けない発作を起こしたとき、署で一緒だったらしいから」

「ポール・グレイだ」ショーンは言った。

「彼よ」フランチェスカがうなずいた。「じゃあ、これは聞いたかしら……」

「待ってくれ。刑事の話をする前にちょっと。そのシーラはそれほど確信があるのなら、なぜこれまでに声をあげなかった？」

フランチェスカは椅子にもたれた。「声はあげたの」そう言って、ふたたびペンを手に取って画面をつついた。「彼女はシド・ヘイルズにその話をした。《マーキュリー》が正義のための調査報道を始めてくれると期待したのね。そうしたら、シーラは州議会の調査対象にされて、守秘義務違反で停職になったのよ。キャリアは破壊され、彼女の才能が歓迎されただろう職場ではどこでも働けなくなった。それに言うまでもないけれど、冷たい態度をとられたり、陰で悪口を言われたりも。噂も広まった。広めたのは、わたしの親愛なる受付係のような女たち……」

ショーンはふたたび写真を見つめた。老いた男たちの顔。長らく町を仕切ってできた影と皺。からみあった物語と作られた歴史が混在した老人性のシミ。

〝キュートな若い尻に関心を……この小さな海辺の町のすごく尊敬される有名な人もたくさんいたんだ……〟

「シーラの証言だけでは、あなたの雇い主が提出した最初の再審請求にはたいして役に立たなかったらしいわね」フランチェスカが話を続ける。「内務大臣は第一線の専門家の助言をもとに決定をくだすのだけど、コリーンの現在の担当医ロバート・ラドクリフもそのひとりで、あたらしい証拠の不足と、再審開始は公共の利益にならないという見地から弁護士の請求を棄却しているの。でも、あなたも知っているように、DNA鑑定の導入は事件当時はまだ試用段階だったし、全国警察データベースが立ちあげられたのは一九九五年になってからだった。今度は同じ決定をくだすことはできないでしょうね」

フランチェスカはふたたび画面に嫌悪感むきだしの視線を送ると、写真をゴミ箱へドラッグして捨て、さらにゴミ箱をからにしてからコンピュータをシャットダウンした。

「今度の場合は」彼女は席を立ちながら言った。「シーラのファイルが、ミズ・メイザースにいい報告をするためのとても強力な材料になってくれるわよ。それに、わたしたちの力を信じてくれている証として」彼女は自分のデスクへもどり、ブリーフケースを手にするとさっと開けた。「シーラはわたしたちそれぞれにコピーをくれたの」

彼女は分厚いファイルを取りだして差しだした。ショーンは座ったままで、質問をたたみかけた。

「きみ、この件に個人的な思い入れがあるね？」

彼女の瞳孔は一瞬、ほんの刹那、広がった。彼女はファイルをデスクに置いた。

「そうよ。もちろん、個人的なもの」

目を合わせた彼女のはりつめた表情を見て、一瞬ショーンは彼女が嗚咽を漏らすのではないかと思った。だが彼女は目元から髪をかきあげ、両手を腰にあてた。「ねえ、これは世界の最高権力者に盾突くような重要事項とは言えないかもしれない」彼女は静かに言った。「でも、意味があるという点では同じ。この町ではなにかがおかしくなっているから、それを正すチャンスよ。たぶん、わたしたちのただ一度のチャンス」

ショーンは彼女を見つめ、過去になにがあったのだろうとふたたび考えた。編集長の意向に反して全国紙をクビになったんだろうか。それとも、けっして記事にしてはならないことでも見つけてしまったのか？　いまこの町で傷を舐めながら、誰も無視できないネタで復活を果たすのを期しているのか。そして自分はその計画を動かす車輪の部品なのだろうか。

「新聞社街《フリート・ストリート》がどれだけ汚れた場所か聞かなくても知ってるよ。あそこへそれほどもどりたがっているのは、どうしてなんだ？」

顔をじわじわとほころばせ、フランチェスカはごく軽い笑い声をあげた。

「同じ理由らしいわ。あなたが探偵としてまだ仕事を続けているのと」

ショーンは両手をあげて降参した。「なるほど。わたしが悪かった《メア・クルパ》」気づけば口がひくついて笑顔になり、喉から忍び笑いがあふれてきた。とめられなかった。彼女が好きだった。

彼は立ちあがり、部屋を横切ってファイルを手にした。そこまでして初めて、歩いてもなんの痛みも覚えなかったことに気づいた。

「それで、パートナーさん」彼女はまたメイ・ウエスト風にからかう口調になって言った。「もう食事は済ませたの?」

「ランチ以来、食べてない」ショーンはその事実に気づいた。「それにランチはあまり食欲をそそるものとは言えなかった」

フランチェスカは受話器を手にした。「だったら」彼女は腕時計を見おろした。「もう遅い時間だけれど、きっとケリーが少しは残り物を取っておいてくれるわよ。どう?」

ショーンはうなずいた。「ケリーのゴミ箱の中身は、このあたりのまずい店の料理よりうまいだろうね。彼が用意してくれるのなら、その話に乗るよ」


レン・リヴェットは車にもどりながら、膝がうずくのを感じた。いまいましい関節炎がまたいたぶってくる。歳をとるということのお荷物だ。エンジンをかけ、片手を振って遊園地の警備員に挨拶しながら、ふたたび海岸通りへもどった。道をずっと引き返すことになるが、まずネルソン像を訪ねて敬意を表すると決めた。頭のなかではいくつもの異なるシナリオが渦巻いていたが、港の端までドライブするとまずい案は選り分けられて、進むべき最適な道が見つかることが多い。トラファルガー海戦でナポレオンの企みを阻止したノーフォークの自慢の息子にちょっとばかり愚痴を聞かせ、世界の果てでちょっとばかり一服すれば、なにが最適かあきらかになるだろう。アクセルをめいっぱい踏みこみ、誰もいない長い道を突っ走っていった。

「それで」フランチェスカがちぎったピタパンをラムの包み焼き《クレフティコ》の深皿に浸した。「ポール・グレイについて、どんなことがわかったの？」

ショーンがレストランの反対側を見やると、ケリーが映画スターなみの笑顔を展開し、まだ残っていた客を席から立たせてコートを着せていた。今回ケリーはショーンたちを一階の奥まった隅の席に座らせ、ふたりが上着を脱いでからあっという間に、料理とワインをテーブルに積んだ。

フランチェスカから昨日渡されたファイルの切り抜きを思い浮かべた。やはり過去の凍ていた写真。リヴェットとグレイが警察署前の階段で、被疑者を逮捕したと発表しているもの。リヴェットの顔はその場でカメラに捉えられるにふさわしい厳しい表情で、グレイは顔をそむけていた。だから、横顔しか見えないのだが、頬骨の高い角ばった顔の男で、片耳が腫れていて、M字の額から黒髪をなでつけているのはわかった。

〈なにがあったか、彼に訊ねること〉――フランチェスカはそのページに付箋を貼ってそうメモしていた。

「そもそも、彼について質問しようと思った理由は?」ショーンはそう切り返した。

「うーん」彼女は口に入れた食べ物を呑みこんだ。「現場でコリーンを発見したのがグレイだったから、それだけよ。あの子がどんな態度だったか、どう説明したのかと思って。今日わかったことに照らしあわせると」彼女はラム肉にフォークを刺した。「とても重要だから。コリーンが緊張症で動けなくなっていたならば、シーラの話とも一致する」

「おそらくそうだね」ショーンも認めた。

「リヴェットからグレイのことをなにか聞いた?」フランチェスカが訊ねた。

「いい刑事だったとだけ。健全で正直な地の塩のような人だとか。腐ったところはまったくない。電話番号も教えてくれたから、会って話を聞く約束をしたよ」

「そうなの?」フランチェスカが目を見ひらいた。それほど簡単にいくとは思っていなかったようだ。

「そうさ。明日の朝一番に。自分の目でたしかめてくるよ。それとは別にどうもおかしなことがあるから、きみが調べてくれたらありがたいが」

警察署で警部に紹介されてからずっと考えていたことがあった。フランチェスカの手を借りるかどうか、彼女を信頼できるかだ。シーラのファイルをくれたことで、頼んでも大丈夫だと思った。少なくとも、彼女がどれだけ調査の仕事がうまいかわかる。

「ここに来る前から知っていたことがある。わたしの雇い主がきっと重要だと考えてね。現在この町で警部を務めるデール・スモレットはコリーン・ウッドロウと学校で一緒だった」ショーンは話しながら身を乗りだし、自分たちがレストランに残った最後の客であっても、声を大きくしないよう努めた。

フランチェスカが驚いて顔をあげた。「そうなの？」

ショーンはうなずいた。「同じ学校、同じ学年というだけじゃなく、同じクラスだった」

「えっ。それなのに、警部はそのことをなにも言わなかったの？」

「言わなかった。レンもそうだった。実際、もしもわたしが疑り深い性質だったら、レンは故意にその点からわたしの目をそらそうとしていたと言っただろうね。警部に会う直前に、強力にほのめかしていたよ。スモレットは幼すぎてコリーンとは知り合いではなかったと。そして本人に会うと、そのことにふれもしないまま、わたしとの会話を終えさせた。もしもわたしが彼の立場なら」ショーンはスモレットが挨拶に使った言葉を思い返していた。「すぐさまその話を伝えただろうね。誰にも隠し事があると思われたくないから」

「そりゃそうよね」フランチェスカが言う。

「そうだよ」ショーンは答える。「おもしろいのは、あのふたり、おたがいの顔を見るのも耐えられないようだったってことさ。つまり、お笑いコンビみたいに演技しているわけだ。どちらが引きずりまわされる役目の猿か推測はできそうだが、この町ではすべては目に見えるままだと思いこんではならないようだね？」

フランチェスカはフォーク類を置いて、ナプキンで口を拭いた。

「アーネマスの法則の呑み込みが早い」

リヴェットはネルソン像の足元に立ち、この提督を見あげた。風が吹きつけて砂丘の砂を巻きあげ、白波が轟音をあげて岸壁にぶつかって砕けた。葉巻を最後にふかし、捨てた。オレンジの残り火が尾を引いて弧を描き、暗闇に消えた。

リヴェットは満足してうなずいた。「いつもながらあんたは正しいな、提督」彼は帽子の縁を傾げて礼を言った。

振り返って車にむかいながら携帯に番号を打ちこんだ。遊歩道の階段にやってくる頃には、呼び出し音が聞こえていた。

「もしもし?」女の声が応えた。

「サンドラ」彼は言った。「レン・リヴェットだ。ご主人と話をしたいんだが構わないか」

「あら、こんにちは、レン」彼女は驚いて言った。「もちろんです。呼んできますね」

受話器が玄関ホールのテーブルに置かれる音、彼女が呼ぶ声。「ポール……」

ネルソンはリヴェットとは反対の方向を見ていた。視線は水平線に釘づけだ。

20　刈りあげた女たち《シェイヴド・ウィメン》

一九八四年三月

コリーンは学校の門のところに立ち、塀にもたれていた。目の前に駐車しているフォード・コルチナの窓に映る姿が見え、ようやく自分の見た目が気に入った。髪は完璧だった――うしろは肩に届く長さで、トップはたくみなカットでフラットに、前髪は斜めに流して立て、サイドは刈り上げだ。どの部分も真っ黒に輝いている。

いま着ている服は制服の規定を破りまくったものだ。白いシャツの裾は黒いミニスカートに入れず出して、厚手のタイツ、細身の黒いネクタイ、黒いロング・カーディガンの上から、コリーンというカップケーキのアイシングとして七分丈のヘリンボーンのコート。足元は先の尖った革のブーツで、足首に大きな銀のバックルがついている。ヘア・スタイリストのリジーが冬のあいだに、これらのアイテムをちょこちょこくれたのだ。ぜひ着てくれ、どれも自分にはたいして似合ってなかったから。これだけまじめに働いてくれているご褒美と思って、と言ってくれた。

リジーはコリーンが最高レベルの見習いになってきたと言ってくれた。

車の窓に映って、うしろの門からサマンサが出てきたのが見えた。目を細くして妬むような表情で、こちらの髪型、コート、それからブーツをながめまわしている。コリーンは思わずほほえみ、振り返って元友人の表情を楽しんだ。表情はすぐさま消えたが。

「あら、サム」

「元気?」サマンサのくちびるはしばらく口角が跳ねあがったが、目は氷そのものだった。歩調を早め、急いで通り過ぎていった。けれども、もう一度振り返って、自分の目が見まちがいをしていないかたしかめていた。

「彼女、どうしたんだ?」ジュリアンがコリーンの隣に現れた。

「さあ」コリーンはジュリアンの笑顔を見やった。「わたしにもう使い途がないと思ったんじゃない」

「ふうん」ジュリアンは考えこみ、まだサマンサに聞こえることを願って声を張りあげた。「どっちにしても、彼女ってバカ女だよな?」

コリーンは心が明るくなるのを感じた。ノージに言いつけられたミッションを達成できた自信があった。


アレックスは腕を伸ばして鉛筆をもち、親指で比率を慎重に測った。

サマンサが前に座っている。彼女のベッドで顔を横にむけ、窓の外を見ていた。「最近、コリーンを見かけた?」彼女は訊ねた。

「いいや」アレックスは答え、紙に印をつけていった。

「だったら、特別学級の数カ月がどれだけ効き目があるか驚くよ」彼女は布団をつまんだ。

「お小遣いまでくれるのかも」

アレックスは眉をひそめた。「どういう意味だい、お小遣いって」

「今日、あの子を見たら、トレイシー・ファッションでは絶対に買えないコートを着てブーツを履いてたの」アーネマスの十代をターゲットにした安売り店を口に出すときはいつもそうするように、彼女は嘲笑《あざわら》った。「あんなの買えるお金をどうやって手に入れたか謎よ。いつもわたしにたかってばかりだったのに。たぶん」ここでさっと彼に視線をむけた。「デビーが助けてあげてるのよ。あの子らしく、寛大に……」

アレックスは会話の方向が気に入らなかった。「コリーンが万引きしたんじゃないのか。どんな子か知ってるだろ？　でもさ、どうしてそんなに気にするんだい。もうあの子とはかかわりをもちたくないんだと思っていたけれど」

彼女の祖母の犬の話は聞いていた。最初からコリーンのことはたいして好きではなかったが、その一件がとどめだった。デビーが犬を虐待する者とつるんでいたいのならば、好きにすればいい。

それでも、デビーのことを思うとまだ心が痛んだ。

サマンサは両肘を突きだし、胸の谷間が深くなるようにした。彼の視線がただちに下がって、狙いの場所へむけられたのを見ていた。

「気になるのは」彼女は言った。「あの子、すごくクールに見えたからよ。髪もちゃんとしていて、あなただって、あのカットには文句をつけられないよ。あの子がどうやってカット代を稼いだのか不思議。ただし……」彼女はベッドから立ちあがり、近づいてきた。アレックスは空気が重くなり、紙に描けないでいる姿に心がねじれて吸いこまれていく気がした。身体が望んでいるものと心が告げようとしているものを切り離せないようだ。

彼女は手を伸ばし、彼の膝からスケッチブックを払い落として手から鉛筆を奪いとり、膝に座って目を覗きこんだ。

「あの子が身体を売っているとしたら?」サマンサはそう囁いて彼の耳たぶを舐めた。

「サム」アレックスは抵抗した。「やめろよ。きみのママに聞こえたら……」

「シーッ」彼女は耳に熱い吐息を吹きかけ、鋭い小さな歯で耳たぶを噛みはじめた。「あの子はこんなことをしてお金をもらってるんだと思う?」サマンサは彼の手を右の乳房にもっていき摑ませた。制服の厚みがあるにもかかわらず、乳首がどれだけ固くなっているかわかるはずだ。「どおおお?」

アレックスは病的なまでの切望を覚えた。彼女が言っていることへの嫌悪と相反する欲望だ。自分がサムとしていることを、ウッドロウ家での下劣な行為と同等に扱いたくない。

「そうじゃない」彼は肉欲で脳が完全に霧に包まれる前に一瞬、頭をはっきりさせた。ミセス・カーヴァーから聞いたことを、母親が話していたっけ。「コリーンは町の美容室で土曜にバイトをしてるんだよ。オリヴァー・ジョン、だったかな」

彼がそう言ったとたん、サマンサが口を離し、彼の手を胸からどけ、あっさり膝から降りた。

「あなたの言うとおりみたい」彼女は囁いた。「ママが近づく音がする」

アレックスが瞬きをする間もないうちに、サマンサはふたたびベッドに座って、慎み深く窓の外をながめていた。彼が震える手で鉛筆を握り、ズボンの膨らみの上にスケッチブックを載せたところで、ドアをノックする音がした。

「おーい！」アマンダが呼びかけた。「お茶の準備ができたわ」


コリーンは土曜の早い時間に美容室に到着し、受付のスージーにコーヒーを出して、予約リストを見おろした。

そこにくっきりと書いてあった。

三月三日、土曜日
午前十一時、サマンサ・ラム。リジー指名

革紐につけて首から下げているノージがくれたお守りにふれながら、コリーンは笑顔になった。

朝の十時、カーヴァー家は静かだった。デビーの父のブラインは夜勤だったから二階の寝室でぐっすり眠っている。一階でモーリーンは台所にこもってパンを焼きながらBBCラジオ・ノーフォークのイアン・マスターズをお供にしていたから、閉じたドアの奥でくぐもったラジオの会話が流れていた。

デビーはバタバタと踊り場に出てきて自分の寝室に入り、ロボットブーツを履こうとベッドに座った。窓の外を見やると、隣家のアレックスの部屋でなにかが動いた。彼の手がカーテンを開けた。ちょっとだけその場に佇み、パジャマのズボンと黒いTシャツ姿で、あくびをしてボサボサの髪をくしゃくしゃとさわった。それから背をむけ、視界から消えた。

デビーは胸の奥で小さな怒りが膨らむのを感じた。そう、やっと家にいるところを捕まえたよ。ダレンと会う約束まであと一時間ある。たぶん、アレックスを訪ねて、サマンサ・ラムが彼をどんなゾンビに変えたのかたしかめる頃かもね。

「アレックス?」ミセス・ペンドルトンは階段の上へ呼びかけた。「降りてきなさいよ?」階段の上からドアの開く音がして、流れてくるベースの響きが急に大きくなった。「わかったよ、母さん」彼が返事をした。「すぐ降りる」

「デビーがあなたに会いにきたのよ」彼女はデビーにウインクした。「二階へ行って」そう励ました。「あの穴蔵から引っ張りだしてみてちょうだい」

そう言われて、もうためらわなかった。弾むように階段をあがっていき、ドアをノックして、押し開けた。夏休みからアレックスがもどってきたとき、こんなことが始まる前に彼女にくれたレコードの曲が聴こえた。パーティ・ドレスの少女が精神安定剤を飲んで、タロットカードや水晶球の幻に慰めを求めるあの歌。

アレックスは部屋の真ん中に立っていた。気まずそうな顔で右手で左の二の腕を摑み、なにか隠そうとしているように身体を傾けている。

「デビー」彼の顔は赤くなっていた。「きみが来るとは思ってなかった」

「アル？」彼女のハシバミ色の目が彼を貫いた。横にずれて、彼がうしろに隠しているものを見ようとした。「アルなんだよね、抜け殻じゃないよね？」

部屋の真ん中にイーゼルが立てられていた。キャンバスがこちらをむいている。サマンサの肖像画がこちらを見つめていた。アレックスの作品にしてはめずらしく、あまり似てない。でも、あの子の青みがかった緑の目のきらめきや上くちびるがもちあがって歪んだ歯が見えるところや、超然とした表情はよく捉えていた。

デビーは絵の皮肉な視線から目をそらし、かつては入り浸ったこの寝室を見まわした。ポスターが貼られた壁じゅうに、もっとたくさんのサマンサのデッサンや絵が留めてある。クランプスの上にも、ラモーンズの上にも、ウエスト・ラントン・パビリオンでのセックス・ピストルズの上にさえも。押しピンやマスキング・テープで貼られ、顔、顔、顔が見おろしている。嘲《あざけ》りと悪意がどれにも刻まれていた。

「まさかこんな」彼女はつぶやいた。「リーニーの言うとおりだった。これじゃ、ほんとに黒魔術」

「なんの話だ?」アレックスは身体をまっすぐにした。こまっていた表情はいらだちへと変わっていく。デビーにはこんな部屋を見られたくなかった。

「彼女があなたにこんなことをしたなんて、信じられない」デビーは納得できずに彼を見つめた。

「なにをしたって?」彼はそっけなく言った。

「これだよ!」デビーは腕を大きく広げた。「彼女がどうやってやったかは知ってるよ。ただ、あなたがこうなったのがなぜかわからないだけ。あなたには、考える頭があると思ってたのに、アレックス!」

アレックスの鼓動はレコードのドラムに合わせて高まっていった。デビーの言葉は自分と、その秘密の世界への侵入と同じように歓迎できなかった。

「きみに来てくれとは頼んでないぞ、デビー」彼は頬を赤くして言った。「それにきみの意見を聞かせてくれとも頼んでない。帰ってもらったほうがいい」

「それに、あなたの腕にはなにがあるの?」彼が動いたとき、Tシャツの袖から赤い腫れが覗いた。

「なにもない」彼は顔を真紅に染めて袖を引っ張った。

「嘘ばっかり、アル。もうわたしに来てほしくない理由はわかったよ。でも、これ以上、あなたがあの子にたぶらかされる前に、知っておいたほうがいいことがある」

「はあ?」アレックスは目を細くして、サマンサがデビーについて話していたことを口に出した。「きみが嫉妬してるってことか?」

「嫉妬?」デビーは笑い声をあげた。「なんのことよ、嫉妬って」

「きみは気に入らないのさ」アレックスは話を続けた。「サムがロンドンからやってきて、彼女のほうがきみよりも芸術や音楽に詳しいことを」彼はデビーに近づいてきた。「彼女がそんなに憎いんだったら、どうして彼女の服装をそっくりそのまま真似するんだ?」

「アル!」デビーの声は数オクターブ高くなった。「あなたに会う五分前のサマンサ・ラムがどんなだったか、ちょっとでも知ってる? ブロンドのボブでピンクのレッグウォーマーだよ! 甘やかされた偉そうなビッチだよ」コリーンの言葉が頭のなかで渦巻いた。「それが彼女」

アレックスは鼻を鳴らした。「バカなことを言……」そうしゃべりだしたが、デビーが胸に人差し指を突きつけた。

「あの子は嘘つきなんだよ、アル。嫉妬してるのは彼女のほうで、その逆じゃない。自分が彼女に出会ったきっかけを忘れた? あの子、コリーンを利用してあなたに近づいた。どんな人でどこで飲んでるかコリーンから聞きだしたし、あの夜のコリーンの髪型はひどかったよね、あれだってサマンサがやったくらいなんだから。信じないんだったら、うちのママに訊くといいよ。コリーンがめちゃくちゃになって、うちに来たとき会ってるから」

アレックスの身体のなかに湧きあがっていた怒りに氷の破片が刺さった。コリーン、それに髪型——昨日、サムが言っていたのとまったく同じ話題。この少女たちのあいだに本当に起こっているのはどんなことだ？

「そしていまは」デビーの声はまた大きくなった。「いまは、あなたがロンドンの芸術大学に入るのをやめさせようとしてるんでしょ？　彼女はあなたをまともに考えられなくして、自分の完璧な肖像画を描かせようとしてる。でも、あなたには描けないよ。どうしてか、わかる？　あなたが彼女はこうだと思っている人はほんとは存在しないから！」

一瞬、彼に殴られると思った。アレックスは怒りを瞳で燃やし、手を拳に握ってる。

「やめろ！」腹の底から振り絞る咆哮とギターのクライマックスでレコードは終わりを迎えた。無音溝のジジジという音がふたりのまわりを満たした。

アレックスの顔はくしゃくしゃに歪んでしかめ面となり、視線は床に沈んだ。「出ていけ、デビー。もう聞きたくない」

目蓋の奥を涙でずきずきさせながら、デビーは階段を駆け降り、もう少しでミセス・ペンドルトンにぶつかりそうになった。ちょうど紅茶のカップふたつを運んで台所から出てきたのだった。

「デビー！」アレックスの母親はショックを受けた表情だ。

「ご、ごめんなさい、ミセスP」デビーは嗚咽をこらえてドアに手を伸ばし、引き開け、我が家の聖域へ逃げていった。ミセス・ペンドルトンは後ろ姿を見守っていたが、目つきが険しくなった。彼女は玄関ホールの電話台に紅茶を置き、腰で手を拭いて振り返った。

「アレクザンダー・ペンドルトン！」彼女は階段の上にむかって叫んだ。

サマンサはオリヴァー・ジョンに颯爽とやってきた。コリーンは備品室にいて姿を見られないようにしていた。奥の壁の鏡でこちらから美容室のなかは見えたが、誰もこちらを覗くことはできない。あたらしい毛染めの荷をほどき、カラーの順番どおりに棚へ収納する作業をすると自分から申しでておいた。たぶん一時間ぐらいかかる。そのあいだずっと、観察していられる。

サムがやたら、きょろきょろしているのがおかしかった。リジーの前で気さくに振る舞っているあいだもだ。自分を探してるんだ。そして、この美容室に来てよかったかどうか考えてるんだろう。

よかったって、そのうちわかる。そのうちね。

「ママ！」デビーがしゃがれ声をあげて、台所のドアを開けた。

「デビー？」モーリーンはパイレックスのボウルで生地をこねていたが、振り返った。「どうしたの？」

「アルなの」デビーが言った。「喧嘩しちゃった」

モーリーンは指にこびりついた生地をこすって落とすと、近づいて娘の肩を抱いた。「なにがあったの？」そう言って、優しく椅子に座らせた。

「ママ」デビーはなんとか気を静めた。「彼ね、わたしのクラスの女の子とつきあってるんだ。

サマンサ・ラムっていう恐ろしい女の子と……その子、リーニーをずいぶんひどい目に遭わせて、今度はアルをひどい目に遭わせてる。リーニーがズタボロになってうちに来た日のこと、覚えてる？　学校を一週間ずっと休んだあとに」

モーリーンはうなずいた。あの午後のことは彼女の記憶にも刻まれていた。

「あのね、サマンサがリーニーになにかやったの。髪をめちゃくちゃにしたし、ほかに、あの子がわたしにも言いたがらないことも。でも、それはリーニーを利用してスウィングの店に連れていかせて、アルに会うためでもあったんだよ。サマンサは全部計画してた。わたしとダレンが店に行ったら、その子、アルと一緒にいて、すっかり彼を操ってた」デビーは自分がわめいているのはわかっていたが、言葉がどんどん出てきてとめられなかった。「それ以来、アルはすっかり変わっちゃって」

モーリーンは娘を見つめた。「よく聞いて」彼女はいかにも保護者めいた響きにならないよう言葉を紡いでみた。「つらいのはわかるけれど、男の子というのはみんなそういった段階を通るのよ。アレックスは大人になろうとしているの、一人前の男に。そしていつかは、恋人に束縛される日が来るの」

「わかってるよ」デビーは怒りながらもうなずいた。「でも、あの子だけはだめ」

「そして、アレックスがまちがったとしても」モーリーンは先日、お隣のフィロミーナ・ペンドルトンとかわした会話を思いだした。「彼はその経験を糧にして、まちがいから学ぶ。あなたがそれを彼に教えることはできないのよ。そんなことをしようとすれば、彼をますますその女の子に近づけるだけ」

デビーはくちびるを噛んだ。この時点でなにかが、母が正しいと告げていた。

「このへんにして」モーリーンは言った。「やかんを火にかけようか?」

「そうだね」デビーはおとなしくなった。ラジオではイアン・マスターズがいつもの土曜の朝のゲストを紹介していた。バーニーじいさん。素朴な生活の知恵をノーフォーク訛りで伝授する農家の男だ。ラジオのふたりがおしゃべりするあいだ、デビーは母がお湯を沸かすのを見ていて、これまでと同じ土曜の朝に通じる音と光景になだめられた。

「あんた、がらーくーたを取っとくかね?」バーニーじいさんがラジオで言った。


コリーンはリジーが手鏡をもち、あたらしい髪型をあらゆる角度からサマンサに見せるまで待った。ここでほうきを手に取って備品室を出ていき、鏡に映るサマンサの顔をながめて満足の表情を見てとったが、鏡でふたりの視線が合うとその表情は消えた。

「気に入った?」リジーがサマンサに訊ねた。

「とっても。ありがとう」彼女はすぐさま平静を取りもどした。だが、彼女の髪をすばやく掃きはじめたコリーンほど速くはなかった。

「あら、コリーン」サマンサは最高に甘い声で言った。「あなたがここで働いていたなんて知らなかった」

コリーンも笑顔を作った。「毎日、あたらしいことを学んでるわけね?」そう切り返し、最後の一房まで逃さないよう注意しながら仕事を続けた。

サマンサの笑みは消えた。リジーが首元からケープを外し、カットしたときの短い髪を払ってコリーンが掃いた髪の山にくわえた。

「よくやったわ、コリーン」リジーは片目をつむってみせた。「満足してくれるお客をまた連れてきてね。あなたたちふたりは学校の友達なの？」

「そうなんです」サマンサはそう言って立ちあがり、膝の髪をさらに床へ払い落とした。コリーンの仕事をもっと大変にしてやろうと思っているのなら、勘違いもいいところだ。「特別な友達です」そう言い足した彼女は言葉を強調してねじ曲げてみせた。

コリーンはサマンサの目に憎しみが浮かんでいるのがわかったが、ノージに教えられたとおりにした。自分をガラスにして、憎しみをそのまま反射させて、もとの場所へもどす。山になったサマンサの髪をゆっくりと系統だった方法でちり取りにとっていった。「じゃあ、また」そう言って、髪を全部すくいあげた。

「ええ」サマンサは冷たく彼女を見おろした。「またね」

大笑いしたいのを堪《こら》えるのはとてもむずかしかったが、コリーンは収穫をもちさった。髪をゴミ箱ではなく、ノージからもらった小さな木箱にあけた。

「さあ、捕まえた」コリーンはひとりつぶやいた。「この魔女め」

第三部　狩りの時間《ザ・ハント》

21　憩《エコー》いの浜辺《ビーチ》

二〇〇三年三月

今度は悪夢を見なかった。ショーンは朝の六時三十分に頭のなかでスイッチが入ったような気分で目覚めた。睡眠中に無意識がやるべきことを整理してくれていたらしい。すぐさま仕事にかかり、何本か電話をかけ、メールをチェックし、いらないメールは削除し、情報を突きあわせ、雇い主が使っている宅配サービスに連絡し、シーラ・オルコットのファイルをメイザースの事務所に送らせた。フル・イングリッシュ式の朝食までたいらげたほどだ。食欲が猛烈に復活していた。

携帯からリヴェットに電話をかけながら、外へ出た。

「朝が早いな、ミスター・ウォード」リヴェットの声が耳に響いた。「今日はどんな用件かね」

「おはようございます、レン。綿棒のDNA採取キットを用意してもらえないかと思ったのですが」

「いいとも」リヴェットは強い興味を惹かれた声を出した。望みどおりだ。「なにが目的か訊いてもいいか？」

「昨日あなたにもらったコリーンの関係者のリストはすべて」ショーンは車にむかいながらしゃべった。「バイカーや、スウィングの店の客でした。誠意と自分の無実の証として、進んでサンプルを提供したいのではないかと思うんですよ。そうすれば、今後の調査から彼らを除くことができますし」

「おお、いい考えかただな」リヴェットが言った。「何セット必要だ？」

「六つでいいでしょう」ショーンはそう言ったが、目下関心があるのはふたりだけだった。「スモレット警部に話を通さなくていいでしょうか。それとも、まずわたしから一言伝えたほうがいいですか」

「あいつのことは心配しないでいい」ふたたびリヴェットは予想どおりの返事をした。「おれが言っておく」

「ありがとう、レン」ショーンは車のロックを開け、乗りこんだ。「二時間ほどで伺えると思います。遅くなるようでしたら、連絡しますので」

「なんだったら、おれが採取を始めておいてもいいぞ」リヴェットは期待するような声を出した。「朝っぱらに怠け者のクズ連中をベッドから引っ張りだすスリルが恋しいんだよ」

「では、お願いします。ミスター・ウッドハウス、ホール、プリムから始めてもらえますか？」自分では薬物《ウィズ》、奇人《サイコ》、ごくつぶし《スカム》と名乗るのを好む者たちの本当の姓を知って、ほほえまずにいられなかった。

「そいつらの検査は延び延びになっていたな」リヴェットも賛成した。「任せておけ。あとでオフィスで会おう」

「ええ。がんばってください、レン。ではあとで」ショーンは電話を切った。上々だ。いまの三人の誰も探しているＤＮＡと一致しないだろうが、あの古狸を作業に専念させられる。さらに大事なことは、今朝は自分が調査の中心だと感じさせることができる。ショーンはこの時間を有効活用して、ポール・グレイを訪れることから始めるつもりだった。

急いで流れていく雲の下で、警察署の方向へ走り、環状交差点《ランダバウト》に入ると右へ曲がってマーケットの端をかすめ、ネルソン・ロード・セントラルに出た。墓地――彼が読んだある記事によれば、コリーンがかつて木の上に座って悪魔を呼びだそうとした場所――の長い塀沿いに走った。

墓地を過ぎると町並みは住宅街に変わった。サンドリンガム・アヴェニューはニュータウンとして知られるエリアにあった。裸の木立の下にチューダー様式を模して一九三〇年代に建てられた一軒家がきれいに並んでいる。

ショーンが庭の小道を途中まで歩いたところで、グレイが玄関を開けた。彼は警察に勤めていた頃とおそらく同じように背筋の伸びた長身で、痩せており、容易には忘れられない顔をしていた。高い頬骨、鉤鼻、はっとさせられる薄い青の目の上に黒い眉。髪もかつてはその色だったのだろうが、いまでは白髪となり、小ぎれいに短くカットし、だいぶ後退したM字の生え際からなでつけていた。

「ミスター・ウォードだね」彼はそう言い、長く冷たい手を差しだした。「ポール・グレイだ」

「会ってくださってありがとうございます」ショーンは言った。「あまり時間がかからないようにしますので」

「うちに入るかね？」グレイの視線は射抜くようで、握手は短かった。

「そうですね、考えたのですが、ドライブといきませんか」

「ほう？」グレイは顔を曇らせた。「どこにだね？」

「殺害現場を見たいのです。ここから遠くないですよね。地図で調べておきました。ただ、できれば土地勘のある人と行きたいのです。途中で話はできると思いまして」

グレイはしばし無言で立ち尽くし、ショーン本人と言葉の内容のどちらも吟味しているようだった。鷹のようだ。冷静な表情を保つのがうまい人。ショーンが父親世代の男たちに見いだすことが少なくない特性だ。自分と同世代ではそうそういない。

「では、まだレンに案内してもらってないんだな？」グレイは言った。

ショーンは首を振った。「彼はわたしのために古いファイルを掘り返すのに忙しくて」

「なるほど」グレイが言った。「いいだろう。上着を取ってくる」

「かなり侘しい場所でね」グレイは言う。「きっときみが想像するとおりだ」

車はパブの駐車場に停めた。ニュータウンの終わりとなる橋のたもと、グレイの家から数本道を北へ行った場所だ。この鉄の公爵《アイアン・デューク》はマリン・パレード通りの突き当たりにあるアーネマス最後の酒場兼宿屋だった。この裏手にはミドル・スクール（義務教育の中期にあたる公立の学校形態のひとつ）があり、そのさらに奥は競馬場。宿屋の表にはビーチと海があるだけだ。

「ここからは歩くしかない」グレイはシートベルトを外した。「だが、そう遠くない。多少風が強いがね」

ショーンは車を降りた。風が顔を直撃する。頭上ではウェリントン公爵（鉄の公爵は彼の異名）のペンキのはげかけた看板が蝶番《ちょうつがい》を軋ませていた。水平線には風力発電の巨大なタービンが並び、羽根が風を受けてめまぐるしく回転している。

「このパブではよく張り込みをしたものだよ」グレイは黒いコートの一番上までボタンを留めた。「盗人が盗品を運び、この付近に隠した。ビーチに」彼は百八十度の風景を腕で示した。「学校の裏手はグラウンドだし、競馬場もある。隠し場所はたくさんだ。むこうには休暇村があって、これは冗談じゃないんだが、そこもつねに手癖の悪いのでいっぱいだった」彼は首を振った。「休暇でも日頃と同じことをするんだな」

グレイが駐車場から道を案内し、昔の防壁から砂丘へ続く階段を降りていき、ショーンはあとに続いた。もっと厚い上着にすればよかったと思い、風を避けるように首をすくめた。砂に足を取られ、すぐに息が切れた。

「当日、あなたはどうしてここまでいらしたんですか?」ショーンは訊ねた。

グレイは眉間に皺を寄せたが、視線は水平線に固定されたままだった。

「あの少し前にここに来たことがあった」グレイは当時を振り返った。「五月祭《メーデー》の祝日の週末だ。土曜の夜にそこのミドル・スクールを訪れた。校長のジョージ・クリフトンが助けを必要としてね。学校はいつも迷惑行為を受けていた。ジョージは署に直結する警報機を取りつけたが、ほとんどの週末に学校に来るはめになったよ。

それはいいとして」グレイは砂丘のてっぺんにやってきた。「その日、ジョージは学校のグラウンドでキャンプをしている一家を見つけた」彼はショーンに苦笑いしてみせた。「丁寧に頼んでも移動しようとしないたぐいの者たちだった。それでわたしがここに寄って、うちの警察犬を一頭、そいつらに紹介した。出ていかなければ、リードを放すと言ってね。彼らはすぐに考えを変えたよ。

一家が去っていくのを見守ってから車にもどると、別の通報があった。地元住民が砂丘でパーティをしている者たちがいると知らせてきたんだ。現場のもっとも近くにいたのはわたしだったし、犬もいたから、わたしが引き受けた。むかう途中から焚き火の煙があがっているのが見えたよ」彼が北東を指さすと、ショーンは小さな谷の真ん中に灰色のたいらなコンクリートの屋根が見分けられた。「そこでゴスの者たちが揃ってパーティをしていた」

彼は次の砂丘のてっぺんでふたたび足をとめ、ショーンが追いつくのを待った。過去を思い返すのに没頭して、グレイは連れが苦労しているのにいままで気づいていなかったようだ。しかし、ここで気遣う表情を浮かべて目つきが優しくなった。「大丈夫か、若いの」

「ええ」ショーンはうなずいた。「気にしないでください。脚が言うことを聞かないんですが、なんとかなります。さあ、お話を続けて」

「そうかね？　じゃあ」グレイはうなずいた。「コリーン・ウッドロウはそのなかのひとりだった。だから、事件当日、レンからあの連中のひとりが行方不明になったと聞いて、真っ先に思いついた場所がここだった。あの子たちの隠れ家にいるはずだと思った」彼は立ちどまり、苦悩の色がその顔を横切った。「わたしは正しかったというわけさ」

「あんな現場を発見してさぞや……」ショーンは慰めの言葉をかけようとした。

だが、グレイはすでに歩きはじめていた。「ほら」彼は前方を指さした。「もうそこだ」

ショーンはあとに続いてもうひとつ砂丘を下った。昔の海岸陣地《トーチカ》がふたつの丘のあいだに沈んでいた。第二次世界大戦中の兵士たちがマシンガンを設置したと思われる切り込みは砂になかば埋もれている。コンクリートは穴だらけで、黄色の苔に覆われ、サワギクがひび割れやへこみから伸びていた。

「ここから入ろう」グレイは入り口で腰をかがめた。

なかは暗く、目が慣れるまで少しかかり、そのあいだも風の嘆きが甲高く耳についた。

「事件以前にコリーンと会ったことがあるんでしたね？」ショーンは訊ねた。

「数回な」グレイが答えた。「あの子はいい家庭の出身とは言えなかった。母親は〝悪名高い〟というやつだったよ」

「ええ、そんなふうに聞いています。でも、一度、特殊な出来事が……」

グレイは人差し指をあげて、ショーンを黙らせた。

「じっとして。少しのあいだ」

グレイはしゃがんだ。「ここから先には進むな。懐中電灯をもってないか?」

ショーンはバッグを探った。ここまで短い距離を歩くあいだに手はふたつの氷の塊のようになってしまった。

「待ってください」そう言ってバッグの中身をかきまわした。「ありました」懐中電灯を手渡した。

「これを見てくれ」グレイは懐中電灯をつけて、床を照らした。

誰かが彼らより前にここを訪れていた。コンクリートの床から砂がすべて掃かれ、中央に図形のようなものが描かれていた。

「どうしたことだ」グレイが言った。

白い五芒星だった。懐中電灯で照らされて輝いている。

ショーンはもっとよく見ようと、膝に手をあて、身を乗りだした。そうすると、麝香《じゃこう》のような匂いが鼻を満たした。ライラック、ラベンダー、クローブの匂いも。

「おもしろい」グレイがそう言って、指先で図形にふれた。「こいつはどうやら」彼は指先を鼻にもってきた。細かな粒がこぼれる。「塩だな」

彼はほんの少しそれを舐めた。「うん」そして吐きだした。「塩だ」またしゃがむと、指先で線をいじった。「こいつは塩で描いてある」

彼はショーンを見やった。「ごく最近のことだな。二、三日かそこらで、風が運ぶ砂のために見えなくなったはずだ。それにこいつはなんだ?」彼は身体を伸ばした。「蠟か」図形の中央で固まっている物質をつついた。「蠟燭だ」

グレイは立ちあがり、懐中電灯で壁を照らした。監視用の切れ込み窓の下に黒いナシの形のものを見つけ、手をとめた。

なにも言わず、ふたりはそちらに近づいた。五芒星の線を踏まないように歩く。グレイが先にたどり着き、手のひらに載せてもちあげた。

「ふむ、どうやら……」

それは藁人形だった。小さなもので、黒いコートと横手に羽根のついた黒い中折れ帽の男。古く錆びついた釘に結ばれた紐でぶらさげられ、先は首縄の輪になっている。さまざまな色の押しピンが刺さっている。

とても長く感じられる一分のあいだ、ショーンとグレイは顔を見合わせていた。わななく風が薄気味悪いBGMとなり、ふたりともうなじの毛が逆立つ気がしているのだ。そのとき、グレイが人形を放した。

「黒魔術ですか?」ショーンはノージのことを考えながら口にした。

グレイが口笛を吹いた。「あるいは、何者かが念入りにふざけているのか」

彼の冷静な表情は崩れ去った。顔に浮かんでいるのは純粋なショックそのものだった。

「あの本」ショーンはこの隙にグレイをつついてみた。「コリーンが本をもっていましたね。

栈橋の下で男と一緒の彼女を捕まえたときに」

「そう、あの本について話は聞いたが」グレイはまだ元上司を模した藁人形を見つめている。「ただし……」

彼は自分を押しとどめ、ショーンにふたたび顔をむけた。また険しい目つきになっている。「きみ、誰としゃべった？　きみがこの町に来た理由をほかに誰が知っている？」

ノージは嘘をついていなかった。しかし、彼女が教えてくれた本について、古い捜査資料のどこにも記載がなかった。昨夜ショーンが徹底的に調べたシーラ・オルコットの報告書にさえもなかったのだ。

「誰も。事件の話を聞いたのはあなたが初めてです。レン・リヴェット、スモレット警部、それに記録係のアルフ・ブラウンという年配の男だけですよ、これまでほかに話をしたのは」

グレイの目は細くなり、額の皺が深くなった。なにかまさに言いかけたように見えたが、考えなおして首を振り、引き続いて陣地内部を懐中電灯で照らしていった。

「うむ」彼は明かりを目で追いながら言った。「少なくとも、ここに別の遺体はないな。どこかのおかしな人物が妙な儀式をおこなったというだけで……」

彼は懐中電灯のスイッチを切り、ショーンに返した。「ここで見つけたものをレンに教えてやるといい」彼はまたもや捜査責任者がリヴェットであるかのような言いかたをした。「だが、悪く思わないでほしいが、わたしはもうたくさんだ」

ショーンが現場の写真を撮るのにしばらくかかり、それからビニール手袋をもたつきながらはめて、藁人形を袋に入れた。塩と蠟燭のサンプルも採取した。トーチカを出てビーチに立つ頃には、グレイはアイアン・デュークまでもう半分ほど引き返していた。黒いロングコートで砂丘をどんどん歩くほっそりした姿。

彼は防壁の階段で待っていた。目の縁が前より赤くなっていたが、原因は風かもしれない。

「すまん」グレイが言った。「プロらしくなかった」

「いいんですよ」ショーンが言った。「わたしだって、あんなものが見つかるとは予想してませんでしたから」

「そうじゃない」グレイが首を振った。「そうじゃないんだ」

「とにかく」ショーンは手すりにもたれた。「署の人たちに教えたほうがいいでしょう。科学捜査をしたがるかもしれません。これをやったのが、わたしが探している人物と一致しないともかぎらない。でも、まずはあなたをご自宅に送りますよ」

「そう言うが」グレイはショーンの肩に手を置いた。「自分の家が見えているくらいなのでね。しばらくひとりになりたい」

「もちろんです」ショーンは言った。「ショックだったでしょうから……」

「まあね」グレイはさっとうなずき、両手をあげて、とまどいの表情になった。「そう言えるかもしれん」彼は熱心にショーンを見つめた。「もっとわたしに質問したければ、そうしてくれ。ただし、わたしの携帯あてに頼む」

「わかりました」ショーンはうなずき、自分の携帯を取りだした。「あなたの番号を入れてお

「女房がな」グレイが言った。「また同じ思いをさせたくない……」彼はトーチカの方向を振り返った。

　彼は激しく動揺しているようだ。ショーンはどこまでがいま発見したばかりのもののせいで、どこまでが甦ったいやな記憶のせいなのか訝《いぶか》った。すぐには断定できないが、この町で出会った誰よりも、グレイと一緒だと落ち着けたのはたしかだ。

　握手をして名刺を押しつけると、グレイは短くうなずいて受け取った。それからショーンは車の横手に立って、グレイが橋を渡って見えなくなるまで待った。父のいない子供たちのことを考えた。ミーンホワイル・ガーデンズ・スケートパークの天敵とコリーン・ウッドロウ、そしてショーン自身を結ぶ境遇。グレイやチャーリー・ヒギンズ警視のような男たちを尊敬したくなる理由だ。

　ショーンは熟知の電話番号を押していった。

「チャーリー」もとの上司が電話に出ると言った。「お願いがあるんですが。昔のよしみで

……」

22 複雑化《コンプリケーションズ》

一九八四年三月

ジュリアンはウルジー&ウルジーズで「S」のラックをすばやく一枚ずつ見て、ソフト・セル〈ナンバーズ〉の12インチ・バージョンを探しだした。そのとき、誰かが背後にやってきた気配がした。

「意味ありげ」彼女が低い声で言った。「あなたがその人たちを大好きなのって」

ジュリアンは振り返り、瞬きをした。そこに立っているのが誰か見分けるまで少しだが時間がかかった。サマンサ・ラムがまた外見を変えている。今度はコリーンの髪型だ。先日、放課後にじっと見つめていたもの。ただしジュリアンの見たところ、狙いを目立たせるために、少しやりすぎたようだ。

「訊きたいなら教えてあげる」サマンサはしゃべりつづけ、レコード・ジャケットのマーク・アーモンドの顔を指先でつついた。「彼、ホモよ」くちびるはひくつき口角があがって笑みになったが、目はともなっていなかった。

「でも、誰もきみに訊きたがってなかっただろ?」ジュリアンも笑い返した。

サマンサの表情は揺るがなかった。「あなたオカマなの、ジュリアン？　そうとしか見えないけどね。それに、あなたが女の子とデートしてるの見かけたことがない。でも、たぶん」彼女は染めたばかりの髪を指先にからめた。「あなたなんか女の子にもてないけど」

ジュリアンはあとずさって顔をしかめた。「そんなこと言って、なにかいやなことでもあったのか？」

サマンサが乾いた笑い声を漏らした。「なにかいやなことがあるのは、そっちのほうね」彼女はウインクをして背をむけ、颯爽と店をあとにした。

アマンダは玄関のドアが開く音を聞いて、勢いよく立ちあがった。娘の帰りを何時間も待って、一分が過ぎるごとに彼女の神経もはりつめるようだった――知らせを告げられて禁煙するよう医師に言われたからなおさらだ。この一週間というものサマンサに切りだそうとじりじりしていた。四本の吸い殻をうしろめたい気持ちでゴミ箱に投げ捨てた。一時間に一本だ。部屋には芳香剤の強い匂いが漂っている。合成の松の香りは相変わらず居座っているＪＰＳのにおいを完全に隠してはいなかった。

ウェインは彼女を支えると言った。共同戦線を張ってふたりでサマンサに伝えようと。だが、アマンダはそうするとどんなことになるか手に取るようにわかった。娘の気持ちを考慮しようと、気晴らしとして美容室代を与えた。サマンサを懐柔しようという試みで、またもや〝裏切り〟行為であり、賄賂《わいろ》だと責められるだけなのはわかっている。でも、こんな話を切りだすのに簡単な方法なんかないのよ。

「お帰り、サム」アマンダは声をかけたが、歩みを途中でとめてしまった。サマンサの髪のてっぺんは沼地の茂みのように立っているが、サイドは肌が見えるまで刈りあげている。

「なんなの、その頭は」アマンダは息を呑んだ。

「気に入った?」サマンサが目をきらめかせ、つま先でまわってみせた。

「いいえ、気に入らない。わざと退学になろうとしているの?」

「やだ」サマンサは無垢な表情を装って口を大きく開けた。「どうしてわたしがそんなこと、したがるわけ?」

アマンダは自制しようと歯を食いしばった。「話があるのよ、サム」どうにかそう言った。「ちょっと居間に来て」

サマンサは尊大にあごをあげた。「悪いわね。アレックスと約束があって、遅れそうなの。もっていきたいものがあって、家に寄っただけ。あとで話してよ、どうせ大事なことじゃないんでしょ」彼女は母をすり抜けていこうとした。

「いいえ」アマンダはサマンサの腕を掴んだ。「とても大事なことだから、いま話をするのよ」

サマンサは顔を真っ赤にして、アマンダがあとずさってしまうほどの力で母を押しのけようとした。「言ったでしょ」彼女は鋭く言った。「アレックスとの約束に遅れそうなの。こんなことしてる時間はない」

突然、押されて船酔いのようにぐらりと揺れたアマンダは戸口に手をあてて、身体のバランスを取りもどそうとした。「サマンサ！」彼女は叫んだ。「いますぐここに来て。さもないと……」

「さもないと、なによ？」サマンサはぎらつく目にあからさまな嫌悪感を浮かべて母親の全身をながめまわした。「なによこれ、嫉妬でもしてるの？　わたしにあなたのより百倍も知性的でかっこいい恋人がいるから？　この恋人は」彼女の口角はあがった。「わたしよりなんと年上だから？　めずらしいものねえ？」

アマンダは自分がなにをしているか気づく前に、平手打ちの音を聞いていた。じんじんする自分の手を見おろしてから、サマンサに視線をむけた。頬に手をあてて隅にうずくまり、憤《いきどお》ってこちらを見あげ、目には涙を浮かべている。スローモーションでとてつもなく長いトンネルの片端から娘を見ているような気分だった。

「このヤリマン」サマンサは不信感を露わにした声で囁いた。懸命に立ちあがり、ドアの取っ手を握った。「仕返ししてやるから！」

彼女はドアを引き開けて外へ出ると、バタンと叩きつけて閉めた。アマンダが我に返る暇もなく、怒りの赤い霧が目の前から晴れる前に。

アレックスは町の中心の広場の端にあるベンチにだらりと座り、絶えず行き交う人々をながめていた。もう何回目か数えきれないが振り返って、背後の店の時計の針を見たら、まだ一分しか進んでいなかった。なのに、十分のように感じる。両手をポケットのさらに奥に突っこみ、あごを襟のさらに奥に沈めた。ずっとここに座っていて寒くて、バカみたいな気分になってきた。頭のなかでデビーの言葉を回転木馬の音楽のように巡らす時間がたくさんあった。

〝あの子、コリーンを利用してあなたに近づいた。どんな人でどこで飲んでるかコリーンから聞きだしたし、あの夜のコリーンの髪型はひどかったよね、あれだってサマンサがやったくらいなんだから〟

〝あなたに会う五分前のサマンサ・ラムがどんなだったか、ちょっとでも知ってる？　ブロンドのボブでピンクのレッグウォーマーだよ！〟

それに、なにをしてデビーを泣かせたのか知りたがる母親のきつい小言も耳から離れないのは言うまでもなかった。なにをするか知っているくせに、知らんぷりして今日はこれからどうするのか訊ねたときの厳しい目ときたら……

〝彼女はあなたをまともに考えられなくして、自分の完璧な肖像画を描かせようとしてる。でも、あなたには描けないよ。どうしてか、わかる？　あなたが彼女はこうだと思っている人はほんとは存在しないから！〟

アレックスは思い切ってベンチから立ちあがった。もうここにはいられない。待ちぼうけをくらって三十分になるし、頭のなかの口喧嘩に耐えられなかった。いきなり振り返ると、そちらからやってきた人とまともにぶつかった。

「おっと！」衝撃でアレックスの肺から空気が抜けた。顔をあげると、ジュリアンにぶつかったと気づいて動揺した。

「ごめん、きみ」彼は少年の肩に手を置いた。

「平気だよ」ぶつかってびっくりしたジュリアンが最初に取った行動は、レコードが無事かどうかたしかめることだった。「なにも壊れてないし」彼はそう言い、袋からアレックスの心配そうな表情に視線を移した。そのとき、すべての親しげなところはジュリアンの顔から消えた。「今日はサマンサと一緒じゃないのかい？」

アレックスの心は萎縮した。「いいや」この瞬間にも彼女の姿が見えないかと、彼は振り返った。「じつは……」

「こいつを買うとき、彼女に会ったよ」ジュリアンは袋を振った。「ソフト・セルのレコードだ。彼女、おれのことをオカマと言ったよ」彼は挑むように眉をあげてみせた。

「まさか」アレックスは顔から血の気が引く気がした。「本当に彼女、そんなことを？　どうしてそんなことを言ったのか、ぼくにはわからない。ちぇっ、ぼくもきみがそうだと思っているだなんて考えないでくれよ、ジュリアン……」

ジュリアンが手のひらをあげて、混乱したアレックスの失言をとめた。「あんたはいい奴だとずっと思ってたよ。でも、彼女は違う。なんであんたが彼女とつきあってるのか、わからない。あの子はビョーキだ」

ジュリアンは首を振り、マーケットの中央を肩をそびやかして歩き去っていった。アレックスは口をぽかんと開け、後ろ姿を見ていた。それから振り返り、恋人がやはり来ていないことをたしかめた。時計は四時三十分になっていた。

彼はバス停へ急いだ。

リヴェットは建物の裏手に車を入れた。まぶしい照明のあたらない場所、暗い非常階段の下で、洗濯物用のハッチ、勝手口、業務用サイズの大型ゴミ箱が並んでいる。行楽客にはバニラ色に塗られたほほえむような顔を見せる上品な正面とはまったく違って、アルバート・ホテルの裏は暗い要塞に似ている。細長い、曇りガラスの窓からは最低限の光しか漏れないし、腐りかけた四つ星料理のアロマですでに淀んでいる空気に、通気口がお古の空気を熱く吐きだしていた。

ジーナはフロントガラス越しに、死刑囚が初めて絞首台を見たときのような表情でホテルを見つめた。警察署からもどって以来、物事は彼女にとってうまく運んでいない。自宅の戸口に見張りが待っていた。ごま塩頭の四十代初めの男でウルフという名で通していた。ウルフはいかなるときも近くにいてほしくない性格の持ち主で、感情を出さない灰色の目やゴツゴツした面《つら》に生えた毛のあるホクロの塊はオオカミというより、イボイノシシを思わせた。

ウルフはジーナに厳しく目をつけていることをはっきりわからせた。うしろに続いて廊下に入ると、彼女の股間に手をやり、力ずくで壁に押しつけた。彼の指は息をできなくさせるにはどうすればいいか正確に知っていて、恐怖から彼女は無言で従った。

「今回はすっかりラットをバカ扱いしたようだな、このアマ?」彼は低い声で言った。ひげが金属タワシのように彼女の顔にこすれ、むっとする汗、エンジンオイル、数十年ぶんのパチョリの臭いが鼻で固まっていくようだった。死んだ魚の目が彼女を射抜き、彼には言い訳も妥協も通じないことを教えた。

「だが、おれはそれほどバカじゃない。ここのルールは変更になる……今度から、このおれが責任者だ」

ジーナは喉元までこみあげてきた悲鳴を堪《こら》え、鳥のように息を呑む音だけを漏らした。男がようやく手を離すと、膝に力が入らず、ずるずると壁を伝っていき、そのあいだに男は二階へあがり、彼女とラットの隠していたヘロインのもとへむかった。

「ラットが不在のあいだは、おれたちの荷の取引について逐一、報告してもらう」それが別れ際の言葉だった。「裏切り癖のあるマンコはきっぱり切り落とすからな」くちびるに笑みが忍び寄り、鈍い光が彼の死人のような目に宿った。「おれに楽しみをくれよ」

ジーナの目の前でそのときの男の笑顔がまだちらついていたところで、ホテルの非常階段のドアが開いた。

「行くぞ、ジーナ」リヴェットは言う。「おまえのファンが待ってる」

「レン」彼女は手を彼の膝に置いた。「仕事を誰が引き継いだか知ってるし、あんたがそいつをどこで捕まえられるかも知ってる。その男は全部押さえてる」いくら努力しても、声がうわずった。「あたしたちのブツを」

リヴェットはヘッドレストにもたれ、楽しんでいる表情を浮かべた。

「話してみろ、おれのかわいいハエトリグサ」

「話してもいいよ」膝をこねくりまわしながらそう言う彼女の黒い目に、リヴェットは自分の姿が映るのを見た。「あたしを映画に出さないで助けてくれるなら」

「おいおい」彼は猫なで声を出した。「それでどこへ逃げるんだ？　おまえが誰にも見つからない場所か？」ジーナの手に自分の手を重ね、ぐいと引きあげ、自分の手をほどいてジーナの膝に手をもどさせた。「これだけのことがあったばかりなのに、おまえの問題をすべておれが解決してくれると思ってるのか？　おれとオランダ人とを二股かけておいてか？　いいか、ジーナ」彼の表情も声も険しくなった。「おまえも大人になる頃合いだ」

リヴェットは身を乗りだし、彼女のシートベルトを外した。「さあ」そう言って指をさした。「彼を待たせるな」ジーナは照明を背にシルエットになった人影が立っているのを認めた。

「だから言ってるじゃない、あれはラットの考えで、あたしのじゃなかった。あんたは彼を逮捕しちゃったけどさ、彼の仲間があんたと取り分を山分けしてくれるとほんとに思ってんの？」

「そしておまえは本当に思ってるのか」リヴェットの声は囁きになり、目は暗くきらめき、底知れぬものになった。「おれが奴らに好きにさせると。このおれの町で……」

ジーナは口を開けたが、言葉がもう出てこなかった。

「よし」リヴェットはうなずき、ふたたびいつもの陽気な声をまとった。「おまえは自分の借金を返済することだけに集中して、ほかの心配はおれに任せろ」

大きなガチャという音をたて、助手席のドアがひらいた。ジーナがさっと振り返ると、背の高い痩せた男がいた。砂色の髪に口ひげ、首にはゴールドのネッカチーフ、パステルのアーガイル・セーター。

「この女を味わい尽くせ、エリック」リヴェットは声をかけ、イグニションのキーをまわした。

「感謝するぞ、レン」男がそう言って、ジーナをシートから引きずりだした。

「楽しめ」リヴェットが忍び笑いを漏らしたところで、ドアが閉められた。「だが、おれでもやらないことはやるな」

ウェインは車でマリン・パレード通りの北へ折れ、身を乗りだすように運転してエドナの家へむかっていた。もう一時間近くサマンサを探し、町なかのすべてのパブをあたり、続いて海岸通りのパブ、レコード・ショップ、スケート・リンクを確認して、もう心当たりがなくなっていた。

ホイル家のすぐ手前で車を路肩に寄せた。これは彼の考えだった。自分が探すと言い張った一番の理由は、アマンダがこの件に両親をかかわらせるのをとめるためだった。帰宅したとき、彼女はあまりに参っていて、父親の友人の警官の誰かにサマンサを見つけて連れもどしてもらおうと本気で考えていた。

ウェインはそれがどれだけまずい考えか、彼女になんとか納得させた。自分の無線仲間が、いなくなったサマンサを探すのをきっと手伝ってくれる。だが、いつもは意見とアドバイスが飛び交うというのに、今夜はみんな奇妙なほど静まり返っていた。

あともう一度試してみよう。エドナとの話を先延ばしにできるなら、なんでもする。

「割り込み失礼、交信求む。こちらデュース」彼はマイクにしゃべりかけた。「交信可能な人、いませんか？」

無線はホワイトノイズでザザーッといった。ウェインは息を殺して悪態をついた。

「デュースからボールド・イーグルへ。聞こえますか？」彼は再度試した。

ボールド・イーグルは個人タクシーの運転手だ。本名はレジナルド・スタイルズだが、無線を始めると自分は夜の道路を行くアメリカのトラック野郎だと思いこむ。彼が仕事中なのはわかっていた。土曜の夜は一週間でタクシーにとって一番のかきいれどきだ。ほかの無線仲間は寝室から交信することがほとんどだ。

ウェインの前の道路は誰もいないようだった。バックミラーを傾けて、うしろのほうも先まで見えるようにした。よし、もう一度。

「ボールド・イーグルへ、こちらデュース。耳はついていますか、お仲間さん？」

「了解、デュース。鷲は舞い降りた」ハウリングしながら、タクシー運転手の声がついに聞こえてきた。「まだ彼女を見つけてないのか？」

「否だ」ウェインは答えた。「現在地《トウエンテイ》はどこですか、イーグル」

「客をガルヴェストンで降ろし、それから無線を切ってた。橋までもどってきたところだ。今夜は子供がたくさん出歩いてるが、きみの言ってるような子は見なかった」

「そうか。引き続き、注意願えますか？」

「ここで次の客を乗せる」イーグルの声は激しいハウリングに飲みこまれた。「帰り道にまた交信する、お仲間さん」

「交信終了」ウェインはそう言いながら考えた。そうだよな。このあたりの人はみんなそうだが、自分に旨味のあることじゃないと関心をもたないんだ。

彼はハンドセットにマイクをもどし、這うように車を少し進め、エドナの家の二軒隣までやってきた。表の居間のカーテン越しに明かりが灯っているが、ありがたいことに、私道にエリックの車は見あたらなかった。悪魔二匹の弱いほうを相手にすればいいんだから——彼はそう考えながら未来の姑《しゅうとめ》に対決すべく心を強くもった。

最近家族は和解したにもかかわらず、エドナの態度にはウェインを不快にさせるなにかがあった。あのやぼったいワンピースとあのヘルメットみたいな固めた髪の下で、ヒステリーがあふれかけて、いまにも表に出てきそうになっている感じだ。アマンダは両親、娘、彼女自身のあいだにある憎悪の根源についてはっきり教えてくれたことがない。アマンダのとても深いところに閉ざされた秘密で、信頼して打ち明けてくれるまで数十年の単位がかかるだろう。話してくれることがあったとしてだ。けれど、この親たちとつきあえば、ほんの短い時間でかなりの推測はできた。

ウェインはシートベルトを外し、最後に一度バックミラーを覗いた。

二本の脚が道路をこちらに歩いてくるのが見えた。

ウェインは身体をずらし、バックミラーもずらして、見まちがいでないことをもう一度確認した。まちがいじゃない、あれはサマンサだ。また髪が変わっているが、あの奇妙でからっぽな表情は、ウェインが何度も見たことのあるものだ。悪だくみをしていなくて、叫んでもいなくて、彼をからかう演技をしていないときに。アマンダの言うとおりだった。結局、サマンサはいつも祖母のもとに逃げこむ。

だが、先に自分があの子を確保すれば話は別だ。

彼は車のドアを開けた。一瞬、サマンサは彼が目に入らずにまっすぐ前を見たまま、音にも気づいていなかった。そこで彼は腕を掴んだ。

「なに?」サマンサはエイリアンと遭遇でもしたようにウェインの手を見おろした。それから脳がカチリと音をたて、彼女ははっと我に返った。「放して!」そう叫んだ。

だが、ウェインは長時間、手を使う仕事をしているから力が強かった。「いいや。きみは今度はおばあちゃんのところへは逃げない。おれと家に帰るんだ」

片手でしっかりと腕を掴んだまま、運転席のシートを前に倒し、後部座席に彼女を押しこんだ。怒りの悲鳴をあげられ蹴られたが、まったく気にしなかった。

「きみは病気になりそうなくらいお母さんを心配させてるんだぞ」そう言ってエンジンをかけ、路肩から車を出した。「そんなんで、気が引けないならいいけどね」

「あの人はそもそも病気よ」サマンサは言い捨て、いつもの冷淡な自分にもどった。「でも、わたしにはなんの関係もない」

ウェインは自分を押しとどめられなかった。ふたりのニュースをアマンダが自分で娘に伝えたがっているのはわかっていたが、この瞬間に頭にあったのは、この小娘が常日頃から楽しみながら自分をいらいらさせてきた行動に仕返しすることだけだった。残酷な口をきっぱりと閉じさせることを言いたかった。

「彼女は病気じゃない！」ウェインは叫びながら、荒っぽくUターンをした。「彼女は妊娠してるんだ」

23 歪んだ児童公園《プレイグラウンド・ツイスト》

二〇〇三年三月

「おや、ミスター・ウォード。お探しの人を見つけたようですよ」

ミセス・ノーラ・リンガードは小柄で垢抜けた女性で、だいぶ白髪の交じった黒髪を団子にまとめ、ネイビーのプリーツスカートとクリーム色のセーターというでたちに一連の真珠のネックレスをつけていた。この三十年というものアーネマス中学の福祉係アシスタントを務めてきた彼女は、角縁の瓶底メガネの奥からショーンを見つめ、丸い頬にえくぼを作った。

ふたりは彼女のオフィスでデスクを挟んで座っていた。分厚い台帳が二冊、デスクに広げてある。上になっているほうを彼女は差しだした。

「これは入学記録台帳です」ミセス・リンガードはある名前を指さした。青いインクでページの中程に書いてあるものだ。「ジョン・ブレンダン・ケニヨン、一九六八年二月四日生まれ。一九八一年九月八日に入学を許可されています。グリーンエイカーズのセコンダリー・モダン（グラマー・スクール入学選抜試験で上位二五パーセントに入らなかった大半の生徒の受け皿として設置された公立の中等教育学校）から転校してきました。この年、我が校は誰でも受け入れる統合制中等学校に移行しましたからね」

ショーンの視線は台帳にいつまでもむけられていた。ノージがこの時代この場所に存在した証。

「それから」ミセス・リンガードは付箋を貼っていた別のページをめくった。「一九八四年七月二十七日に卒業しています。これはいい知らせ」

「では悪い知らせのほうは？」ショーンは視線をあげて、彼女と目を合わせた。

「そうね、この子に問題があったのならば――なにか特別な必要性があったり、福祉局の介入といったこと――わたしは彼の名を覚えていて、顔が思い浮かぶはずなんです。個人のファイルは生徒が卒業してから三年間しか保管しないので、彼のはずいぶんと前に破棄されていますね。ただし、わたしはこちらを調べてみました」彼女は目の前にあるもう一冊の厚い台帳を小突いた。「学校の業務日誌、校長がつけるものです。各学期に起こった重要な出来事を記録する日誌なの」

彼女は意味ありげにショーンを見つめた。レンズの奥の青い目はビー玉のようだった。

「それにもちろんご存じのとおり、一九八四年六月は当校の歴史において特殊な出来事のあった時期でした。このミスター・ケニヨンが実際にウッドロウ事件にかかわりがあったのならば、ミスター・ヒルはそう記載したはずですよ。でも、事件当時から遡って入学当時まで記録を調べましたが、この少年についての記載は一言も見つかりません」

「ミスター・ヒルというのは当時の校長ですか？」

「そうです」彼女はうなずいた。「退役軍人でした。ダンケルクで戦ったの。いまのわたしと同じくらい長くこの学校で働いて、グラマー・スクールから統合制中等学校への移行も、そして」彼女は顔を曇らせ、ショーンをすり抜けるような視線を送った。「あのひどい時期も見守ったんです。彼のような校長にはもうお目にかかれないわね」

「あなたも大変だったことでしょう」ショーンは言った。「あの事件の余波に対処しなければならなくて」

「ええ、そうでした」ミセス・リンガードは言った。「何週間も門に報道陣が詰めかけて。新聞、テレビ、ラジオ。記事になる話を求めてしつこく質問して、あちらこちらの責任を追及しようとしましたよ。町の人たちを刺激して」彼女はやれやれといった表情になった。「人間というものがどんなふうに話をするか、あなたはご存じね。煽ってくれる聞き手が急にできると、なおさら」

「どんな感じだったか、わかってきましたよ。生徒のなかには、うるさく追いまわされた子もいたでしょうね？」

「ええ。でも、あなたの問い合わせのミスター・ケニヨンはそのなかに入っていませんでした」彼女は額に皺を寄せた。「いいですか、記憶に頼るのは分別のあることではないかもしれませんがね、あのときの出来事は頭にしっかり刻まれていまして、その少年はどこにも関係していた覚えがないんです。ここだけの話、正直に打ち明けてしまいますと、その子のことがまったく思いだせないの」

〝あの頃だったら、あなた、あたしに気づきもしなかったはず〟。ノージの声が脳裏に甦った。〝そういうふうにしておきたかったの〟

ショーンは業務日誌に視線を送った。「そうですね、あれは二十年近く前のことです。当時のことで一番強く記憶に残っているのはなにかお訊ねしても？」

ミセス・リンガードは思案して、頬杖をついた。「不運な五学年の担任〝P〟。あの少女のおこないのために学校を真っ先に去ることになったのは、彼女の同級生ではなかったの。先生だった」

「そうなんですか？」ショーンは言った。「初耳ですよ」

「フィリップ・ピアソンは一時期、コリーン・ウッドロウの担任でした。彼女が特別学級に移る前のことです。化学教師でとても聡明でした。それに厳格な人で。あそこまでできる人はなかなかいないわ。でも、最悪の生徒たちの一部――本当はそこまで悪くないのに悪いと思いこんでいる（シェイクスピア『リア王』より）、とでも言うのかしら――を助けようとするところがあってね。あの先生はウッドロウにそれをしようとした。そのために、厄介事に巻きこまれて」

そう語るミセス・リンガードの顔を影がよぎり、額の皺は深くなって、口角が垂れさがった。

「新聞社の人間に話をしてしまうというまちがいをおかしたの。信頼できると思ったのね。事情をいくらか説明すれば大騒ぎの状況を静められると考えた。でも、もちろん記者は文脈を無視して先生の言葉を歪めるだけだった。やり口はおわかりでしょ」

「いやというほど。その新聞社は地元紙だったんでしょうか、それとも全国紙？　覚えていますか」その記事はフランチェスカにもらった切り抜きにはなかった。

「れっきとした全国紙。《タイムズ教育情報増刊版《エデュケーショナル・サプルメント》》です」ミセス・リンガードが答えた。「あの先生はタブロイド紙相手には絶対に話したりしませんよ。でも、週明けの月曜には、新聞は情報を握って意図とはすっかり反対の内容にしてしまったんです。ピアソン先生は町について、あることを話しました。たぶん言うべきではなかったことを。福祉局に登録された子供の数が、国の平均よりも高い恵まれない地域だと。それは本当のことではあるんですが……」

彼女は眉をあげてみせた。「でも、それはこんなふうに言いなおされたんです。〈殺人の温床、近親相姦の町――コリーン・ウッドロウの教師語る〉、これでどうなったか、ご想像はつきますね。先生を懲らしめろという人々が学校の門に押し寄せ、先生が帰れるように警察に連絡しないとならないほどでした。かわいそうなピアソン先生は辞職に追いこまれたんですよ」

「その話ですが、地元紙には掲載されましたか？」ショーンは質問した。「《マーキュリー》には？」

「《マーキュリー》は」ミセス・リンガードは軽蔑をにじませた声で新聞名を繰り返した。「金曜日の発行です。ですから、町を辱《はずかし》めたことへのピアソン先生の公にむけた謝罪文を掲載して儲けようとしました。先生はもちろん、断りました。すると《マーキュリー》は一面に大きく書きたてたんですよ。先生は反省しておらず、冷血で、傲慢だとかなんとか。あの頃はウジ虫みたいな小男が編集長のひどい新聞でしたからね。なんて言ったかしら、あの男の名前は。ヘイルズ」彼女は憤《いきどお》りに駆られながら正しい名前を思いだした。「シドニー・ヘイルズですよ」

この年配の婦人の記憶力にはほとんど傷がないぞ。「ひょっとしてですが、ピアソン先生のその後はご存じないでしょうね？」ショーンは訊ねた。「できれば、会ってお話を伺いたいんですが」

「そうねえ」ミセス・リンガードはためらった。「先生はちゃんと別の仕事に就きました。ノリッジの大学です。でも、引っ越さなかったの——奥さんがこの町で商売をしていて、なんとか強気に乗りきったんですよ」

彼女はふたたび思案した。別の感情が湧きあがったらしく、視線から集中力が失われていく。「とても悲しいことですよ。彼女が亡くなってそれほど経っていません。ミセス・ピアソンね。まだ五十代だったのに。癌ですよ。お葬式以来、先生には会っていませんが、引っ越しはしていないはずです。調べてみましょう……」

ショーンはうなずき、デスクに置かれた入学記録台帳にふたたび視線を下ろした。ノージと同じ時期に卒業した生徒の名前が並んでいる。そこにははっきりとこうあった。〈デール・スモレット〉。

「ありましたよ」ミセス・リンガードがメモ帳にペンを走らせ、紙を破き、フィリップ・ピアソンの電話番号を差しだした。

「ありがとうございます」ショーンは入学記録台帳の項目を指さした。「この彼にはどんなふうに事件の影響があったと思われますか?」

「あら」ミセス・リンガードの表情はたちどころに明るくなった。「警部ね。ええ、そもそもこの事件があったから、警官になりたいと思ったそうですよ。一時期、警部本人が少し悪い仲間に入っていたからです。わたしがこんなことをあなたに話しても、気にするような人じゃありません。いまの彼は卒業生のなかでもとくに成功していましてね。毎年、体育祭には賞の授与をおこなってくれるんですよ」彼女は首を振った。「残酷なくらい、はっきりしてしまうものですね? 成功の道を進める子もいれば、正反対に進む子もいる」

「まさにそうですね」ショーンは答えた。

学校の外でショーンはリヴェットの番号に電話をかけた。ポール・グレイが先にあの古狸に連絡していないはずだと計算したうえでの賭けだった。海辺のトーチカで発見したことがリヴェットの耳にまだ入っていなければいいが。

「DNA採取、ふたりは終わったぞ」彼は二回目の呼び出し音で電話に出た。「残る野郎はひとりだ」いつも以上にリヴェットは自信に満ちた声を出した。背後で車の行き交う音がしている。どこか外にいるらしい。「今朝は、そっちの進捗はどんなだね?」

「おもしろいですよ」ショーンは答えた。「何者かが殺害現場にもどっていました」

「なんだって?」リヴェットの声は突然大きくなった。「すまん。トラックが通ってな。ちゃんと聞こえなかった。殺害現場がどうのと言ったか?」

「何者かがもどっていました」ショーンは繰り返した。「最近のことです。塩らしきもので床に五芒星を描いて、何本か蠟燭に火をつけて。もとの現場について知っていることを再現しようとしたようです」

間があった。電話のむこうの交通量の激しい音が聞こえるだけだ。「ただし、ありがたいことに」ショーンは話を続けた。「今回は死体を残していきませんでした」

「胸糞悪い連中め」リヴェットはまたしゃべれるようなった。グレイも相当のショックを受けていたが、さらに熾烈な感情が伝わってくる。ショーンは息を吐きだした。リヴェットは心底、困惑しているようだ。ということは、願いどおりこのささやかな情景の中心の品についての質問が飛んでくることはなさそうだ——リヴェットを模した藁人形は現場で採取したDNAサンプルとともにロンドンへ送っているところだった。ショーンはあれがとても重要だと感じたし、雇い主もそれは同じで、人形からどんなDNAが採取されるとしても、それぞれ照合できるはずだった。

「すぐ現場へむかう」リヴェットが言った。「そうだな……二十分でどうだ? ああ、ちょっと待ってくれ。SOCOの者を連れていったほうがいいか?」

「ええ」ショーンはそう言って考えた。人生はまだまだおもしろくできるな。「ええ、そのほうがいいですね。スモレット警部がひとり都合してくだされば」

「じゃあ、三十分後にしたほうがいいな」リヴェットは言った。「おれはいま、町の反対側にいるんでね」彼の声は動揺してしゃがれていた。「もう少し遅くなるかもしれん。まったく！」

「心配しないでください、レン。それで大丈夫です。現場はどこにも逃げません。どれだけ遅くなっても」

遅くなればなるほど、好都合だ。


ショーンは車でふたたび海岸通りへもどった。太陽が雲の隙間から顔をだそうとがんばり、波にまだらの黄金の光が躍っている。この計算したうえでの賭けから、もうひとつ成果らしきものを摑めそうなのだが、目の前の海の光のようにその考えはちらちらと見え隠れして、もう少しで手が届かない。

軋むパブの看板の下で番号案内を使って調べ、ヘカテー（魔術と予言の女神）の館タトゥー店を突きとめた。ずっとノージの店の名を知らないままだった。表にはなんの看板もなかったからだ。ただ、あれはグレイフライヤーズ・ロウにあった——表の広場にあった修道院の廃墟からの推測だ。アーネマスにはタトゥーの店が数軒あったが、場所が一致するのはひとつだけだった。

ベルファストのアクセントの男が電話に出た。

「ヘカテーの館。どういったご用件でしょうか」

姿が目に浮かぶようだ。スウィングの店のカウンターにもたれていた男。「ノージをお願いしたいんだが」アイルランド人のほうも、こちらのアクセントを同じようにすぐ見抜くのだろうか。

「悪いが、彼女はいま顧客の施術中でね。かけなおしてもらえないかね、そうだな……」ほかの声が聞こえて、彼は途中で黙った。受話器を手で押さえる音がして、それからのむこうの会話は聞こえなかった。

「失礼」アイルランド人の声がふたたび聞こえた。「お名前を聞かせてもらっていいかね」

「ショーン・ウォードだ」

「ちょっと待ってくれ」ふたたび手が受話器に押しつけられた音。警戒しているときのとっさの行動だ。だが、再度電話に出たとき男の声には愛想があった。「ちょっと待ってくれ、ミスター・ウォード。電話をつなぐから」

カチリ、ピーッという音に続いて、ノージが電話に出た。

「あなただっていう気がしたのよ」

「だろうな」ショーンは言った。「きみのメッセージを受け取ったよ」

「えっ?」ノージはとまどっているようだ。「なんのメッセージ?」

「きみが殺害現場に残したものだ」ショーンは空いている左手を思わず拳に握っていた。「いままた、現場へむかっているところだ。レン・リヴェットが合流するまであと二十分ほどある。きみは彼によく似せて作っていたが、そこまで彼の気持ちを傷つけるのが得策かどうかわからない。彼はSOCOを連れてくるんだから、余計にね」

電話のむこうでまたもや沈黙が膨らんでいく。

「ＳＯＣＯ？」ノージがようやくそう言った。「それ、なんなの」

「犯罪現場鑑識員《シーン・オブ・クライム・オフィサー》のことだ。科学捜査のキットを携《たずさ》えてきて、指紋を採ったり、ＤＮＡのサンプルを採取したりする」

「なあーるほど」ノージはゴムバンドのように言葉を伸ばした。目に見えない信頼の張り綱がふたりのあいだにあって、まずひとりが最初の一歩を踏みださなくてはならないところのように。「そしてあなたは、彼になにかを渡さないほうが安全だと言いたいわけね？　いま、どうやらあなたがもっていそうなものを？」

「確認したかったのはそこだ」ショーンは言った。「そういうことだよ」

「じゃあ、あたしも賛成するしかないわね」ノージも認めた。

「よし」ショーンは手をゆるめた。「じゃあ、きみの話していた餌というのはこれだったんだな？」

ノージが笑い声を押し殺した。「さすが探偵ね。つまり、もうあたしを信用してるってことね？」

「だいぶね。だが、あれはいったいなにが目的だったのか、教えてくれないか」

「あなたのために、道を開けていたの」ノージは厳粛な声を出した。「リヴェットを足どめするため。彼、予想もしてなかったよね？」

「ああ」ショーンは同意した。「していなかった。だが、少しも懸念材料を残さないために訊くが、どこかの記録にきみのＤＮＡのサンプルや指紋があるということはないね？」

「ないわ」ノージが言う。「警察にかんするかぎり、あたしは存在さえしてないよ」

「よし。これからもそうするよう心がけていこう。じゃあ、わたしはそろそろ現場へむかうよ」

「今夜は予定どおり、ここに寄るのよね？」ノージの声には不安がにじみでていた。

「ああ。だが、時間がはっきりしない。こっちの件が終わったら連絡するよ」

彼は車のドアを開けた。脚のうずきは前ほど強くなかったが、立ちあがらないとまずいことになりそうだった。携帯をシガレット・ライターにつなげて充電し、そのあいだに車の横手にもたれながら、自分が知っていると思っていたすべての事柄と実際に知っていることを照らしあわせて、すべてを今一度、見なおした。

五分後に携帯を手に取ると、車をロックして歩きだした。砂丘を進んで目印を見つけられる自信がなかったから、防壁に沿ってそのまま歩いた。遠くの風力発電機から視線を離さなかった。フランチェスカは最初の呼び出し音で電話に応えた。

「会いたい人に会えた？」彼女が訊ねた。

「ああ」ショーンは言った。「だが、またリヴェットと落ちあうまで、あと数分しかない。ちょっときみに伝えたくて。思いついたことがあるんだが、きみが調査をしたいかもしれない。アーネマス中学でいま話をしてきた女性はとてもおもしろかった。ミセス・ノーラ・リンガードという人だ」

「ああ、そうね」フランチェスカが言った。「福祉係アシスタント」

「その人だよ。ただひとりの、二十年前も学校にいた職員。とても記憶力がよかった。スモレットが毎年、体育祭には賞の授与をしにやってくることを話してくれた。あの学校のとくに成功した生徒だと言っていたよ。それは、町の有力者が自分の町にどんな恩返しをしているのか、プロフィールを取材する口実になると思うかい？」

「なるはずよ」フランチェスカはそのアイデアが気に入った口ぶりだった。

「軽いインタビューでいいと思う」ショーンは話を続けた。「学校時代の思い出や、学校とのつながりを保つのに熱心な理由とか。それに取材の一環として、早い昇進と、それにリヴェットがからんでいそうかどうか、探ってみてくれ」

「わたしも、昇進の件は調べたいと思っていたのよ。手伝いたいという人がいてね。ロンドンの昔の同僚」彼女の声は皮肉めいたものになった。「こういうのが得意なのよ」

「いいぞ」ショーンは言った。「ぜひ、調べてくれ」

「じゃあ、手配をするから」フランチェスカが言う。

「その前に、確認してほしいことがある。きみがくれた切り抜きに含まれていなかったことなんだが、ミセス・リンガードが言ったことが気になってね。一九八四年の六月下旬の新聞の一面だ。フィリップ・ピアソンという教師について書かれたもの。コリーンの担任だよ」

この朝の何人かとの電話で長い間を経験していたが、またもやそうした間に続いてフランチェスカが言った。「わ、わかった。うっかりしていたわ。でも、調べるのはさほど大変じゃないから」

「これから数時間は電話が通じなくなる。あとで連絡するよ。調査、がんばってくれ。わたしよりもきみのほうが警部について探りだせるはずだよ」

「ええ、そうする」きっぱりした声だった。「任せて」

ショーンがトーチカにもどったとき、地平線に一列になった数人の姿が現れた。最初はリヴェット。柔らかい砂を歩いてきて汗まみれだ。そのうしろに若者。どっしりしたバッグを肩にかけている。鑑識だ。さらにそのうしろには、口元をきつく結んだデール・スモレット。

ショーンは目を細めた。太陽がふたたび雲の隙間から急に現れたのだ。「手応えのある一日になるな」

24　呪縛《スペルバウンド》

一九八四年三月
ダレンはレコードに針を落とした。パチパチという音に続いてストリングスのグリッサンドが部屋中に鳴り響き、最高のピアノがマイナーコードを奏で、ベルベットブルーと銀色の音楽がふたりのまわりに星降る夜を描いた。彼のお気に入りのレコードだ。一月にリリースされてから、繰り返し聴いている7インチ。

彼はデビーを見やった。シングルベッドに横たわって窓の外をながめている。彼女の心も遠くにいるのがわかった。でも、横顔に刻みこまれた渋面から、そこはあまり心地よい場所じゃないと伝わる。

「大丈夫かい、デビー？」彼は隣に膝をつくと手を重ねて訊ねた。「今日はいつものきみじゃないみたいだ。なにかあった？」

デビーは彼のほうに首を巡らせた。ダレンの家のむかいにある墓地の塀や、落葉した木々をながめていたが、本当はなにも目に入っていなかった。頭のなかはアレックスの部屋の壁に貼ってあった絵でいっぱいだったから。ひどい罪悪感が腹のあたりに忍び寄った。

「ごめん」彼女は無理に笑みを作った。「ぼんやりしてた。いま、なんて言ってたの？」

「こう言ったんだよ」ダレンは彼女の手をくちびるに運び、手の甲にキスした。「もう一度だけこれを聴いたら、出かけてみようって。あんまり何回も聴いて、きみをうんざりさせたくないからな？」彼の青い目は真剣そのもので、鼻に散らばったそばかすが昼間つけたファンデーション越しに見えていた。

「そんなこと、あるわけないよ」デビーはさっと座った姿勢になった。「わたしもこの曲、大好きだもの。好きなだけ何回でもかけて」

「よかった」ダレンは彼女の手を放し、立ちあがった。「じゃあ、ちょっとめかしこむよ」彼は鏡の前に行こうとして、窓の外をちらりと見た。あるものが見えて、足をぴたりととめた。
「きみ、あれを見てたのか？」彼はデビーを振り返った。とまどった表情になっている。「誰かがあそこの木の上に座ってるよ」

イチイの枝のあいだのY字形の窪みから、コリーンは墓地全体を見渡した。なにより大事な、中央に走る小道も。塀の外の街灯からオレンジ色に照らされた灰色のリボン。彼女が見張りをするあいだ、ノージが穴の準備をしていた。最後の呪いの言葉を投げかけるときにふたりで作ったものを埋める穴だ。

ノージは墓地の塀の穴からなかへとコリーンを案内しながら、ここが一番望ましい場所で、墓地の邪悪なものから守ってくれるには、古いイチイの木がなにより見込みがあるのだと説明していた。周囲のキリスト教徒の墓よりも、さらに外側の崩れたゴシック様式の天使の像やすり減った墓石よりも、もっと古いくらいの木なんだからと請けあった。それに今夜、この時間の三十一分七秒に満月になる。一番具合のいい時刻がそのときだった。

彼が木の根元に穴を掘るあいだ、コリーンは片目で誰か来ないか見張り、手渡されたストップウォッチを片目で見ていた。絶対守らないとならないのは、じゃまが入らないことと、満月になるその瞬間に箱を埋めることだと念を押された。

「ノージ」コリーンは呼びかけた。「いま、二十五分ぴったりだよ」

「いい感じ」下から声が響いた。「準備は全部できた。きっかり三十分にストップウォッチを落として」

「あれさ」ダレンはもっとよく見ようと窓に鼻を押しつけた。「絶対コリーンだぞ」

「まさか」デビーはベッドを降りた。「そんなわけないよ」

ダレンの息が窓ガラスを曇らせていたから、デビーはそこを拭いて夜を見つめた。道のむかいの街灯が、仄暗い明かりを巨大な古いイチイの木に投げかけている。なるほど、はっきり見えるようになると、デビーにも木の上に誰かがいるのがわかった。

「誰かいるね。でも、顔までは見えないよ」

「ちょっと待って」ダレンが言った。「このほうがいいかな?」彼は掛けがねを外し、上げ下げ窓を押しあげた。

ノージは呪文を唱えはじめていた。コリーンには理解できない言葉でしゃべっている。彼が呪文を口にすると、うなじの毛が逆立つ。上着の襟から誰かが冷たい息を吹きかけてるみたいに。コリーンはストップウォッチをしっかり見つめていた。あと一分と四十五秒。

デビーは窓枠から身を乗りだした。夜は凍えるほど寒く、空には雲ひとつない。闇のなかでも目立つ白い顔と刈りあげた頭のサイドを見分けるにはじゅうぶんだった。

「え、なんで」彼女は囁いた。「ほんとだね。あれ、彼女だ。なにしてるんだろ?」

「キャッチして」コリーンはノージが両手で受け取る姿勢をとったところにストップウォッチを落とした。彼は一度のたくみな動作で回収してから、木の下に膝をつき、それを芝生に置いた。これで時間がはっきり見える。

「ロンドンへもどって、ぼくたちには永遠に構うな」ノージは呪文の最後の部分を唱えはじめた。「ロンドンへもどって、ぼくたちには永遠に構うな」彼は目の前の黒い包みにハンマーを振りあげた。「ロンドンへもどって、ぼくたちには永遠に構うな」

「うおおおおおおおおお！」ダレンが窓から叫んだ。

まさにその瞬間、ノージはハンマーを三回叩きつけた。サマンサの切った髪とブラックベリーの葉を黒い紐でまとめ、布で包んで黒い蠟で封印したものに。

コリーンはぎくりとした。「いまのなに？」そう囁いて、あたりを見まわした。

ノージは没頭していてなにも聞こえていなかった。そのとき彼が感じていたものは、あまりにも強力だった——めまぐるしい感覚が腕から胸へと走り、心臓を広げ、神聖な目的で彼を満たした。ハンマーを落とし、包みを月へと掲げてから、掘っておいた穴に落とした。

「やめて！」デビーは窓を閉めた。

コリーンの視界の隅にその動きが映った。道路のむこうで窓を閉める誰か。鼓動が速くなって、もっとよく見ようとむきを変えるときに樹皮で手が滑って手の甲がすりむけた。

誰かに見られてた！

「なんだい」ダレンが顔を赤くした。「ふざけただけじゃないか」

ストップウォッチの針を食い入るように見つめたまま、ノージは包みの上で最後の士をならした。千もの花火が身体のなかで打ちあがっているようだった。これまでに経験したことのない最大の力のうねり。女神ヘカテーの力と満月になるその瞬間を組みあわせたからだ。

彼の頭上では、コリーンが腹に短剣を刺されるような鋭い掛け値なしの恐怖に打たれていた。

誰かに見られてた！

どっちのほうが、もっと心配なのかわからない。まじないがじゃまされたことか、それともちゃんと見張っていなくて、最後の大事な瞬間にだめにしてしまったことをノージに気づかれることか。

たぶん——必死に考えた——たぶん、彼、聞いてないよ。なにも言ってないもん。彼が知らないんなら、たぶん平気。

コリーンは家のほうを振り返った。窓を閉めた誰かがカーテンも閉めたところだった。

「コリーン！」ノージが急き立てるように囁いた。見おろすと、彼は立ちあがり、こちらを見あげてまばゆいばかりの笑みを浮かべ、月の冷たい光を浴びていた。彼はもう男の子には見えないとコリーンは気づいた。彼を知らない人は、本当は女の子じゃないだなんて誰も信じない。

そんな彼を見て、一瞬、安心して気が遠くなった。

気づかなかったんだ、神様ありがとう……ううん、女神様、ありがとう！
ノージは歓喜して両手をあげた。「始まりだよ！」彼は叫んだ。

「デビー、ねえ、ごめん！」ダレンはガールフレンドの顔に浮かんだ怒りの表情に驚いて言った。「怒らせるつもりはなかった。なあ、デビー。なにが気にさわった？」

怒りが燃えあがったのと同じくらいすばやく、彼女は顔をくしゃくしゃにして、ダレンの胸に飛びこんだ。涙があふれてくる。「ごめん、ダレン。あなたに怒ってるんじゃないんだ、アレックスなの……」

コリーンは木を降りていき、最後の数フィートで飛び降り、柔らかなストンという音をたてて着地し、ノージの隣に立った。

「よくやったね、コリーン」彼は声をかけ、手を取って握りしめた。「さあ、ここを出よう」彼は小道を走りだした。コリーンはあとに続いたが、そうしながらもためらいを感じた。友達に絶対にしてはだめだと念を押されたことをしてしまったと思わずにいられない。してしまったら呪いが跳ね返ってくることを。

彼女は振りむき、あの古いイチイの木を見やった。

コリーンはドアを叩く音にびくりとして起きた。狭い寝室で目を開けると、まだ暗いが、カーテンの隙間から漏れる街灯の飴色の光が入っている。

二カ所が光っているミッキーマウスの目覚まし時計の針が、午前三時四十五分を指していた。コリーン自身も数時間前にもどったばかりだった。ノージの家に一週間半、居候してから、こっそり帰ってきた。母親がこの時間に帰宅するのはめずらしいことじゃない。

でも、ふたたび枕に頭を乗せて布団をさらに引っ張りあげると、いままで聞いたことのない音に気づいた。

低い、鼻をすする音が、階段をあがるジーナの重い足音と一緒に聞こえてくる。コリーンはもう一度座る姿勢になって、耳を澄ます。泣いているような音だった。

いろんなことが前とはがらりと変わったことと関係がある？　コリーンが帰ってきたとき、明かりもついていないし、前庭にバイクが一台も停まってなかった。これまで帰宅して家に誰もいなかったことはなかったと思う。母親がいるいないは関係なく――普通は少なくともバイカーが三人はマリファナの煙に包まれて、ソファに寝転んだり、居間の絨毯で機械を分解していたり、大声でうめくメタルを最大のボリュームで聴いていたりした。

サイコ、ウィズ、スカム……あいつらのバカみたいな呼び名も、ニキビ跡だらけの顔も、まばらで薄いあごひげも大嫌いだった。言葉でどうとは説明できないけれど、だらしないアウトローたちのなかであの三人が一番の下っ端だと直感でわかっていた。あいつらがここにいたのは希望がないせいだ。普通の女はあんなアホ丸出しの連中は避けるから、目上の者の命令をこなすしかない。ラットみたいな。彼の黒くつややかな髪は蛇のように背中へ垂れていた。細く残酷そうな目はいつも、ネズミの力を推し量る猫みたいにコリーンにむけられていた。オイルのシミのある手はひどく静かだった。

ラットがトップにいる男だった。ラットはいつもここにいる男だった……

でも、今夜はいない。

なにかあったんだ。ちっぽけな希望の火花がコリーンのなかで弾け、毛布をどかすと、おずおずと絨毯に片足を下ろした。つま先立ちでナイロンの絨毯をそっと歩き、ドアをほんの少し開けた。

ジーナが階段のてっぺんで立ちどまり、うつむいて、片手を顔にあてていた。泣くまいとして身体が激しく震えていた。

戸口で固まったコリーンは母親を見つめた。相反する感情で胃がねじれる気分だ。こんなふうな母親を見ることができて嬉しいはずだった。やっと。似たような状態で苦悩するコリーンを見おろして立つたびに、母親は蔑《さげす》みの言葉を落とし、それはひらいた傷口に塩を摺りこむよりひどく焼きつき、コリーンの魂の奥深くまで焼いて、自分は生きる価値がなくて、のろまで、コンドームに入れてトイレに流すべきだった哀れな出来損ないであり、しあわせになるのに値しない、存在するだけで厄介事を引き起こすと身に沁みて思わせられてきた。

母親がそそのかして、数えきれないほど、サイコ、ウィズ、スカムの欲望のはけ口にさせられた。そのたびに涙を流すのをこの女は冷たく笑って、もっと強くならなくてはだめだと言い聞かせた。それに母親が知らないときにはラットがコリーンの首に手を巻きつけ、ばらしたらどうなるか言いながら、狩猟ナイフが隠されたジーンズの膨らみに顔を押しつけさせた。

桟橋の下の汚らわしいおやじたち、母親が奪った金。

でも、コリーンは母親が泣くのを見たことがなかった。どんな形でも弱いところを見たことがなかった。しあわせそうにしているのも見たことがない。ごく小さな頃の思い出では、コリーンはひたすら母親を笑わせることだけを願っていた。あの顔を、コリーンが自分の地味な顔立ちにまったく似ているところを見いだせない、あのきれいな顔を愛のようなもので輝かせること。

あのいまではいくらか古く深くなった目的が、とても長いことどこかに囚われていたあの感情が甦って全身でそれを感じていた。考えるより先にコリーンは口をひらいた。「ママ」そしてドアを全部開け、母親に一歩近づいた。「なにがあったの？」

ジーナは顔をあげた。頬はマスカラで黒くなっていた。口を開けたが、また閉じた。声がひとつも出てこない。かわりに腕を大きく広げた。

コリーンはもたもたしながら近づいた。黒革と網タイツに包まれ、以前はあれほど貫けない要塞だった完璧なスタイルの身体に思い切って腕をまわしていいのか迷っていた。最初はとてもぎこちなく腕をまわし、母親が反応したのを感じ、もっと強く抱きしめて懐の奥に入った。母親の肌には男のあの臭いがまとわりついていた。

「大丈夫だよ、ママ」彼女はそう言って夢を見ている気分になった。「大丈夫だよ」

ジーナはコリーンの髪をなではじめた。最初は優しく、上の空だった。だが、ふたりの抱擁が強くなっていき、息苦しいくらいになるにつれて、引っ張り、きつく握るようになった。娘が見せびらかしている真っ黒な髪、ジーナ自身の地毛の豊かな黒い髪の哀れな偽物を。彼女は、ジーナは、この二十年というもの自分に泣くのを許したことがなかった。十三歳で、義理の父親がタダ食いできると思って部屋に入ってきたときから。あの瞬間からあいつがタダでやりつづけたのは、ほかの人間だったら金銭や物品で代償を払わねばならないこと。ジーナの鈍くて、役立たずで、醜い娘が理解できたことのない考えかた。どれだけこの子に叩きこもうとしても。娘が考えていたのは……

「いたっ！」頭がのけぞるほど髪を引っ張られ、コリーンは涙を流した。ほんのつかのまの優しい時間はジーナの底が読めない黒い目の光に消えた。

「そういえば、ここでなにしてる？」ジーナは問いつめた。「最近は身の振りかたがわかるようになったと思ってたけど」

「わたし……わたし、ただ……」コリーンは話をしようとしたが、母親になにをどう言えばいいのかまったくわからないと気づいた。

「いろいろ変わったんだ」ジーナは低く鋭い声で言った。涙の縞がついて汚れた顔は意地悪女の仮面をまとった。「ここにもどってきたかったら、高くつくよ。あの気取ったソーシャル・ワーカーや教師連中だけどね——あいつらが、おまえをあたしから取りあげるんだったら、かえってありがたいよ。おまえが孤児院で腐ったって知ったことじゃない！」そしてヒステリックなしゃがれ声で笑った。

「ああ、くっそ」コリーンは身体をよじって母親の手から逃れようとした。

ジーナは娘の横っ面をはたいた。「ああ、くっそか、そのとおりだよ！」彼女は噛みつくように言った。だが、そこでふたたび大きな変化が顔に表れた。人差し指の爪を伸ばして充血してきたコリーンの生え際をなぞると、歪んだ笑みで口角をつりあげ、目に宿った光は一段と狂気じみたものになった。

「けど、ねえ」彼女は初めて娘の顔になにかを見いだしたように我が子を見つめた。「あのさ、あんたは最近見た目をよくしようとすごく努力したんだね。それはご褒美なしじゃいけない。そうだ」ジーナはほほえんだ。「あんたに仕事を紹介してやろう」

コリーンはもう、どう返事をしていいか、わからなかった。ふたたび心にあの重みがのしかかって、感情が遮断され、すべてが薄れていくのを感じた。だから、目の前に立って言葉を吐きだす母の声は、もう聞こえていなかった。

ジーナは彼女を放して、寝室へ押しやった。「美容のための睡眠をとりな」そう言った。「そいつがマジ必要になるからね」

25　鳩の飛ばない荒れ地《ノー・ダヴズ・フライ・ヒア》

二〇〇三年三月

デール・スモレットはトーチカの入り口に立ち、整えた親指の爪を噛んでいた。鑑識のベン・アミテージがこの陣地のなかで作業をするのを見つめる彼が表した、ただひとつの感情の印だった。

そんな彼をショーンは観察し、ポール・グレイのこと、そして一九八四年六月十八日に現場を発見したとき、グレイがどんな気持ちになったか考えた。犯行現場の写真はモノトーンでショーンの脳裏に刻まれていたが、色がつきはじめた。暑い夏のビーチ、海と日焼けローションの匂い、頭上のカモメの鳴き声——たくさんの家族の休みの風景。グレイはその世界から、このコンクリート造りのトーチカに初めて足を踏み入れる。儀式のような殺人絵巻が目の前に広げられている——黒い髪、白い肌、ぱっくり開いた赤い肉。とても不自然なものに不意に直面することになって最初はとても信じられなかっただろうから、実際に目にしているものを数秒は咀嚼《そしやく》できず、遅れてその恐ろしさが本当に見えてくる……

そしてほかのものも。

コリーン・ウッドロウが片隅でうずくまり、膝をあごに引き寄せてしっかりと腕で抱え、焦点の合わないガラスのような目で見あげている。ショーンはこの絵を何度も頭のなかに浮かべてきたが、いまでは中身が変わりはじめていた。頭のなかで再構築したコリーン。彼女は自分がおかしたばかりの罪のためにショック状態にあったのか、それとも自分や惨殺された学校の友人を守ることを不可能にした心理的な発作に見舞われていたのか？

そのときのグレイは三十三歳だった。いまのショーンより、いくつか年上なだけだ。この現場を歩くことはグレイにどんな影響を与えただろう。

ショーンはリヴェットを見やった。すぐ近くに立って砂丘のてっぺんから吹きつける風を受けて背を丸め、こんなことをした者がうろついていないかと、地平線を見張りつづけている。ふたりに訊きたいことは山ほどあったが、そのひとつとしていまは口に出せなかった。ふたたび現警部に視線を送った。

「こうしたことは、一度もなかったんですか」ショーンは訊ねた。

スモレットは顔を曇らせ、ゆっくりと振りむいた。まるで見守っていたものから目を離すのが一苦労であるかのようだ。おそらく彼も、頭のなかで当時の絵を描いていたんだろう。それとも、自分自身の記憶を振り返っていたか？

「どういう意味かな」

「死の行楽客」ショーンは言った。「あれですよ。このような場所を巡礼して、自分なりの捧げ物を残すのを好む悪趣味な者のことです。犯行が衝撃的であればあるほど、そうした者は増える。ここは連中を磁石のように引きつけたと思いますよ」

「なるほど」スモレットはうなずいた。「なにが言いたいかはわかったよ。だが、これまでにこうした出来事は聞いた覚えがないな。レンならたしかなところを話せるだろうが、当時、この正確な位置はマスコミには伏せていたはずだ。あなたの言うようなことが起こらないように。この海岸には十数個のトーチカがあるし。もちろん、子供たちが足を踏み入れるのはとめられないが……」

「それを言いたかったんですよ」ショーンは言った。「地元の子供たち。きっと、自分たちの伝説みたいなものをもっていたでしょう？　子供はいけないおこないに惹かれるものです。退屈した考えなしの子がふざけて、友人たちとこんなことに挑戦したとは思いませんか」

「そうは思えないね」鑑識がマスクを外しながらトーチカから現れた。アミテージは三十代初めのようだが、重々しい物腰でもっと年上に思える。カールした茶色の髪、皺を寄せた額、一日じゅう、顕微鏡を見おろしているせいか細めたようになっている目。

「わたしの見たところによると」彼は言った。「子供のいたずらというより、少々目的のあったことのようだよ」

ショーンとスモレットは顔を見合わせた。「どんな点が？」スモレットが腕組みして訊ねた。

「まずは」アミテージが答える。「キャンドルの件がある。何者かが五時間から六時間、おそらくは夜通し、ここに座っていた。大量のキャンドルを燃やしながら――これは普通のキャンドルではないと判明するだろうね」

「香り」ショーンは溶けて固まった蠟に身を乗りだしたとき、鼻孔を襲った香りのことを思いだした。「それが関係していることですか?」

「うむ、こいつは奥さんたちがバスルームに置くような洒落たアロマのものじゃない。オイルを擂りこんである。そのオイルがクローブの匂いのもとだよ。それに、キャンドルの色もバラバラだろう——銀色、紫、青、黒、赤。すべてを考えあわせると、これはなにかの儀式のためにあらかじめ用意されたものだね」

「五芒星についてはどうです?」ショーンは訊ねた。「塩ですか?」

「サクサと考えていいだろう」アミテージが答えた。「どんなスーパーでも、どこの家庭のキッチンでも見つかる食卓塩だね。もっとも、材料よりあの図形の象徴するもののほうが考慮すべき重要事項に思える。わたしの知るかぎりでは、塩は悪魔から身を守るために使用される——塩の線を超えることはできないとされているんだ。キャンドルは五芒星のど真ん中で燃やされていた。誰が儀式をおこなっていたにしても、もっとも適切に守られると思っていい場所だね。酔っぱらってふざけてその辺をうろついている子供たちとは、到底結びつかない行動だよ。これは熟練した者の仕業だ」

「では」スモレットが口元をこわばらせて言う。「わたしたちが探しているのは魔女だとでも言うのか?」

「白い魔女だね」アミテージがうなずいた。「あるいはウィッカン。彼らの好む自称では」彼はスモレットに笑顔をむけたが、相手からすぐには笑顔は返ってこなかった。「これをやった何者かがあの殺人を再現しようとしているという考えは忘れて問題ないだろう。逆に、この場所を清めようとしたように見える」

「じゃあ、黒魔術じゃないと?」ショーンは言った。

「ああ、逆だね」アミテージが答えた。「先ほども言ったように、わたしはこうした話題の専門家などではないが、このあたりにはその手の嘘っぱちが多くてね」彼は眉をあげてみせた。「それに、こいつがまたしても悪魔崇拝者もどきならば、血や骨や羽根が残されて、かならず脅しのスローガンをあたり一面に書きちらかしていくよ。大量のからになった酒瓶や気晴らしの刺激物が入った容器は言うに及ばない。違うね」彼は言った。「これをやったのが何者にしても、とても清潔で、とてもきれい好きだ」

「よくわかったよ」ショーンはノージがゆうべ伝えようとしたことに少し合点がいき、アーネマスの人々と彼らの意味深な行動についてわかりはじめた。彼らが話すことより、話さないことのほうが重要な場合も少なくないのだ。

「レン!」スモレットが呼びかけた。「ちょっと来てください」

リヴェットが振りむき、携帯を上着のポケットに入れながらどしどしとやってきた。スモレットがおもしろくなさそうな目つきでそれを見守っていた。なにをいらついているのだろう——いまの鑑識の話は彼が聞きたかった内容ではなかったのか、そもそも、ここに連れだされたことで怒っていたのか。

「で、どんなことがわかったんだ、大将?」リヴェットが言った。

「ベンの話では」スモレットの左の目蓋のごく小さな筋肉が引きつった。「これは白い魔女の仕業のようだと」

「ハハッ！」リヴェットが声をあげた。「冗談だろ？　それより、どこぞのアホなガキって線じゃないのか」

「まあ」アミテージがバッグを肩にかついだ。「そのふたつはひとつであり、同じものだという可能性もありますがね。ですが、今日の夕方までに分析結果がいるようならば、わたしはこのあたりで失礼しますよ」彼はショーンに会釈した。「この段階ではほかに話せることはもうないね」

「そうだな」スモレットはわざとらしく時計を見た。「わたしも失礼したほうがよさそうだ。ほかになにもなければ……」

「あの」ショーンは言った。「あとでお話を聞かせてもらえませんか。分析結果が出たあとで」

「いいとも」警部は言った。「六時で。それで大丈夫だな、ベン？」

アミテージはうなずいた。「大丈夫のはずだ」

「では、六時にわたしのオフィスで」スモレットは口角をあげたが、笑みというよりしかめているように見えた。「それからあなたからレンに話してもらえるかな。ベンの残りの……」彼は口をつぐんでから、最後の言葉を力ない声で言った。「論旨について」

ポール・グレイが玄関ホールで立ち尽くして電話を見つめていたとき、妻のサンドラが外からもどってきた。

「ポール？」彼女は夫の表情を見て、ゆうべ遅くにレン・リヴェットから電話があったことも頭をよぎって胸のなかで心臓が大きく跳ねる気がした。

「サンドラ、なあ」彼はうつろな目で妻を見た。「すまん……きみをこの件に巻きこみたくなかったんだが」

彼はかぶりを振り、目頭を押さえた。

サンドラは買い物袋を下に置いて、夫に近づいた。「どうしたの？」そう言って右の二の腕にふれた。「今度は彼になにを言われたの」

グレイは妻を見やった。「誰のことだい」

妻の返事の熾烈な口調は彼を驚かせた。「あの人でなしのリヴェットよ」

リヴェットはトーチカの床に描かれた塩の線を少しつま先でなぞり、くちびるに冷笑を浮かべた。

「こんなくだらんことをするなど、あきれるぞ」彼は笑い声をあげた。「いまいましいガキどもめ。あんたの言うとおり、近所の子供の仕業だな。こいつは時間の無駄だ」

「ええ」ショーンは言った。「鑑識結果を待ちましょう。でも、偶然に過ぎないとわかるでしょうけどね。わたしがここに来なければ、どこかのサマンサが呪文を唱えるのにこの陣地を使ったことなどわからなかったんですから。きっと恋愛の悩みをもつどこかの十代の少女だったんですよ」

リヴェットが眉をひそめた。「サマンサだ?」

「ええ。《奥さまは魔女》というのがあったでしょう——本当は魔女である主婦を描いた古いコメディ・ドラマの。こんなふうに鼻を動かした」彼はその動きを真似してみせた。「彼女の名前がサマンサでした」

「そうだったな」リヴェットは帽子を額から引きあげた。「あんたの言ってる役柄のことは知ってるよ」彼は笑って首を振った。「さて、ここにぐずぐず残って魔女が帰ってくるまで待つわけにもいかんな。どちらにしても、昼間は無理だろうが」

「そうですね」ショーンは表に出ようと背をむけた。

「そういえば」リヴェットはその場から動かずに言った。「あんたがここでなにをしているのか知って、哀れなグレイに不快な思いをさせたに違いないな」

「ええ」ショーンは戸口で立ちどまった。「ええ、残念ながらそうでした。いやな記憶を甦らせたに違いありません」

「だろうよ」リヴェットは帽子をふたたび引き下げたので、縁が目元に影を作った。「あいつはその話をしたんだな?」彼はようやく五芒星を離れて戸口のショーンに追いついた。

「いえ」ショーンは答えた。「じつは、それはあの人がなによりも話したくないことだという感じを受けましたね」

リヴェットはアイアン・デュークの店のほうにあごをしゃくり、歩きはじめた。「まあ」彼は言った。「グレイは特別に無口な男だからな。だが、おれのように仕事柄そういうのに慣れた者でも、あれはそうそう出くわさない光景の現場だった」

ショーンはうなずいた。「事件当日、あなたがここに駆けつけたときの彼の心はどんな状態だったと思われますか？　ウッドロウに手錠をかけて、被疑者の権利を読みあげるとか、そういったことをしていたんでしょうか」

リヴェットは首を振った。「いいや。あいつはあの娘をここから連れだして救急車を呼んだ。ショック状態と見なしてな。そこでおれは言ったんだ。娘を無事逮捕しさえすれば、医者に診てもらえると。だが、おれは気になったな。あの男は娘のやってしまったことより、娘本人のほうを心配しているように思えた」

「たぶん、グレイもショック状態だったのでは」ショーンは言ってみた。

「まあ、そうだったのかもしれんな」リヴェットは一度もそのようなことを考えつかなかったようだった。「人は実際に試される場面に直面するまでは、どんなことができるのか本当にはわからんのじゃないか？」

「そうですね。グレイのような男はそんな現場を見たからといって、医者に診てもらいたがらなかったんじゃないですかね」

「ああ、そのとおりだった。おれたちの職業でそんな奴がいるか？」彼はやれやれと首を振って葉巻の吸い殻を捨てた。「自分の弱さは見せたくないものだからな？　不安に思っているところなんぞ、誰にも見せたくないものさ」

グレイ夫妻はソファに座っていた。ポールとロンドンからやってきた探偵がその朝に発見したことを語り終えたところで、サンドラは夫の肩に腕をまわしてなで、緊張を解いてやろうとしていた。「とにかくすべてが甦っていた」ポールが言う。「わたしの予想しなかった形で」

「リヴェットにそこへ行かされたのね？」サンドラの声はふたたび棘々しくなった。

「いや、じつはそうじゃない。あれは探偵の考えだった。ちょっとばかりわたしに無理強いしたところはあるが、彼は自分の仕事をしているだけだ。わたしも彼を手伝うために、できるだけのことはしたほうがいいと思った。あの男はまともな人間だったから」

「それで、彼はゆうべあなたにどんな用件があったの」サンドラは手を下ろした。この問題をそのままにしておくつもりはなかった。「彼とはレン・リヴェットのことよ」

だが、ポールは頭を抱えるだけで、なにも言わない。

サンドラはたっぷり一分は夫を見つめ、そのあいだに二十年近く前から答えられることのなかった質問や抑えていた感情が頭と心でふたたび渦巻いた。

「ポール」彼女はぐっと優しい声になって言った。「あなたに話さなかったことがあるの。エドナのこと。エドナ・ホイル。わたしが彼女の髪の手入れをしていたのは知ってるでしょう。毎週」

グレイは頭を抱えたまま妻を見あげた。

「あなたは彼女のことを、杓子定規な小うるさいおばあさんと思っていたわね」サンドラは話を続けた。「でも、それは表向きの姿に過ぎないとわたしはだんだんわかってきたの。あまりしあわせな生活を送っていなかった。髪にあれだけこだわったのは、あれが鎧のようなものだったからよ。世界に立ちむかうための、あの人なりの方法だった。そりゃね、あの人は素敵な家に住んで、お金もたんまりあったけれど、ご主人からはまったく愛されていなかったのよ。そして晩年には、大事にしていたものをすべて失った。最初は犬、それから孫娘……」サンドラの声は一瞬、先細りになった。宙を見つめ、首を振った。「最後に会ったときは、ゾンビみたいだった。あれは、彼女の姿が目撃された最後の日だった」

ポールは妻を見つめた。長年愛してきた顔。話をする彼女の顔立ちは優しさに包まれ、目には哀れみの気持ちを浮かべていた。

「ええ」妻は言った。「そうなの。エドナはあの日、美容室にやってきた。金曜の午後三時、いつものように。カットからなにから、一式やってくれと言われたわ。前回切ってから、髪はたいして伸びてなかったのに。時間をかけてきれいにやった。あの人がつらい思いをしているのは知っていたから。髪のことで少しでも心が明るくなってくれたらいいと思ったのよ。あの日はかなりチップをはずんでくれた。十ポンドも。そして、わたしがいなかったらどうなっていたか、わからないと言ってくれた。自分がやろうとしていることを、はっきりと自覚していたの。エドナは一番きれいな姿で世界にお別れしたかったのね。あの、わたしね……」サンドラの目から涙があふれた。「そのチップを使えないままなのよ、ポール。いまでも古いバッグに入れて二階の抽斗にしまってある。五十ポンド札に見える昔の大きな十ポンドよ」

ポールが妻の手に自分の手を重ね、今度はどちらも手をどかさなかった。ふたりとも過去の物思いにふけった。エドナ・ホイルの葬儀のことを、このアーネマスの社会に君臨する夫人がみずからの命を奪うことができたというショックを。記憶がほかのことも揺さぶった。グレイの頭の奥に長いこと埋めていたものまで。

「どうしてわたしに話さなかったんだ」彼は訊ねた。

「あなたは自分のことで精一杯だったでしょう？　でも、わたしはいまあなたにしゃべった。秘密は人を殺せるのよ、ポール。この目で、エドナがそうなるのを見た。そしてレン・リヴェットがあなたにさせようとしていることがなんであっても、彼の思いどおりにはさせない——あなたがわたしに話してくれさえしたら」

26　戦《ウォー》い《ダンス》の踊り

一九八四年三月

「サマンサ・ラム」ピアソン先生の淡青色の目が出席簿から教室のほうにむけられた。

「はい」かろうじて聞こえるぐらいの声があがった。

彼女は返事をするとき顔をあげず、担任は視線をその生徒の頭に据えて、理由がわかった。

そのまま最後まで出席を取りつづけながら、この月曜日の朝の雰囲気を推し量り、九月以来、彼の領土で着実に大きくなっている緊張の結び目ふたつに強い注意をむけた。

ミス・カーヴァーもミス・ラムも疲れる週末を過ごしたようだ。ふたりの目の下の黒い影は、化粧だけが作ったものではない。デール・スモレットは椅子にもたれ、天井を見あげ、あごを突きだして口をきつく結んでいる。彼の制服の定義が本来意味するとおりに改善されたのにともなって、スモレットはうしろの机に座っているもとの友人たちから距離を置いたままにしていた。スモレットに対する苦情が今年は減っていて、成績は急にあがっていた。

同じことはリーダーやローランズにはあてはまらなかった。リーダーのほうは忍び笑いを堪《こら》えようとして顔を真っ赤にしているところだ。

出席簿を閉じながらピアソン先生は立ちあがり、教壇の前にまわった。「立ちなさい、ミス・ラム」

「え?」サマンサは驚いてあたりを見まわした。まるで別のミス・ラムがいきなり彼女のかわりに登場でもしたかのように。頬に赤い点がふたつ現れた。

「あなたのことです、サマンサ」ピアソン先生はうなずいた。「立ちあがってください。あなたが見えるように」

顔をしかめてサマンサは立ちあがった。うつむいたままだ。

「顔をあげて!」ピアソン先生はぴしゃりと言った。いやいやながらサマンサは従った。

先生は彼女に批判的な視線をむけて数秒とどまらせ、そのあいだ教室には抑えた興奮が広がっていった。さあ、先生が叱るぞ。

「前に出てきてもらえますか、ミス・ラム。そしてみんなのほうをむいて」

怒りを目に燃えあがらせたが、サマンサは言われたとおりにした。いまや顔は鮮やかな真紅に染まっている。

「では次にミスター・ローランズ」ピアソン先生はクラスメイトたちにむかってヘラヘラ笑うラーチ（アダムス・ファミリーのうっかり者）そっくりな生徒に視線をむけた。「あなたも前に来てください」

ローランズは自分の胸を指さし、〝なんだと、おれが？〟と言いたげに怒ったふりをしてみせた。

「ちょっとした説明にあなたの助けが必要なのです」ピアソン先生は言った。

今回こまったことになりそうなのは自分ではないと悟って、ローランズは立ちあがり、賢《さか》しげな視線をスモレットに投げながら、肩でいきがって通路を歩いていった。スモレットは揺るぎない視線でこの挑戦を受け流した。彼の胸元から首まで赤く染まってきた。

「では、ミス・ラムの隣に立って」先生は指示した。「みんなによく見えるように。そうです」

満足したピアソン先生はサマンサにむきなおり、彼女が虚しい努力をしてその下にあるものを隠そうと耳にかぶさるように垂らしていた髪を側頭部からもちあげた。

「ここに見えるのは」先生は言う。「わたしがあまりにも剃りすぎと呼ぶものです。さて」彼はふたりのうしろにまわり、ほくそえんでいるスエードヘッド（スキンヘッドを少し伸ばした髪型）の隣に立った。

「ミスター・ローランズ。正確に学校の規則で許された範囲ですね？」

「はい、先生」ローランズは規律のお手本のような口調で言った。このゲームをほとんどのクラスメイトと同じように楽しんでいた。

「ですから、彼はいつも髪をこの長さに保っているのです」ピアソン先生は少年の頭のてっぺんをなでた。「きれいに半インチ（一センチ強）の長さに切って。そうですね？」

「先生」あまり嬉しそうではない表情になったローランズは顔を赤らめ、自分の手を頭にもっていき、乱れた丸刈りを整えた。低い笑い声が教室に広がった。デボラ・カーヴァーもやはり笑った。デール・スモレットは笑わなかった。

「いいですか、ミス・ラム」先生は言った。「髪のたとえ一部であっても、あなたがミスター・ローランズの頭より短くしたところは見たくありません」先生は不満そうな表情を作った。「あなたの最新の髪型の残りの部分が、いくら独創的でもです。つまり、始業のベルが鳴っても教室を移動せずにあなたはわたしと留まり、ここにいるローランズと同じ、妥当な長さに髪が伸びるまで、学校にもどることはないということです。わかりましたね？」

これが合図だったように、大きなベルの音が響きはじめた。


エドナはゆっくりと受話器を置いた。娘とかわしたばかりの会話がまだ実感として摑めていなかった。最近はアマンダとずいぶんと仲良く過ごせていたし、ウェインのいい面も見えるようになったほどだった。最初のむくれたような態度は気後れしていたから仕方のなかったことで、実際は成熟した思慮深い若者だった。だが、この知らせの心構えはさすがにできていなかった。

まずアマンダは、エドナがいまだかつて要領を呑みこめたことのない口調で会話を始めた。親しげに、かつ、自信を漂わせた口調だ。

「母さん」アマンダは言った。「知らせたいことがあるの。いま、座っている?」

エドナは電話台のそばの椅子に腰を下ろした。「何事……?」そう切りだした。彼女の警戒心が電話線を伝わったのか、娘は忍び笑いを漏らした。

「いい知らせよ、心配しないで。深呼吸をして。母さんはまたおばあちゃんになるの!」

エドナの髪がこれほど念入りにスプレーで固められていなければ、根本から逆立ったことだろう。「まあ」彼女は言った。「まあ、それは」

あまりにもたくさんの感情が走りぬけ、普段は自分から切り離して閉じこめているあまりにもたくさんのイメージが頭の奥から飛びだそうとするのに抗った。「たしかなの?」それだけ言うのがやっとだった。

アマンダは鈴のような笑い声を鳴らした。「ええ、心配しないで。十二週に入るまで母さんに教えるのは待ったのよ。医者も順調だと言っているし、なにもかも大丈夫みたい。わたしは禁煙もしたくらいよ。母さん、それ聞いて嬉しいでしょ」アマンダは最後の情報を伝えながら、指をからめる祈りの仕草をした。

「そうかい」エドナはまるで初孫が生まれると聞かされた祖母のような口調にしようと大変な努力をした。「おめでとう」そう言ってから、次の言葉を手さぐりした。「もう赤ちゃんの部屋をウェインにリフォームしてもらっているんでしょ」

「それはまだなの」アマンダが言う。「でも、今週には色見本や壁紙のサンプルを手に入れる予定よ。母さん、一緒に来て手伝ってくれるかなと思って。ノリッジに行って、ボンズでカーテンを見ない？　そしてお茶の時間はエルム・ヒルでクリーム・ティーにしましょうよ」

前回はこうした機会を拒否されたエドナは、オリーブの枝——和解の象徴——を提示されたのだと気づき、ありがたくこれを握りしめた。「ぜひそうしたいわ」

「もうひとつあるの。できれば」アマンダはためらった。「うまく父さんに伝えられる？　ショックが大きすぎないように」

その質問と関連するあらゆることが、永遠に感じられる一分のあいだふたりのあいだに漂った。

「できるだけのことはするわ」エドナは言った。かぼそい声になっていた。

「ありがとう、母さん」

通話ののち長いこと、玄関ホールで聞こえるのは大型時計のチクタクいう音とエドナの苦しげな呼吸の音だけだった。ようやく立ちあがると、電話台の上にかけた鏡に自分の姿を認めた。幽霊を見ている気分だった。

レジャー・ビーチ遊園地のタワーのてっぺんで、エリック・ホイルはデスクにむかい、額に皺を刻んでしかめ面になっていた。あたりでは吸い殻が山になった灰皿から青い煙がたなびいている。眼下では魔法の王国が暗くしょぼくれていた。行楽客がやってくるのはまだ一カ月先だ――今年はイースターが遅い。石油プラットフォームの照明だけが遠くできらめいているが、今夜はそちらを見てもいなかった。ふたたびモルトに口をつけると、煙草の後味で酸っぱく感じられた。

デスクのむかいではレン・リヴェットが椅子から身を乗りだし、食いいるようにテレビを観ている。くしゃくしゃになった白いシーツの上でからみあい、あえぎ声で画面を満たす身体。痩せこけた若くて軽薄そうな男がベッドの足元で力のかぎりに腰を振っているが、あれはアーネマスのある高級ホテルのオーナー夫人の放蕩息子だ。三カ月くらうのは確実な量のスピードとレッド・レブのハシシを所持しているところを、バイカーたちの溜まり場のパブ、バック・ルームで捕まった。法律よりも母親のほうを恐れている彼は、これが――これから先もリヴェットの要請があれば不意の呼び出しに応じることまで込みで――刑罰のかわりだなどと、とても信じられないでいた。

画面の手前では、女がボールの口枷《くちかせ》を留めたストラップのあいだからカメラをにらんでいた。肌は白く、すべて正しい場所が豊満だ。黒い革紐で柔らかな肌を縛られ、不自然な服従のポーズで固定されている。丸い尻に赤いミミズ腫れが浮いて、九尾の猫の鞭がベッドのフレームからぶらさげられ、交わる前の鞭打ちを終えてぐにゃりとなっていた。

女の黒い目はカメラだけにむけられ、憎しみいっぱいに瞬きもせず見つめている。ジーナのスクリーン・デビューの最後の数秒は灰色のザーという画面にとけこんでいった。

ビデオ機器そのものがエリックの監督した傑作を賞賛するように機械のあえぎ声をあげ、巻き戻しを始めた。

リヴェットは椅子にもたれた。「ほら、この女は天性の才能があっただろう」そう言ってにやにやしながらエリックを振り返った。

エリックはうなずいた。「あの顔を見れば、死人でも射精する」

リヴェットがウイスキーのグラスを掲げた。「あんたのオスカーに乾杯」

エリックも乾杯をつぶやき、デスク越しにグラスをカチリと合わせた。

リヴェットは酒を一気にあおぎ、喉をおりる刺激を楽しみながら、相手の態度を静観していた。「あまり嬉しそうじゃないな」

エリックはさらに顔をしかめて、煙草を揉み消した。「わたしがどれだけ嘆いているか、きみには信じられないだろうよ」

「聞かせてもらおう」リヴェットはタンブラーの琥珀色の液体の入ったグラスをまわした。

「おれはショックを受けるようなタマじゃないからな?」

エリックはしっかりと相手の目を見据えた。「アマンダのことだ」また煙草に火をつける彼の手はかすかに震えていた。「腹ボテになった」

「おやおや」

「そういうことだ」エリックは言った。「しかも、すでに生んでいるほうの子についてどれだけ見事な育児をしたか知ってるか?」彼はデスクの上を指で叩いた。「サムが停学になった。

バカらしい髪型にしたせいだ。近頃の尻軽女とたいして変わらないような髪型だぞ。わたしの小さなプリンセスだったのに、あの子は。だがアマンダがあの中学に入れてから、手がつけられなくなった。自分を抑えるということがまったくわからんのだ。それなのに、家でもどこでも泣き叫ぶ赤ん坊が生まれたらどんなことになる？」エリックは煙草を深々と吸い、煙に乗せて恨み事を吐きだした。「そしてわたしはどうなる——ただじっとして、また歴史が繰り返すのを見ていろと？　エドナは役に立たん。あれはこう言うだけだ。〝まあああ、赤ちゃんに罪はありませんよ—〟」彼は妻の声を無慈悲に真似た。「いまいましい女たちめ」

リヴェットも煙草に火をつけながら、エリックがボトルに手を伸ばすのを見守った。

「あんたの人生の女たちの問題ってのは、エリック」リヴェットは考えこんだ。「結局は見た目なんだよ。あんたはきれいな顔に弱いだろ？」

エリックはグラスのスコッチをがぶ飲みした。「そうか？」

「あんたもおれみたいにすればよかったのさ」リヴェットは自分のもちだした話題を広げた。「ぱっとしない女を選んですばらしい女房にする。うちの娘たちは外見部門じゃ、やはりたいしたことはないが、おれを嘆かせるようなことはやらかさない。ふたりともいい主婦になるさ。母親と同じに。だが、あんたのアマンダは器量よしだ。それであんたがどんな思いをしているか見てみろ。かわいいサマンサのほうも同じだ。どこぞの、ひょろっとした小便垂れのマスかき学生と駆け落ちさせたくないだろう」彼はテレビのほうに頭を振った。テープがまたあえぎ声をあげて、自動的にビデオから出てきた。「まともな夫候補を探しはじめたほうがいいぞ」

エリックは信じがたいと言いたげな視線をむけた。「あの子は来月やっと十六歳だぞ」

「そうだな」リヴェットが言う。「そしてあんたはよく知ってるとおり、十六歳で若すぎるってことはないな?」

エリックは黙りこんだ。

「そこでだ、おれの義理の姉のところにいい子がいるんだ」リヴェット警部は話を続ける。

「デールという名だ。サムと歳も同じだな」

エリックは目を細めて、姓を探して頭のなかのインデックス・カードをめくっていった。

「スモレットか? テッドの甥でもある? 去年の行楽シーズンに一緒に働いていた。ダーツ屋の?」

「その子だ」

「その少年がどれだけいい子か教えてやろう」エリックは言った。「去年の七月のある夜、わたしのスタッフの半分が急にいなくなった。どういうことだったかと言えば、そいつらはみんなジェットコースターに乗っていた。おまえの義理の姉さんのところの子をよく見ようとして──砂丘でどこかの娘とよろしくやって上下する彼の尻をな」

リヴェットは愉快そうに喉を鳴らした。「まあ、奴はちょっとばかりやんちゃではあった。だから、義理の姉はクリスマス休暇におれのところに寄越したんだ。ちょっとばかりおしゃべりするために。すると、警察に入りたがってることがわかった。ちゃんと自分で身を立てようとしてる。正しい導きがあれば、彼は出世できる。今度機会があれば、あんたに紹介するよ」

「冗談なんだろう？」エリックは言った。

「いいや、本気さ」リヴェットは答えた。「おれはあんたに最善の利益が出るように考えているだけだ、エリック。それにうちとあんたの家族との結婚……どんなことを意味するか考えてみろ」

エリックは口を開けたが、ふたたび閉じた。

「よし、じゃあ」リヴェットが陽気に話を続けた。「おれが見込んだとおり、ジーナの奴があんたを楽しませたから、あの女のゴタゴタの残りをおれが片づけてやるとするか」片目をつぶって彼は戸口にむかった。「疥癬《かいせん》病みのオオカミを捕まえにいく——あんたのおかげで、その気になったぞ」

27 聖域を売る女《シー・セルズ・サンクチュアリ》

二〇〇三年三月

ショーンとリヴェットはパブの軋む看板の下に立ち、リヴェットのローヴァーのトランクにある蓋の開いた段ボール箱を覗いていた。

「あんたにふたつ」リヴェットは箱に手を入れ、密封されラベルを貼ってあるDNA拭き取り検査キットをショーンに渡した。「三個目をまだ探すか？」

ショーンはうなずいた。「お願いします。ところで、我らがミスター・プリムはトーチカでじっと座って一晩中、キャンドルを燃やすような男だと思いますか？」

リヴェットは物問いたげな表情になった。「バイカーの溜まり場に行ったことがあるか？」

「そうした楽しみを経験したことはないですね」

「だが、ヤクの売人の家を見た経験ならしこたまあるだろう？」

ショーンはうなずいた。

「だったら、あの間抜けどもがどれだけ蠟燭を使うか知ってるはずだ。あいつらが揃って信じているらしい伝説になっている嘘っぱちがあるんだよ。奴らの記憶は腐ってるし、衛生状態ときたらひどいもんだしな」リヴェットは顔を曇らせた。「それにさっきのアインシュタイン先生の話によれば、おれたちが探しているのは整理整頓できる者だろう」

「もっともですね」ショーンは笑顔で言った。

「それにだ」リヴェットは表情を明るくして話を続けた。「プリムの奴をうんざりさせても、どうってことないだろ？　ああ、ここに使ってないやつがあった」彼は同じ箱からほかにも検査キットを取りだした。

「ありがとうございます」

「いいってことよ」リヴェットはトランクの蓋を閉めた。「楽しい狩りを。おれのオフィスでまた会おう」

ショーンは足を引きずってゆっくりと自分の車へもどった。砂丘を渡って調査するのは一苦労だったし、厳しい風のために脚のなかの金属は凍るようで、指先の感覚はほぼなくなっていた。一方、リヴェットはこの場所から去りたくて仕方ないようだった。すみやかに駐車場から車を出し、挨拶がわりにクラクションを鳴らした。

ショーンはローヴァーが橋の高いところを越えて視界から消えるまで待った。それからあたりを見まわして誰もいないことをたしかめると、もと来た道を防壁まで引き返した。階段の下に探していたものがあった。

リヴェットの葉巻の吸い殻を検査キットのひとつに収めた。

「こんにちは？」

ショーンは十分のあいだシーラ・オルコットの家の戸口に立ってブザーを鳴らしていたが、ブザーは壊れているに違いないと判断し、玄関ドアの真鍮のノッカーをコツコツ打った。一歩あとずさり、ダイアモンド模様の窓を見あげ、挨拶を叫んだ。

窓は素知らぬ顔でこちらを見るばかりだ。

ショーンは首を振って家の裏手へまわりながら、腕時計を見やった。三時十分、そして長針は着実に回転を進めている。約束の時間どおりに来たし、むこうも待っているはずなんだが。

「こんにちは？」彼はふたたび叫んだ。

ミヤマガラスの低いカーという声だけが返事をした。

オルコットのささやかな自作自農の家には緑の野原農園《グリーンフィールズ》という大きく出た名前がついていて、燧石《ひうちいし》で作られた母屋――古い藤が這うようにからみついていて、それがなければまっすぐに建っていられない印象を与えるもの――と、コンクリート敷きの中庭をかこむいくつかの納屋とで成り立っていた。何エーカーか広がる牧場には遠くにホルスタイン牛の白と黒の身体がポツポツと見える。

ここは雑木林にかこまれていた。むきだしの木々の梢近くはミヤマガラスの集団の巣がある。しばらく前に雲を貫こうとしていた太陽はとっくにそれをあきらめ、ショーンがアクリ・ストレートの上り車線を走っているとき、急な雨が降りだして暗くなっていた。いまではうずくまる建物を包む屍衣のように雲が垂れこめ、頭上の電線から雨粒が滴っている。

視線を庭へむけた。納屋のひとつの扉が開いていて、錆と泥にまみれた年代物のトラクター、さまざまな種類の道具――ショーンには中世の拷問器具の集まりのように思えた――大釘、大鎌、巨大な心棒のついた巻かれた鎖の太いたばが見える。ファーラーの書店で買った本や、スウィングの店の連中から聞いた話をいつしか思い返していた。

暗闇から緑の目がこちらをじっと見ていた。ほんの一瞬、ショーンの心臓は大きく飛びあがったが、すぐになにか気づいた。ただの太ったトラ猫が、丸めた干し草の上に座っているのだった。そいつは口を開けて鋭く白い歯を見せ、悲しげな声をあげた。同時に、金属の軋む音と砂利を踏む足音がしてショーンは本当に飛びあがり、さっと振り返ると、小柄な女がいた。防水の上着にコーデュロイのパンツ、長靴、だいぶ白いものが目立つ小さなカールの連なる髪をかろうじてまとめるスカーフ姿で、手押し車を押しながら庭にやってきたところだった。

「あっ！」彼女はびっくりしてショーンを見つめ、手押し車の持ち手を放りだし、袖を引っ張りあげて時計を見た。「もうそんな時間？」

ショーンはほっとして思わず笑い声をあげた。傾いた帽子、上着の胸元にマザーズ・ユニオン（聖公会を基盤とする慈善団体）のバッジをピン留めしたシーラは、薄暗い農場から想像した十九世紀の血に飢えた村人の邪悪な亡霊とはほど遠かった。

「堆肥を作っていたんですよ」彼女はそう説明し、ふたたび手押し車の取っ手を摑み、扉の開いた納屋へ押していった。「お待たせしてごめんなさいね。ミスター・ウォードよね？」

「そのとおりです」ショーンは彼女に続いて納屋に入った。猫が立ちあがって、伸びをしてあくびをすると干し草から飛び降り、一直線にショーンに近づいてくると、大きくたいらな頭を彼の脚にすりつけて、蒸気機関車のような声でみゃあみゃあ鳴いた。

「シーラ・オルコットよ」あるじは厚手の黄色い革手袋を右手から外し、握手を求めてきた。「あなた、自慢していいわ」そして猫を一瞥《いちべつ》した。「彼女、いつもは知らない人とは話さないの。ねえ、ミニーちゃん？」

ショーンはイングランド中西部のアクセントに気づいた。ここに住んで長いことになるが、地元の人間ではないのだ。

「どうぞ」彼女はショーンを案内して納屋を出ると、扉を閉めた。「やかんをコンロにかけましょう。あなた、凍えそうな顔してるわ」

「じつはそうなんです」ショーンは打ち明けて、彼女に続いた。「ここの気候に慣れるにはかなり時間がかかるんですかね」

「いえいえ」シーラは母屋の裏口の戸を開けた。「ほんの三十年ぐらいね」

ショーンは身をかがめないと入れなかったが、外は灰色だというのに母屋のなかは色彩であふれていた。キッチンには、赤や青のガラスの花瓶から野の花がこぼれんばかり、壁から壁へ天井に走る梁からはドライ・ハーブがぶらさがり、何枚もの写真の元気な顔がすべての棚や窓台からショーンを見てほほえんでいた。

「ここに座るのがよさそうね」シーラはそう言って古いガス・ボイラーの目盛りをまわすと、ボイラーはこれから動くぞと伝える地響きで反応した。「この家で一番暖かい部屋なの」

ショーンはパイン材のキッチンテーブルにむかって腰を下ろし、シーラはやかんを火にかけ、柳模様の磁器を大きな食器棚から取りだした。猫がそっとバスケットに入り、三回転がってからパッチワークのブランケットに沈み、そこから半開きの目でショーンの偵察を続けた。

「夫は家庭訪問で出かけていてね」シーラは手作りのフルーツケーキをテーブルに運んだ。「あと数時間はもどらない」

彼女の視線をたどって、何枚かの写真に牧師のカラーを身につけた男の笑顔を認め、それから彼女が首から下げている、凝った装飾とデザインの十字架をふたたび見やった。あきらかに信仰心を失っていない夫婦だ。

自分にもこのような信念があれば、恩恵があっただろうかとショーンはよく考えたものだった。だが、公平なる神という考えかたは父親がフォークランド紛争の激戦地だったグース・グリーンから柩に入って帰国したときに砕け散った。自分が入院中の真っ暗闇の時期でさえも、神に救いを求めようとはしなかった。

シーラはむかいに座った。ティースプーンを手にしてポットの蓋を開けた。

「紅茶をかきまぜ、トラブルをかきまぜろ」さらに詭りを強めてそう言った彼女はにやりとしてみせた。敬虔《けいけん》な表情とは正反対のものだ。

「あなたがフランチェスカ・ライマンに渡された報告書を読みましたよ」ショーンはうなずいた。「そこに書いてあったことがひとつとして裁判で取りあげられなかったとは、理解に苦しむと言うほかはありません」

シーラはティーポットの蓋をぴしゃりと閉めた。

「今日、神に感謝することがあるとしたら、これだけ何年も過ぎてようやく、いまいましいアーネマス警察の人間じゃない人がついに調査をしにきたことですよ」

シップ・ホテルの地下で、デーモン・ブーンはノートパソコンを前に座り、キーボードを軽やかに叩いて、画面にいくつものウィンドウをひらいていた。

「それほど時間はかからないっすよ」彼は脂ぎった長い前髪を目元からどけた。

「いいぞ、ぼうや」リヴェットは隣に座り、笑ってみせたが、むしろそれは顔を歪めたように見えた。視線はホテルのオーナー夫人の息子の部屋をさまよっている。

ここにはコンピュータしかない。形と大きさはさまざまで、棚でそれぞれうなりをあげ、太い灰色のワイヤーのもつれたスパゲッティを思わせるジャンクションでそれぞれつなげられ、ライトがずらりと瞬いている。数字の羅列が画面を上下に流れていくコンピュータもあれば、一連の図形や線が勝手に折れ曲がっていくのを映すものもあり、移動遊園地の目の錯覚を使ったアトラクションにいるようだった。それでリヴェットは落ち着かなくなった。《トゥモローズ・ワールド》（BBCの長寿科学番組）版の未来のビジョンは現実になり——それが結局どうなったか。こしゃくな科学者どもがいたるところで見られるようになった。鑑識の〝アインシュタイン〟から、隣に座っている〝Q〟までが、〝三つの方法で暗号化したパスワード〟などのわけのわからない呪文を口にしている。

「四号室は一番やりやすい部屋で」デーモンが言う。「張り出し窓の上にカーテン飾りがあるんで、室内のほぼあらゆる角度を網羅する四つの隠しカメラが目立ちませんからね。もちろん、もうひとつベッドのヘッドボードにありますし、デスクの上のライトのなかにもあります。ここに仕込んでおいてよかったなあ」彼は画面を指さした。「あなたが監視している男はたいして動きまわりませんから」

リヴェットは画面のウィンドウに表示される一連の映像を見ていった。どれもショーン・ウォードがホテルの客室でノートパソコンを使って作業をする様子が、あらゆる角度から、頭上から横から捉えられている。デスクにむかっているものもあれば、ベッドに横たわっていたり、膝にノートパソコンを載せてヘッドボードにもたれていたりするものもあった。ここまでリヴエットがもっとも興味を惹かれたのは、ソーシャル・ワーカーの報告書を読んでいるところだった。

「これは奇跡の映像っすよ」デーモンがあるウィンドウをクリックすると、ショーンがデスクにむかう姿が画面いっぱいに拡大された。「ほら、ログインするところが見れます」

リヴェットは粗い画像をにらんだ。

「重要なのは彼の指です」デーモンはリヴェットが不快に感じるほど身を乗りだしてくっついてくると、キーボードでさらになにかを叩いた。画面の映像がスローになった。

「これを注意深く何度か見れば、彼がファイルにアクセスするために入力しているキーがわかるはずです」

リヴェットとかわした視線から、若者は自分がどれだけ賢いか説明するのを思いとどまり、詳細は省いた。

「それで、こいつが手に入りました」デーモンは急いですべてのウィンドウをクリックして閉じると、別のファイルをひらいた。メールのリストが映しだされた。

「彼の受信トレイです」デーモンは事務椅子にもたれ、そのまま横へずれた。胃がねじれる感じがする。「彼は読んだら削除するようにしていますが、ここにあるぶんは見れるようにできました。お好きにどうぞ」

リヴェットの目は画面をざっと見ていった。最新のメールは送られてまだ五分経っていない。フランチェスカ・ライマンからで、タイトルは〈手まわしオルガン弾き／猿〉。しばしの間を経てから、その名が表すのが誰かに思い至りつつも、《アーネマス・マーキュリー》編集長とウォードがかわしたほのめかしに気づかない顔で、クリックしてメールをひらいた。

例の金を追って、R&Sにまつわる商取引を調べる専門家を見つけたわ。なにかあれば、彼が見つけてくれるはず。Sにインタビューをするため、広報担当官に電話をするところ。

リヴェットはぎこちなく口笛を吹いた。このふたりは思ったより鋭かった。不意打ちを食わぬようつねに備えよという知恵の重要性を証明した。

「いつもながらよくやってくれた」彼はデーモンに言った。「電話を借りてもいいか。そのあいだに、紅茶を淹れてもらえるか。じっくり時間をかけて淹れるんだぞ、ぼうや?」

「いいっすよ」デーモンはリヴェットの膝に固定電話を押しつけるようにして、立ちあがった。ドアを閉めて外に出ると、リヴェットの声が聞こえた。「もしもし、パットか?」

廊下で大型置き時計が五回鳴った。フルーツケーキはこの二時間で食べ尽くされ、三杯目のティーポットの残りがシーラのカップにちょろちょろと注がれるところだった。

彼女がポットを置いて目元をこすると、薄い青のアイシャドーが片方の頬ににじんだ。この二十年抑えつけていたものを解放する大仕事で疲れている。

「もう一杯お茶を淹れましょうか?」

ショーンは首を振った。「いえ、結構です」そう言ってテープ・レコーダーに手をやった。「そろそろ本当に帰らないと。六時に別の約束があるんです。話はこれで全部聞かせてもらったはずですから。ああ」彼は録音をとめる寸前に手をとめた。「でも、もうひとつ訊きたいことがあったんでした」

「どんなこと？」右手で頬杖をついてシーラは弱々しい笑みを浮かべた。

「フランチェスカはあなたをどうやって見つけたんですか？」

シーラは当惑した表情になった。「もちろん、彼女のお父さんを通じてですよ」

「彼女のお父さん？」今度はショーンが納得のいかない表情になった。

「フィリップ」シーラは言った。「フィリップ・ピアソンですよ。ほら、コリーンの担任だった」

ショーンは目を見ひらいた。「それは聞いてなかったです」

シーラはくちびるを噛んだ。「あら。そうだったの……」

「でも、それで辻褄が合いました」ショーンはシーラを遮った。「フィリップ・ピアソンは全国紙の者にアーネマスについての苦い真実を語り、そのせいで仕事から追いだされた。あなたは同じことを地元紙相手に試みて、やはり痛い目に遭って仕事を辞めさせられた。その頃、フランチェスカは何歳だったんですか——十歳とか十二歳とかですか」

「そのぐらいね……」シーラはためらい、額に皺を刻んでためらった。

ショーンは録音機の停止ボタンを押し、笑顔になるよう努めた。

「心配そうな顔をしなくていいですよ、ミセス・オルコット。わたしは違いますからね……」彼は〝レン・リヴェットとは〟と言いそうになって思いとどまり、アプローチを変えた。「わたしはただ、フランチェスカのことを理解したいだけです。彼女はずいぶんと調査を手伝ってくれたんですが、表に出さない理由があるのか気になっていました。こんな仕事をしていると、裏を読みたがるようになるんです。彼女が記者になった理由はお父さんのことだったというわけですね……」

「彼女は記者の仕事がとても順調だったんですよ。でも、お母さんが病気になってね」

ショーンは中学のノーラ・リンガードと会話をした朝のことを思い返した。〝とても悲しいことですよ。彼女が亡くなってそれほど経っていません。ミセス・ピアソンね。まだ五十代だったのに。癌ですよ……〟

「フランチェスカはお母さんの看病をするためにもどってきてね。でも、娘の助けをもっとも必要としたのはフィリップだったと思うのよ。だから、あの子はロンドンでの仕事も結婚生活もあきらめて……」

シーラの手がさっとくちびるへあてられた。「ごめんなさい。これは言っちゃだめだったわね。とても個人的なことだから」続いて厳しい表情に変わった。「でも、そこがフランチェスカらしいじゃありませんか。わたしも彼女ぐらい強ければよかった。シド・ヘイルズが亡くなって彼女が後任についたのは運命だと思ったわね」

表情はふたたび和らいだ。「だからフランチェスカはあなたに言わなかったのよ」シーラはショーンの手をぽんと叩いた。「真実を突きとめる以外の理由があって協力しているんだと、あなたに思われたくないでしょうから。誰ひとりとしてこの事件がまた調査されるとは思ってなかったんですよ。真実はわたしたちと一緒に死ぬのだと思ってた」

「でも」ショーンはシーラの目を見つめた。「その真実とはなんですか、ミセス・オルコット。あなたとフランチェスカは、コリーン・ウッドロウは人殺しではないとわたしにしっかり納得させましたし、それを裏づける証拠もありそうだ。だが、彼女がやっていないのならば、いったい誰が？」

ふたたびシーラの目に当惑が浮かんだ。目をそらして窓の外を見やる。灰色の陰鬱な午後が暗さを増して夜になろうとしていく。

「それは」彼女は言った。「わたしには教えてあげられないことよ」


リヴェットがまだ話をしているときに、デーモンはお茶をもってもどってきた。自分の部屋の外に立ち、裏口のドアが閉まる音、母親が階段をどしどし降りてくる音に耳を澄ました。胃のねじれる感じはひどくなり、午後の長い時間がチクタクとこだまして、自分のやってしまったことを考えまいと抗った。リヴェットの頼み事をなんだかんだとやらされて二十年。愚かな十代の法律違反ひとつのために。

昨日までは、リヴェットにできる最悪のことは例のビデオを母親に見せることだとデーモンは思っていた。でもいまは、吐きたくなるほど確実に、もっとまずいことに巻きこまれてしまったと感じている。

「そのとおりだ、アンディ」ドア越しにリヴェットがそう言っている。「前回と同じだ。沼地で農業をやってる頭のおかしいオルコットと……いや、あの女はいまもこれからもないな……ああ、そうだな、あそこには古い錆びついた機械がいくらでも転がっている。事故は起こるものだ……」

受話器が独特の優雅なやりかたで叩きつけられたのを聞いてから、ドアを押し開けた。

リヴェットが椅子を回転させて、デーモンに笑ってみせた。「こいつを全部あの手のやつに入れられるか？　メモリー・スティックだとかなんとか、そういうやつに」

「もちろん」デーモンは紅茶をリヴェットの前の机に置いて、喉に酸っぱいものがこみあげてくるのを感じながら、記録媒体を取りだした。

記憶《メモリー・スティック》はしがみつく。それがおれの人生をずっと支配してきたんだ。この人でなしの記憶に大きな汚れたファイルがひとつあって、そこはハッキングもできなければ、削除もできない。

前回デーモンがリヴェットの言いなりになるまいとしたら、こいつは土産とやらを見せた。アルバート・ホテルで過ごしたあの短いしあわせな夜に関連するもの。なにかがへばりついた車の工具だった。黒髪と固まった血。「彼女の最高潮だったな」リヴェットはそう言ったのだ。

「覚えてるか？　あの女を引退させなきゃならんとは残念だった……」

それでデーモンは言われたとおりにして、私立探偵のファイルをプラスチックと金属でできた小さなものにコピーして、それがリヴェットのシープスキンの上着の奥へ消えるのを見ていた。

「ご苦労さん、デーモン」年配の男は立ちあがった。「明日、同じぐらいの時間にまた来る」彼はドアへむかって戸口で足をとめ、ドア枠にもたれた。暗い目がきらめき、デーモンの蠟のような顔をじろじろ見やる。「少し休んだほうがいいぞ、ぼうや。ちょっとばかり顔色が悪い。午後の昼寝でもしたらどうだ。あとで頭をはっきりさせておかんとならないだろう?」そして片目をつぶった。「今夜はスパイするんだからな……」

デーモンは口の端だけでなんとか笑い、腹がもつことを祈った。せめて、リヴェットが出ていくまでは。ようやく裏口のドアが閉まる音を聞くと、彼はファイル・キャビネットへ飛ぶようにしてもどった。今度は一番下の抽斗へ。ウォッカを置いてある場所だ。

28　茨の冠《ソーン・オブ・クラウンズ》

一九八四年三月

「奴が来ました」アンドルー・キッド部長刑事が双眼鏡をリヴェットに渡した。「ママのところにご帰還ですよ。まともないい子みたいに」

リヴェットは外を見つめた。キッドと、パートナーのジェイソン・ブラックバーン部長刑事がウルフを監視するのに使っているフォード・トランジットの後部座席の窓から。塗装業者や内装業者風にペンキの散ったツナギを着て乗ったヴァンのルーフラックには梯子を載せ、灰皿からは手巻き煙草の吸い殻があふれそうになり、タブロイド紙は三面をひらき（トップレス写真を掲載する伝統があった）、食べ物の包装紙が捨てられていかにも本物らしくしている。

「おっかさんは雌オオカミってわけだな」ブラックバーンが言い足したときに、標的のものであるノートンのエンジンのドドドという音が聞こえ、二階の窓のレース・カーテンがひらりと動き、窓ガラスのむこうに顔が現れた。「オオカミっていうより、ヴェラ・ダックワース（長寿テレビ・ドラマ《コロネーション・ストリート》の登場人物）みたいじゃないか?」

「見かけに騙されるな」キッドが言う。「標的がブツを隠しているのはこの実家のはずだ」

ウルフはエンジンを切り、バイクスタンドを蹴って立て、鉄の馬を降りた。オープン・フェイスのヘルメットのストラップを外しながら、目の前の低層団地を観察した。視線は左から右へ、白髪を青く染めた母親の姿を認めて片手をあげ、それから駐車場を見まわした。

こちらを見られてヴァンの三人は頭を低くしたが、ウルフが大型バイク横手の荷物入れに身を乗りだすと、監視を再開した。取りだされたのはビニールの買い物袋に包まれたものだった。

「一週間ずっと奴を見張ってきて」キッドは言った。「毎日ずっと同じでしたよ。決まりきったところにしか寄らず、どこにも荷物を運ぶこともなく。あれにはドラッグか金が入ってるんでしょう」

ウルフはヘルメットを脱ぎ、乱れた長いごま塩頭を片手でなでつけた。ゆっくりと振りむき、自分のうしろ百八十度の範囲に異状がないかふたたび確認してから、建物横の階段を入っていった。

「映画の見すぎだな」リヴェットがそう言ったとき、二階の通路に明かりが灯り、ウルフが姿を再度現して歩く先に、母親が戸口で待っていた。我が子の疑り深い態度と生き写しのやりかたで、こそこそとあたりに警戒する視線を送っている。息子がやってくると、母親は肩に手を置いてひげ面にキスをして家に招き入れた。

「奴はあそこで一眠りするんですよ」キッドは言った。「たいてい、昼近くまで姿を見せない。そして、そのとき目につく荷物はもってないんですよね。母親が細工をして、奴の革ジャンに隠してやってるとにらんでるんですが」

「母の愛か」リヴェットは言った。「なんと感動的な」

「本当ですよ」キッドが言う。「でも、かりに奴の立場だったら、ほかに誰が信頼できます？雌オオカミか、いつもつるんでいる疥癬《かいせん》病みの小僧たちのどっちかだったら？」

「よくやった」リヴェットは弟子を賞賛して笑いかけた。「おかげで、令状が取れたぞ」彼は上着の内ポケットから捜査令状を取りだした。

「じゃあ、乗りこみますか？」キッドは訊ねた。

「急がなくていい」リヴェットは言った。「おれたちも楽しもう。まずは奴らにゆっくりさせてやれ」

部下たちが雌オオカミの玄関へ令状を届けにいき、リヴェットは建物の裏へのんびりとまわった。フラットの窓から地面まではわずか十フィートほど、ウルフは逃走しようとして飛び降りるくらい大胆だろうか。

この建物の裏は、団地が建てられた六〇年代に庭と子供の遊び場として設計された場所に面していたが、いまではそこは地域の粗大ゴミ捨て場に落ちぶれていた。泥まみれの低木の植栽と一緒に、廃棄された冷蔵庫、車のバンパー、燃えた原付バイクの骨組みだけの残骸が散らばっている。これが初めてではないが、リヴェットはここに住んでいる害虫どもに家電を捨てる余裕があることにあきれた。社会保障省から毎週もらう小切手だけに頼って生活しているというのに。そのとき犬の吠える声がし、負けないくらい熾烈な女の叫び声も響くと、彼の注意はふたたび二階のフラットへむけられた。

いまのが合図であるかのように、窓が開いた。ウルフの貧相な顔が現れ、数秒ほどそこから降りる方法を検討していた。手近な冷蔵庫の裏に身を隠したリヴェットが見張っていると、奴の頭がまた室内へもどり、かわりに革パンに包まれた尻がすぐに見えた。ウルフはじりじりと窓から出て、指先で窓枠にぶらさがり、身体をめいっぱい伸ばして地面までの距離を残り四フィートほどにしてから、勢いをつけて手を離した。

雌オオカミのフラットから聞こえる騒ぎが大きくなり、叩きつける音、ぶつかる音、砕ける音までしてきて、リヴェットの部下のひとりが苦戦を強いられて怒って叫んでいるらしい声もくわわった。団地じゅうの窓にどんどん明かりが灯っていき、飛び降りたウルフの姿を照らす。奴が着地し、よろめいたのはほんの一瞬だった。これまでにも、やばい状況から逃げだす練習をさんざんしてきたかのようだ。

どこも怪我のないことに満足すると、ウルフはバイクがあるほうにむきなおった。だが、彼が逃げる音を隠してくれたフラットの騒々しい音が、今度はリヴェットの柔らかな靴の裏が忍び寄る音を聞こえなくした。うなじに冷たいものを感じ鋭いカチリという音を聞いて初めて、警部がそこにいると気づいた。

「たいした見ものだったな」リヴェットは言った。「次はどんなトリックを披露してくれるのか待ちきれんぞ」

いくつもの考えが興奮状態のウルフの脳に同時に走った。そのなかで最たるものは——首に銃を押しつけられていることへの疑問だった。ポリ公どもは銃を携帯してないはずなのに。口から出てきたのは振り絞るような「なんだとおおおお?」だけだった。

「いいか」声が耳元で囁いた。「かけっこしようか? おまえにどれだけ実力があるか試してみようじゃないか。一人前か、ひよっこか。行けよ、バイクに乗ってここから失せろ。おれが追いかけてやる」

ウルフはつんのめりながらバイクめがけて走った。自分が射撃の練習の的にされるのだと確信していた。上着のポケットに手を突っこんでキーを探って取りだしたが落とし、うっかり前に蹴りだしてしまい、それはバイクの下に入った。拾いあげ、さっとサドルにまたがり、エンジンをかける頃には、ポリ公――だかなんだか――は黒いローヴァーの運転席に収まり、ほほえみかけていた。

車のヘッドライトが灯ると同時に、ウルフの鉄の馬は駐車場を飛びだした。左に曲がってサウス・デーンズ・ロードに入り、町から離れて港の横を進んだ。そこは街灯が少なく、車も少ないから走りやすい。ウルフは牢獄の鉄格子越しにラットから聞いたことを思いだした。

〝ジーナにはちょっかい出すな。彼女は守られているからな。ブツを売るだけにして、彼女からは離れていろ。さもないとあの男はおまえにも手を伸ばしてくるぞ〟

だが、ラットの脳みそは奴がハメてる黒い目のあばずれのせいで使い物にならなくなっていると、ウルフは信じきっていた。あの女に身の程を思い知らせても、気にかけるポリ公はいないと思っていた。ウルフの見るかぎり、彼女はでしゃばりすぎだった。女がブツを売りさばくなどふざけるな。こいつは男の仕事だ。

波止場に並ぶコンテナ船の横をスピードをあげて走り去った。空が濃い青に変わり、夜明け直前の黒々とした静けさがたちこめていた。ウルフも追っ手も誰にもじゃまされず、赤信号を次々と無視して走ることができた。

ポリ公は敢えてサイレンを鳴らさなかった。ウルフがバイクミラーでちらりとうしろを見るたびに、ずっと同じおもしろがる表情を浮かべ、開けた窓にくつろいで肘を預ける格好をしている。まるで日曜日のドライブにでも出かけているふうだ。またもやウルフは思った。こいつは本当にサツなのか？

　倉庫が飛ぶように過ぎ去ったところで、道が左へカーブしていた。港の入り口にやってきたのだ。ウルフがコーナーをうまく曲がると、太陽の燃える縁が暗くたいらな水平線にちらちらと見えはじめていた。ミラーにちらりと視線を走らせるとローヴァーが追いつこうとスピードをあげていた。

　ウルフは思い切りアクセルをひねった。アドレナリンと不安が毒蛇のひと噛みのように血管を流れるが、とにかくバイクを前進させた。この頃にはマシンの限界までスピードを出していたが、ローヴァーのバンパーが危険なほどバイク後方の泥よけに迫っていた。けっして振り返らない人生を送ってきたにもかかわらず、ウルフの灰色の目はミラーに映るうしろの男へ勝手に引き寄せられるようだった。奴の笑みは顔いっぱいに広がり、歯を見せていた。バイクより強力なエンジンが苦もなく奴を前進させると、手にした銃がウルフの燃料タンクにむけられた。

　火花がいっせいに飛び散り、金属と金属がこすれていやな揺れと甲高い音を生んだ。バイクがウルフの足の下でぐいと引っ張られ、道路を岸壁の方向へ横滑りした。口をひらいて悲鳴をあげる間もなく、コンクリートの壁にむかって投げだされ、宙を落下していき、一秒がらせんを描いてスローモーションの永遠に広がっていくように思えた。穏やかに冷静に、自分自身の死をひとごとのように見つめながら、ウルフの頭はポリ公から完璧に一杯食わされたことを理解した。

　そして壁に叩きつけられた。

目を開けると、赤い霧越しに世界が見えた。頭蓋骨のなかで鳴り響く音が聞こえたが、一瞬ののちに自分の心臓の音だと気づいた。慈悲深くも顔を動かして見ることはできない、ありえない角度へねじれた脚から動脈の血がどんどん外へ流れている。ウルフは自分が身体のすぐ上のあたりを漂っているような気がしたが、目の前の顔に、その動くくちびるが出す音に集中しようとした。

ポリ公はウルフの上着の前を開けてポケットを探り、隠していたブツの包みを抜いていた。だが、意識がみるみる薄れていって抵抗できない。憤慨、激怒、後悔を感じる暇さえなく、自分の痛みの深さを認めることさえなかった。鳴り響く音は海のうなりや囁きと頭のなかで合わさっていくようだ。身体がもちあげられるのを感じた。

人殺しポリ公のくちびるから漏れる最後の一言だけは理解した。「ここはこのおれの町なんだよ、マザコンぼうや」

そこでウルフはふたたび落下していった。海へ、凍てつく永遠の深みへ落ちていった。

グレイは目元をこすって眠気を押しやり、覆面パトカーの運転席に座った。ゴールデン・サンズ休暇村で徹夜の努力によって逮捕した者たちが、後部座席で背を丸めて無言で座り、自分たちの計画がじゃまされた憤《いきどお》りをにじませていた。十代の少年二名——最近の場当たり的な一連の窃盗の裏で糸を引いていた首謀者たち——が砂丘になにか埋めているのを公園の警備員が目撃、宝石などの装身具が入った袋を発見して通報してきた。それから警備員とグレイは少年たちが現場にもどってくるのをずっと待った。

ふたりはサウス・タウン団地の評判の悪い家庭の子たちで、盗みや軽微な犯罪を教えこまれて育った。グレイは彼らの兄たちを、その前には叔父たちを逮捕してきたことを思いだした。ため息をつきながら考える。ふたりがこの段階を卒業して少年院とさらにその先へ送られるようになるまでそう長くない。

夜が明けたときに、グレイは車を出した。大きくて黄色い太陽が水平線の上に火の玉のように昇ってきた。風はいつものように遮るもののない波打ち際から強く吹きつけ、波を泡立たせて、轟々というううなりで彼の耳を満たした。

グレイは前方の道路を見やり、南へ弧を描いて港の入り口をネルソン提督の像が守るほうへ視線をむけた。

像の下に人影が見えた。なにか大きくてぐにゃりとしたものを岸壁越しに押しやる男のようだった。

その朝の留置場は満員に近かった。忙しい夜だった。キッドとブラックバーンはグレイよりほんの少し前にもどっていて、雌オオカミと呼ぶ逮捕者を連れていた。その女に続いて十代の盗人たちを留置する手続きをロイ・モブズがおこなった。彼はあらゆることをその目で見たと思っていたが、世の中にはまだ新鮮な驚きがあるのだと気づいたところらしい。キッドは足首に歯型をつけられたという。

グレイは雌オオカミの姿を認めて納得した。あのジーナ・ウッドロウとはまったく異なるタイプで、髪を青く染めた小さなおばあさんが、ジーナ顔負けの形相で座っていた。

二時間後、帰宅しようと署内を歩いていると、リヴェットのオフィスのあたりに集まった者たちの会話の断片が耳に入った——警部とお気に入りの部下たちの報告会だ。

「……角を曲がったとき、奴はバイクを制御できなくなって」リヴェットがそう言っていた。「見事に道路を横滑りして、岸壁にぶつかった。バシッと」彼は手のひらに拳を打ちつけた。「そのまま壁を越えて海に落ちた。おれが車を降りた頃にはもう沈んでたな。とにかく、流されていくところは見えなかった。衝撃で首が折れたというのが一番ありそうだ。いま、沿岸警備隊に捜索させている。もっとも、見つかるかどうかわからんがな」

「いやあ」キッドが意見を述べた。「怪しいですね。あのあたりの潮の流れは奴を岸から沖へまっすぐに運んだと思いますよ」

ブラックバーンがクククと喉を鳴らした。

ベッドに横たわって眠りへ誘われそうになったとき、ようやくグレイは自分が夜明けに目撃したものがなんだったか悟った。頭のなかで突然、あの奇妙な光景に合点がいった。

岸壁のむこうへ被疑者を突き落とすリヴェット。それを終えると振り返り、ネルソン提督に敬礼していた。

29　殺《ザ・キリング・ムーン》す月

二〇〇三年三月

　車の運転席に座り、ショーンはメッセージを確認した。送った資料はすべてメイザースのもとに届き、シーラの家を訪ねる前に駅で送りだしたDNAのサンプルさえも、すでにラボで分析されている最中だ。ロンドン警視庁のチャーリー・ヒギンズも返信してくれていた。ジョン・ブレンダン・ケニヨンは全国警察データベースに入っていない名前であり、比較対象となるノージの科学的なサンプルがなかった。ヒギンズが留守番電話に残した声からは心配していることが伝わってきた。「そっちの連中には気をつけろよ？」彼はそう言い残して電話を切っていた。

　ショーンはダッシュボードの時計に視線を走らせた。動く前に電話を一本かける時間だ。呼び出し音が鳴りはじめると彼女はどこにいるのだろうと考えた。フランチェスカはここから遠くない場所に住んでいると、帰りがけにシーラから聞いた。ブライドン・ウォーターの端の家に父親と一緒に住んでいて、古い湿地の土手沿いにいつも犬たちを散歩させているという。だが、電話に出たとき、彼女は多忙な編集室の音にかこまれていた。

「ちょっと外に出るわ」彼女は言った。「声がよく聞こえるように。おもしろい午後だったの？」

「とてもね。きみはどうだい」

「そうね、言い逃れされたわ。とても頑固な警察の広報担当官に。いまのところ、お目当ての人はインタビューの申し込みを受けるには忙しすぎるみたい。でも、心配いらないわ。どちらにしても時間を有効活用したから」周囲の騒音が減って、受付のパットに見つめられながら会社の外へ出たフランチェスカが想像できた。

「例のロンドンの昔の同僚が調査を済ませてくれたの。手まわしオルガン弾きと猿の資産、それぞれについて。今夜彼からデータが手に入る」ここで彼女の声は少し反響するようになった。階段室にでも立っているらしい。「新聞社じゃなくて、自宅あてに送るように頼んだの。あとで、わたしの家に来るということでどう？」

「いいよ。たしかに、そうしたほうがいい。ただ、何時頃に都合がつくのか、まだはっきりしない。これからまた警察署に出向かないとならないし、そのあとで人から話を聞くことになっているんだ」

「構わないわ。身体が空いたら電話して。道順を教えるから。ちょっと奥まったところなの」

しゃべりながらショーンはうなじが逆立つ感じがした。寒いためではなく、誰かに見られているという感覚で。座ったまま振り返り、シーラの家をながめた。猫が戸口に陣取って、シーラが夫のために灯したままにしているポーチのライトに照らされながら、もちあげた前脚を舐め、ふたつのオレンジ色の月を思わせる目でこちらを見つめ、その目が車のテールランプを反射させていた。

「どうかした?」フランチェスカが言った。

「おっと」ショーンはふたたび前をむいて首を振った。「ああ、わかったよ。できるだけ早くまた連絡するから。気をつけろよ、フランチェスカ」

「そうしようっと」おもしろがっている口調だった。「じゃあ、あとでね、ショーン」


ショーンはシーラ宅の私道から車を出し、幹線道路に通じる細道を走った。交差点に入る直前に、対向車のヘッドライトで一瞬目がくらんだ。ランド・ローヴァーが細道に入ってきたのだが、ショーンに気づいて道の端へずれ草の路肩ぎりぎりを走った。ショーンもハンドルをぐっと切ると、外側の車輪が路肩に乗りあげ、生け垣が伸びている箇所では茨やサンザシが窓をひっかいた。二台の車両はなんとかすれ違いを済ませ、相手ドライバーは礼がわりに手をあげ、去っていった。シーラの夫か? だが、男の顔は見えなかった。


フランチェスカは階段の一番上までもどり、受付係と目を合わせた。パットは電話中で冴えない表情、くちびるは口角が下がっていた。フランチェスカがデスクの前を通るときも、笑みを返さず、いつものそっけない口調よりずっと抑えた声でしゃべりつづけていた。

「そうですよ」そう言っていた。「よくわかってますよ」

フランチェスカが自分のデスクにもどると、電話呼び出し中のランプが点滅していた。

暗闇に座るノージを照らすのは、サークル状に並べたキャンドルの揺れる炎だけだった。黒は結びつき、変身、マイナス要素の撃退、保護のため。紫は第三の目、直観、隠された知識、精神の穏やかさのため。青は叡智《えいち》、保護、閉ざされた意思伝達の通路をひらくこと、霊感のため。

すべてにお気に入りのオイルを摺りこんでおいた。あたりは花やハーブの香りに満ちている。両手は水晶玉にあて、現在の作業だけに集中し、閉じた目蓋の奥にある顔を視覚化していく。おかしなことに、完璧に形を思い描けるだけ知り尽くしていると考えていた頭の形が浮かぶまで、これだけ時が過ぎているとしばらくかかってしまった。その姿が目に見えないように縮もうとしているかのようだ。

けれど、そこでするすると浮かんできた。

ノージは両手を離して目を開け、水晶玉を射抜くように見つめた。

猫がガチャリと音をたて、玄関ドアの専用のくぐり戸から勢いよくもどり、キッチンに走ってきた。逆毛を立ててうなっている。シーラは顔をあげて窓の外を見やり、私道の砂利を嚙むタイヤの音を聞きつけた。耳を澄ましながら猫を見おろすと、バスケットでつま先立ちになって全身の毛を逆立て、歯をむきだし、怯えた低い鳴き声を発し、玄関をじっとにらんでいる。

「こうなる覚悟はしていたじゃないかね、ミニー?」シーラは言った。マグカップを置いてキッチンを通りぬけて洗濯室に入った。油を塗って弾を込めた十二番径のショットガンをラックから下ろした。

「どうぞ」スモレットの声がオフィスのドアの奥から響いた。

ショーンはドアを押し開けたが、警部がひとりで座っていることに驚いた。

「鑑識はまだ作業が終わってないんですか?」

スモレットはすでに目を通した書類を手に取り、デスク越しに差しだした。

「ベンはもちろん作業を終えている。ただ、彼が残るまでもないとわたしは考えた。自分の目でたしかめるといいが、今朝彼からすでに聞いた程度のことしかわかっていない——彼の言うところの魔女はとても手際がよく、ひとつも指紋を残していなかった。魔女には指紋がないのかもしれないな」

ショーンはむかいの椅子に深々と腰を下ろし、報告書を熟読していった。スモレットの言うとおりの内容らしい。

「つまり、あれだけの派手な演出は言ってみれば偽りの手がかりだとわかったわけだ」警部は話を続けた。

「では、手がかりを追うつもりはないと?」ショーンは顔をあげた。

「追うべきだと思うか?」スモレットは黒い眉をほんの少しあげた。

ショーンは首を振り、先だってリヴェットに使った言い回しをここでも口にした。「つまり、近所の子供の仕業、犯罪はおこなわれていないということですね？ たぶん、公序良俗には反したかもしれませんが」

「まったく同じ意見だよ」スモレットが言う。

デスクのむこうのスモレットの目はミラー・サングラスのようになんの表情も窺えない。

「それで、ほかにどんなことをわたしに訊きたいんだ？」スモレットはうながすように笑みを見せた。

「その件ですが」ショーンは切りだした。「気になっていることが二点ありまして。正式に捜査を担当しているのがわたしであれば、レン・リヴェットはあの事件にかかわりが深すぎると言うほかなかったでしょうね。わたしのことを手伝っているというより、自分の望む方向へ誘導しています。それに退職していても、この署の責任者はいまでも自分だと信じているようです」

スモレットは眉間に皺を寄せた。「そんなことはない。見当違いも甚だしいね。わたしは——」

「次の気になる点は」ショーンは最後まで言わせなかった。「あなたは学校でコリーン・ウッドロウと同じクラスだったことをわたしに話そうと思わなかったのはなぜかです。考えは人それぞれでしょうが、わたしがあなたの立場であれば、真っ先にオープンにしておきたいことだったでしょう。なにしろ」ショーンはほほえんだ。「隠し事はいっさいないと言われましたし」

フランチェスカは受話器を置き、どうするのが最善か考えた。結論を出すとオフィスをあとにして、駐車場を横切って鮮やかな赤の日産マイクラにむかいながら父に電話した。

「父さん。今夜は思ったより帰りが遅くなりそうなの。ひとつ、お願いしていい？　ロスが夕方に書類をファクスしてくるはずなのよ。正確な時間はわからないけれど、わたしがまだ帰宅していなかったら、届き次第、内容を確認してもらえる？　ええ、そうよ。とても大切なもの。だから、届いたらいまから言う番号にかけてほしい」彼女は暗記してる電話番号をすらすらと伝えた。「そしてショーン・ウォードという男性と話をして。書類について教えてあげて。うん、わかってるけれど、これには理由があるの。本当よ」彼女は短く、皮肉めいた笑い声をあげた。「それに、ことビジネスとなると、ロスは信用できるのよ。ほら、彼には貸しがあるでしょう？　ええ、父さん。この件ではわたしのことも信用してね。書類に書いてあることを、そのままの言葉でショーンに伝えて。ありがとう。大好きよ、父さん。じゃあね」

フランチェスカは車のドアのロックを開け、少しためらってから乗った。

ためらっている場合じゃないわよ。スモレットがインタビューを許可したのだから、まずそちらにむかうのが一番。ショーンも望んでいたことだから。

シートに腰を滑らせ、エンジンをかけ、海岸通りをめざした。

「なんだって」スモレットが言った。「あれだけ資料をもっているのに、それは書かれていなかったのか？　きみをこの町に寄越す前に雇い主がしっかりと状況説明をしたものだと思っていた。そうすれば無駄に走りまわらずに済んだだろうにね」彼は完璧に爪を整えた両手をデスクの上に伸ばした。

ショーンが無言でいると、スモレットは話を続けた。「そうだ、いままで言わずにいたのは、利害の衝突のようなものがあるときみに思われたくなかったからだ。余計な偏見を抱かせて、調査の独立性が揺らぐことのないようにだよ。だが、訊かれたならば答えるとも。コリーン・ウッドロウとは一年ほど学校で一緒だった。わたしは十五、六歳だった。毎朝出席をとるときに、彼女と十分ほど同じ教室にいたが、同じ授業はひとつもなかったし、学校の外でもつきあいはなかった。かかわりたいタイプの子じゃなかったからね。わたしから話せることはその程度だ」

「とんでもない」ショーンは言った。「現場の証拠からあらたに発見された謎のＤＮＡは、コリーンの学友のものである可能性が高い。あなたに拭き取り検査を受けてくださいと頼んだらどうします？」

ほのかに笑みを浮かべてスモレットは口の端をひくつかせた。「まわりくどいことをしなくていい。そうしたいのならば、頼めばいいだけだ」

ショーンもスモレットに笑顔を返した。「では、レン・リヴェットが、あなたは事件が起こったときは、半ズボンを穿いていたくらいの年頃だったと言ったのは、言葉の綾というやつだったんですね？　わたしにはなじみのない地元の言い回しとか？」

「可能性としては」そう言ったスモレットは一段とにこやかな表情となり、完璧な白い歯の効果も相まって政治家の笑顔のようになっていた。「レンはいつもわたしを実際より幼く見ているということだね」彼は首を振った。表情はあきらめのようなものに変わった。

「いいか」スモレットが話を続ける。「きみが言うように、彼が退職していないかのように振る舞っているというのはたしかに理解できる。まったくそのとおりで、ちっとも気にならないと言えば嘘になる。彼は定年退職などしたくなかったし、自分のかわりにこの椅子に座っているわたしを見下していることは手に取るようにわかる。だが、彼はきみにとって貴重な情報源のはずだがね。この町には、わたしも含めて、事件の詳細を彼より知る者はいないし、レンほどに人々がなにをどこに隠しているか嗅ぎだせる者もいない。だが」スモレットは両手をひらいた。「わたしが誰か特別な者に便宜を図っているとは思ってほしくない。きみが彼を疑っているのであれば、調査から外そう。明日から、きみの手伝いには別の者をつける。うちの腕利き刑事のひとりを」彼は腕時計に視線を投げた。ごついプラチナとゴールドのものだ。「これから一時間は質問に答えられる。思いだしてほしい級友がいれば誰でも訊いてくれ。その後は約束があるから、七時半には失礼しないとならないが、なんなら、続きは明日やってもいい。それでいいか？」

ショーンは眉をあげてみせた。「いいでしょう」そしてレコーダーに手を伸ばした。

フランチェスカは堂々たるポルチコ風の玄関ポーチ前の駐車場に車を入れた。灰色の燧石《ひうちいし》とクリーム色のスタッコ仕上げのヴィクトリアン様式の邸宅だ。不意に寒けを覚えて邸宅を見あげた。自分がこの建物に入ると知ったら、父はどれだけいやがるだろう？　たとえ、なんのために行動しているのかわかっていても。無意識に、首から下げたペンダントにさわった。レストランで働くいとこのケリーがくれたもので、今日はどうしても身につけなければと感じたものだ。銀に青い目玉をはめこんだデザイン。

彼女は電話を取りだし、ショーンにかけた。すぐに留守番電話につながったから、メッセージを残した。

「猿は親切にも、ついにわたしと今夜会うことを許可してくれた。これからインタビューをするわ。七時半か八時まではかかるはずよ。あなたはまず人に会うと言っていたわね、だから身体が空いたら電話して。それからあなたのところには、うちの父親からも電話があるかもしれない。さっき話した情報がわたしの帰宅前に届いたら、すぐにあなたに連絡するよう頼んだから。それでいいわよね。じゃあ」

必要なものはすべてブリーフケースに入れたかたしかめて、車を降りた。玄関にむかう前にふたたびためらった。頭上の雲が割れて、月が姿を見せた。膨らんで空の低い位置にある。

「すべてあなたのものよ、愛しい瞳《オラ・ディカ・スー・マティア・ムー》」彼女はそうつぶやいて邪眼にふたたびふれた。子供の頃に聞いた歌。それはショーンの悲しげな茶色の瞳を思いださせた。

そして彼女は建物に入った。

ノージは水晶玉からびくりとあとずさった。口まで心臓が跳ねあがった気分だ。

「まさか。まさか、信じない」

彼女は気持ちを落ち着かせ、ふたたびビジョンを覗きこんだ。水晶玉は曇り、海辺のヴィラのイメージは霧に消えていく。

「ありがとう」ノージはそう言ってお辞儀をすると、ふたたび水晶玉を両手で包み、そっともちあげてもとの場所にもどした。心臓をどきどきさせて、一階へ駆け降り、電話をつかむと隣に置いていたショーンの名刺の番号を押していった。

すぐに留守番電話につながった。

「ショーン」彼女は甲高い声で言った。「これを聞いたらすぐに、あたしの携帯に電話して。あたしが思った以上に、あなたは危険に近づいてる。これからあなたを探す。でも、いまなにをしているにしても、あのサツふたりのどちらにも近づかないこと」

彼女は電話を切って、短縮ダイヤルの番号を押した。「ジョー、彼はどこで誰と一緒?」

フリーメーソンのロッジの道のむかいから、そのアイルランド人は返事をした。「奴のいつもの居場所に。記者はちょうど到着したところだが、おまえのミスター・ウォードの姿はまだないぞ」

ノージはどういうことか考えようとした。「わかった。そのふたりから目を離さないで。あたしはショーンを探す」

「ほいな」ジョーは答えた。

「スモレット警部とお約束があります」フランチェスカは受付の洗練された様子の小柄な男に、とっておきの笑みを見せた。「フランチェスカ・ライマンといいます」

「ええ、承っておりますよ、マダム」男は礼儀正しく、お辞儀をした。「ご案内します」

フランチェスカはヒールの音をタイルの床に響かせながら、板壁の廊下を係についていった。頬ひげのあるヴィクトリア朝の男たちの肖像画が並んでいる。照明は薄暗くしてあり、どこか遠くでピアノがポロンと鳴っていた。

「こちらです、マダム」男はドアを開け、招き入れた。

そこはやはり板壁の部屋だった。床に届く長さの赤いベルベットのカーテン。目の前で、テーブルにふたりぶんの夕食の準備がされていた。中央ではワインが開けられ、ひとつのグラスは赤が半分まで満たされていた。

だが、どちらの席もからっぽだ。

顔をしかめてフランチェスカは振り返った。「本当にここで……」

洗練された小柄な男はドアを閉めているところだったが、ドアのこちら側に立っている別の姿が見えた。上背があり、肩幅が広く、シープスキンの上着を着て、横手に羽根をつけた黒いフェルト帽。

「おれのことは知ってるな、お嬢さん?」リヴェットは言った。

30　自由の教育《ア・リベラル・エデュケーション》

一九八四年四月

「でも、あそこにはもどりたくない！　わたしの気持ちなんかわからないくせに！」

サマンサはベッドに座って拳を握り、顔を真っ赤にしていた。アマンダが思うに、泣いたせいではなくて、これほど長く癇癪《かんしゃく》を起こしている疲れからだろう。

アマンダは隣に腰を下ろした。娘はすぐさま顔をそむけた。

「サム、聞いて」声は穏やかに保ちながら、あごにしっかりと手をあててこちらをむかせた。

「人生は公平じゃないし、望むものがいつも手に入るわけじゃないと、いつか学ばないとだめよ。自分がまちがったことをしたら、その結果を受け入れて生きていくしかないの。失敗から学んで」

「なによ」サマンサはまっすぐにアマンダの腹を見おろした。「あんたみたいに？」

「そうよ」アマンダはできるだけ優しくほほえんだ。「わたしみたいに。いろいろあって、あなたはわたしにどれだけ怒ってもいい権利があると思っているわね。いまはあなたがどんな気持ちかわかっていると言っても信じようとしないでしょう。でも、これは本当のことよ、何カ月かすれば、すべてなんでもなかったようになるから。勇気を出しさえしたらいいの。あなたは弱虫じゃないでしょう、サム？」

サマンサは母親を鋭い目つきで見つめた。ひっかけのある質問のからくりでも解こうとしているようだ。

「ええ、弱虫じゃないわ」アマンダはかわりに答えた。「あなたはきれいだし、頭もいいし、才能のある女の子だから、誰よりもうまく乗り越えられると信じて疑わない」

アマンダは娘の目元から髪をそっとかきあげた。エドナの美容師のサンドラが側頭部の伸びた髪とツンツンに立ててあった頭頂部の髪をとてもたくみにカットしなおして、だいぶ洗練されたスタイルにしてくれていた。

「今学期の最後までがんばるだけでいいのよ」アマンダは言った。「これ以上、騒ぎを起こさずに。卒業さえしたら、芸術科高校にあがってもいいし、シックスス・フォーム・カレッジで大学進学の準備をしてもいいし、あなたの学力で行けるところにどこへでも行けばいい。本当にどこでもいいのよ、サム。世界中どこでも」

サマンサは視線をそらしたが、母から身体を離すことはなかった。拳で上掛けを殴りながら下くちびるをきつく嚙んでいる。ようやく、顔をあげた。「あんたの言うこと、あたってる。わたしは弱虫じゃない」

「よかった」アマンダは自分の笑顔にほっとした気持ちがあからさまに出ていないことを願った。「それを聞きたかったのよ」娘の肩をぎゅっと握ってから立ちあがった。「じゃあ、おやつにミートソース・パスタを作るわ。それから映画に行きましょう。サム、あなたの観たいものを。どれでも好きなのでいいから」

どちらもいつもの日曜の夜とは格段に差がある大盤振る舞いだった。

サマンサも笑顔を見せ、ほんの一瞬、アマンダはこの子が幼かった頃を思いだした――愛らしく、物静かで、無邪気だった頃を。

部屋をあとにしたとき、娘の表情が変化したのは見えなかった。


「週末のパーティ、来るか?」

四年と五年のロッカー室の廊下で教科書を棚にもどしていたマーク・ファーマンは、ダレン・ムアコックとジュリアン・ディーンに声をかけた。

「パーティってなんだ?」ダレンは足をとめ、マークが錠をかけるのを見守った。ロッカーには髑髏マークのステッカーが貼ってあった。

「ブリーのアイデアさ」マークは言った。「ビーチ・パーティだ。五月祭を祝うんだ」

ダレンは顔を曇らせた。以前、地元のニュースで観たことが頭に浮かんだ。「でも、そういうのは警察の許可がいるんじゃなかったか?」

「へっへ」マークは指先で鼻の横を軽く叩いた。「第二次世界大戦の古いトーチカでやるんだ。ノース・デーンズにあるやつで、見つかりっこないって。このあいだの土曜に偵察しておいた。半径何マイルも、家一軒だってない。ラジカセをもちこんで、かがり火を焚くだけだし――絶対、楽しいって」

ダレンとジュリアンは顔を見合わせた。

「おもしろそうだ」そう言ったダレンは乗り気になっていった。「で、ほかに誰が来る?」

「ブリー、クリス、リン、アレックス、バグズ、ショーだ」マークは指を折って数えた。「まあ、いつもの連中さ。誰でも連れてきていいぞ」彼はふたたび鼻の横にふれてウインクしながら言った。「ただし、話はこっそりまわせ。どういうことか、わかるな?」

誰ひとりとして、うしろからついてくる人影に気づかなかった。柔らかい靴底とレーダーなみの耳をもった人物のことは。


「うっひょー!」砂丘のてっぺんから打ち上げ花火が発射され、少し左にそれながら勢いをつけて空へぐんぐんあがっていく。ブリーが楽しげな歓声をあげて思い切り尻餅をついたところで、花火は弾けて青とピンクの火花が丸く広がった。針山頭にジェル頭たちがいっせいに空を見あげる。砂丘の下でマークの大型ラジカセをかこんでゆるやかな円形になって座る一同。気だるくなまめかしいサキソフォンのソロが夕方の空に漂っていた。

「おい!」クリスは友を見やった。「暗くなるまで、とっとくはずだろ!」彼は叫んだ。「かがり火の準備ができるまではあげないって!」

ブリーは笑い声をあげた。「試しただけさ? ちゃんと火がつくかどうか、たしかめておかんと」彼は言い返して、砂丘のてっぺんでへんてこなダンスをしてから、砂丘を滑り降りた。

アレックスが立ちあがって砂地を跳ねていき、ブリーが降りてきたところで腕を取り、引っ張りまわしてスクエア・ダンスの真似事をした。ふたりがでたらめなステップを踏むのを、デビーは安堵の笑みを浮かべて見守った。

喧嘩した翌日の日曜の朝に、彼はデビーの家の戸口に現れ、黒いビニールに包まれた和解の印を握りしめていた。ふたりは握手をかわし、仲なおりして、そのレコードをデビーの部屋で聴いた。しばらくしてから、彼はもうサマンサ・ラムとはつきあわないと言った。デビーが言った話だけではなく、ほかにもいくつかのことがあって、考えを変えたのだった。デビーは月曜になってから、残りの原因についてジュリアンから聞いた。サマンサが停学になったあとで。アレックスはサマンサの肖像画をすべて壁からはがした。次にデビーが訪ねたときには、なにもかも元どおりになっていた。

サマンサは今週になってようやく学校にもどってきたけれど、人とは距離を置いたままだった。美術室に来ないし、うつむいたままでクラスの誰にも話しかけさえしない。たぶん、お母さんに言われてやった髪型が恥ずかしいんだ。パット・ベネターみたいに見える。

でも、アルにふられたのが一番こたえたんだろうな。母親から聞いたが、サマンサはひっきりなしに彼に電話をかけてきて、ミセス・ペンドルトンがかわりに全部対応していた。アレックスのママはどんな話を聞いたか言ってないんだけど、ようやく電話攻撃も終わったらしい。

いまのサマンサの絵はどんなふうになってるだろう。そう考えて思わず震えた。

「どうした、寒い?」隣に座っているダレンは彼女に腕をまわした。一日じゅう、暖かく晴れていて、太陽はようやく沈みかけ、夕日を浴びて細い雲が水平線を滑っていく。「ううん」デビーは彼を見あげてほほえみかけた。「幸運の星に感謝してただけ。ある人がもうわたしたちにつきまとってこないことを」

ダレンの青い目は黄金の夕日を浴びて虹色に見えた。「ほんとにな」彼の視線はデビーからアレックスへ移ろい、ふたたび恋人のもとへもどった。ふたりの仲が元どおりになって心からほっとしていた。一時期は、そのせいで自分とデビーの仲までだめになるかと思えた。

彼は身を乗りだして彼女にキスした。デビーは目を閉じた。彼の甘い息やふれあったくちびるの感覚が、歌の切々とした訴えや、波打ち際の小石にぶつかるはかない海の吐息と溶けあっていく。

マークがもってきたクーラー・ボックスをかきまわして、ジュリアンがそれなりに冷えたボトルを探していると、アレックスとブリーが踊りながらトーチカに入っていき、パーティのために運んだ古いソファにどさりと倒れこんだ。コリーンがソファの反対側の端にバグズと座って笑いこけている。こうした光景を見守りながらジュリアンはほほえみ、ここにいないのに心に重くのしかかっている存在のことを振り払おうとした。

サマンサが金曜日に廊下の端で彼を待ち伏せしていて、近づいてくると耳元で囁いた。「あんたのしたことのツケを払わせてやるから。こそこそしたホモ野郎め」

ジュリアンはさっと中指を突きたて、失せろと告げた。だが、彼女の表情には心底、恐ろしくなった。その日の授業が終わってロッカーに行くと、誰かが黒いマジックで扉にオカマと書いていた。

トーチカでアレックスが顔をあげてジュリアンの視線に気づいた。

「ちょっとごめん」ブリーから身体を離し、立ちあがると、陽射しの下へもどってジュリアンのもとへ歩いた。マーケット・スクエアでとまどって、自分たちのありのままの姿を否定するような言いかたをしたことを償える正しい言葉が口から出てくるよう祈りながら。「ジュリアン」彼は隣に座りながら声をかけた。「きみに謝らないとならない。以前言ったことを。バカだったよ、あんなふうに言うつもりはなくて……」

ジュリアンのほほえみは満面の笑みに変わった。「心配しないでいい」首をひと振りして年下の少年は遮った。「どういうつもりだったかわかってる。とにかく、わかってるとは思うよ」最初に出会ったときに感じた、たがいの気持ちが通じた目の輝きがもどっていた。アレックスは握手のために手を差しだした。「ぼくもソフト・セルは大好きなんだ」

トーチカでは、コリーンがブリーの腕のタトゥーを熱心に見つめていた——男の横顔のシルエット。全体は黒だが、目だけを色のない切れ込みに残してある。煙と煤《すす》でできた復讐の天使のような男だ。横に切り貼りしたような文字で入れられた縦書きの言葉は〈報い《VENGEANCE》〉。コリーンはそれを見て妙な気分になった。「それ、すごくかっこいい」そう言ってタトゥーの上に手をかざした。

「いいぞ、さわっても。かさぶたは何週間か前にはがれたし」ブリーが言った。

おずおずとコリーンはインクを入れた肌に指先をあてた。その感触は強烈だった。忘れてしまっていた夢が意識をかきわけて前に出てきたみたいだ。「元ネタは？」彼女はつぶやいた。

「おまえなら知っていそうなのに」ブリーが言った。「クリス！」そう叫ぶ。「アーミーをかけてくれ！」

「りょうかい」クリスはうなずいた。大型ラジカセのまわりに積みあげたカセット・テープから一本を選んだ。ジュリアンの作ったミックス・テープを取りだし、あたらしいのを入れて再生ボタンを押した。

緊張を漂わせた旋律が飛びだしてきた。ゴムバンドのようにゆるいのに、とんでもなく正確。ベースラインはコリーンの胸に花ひらく期待に呼応するように響き、思わず彼女を立ちあがらせた。

旋律はさらに大きく、さらに切迫していき、そこにドラムが本格的に入ってペースを速めた。ブリーがコリーンの両手を取って、ダンスに引きこんだ。コリーンは男と踊ったことなんてなかったが、この音楽はどうすればいいか教えてくれ、執拗なビートに合わせて足を踏みならした。彼女がツイストする足とブリーのボクシングブーツからトーチカのコンクリートの床じゅうに砂が飛ぶ。

男が歌いだした。ひとつひとつの音節に圧縮された怒りが揺れる。その声は曲の表面を跳ねた。水切りで海を飛ぶ小石みたいだ。歌っている内容はコリーンにはよくわからなかったが、ヴァースがコーラスに発展すると、彼の言いたいことがはっきりわかったと感じた――コリーンが物心ついてからずっと切望してきたものを宣言していた。自由……

「正義を信じている」

ブリーが両手を空に突きあげ、テープに合わせて高らかに歌った。

「報いを信じている」

両手を拳にしてコリーンに顔を近づけた彼の顔に、なにものにも束縛されない笑みがぱっと広がった。

「そいつをやっつけられると信じている、そいつをやっつけられると。いま！」

そうだ。コリーンは思った。そうだよ。

仕返し。

笑い、踊りながら、頭のなかでいくつもの顔が浮かんでは消えていった。桟橋の下の汚らわしいおやじどもの顔――自分が心に抱えた恥、嫌悪、痛みを解放するために同じ思いを他人に負わせ、自分が堕落したように人を堕落させようとする、歪んだ魂の悲しい行進。サイコ、スカム、ウィズ――鈍感でひどく底意地の悪い笑い声。ラットと彼のナイフ――彼にむけて、彼に沈めて、噴きだす赤を、はらわたから噴きだす邪悪を見たいと何度も夢見たナイフ、甘美な下剤。あいつに負わせられたすべての痛みを感じさせてやる、ううん、それじゃ甘い、痛みを永遠に感じさせ、自分から命が流れでていくのを見せて、奴の目に恐怖と想像もしなかったっていう気持ちを浮かべさせたい。

ああ神様、その夢、それを何度見たことだろう。まるで自分自身の血塗《まみ》れの手を見おろしている気分になるくらい。ナイフを握りしめて。

それにジーナ――ジーナのことはどうする?

「正義を信じている」ふたたびコーラスに差しかかった。

すべての償いをさせる。無理強いしたことのすべての償いを。

「報いを信じている」

ジーナのために絞首台の準備。煙と煤でできた男が群衆の背後にそそり立つ。空より大きく
……

「そいつをやっつけられると信じている」

うん、そうだよ、それにもうひとり。

「そいつをやっつけられる」

サマンサ・ラム。うん、サマンサ・ラムは死ななくちゃ!

いま!

ブリーがふたたびコリーンの手を握り、ぐるぐる振りまわした。コリーンには回転木馬のように心の眼で次々と見えるものがあった。ナイフ。血。黒髪。白い肌。ぽっかり開けて悲鳴をあげる口。

そのとき、ふたりはソファに倒れこんだ。ブリーの笑い声がいまの幻覚を払い落とした。

コリーンは陣地の戸口から外にいる友人たちをながめた。楽しさで顔を紅潮させている。溶かした黄金のような幸福感がコリーンの身体中の血管を流れた。

太陽はもうだいぶ沈んでいて、空は真紅に染まり、穏やかな海は青のなかでも薄い色になっていた。

「じゃあ、かがり火の準備を手伝ってくれるか？」ブリーが言った。

アイアン・デュークの店の前庭で、グレイは呼び出しに応じていた。「いま、ノース・デーンズにいる」彼は署の通信係に告げた。「わたしが見てくるよ。応援が必要だったらまた知らせる」

警察犬がクーンと鳴いてリードを引っ張りはじめた。

「さて、どうする？」グレイは犬の鼻がむくほうに従った。目庇《まびさし》を作ると、薄れていく陽射しに舞いあがる羽根のような煙が見えた。砂丘のなかからあがっている。「連中はどこにいるんだ、わんちゃん？」

誰も彼がやってくるのを見なかった。音量が大きすぎたし、みんな酔っていた——ビールで、歌で、火をつけてから増した多幸感で。この原初の美しい夜、海辺で、世界の果てにいて。

コリーンが最初に気づいたのは、犬が鼻先を手のひらに押しつけてきたときだった。ソファで横座りして、このバンドについて語るブリーの目を覗きこんでいたところだった。顔をあげると、あの警官がこちらを見おろしていた。桟橋の下で会ったあの警官が、犬のリードを握っていた。

「コリーン」彼は声をかけ、いかめしい顔つきをしようとしていたが、目にはおもしろがっているきらめきがあった。「悪いが、きみ、パーティは終わりだ。火を消す時間だ」

　誰もその光景を見ていなかった。ただし、海辺の電話ボックスから苦情の通報を入れていまは暗がりにしゃがみ、観察している人物は別だ。警官がパーティに早すぎる終末をもたらし、一同に砂を蹴って火を消させ、空き瓶を全部拾わせている。それから、付き添って砂丘を引き返して防壁をあがっていき、今夜の楽しみと遊びは終わった。しょんぼりした行列が遊歩道を町へともどっていく。

　一同が通った跡には抑えた笑い声が漂い、トーチカの壁のあたりにこだましていた。

第四部　わたしを揉み消せばいい《ラブ・ミー・アウト》

31　歩く魂《スピリットウォーカー》

二〇〇三年三月

　ファクス機がカチリといって作動を始めると同時に、暖炉の前に寝そべっている二頭の黒いラブラドールのうち大きなほうのディグビーが寝たままクーンとうめいた。ミスター・ピアソンは娘から電話を受けたあと炎をずっと見つめていたが、思い出の世界からはっとしてもどってきた。

　犬を見おろした。なにか追いかけようとするがごとく前脚が動いていて、またもや葛藤するようにうなり、兄弟犬のルーイーがつられて声をあげた。

「どんな夢を見ているんだ、おまえたち？」ミスター・ピアソンは立ちあがった。

　視線はマントルピースの写真に吸い寄せられた。いまより黒く、豊かな髪の彼が、カールした黒い髪が肩をふんわり覆った三十歳ほどの女に腕をまわしている。ふたりのあいだには、赤いバンダナで髪を結んだ痩せっぽちの幼い少女が、特大の笑みを顔に浮かべている。女性陣はどちらも人目を惹く青緑の目をしている。背景には紺碧の海が広がり、岩だらけの山が晴れ渡った青空にそそり立っていた。

「ソフィア」妻のお気に入りの姿にこうやって話しかけるのは初めてのことではない。「突っ走る娘をどうしたらいいいんだろうね？」

ソフィアは笑みを返すだけ、謎めいて動じない。ディグビーが対照的に、寝返りを打ち、突然むくりと立って目覚め、激しく身体を揺らした。鼻をミスター・ピアソンの手に押しつけ、探るような茶色の目で見あげてくる。

「では、見てみるとするか」犬のご主人はそう言ってパタパタとリビングをあとにすると廊下を横切り、狭くて本がぎっしり詰まった部屋にむかった。フランチェスカが自分の書斎と呼んでいる場所だ。

ファクス機から何枚もの紙が吐きだされてきた。

「レナード・リヴェット」フランチェスカは言った。

「まさしく」彼は一歩近づき、片手で帽子を脱ぎながら、片手を差しだしてきた。フランチェスカはそれを見おろした。大きく、加齢によるシミが出て、どの指にも金の指輪がはまっている。それにいわゆる殺人者の指をしているわ。

それでも彼女は極上のチャーミングな笑顔をむけ、ほっそりした手を預けた。「わたしは自己紹介する必要はなさそうですね」

「たしかにな、ミス・ライマン」リヴェットも認めた。彼は手にまったく力を入れず、最小限にふれあわせただけで離した。「おれが来ると思ってなかったのは知っているが、スモレット警部は少々遅れていてね。署から帰ろうとしたところで、ちょっとした問題がもちあがって」リヴェットは首を振り、太い眉をあげた。「おれたちの職務がどんなものかわかっているな。それで、おれが先に来てあんたに会うよう頼まれた」

彼は背をむけ、テーブルを指した。「あいつはさほど遅れんよ。せいぜい三十分だと言ってた。ところで、おれはもう飲み物の注文を済ませた。一緒にどうだね?」

「ありがとうございます」フランチェスカは礼儀正しくうなずき、からのグラスがあるテーブルの横手に腰を下ろしながら、赤ワインのボトルのラベルをさりげなく見た。疑問が頭をかすめた。こちらの好みをリヴェットはすでに知っていたのだろうか――だとしたら、どうやって調べたんだろう。彼がドアのうしろから姿を現した瞬間から、ここにいるのは偶然ではないと気づいていた。

「さあ、さあ」彼はフランチェスカの視線をたどり、ボトルを掴んだ。

「でも」彼女はグラスに手で蓋をした。「残念なことに、車を運転してきたんです。危ないことはしちゃだめですよね。警察の一員の前ではなおさら」彼女は甘ったるくほほえんだ。「わたしにはミネラル・ウォーターを注文してくださいます?」

「いいとも」リヴェットは自分のグラスにおかわりを注いで椅子にもたれ、右手の近くにある壁の小さなボタンを押して、白い上着と黒い蝶ネクタイのパリっとした小柄な男を呼びだした。男は注文をとってお辞儀をすると、部屋をあとにしてドアを閉めた。

「いいかね」給仕が去るとリヴェットは言った。「おれはもう正式な警察の一員じゃないだろ？　だから」彼は内緒話でもするように身を乗りだし、ワインボトルにあごをしゃくった。「普通のルールにのっとって行動しなくていい」

彼の先の尖った黄色い歯を見ながら、最初に姿を見たときに高まった不安を超える強い嫌悪感と闘った。

「だから、警部はあなたを送りこんだんですか？」

自宅をあとにしたノージはどちらの方角にむかうのが正しいのかわからないでいた。少し立ちどまり、広場を見まわす。直感はショーンが近くにいると告げた。もしかしたら、スウィングの店にもどった？　そうだ、感じる。

急いで道を渡っていると、遠くで犬の吠える声がした。

「今日、ミセス・リンガードと有益な話をしましたよ」ショーンは言った。「あなたの母校で。一時期かなり悪い仲間とつきあっていたけれど、あなたはそれを気にせず認めるだろうとも聞きました」

スモレットは面目ないという笑みをむけた。「シェーン・ローランズとニール・リーダーのことだな。アーネマス中学の厄介者。ミセス・リンガードの言うとおり、あいつらは悪かった――特別学級の奴らでもローランズのことは怖がっていたくらいだ。ガキ大将というやつだよ」

スモレットは思い出に浸りながらひとりうなずいた。「わたしはその場の雰囲気に流されていたんだろうな。若気の至りだ。だが、幸運なことに自分の進む道が誤っていると気づいた。五年が始まってしばらくして、あいつらとは縁を切ったよ。いっさいつきあわなくなった。わたしが警察の制服を着るまでは」彼はふたたび笑顔になっていった。「そしてあいつらが郵便局に強盗に入ろうとするまでは。一九八九年の三月だった。わたしが初めて逮捕したふたりだよ、ローランズとリーダー」

彼は続いてなにか話そうとしたが、電話のランプが瞬いてスモレットの注意はそちらにむけられた。顔をしかめた。じゃまするなという命令を出していたのだが。

「ちょっと失礼」彼は受話器を取った。

ミスター・ピアソンは目を細くしてファクスの情報を読むと、胃にぽっかり穴が開いた。昔の悪夢の記憶が急に押し寄せてくる。

「おお、やめてくれ。まさかわたしの考えているとおりじゃないだろうな。もういやだ……」

戸口に立っていたディグビーは彼がファクスを読むあいだじっと見守っていたが、大きく一声吠えた。隣の部屋でルーイーがクーンと鳴き、バスケットから転がり降りた。

リヴェットはククと笑った。「先手を打つ質問だな」彼はグラスを掲げて、その縁越しにフランチェスカを観察した。「インタビューの前に、あんたの勢いをおれにくじいてほしいとスモレットが期待していると?」

返事をする前に、給仕がフランチェスカの水のボトルを運んできた。彼が出荷されたままの状態の蓋を開け、泡立つ水をグラスに注ぐあいだ、盛んに慌てる胃を静めながら、いまの質問について考えた。これまでにもこうした手合とはやりあったことがあるじゃない。これまで働いてきたどこの編集室にも汚らわしいおやじはいた。この男は特別じゃない。

フランチェスカが笑みを顔に貼りつけたままでいると、給仕がふたたびお辞儀をして去っていった。

「なぜです?」彼女は言った。「どのようなインタビューになると考えられていたんですか?」水を飲んで相手の視線を避け、こちらも眉をあげてみせた。おもしろがっていると見えますように。「警察の広報担当官はちょっと騒ぎすぎですね。わたしたちの業界で〝よいしょ記事〟と呼ばれるものを書くんですよ。意味はもちろんおわかりですね、ミスター・リヴェット。地域の立派な一員の横顔を描くんです。アーネマスで過ごした時期から得たもの、いま町に恩返ししているものを」

「そうなのか?」リヴェットは上着の内ポケットに手を入れ、細い葉巻の箱と長く細いゴールドのライターを取りだした。「吸っても……?」

「ちっとも構いません」

「どうも」彼はそう言って、ライターを押した。火がつくと葉巻の先端がジュッといい、燃える赤になった。リヴェットは葉巻をふかし、細い煙を吐いた。

「続きを聞かせてくれ。おれたちのこの古い極上の町に、スモレットはなにを恩返ししている?」

「そうですね。スモレット警部は母校とのつながりを保つことに熱心です。警部の熱意はアーネマス中学の生徒にいいお手本となるでしょう。勉学に励めば、警部のようになれると」

「大変気高いことで」リヴェットは言った。「それで、なんのためにそんな記事を書こうと思ったのかね」

「それはですね」フランチェスカは真剣な表情になり、葉巻の煙のほうに身を乗りだした。「今日《こんにち》の社会においてわたしが気になっていることに、家族の崩壊があります。この件についてはわたしよりあなたのほうがお詳しいでしょうね」そして熱意を込めて視線をむけた。「ですが、現在はとても多くの少年が父親をもたずに育ちます。あるいは、適切な父親像さえもたずに。少年犯罪や反社会的行動がこれだけ増加しているのも不思議ではないんです。肯定的な男性の役割モデルがないんですものね?」

リヴェットはうなずいた。「悲しいことにそのとおりだ、ミス・ライマン。悲しいことにまったくそのとおりだ。おれたちは神のいない時代を生きてきた」彼の表情はフランチェスカを鏡に映したように厳粛なものになった。「いま、自分たちの蒔いたものを刈りとるハメになってるんだよ」

「ジェイソン」スモレットはショーンと目を合わせたまま言った。「電話はつなぐなと……」それが誰にしても、スモレットの言葉を遮った。ショーンには相手の言葉は聞こえなかったが、スモレットが肩を丸めて視線をさっとデスクの上にやったから、予期せぬ知らせが伝えられたらしい。あるいは、あらかじめ打ち合わせをしていた芝居か。

「なんだって?」スモレットが顔をしかめた。「ちょっと落ち着け、ジェイソン。どういうことなんだ」彼はふたたびショーンをちらりと見やり、口の動きで〝すまない〟と伝えた。「誰が?」仰天した口ぶりだ。「なんだと? このわたしの命令だって? そんなこと、なにも知らないぞ……」

彼の視線の見る先が変わってきた。いまではショーンをまっすぐに突き抜けてうしろの壁を見ているようだ。目の下の筋肉がぴくぴく動きだした。

「うるさい、ジェイソン」彼はきっぱりと言った。「もう切るぞ」

彼は受話器を置き、信じられないといった表情でそれを見おろした。それからたちまち我に返り、ショーンに視線をもどした。

「誠に申し訳ない、ミスター・ウォード。だが、出かける用事ができてしまった。仕事の電話で」彼は椅子をずらして立ちあがった。「明日の朝に話の続きをしよう」彼は腕時計を見おろした。「九時三十分でどうだろう」

ショーンはレコーダーに手を伸ばし、バッグにもどした。「いいですよ。どういった……」

「さあ、お引き取り願わねばならない」警部からにじみでる緊張は容易に感じとることができた。彼はデスクのむこうからまわってくると、ショーンがまだ立ちあがりもしないうちにドアを開けた。「緊急でやらねばならないことができた」


「ですから」フランチェスカは自分自身の考えにとても似ている、聖書からの突然の引用は予想もしていなかったが、首から下げているペンダントにリヴェットの視線がむけられていることには気づいた。「スモレット警部が母校でされていることは、いいお手本だと思うんです。連載の冒頭を飾る記事にしようと思っています。毎週掲載の」

「ほう?」リヴェットの視線がペンダントを離れ、ふたたびふたりの目は合った。「じゃあ、ほかに誰を記事にするのかね?」

「地域の青年クラブのリーダー、ボーイ・スカウト団長、主夫」フランチェスカはリヴェットをもっともいらつかせそうな役割モデルをすらすらと挙げていった。だが、思いついたことを言う前に息継ぎしたそのとき、不意の恐怖に貫かれた。

ひょっとしてこの人、もう知っているとしたら?

そこで顔に笑みがもどっていた元警部は、ふたたび椅子にもたれた。「男性教師。それもよさそうじゃないか。最近ではあまり残っていないそうだな? そんなふうに聞いたが……」

「では、また、ミスター・ウォード」スモレットは急ぎ足で建物の玄関までショーンに付き添い、ドアを開けて押さえた。「明日の九時三十分に」

「九時三十分ですね」ショーンは念を押したが、ドアはバタンと閉じられた。

玄関前の階段のてっぺんにしばし佇み、ガラス戸越しにスモレットが慌ててロビーを横切り、受付の巡査に会釈してから奥に消えるのを見守った。そのとき、携帯が鳴りだした。


ノックの音がして、フランチェスカはぎくりとして手が揺れ、水を少しグラスからこぼしてしまった。

リヴェットが腹立たしそうにさっとドアを振り返った。「なんだ?」そう問いかける。

ウェイターが戸口に立っていた。「またもやおじゃまして申し訳ございません。ですが、お電話が入っております。エリックのことだそうで。それに緊急だとも言われています」


「もしもし?」ショーンは電話に出た。表示された番号は見慣れぬものだった。

「ショーン・ウォードかね?」ノーフォークのアクセントでしゃべる男。ためらいがちな話しかた。

「そうです」ショーンは言った。「どちらさまです?」

「ああ、そうだった。きみはわたしを知らないが、娘からきみに電話をかけるよう頼まれてね。フランチェスカ・ライマンだ。きみに知らせたいことがある。娘が重要だと話していたことだ」

フィリップ・ピアソンなのか。「どういった件でしょう?」ショーンはそう言って階段を降りていき、警察署を離れて車をめざした。

「あのだね、わたしがこの情報を正しく読み取っているのならば、娘は深刻なトラブルに首を突っこもうとしているらしい。まず、きみが何者か訊ねてもいいかね?」

「少々お待ちを」ショーンは歩調を速め、ポケットのキーを探り、車のロックを解除した。車のライトがカチリと灯った。「誰にも話を聞かれない場所に行きますので」そう説明した。ドアを開けて乗りこみ、バッグは助手席に放り、バックミラーを一瞥《いちべつ》してドアを閉めた。

「お待たせしました。わたしは私立探偵です。ロンドンの勅撰弁護人の依頼で仕事をしています」

「探偵?」ミスター・ピアソンは混乱したようだ。

「古い事件の洗いなおしのためにここへ来たんですよ。娘さんはそれに協力してくれています」

「まさかコリーン・ウッドロウと関係したことじゃないだろうね?」

その声はけたたましい犬の声に呑みこまれた。

「すぐにもどるから」リヴェットは立ち、葉巻を灰皿でもみ消した。「どこにも行かんでくれよ」

ドアが閉まるとすぐに、フランチェスカは会社に帰ったときに受付のパットがそっけない表情だったことを思いだしていた。怒りを抑えて小声で電話していた。その後に警察の広報官からの電話をつないでくれた……

通話相手の声を頭のなかで再生した。いまならはっきりわかる。自分が話をした〝広報官〟は実際はリヴェットだった。

胸に焦りが高まってくるのを感じ、上着を身につけ、バッグを抱えた。そこで悟った——入ってきたドアからは簡単に出ていけない。リヴェットかこざっぱりとした男たちの誰かに姿を見られたら、もっともらしい言い訳でここから出してくれないだろう。脈が速くなるのを感じながら、彼女は赤いベルベットのカーテンを開けた。


「ミスター・ピアソン?」バックミラーに署の玄関前の動きが映った。

「すまなかった」フランチェスカの父親が電話口にもどってきた。「犬たちを別の部屋に閉じこめないとならなくてね。一晩中でも吠えつづけるよ。さて、きみたちふたりがなにをしているのか知らないが、フラニーからはこの件で自分を信じてくれと言われている。だから、きみが状況を理解して仕事を進めていることを祈る。フラニーの元夫のロスから、ファクスがたくさん届いた。彼は娘のために企業のリサーチをしたらしい。そしてここにはわたしが見たくもない名前がある。レナード・リヴェットだ」彼はそう言った。「書類にはこう書いてある。彼とデール・スモレットはアーネマスのレジャー・ビーチ産業の共同所有者でそれは……」

バックミラーで、スモレットが男を叱責しているのが見えた。年配の私服刑事だ。スモレットは顔を真っ赤にして叫び、腕を振りまわしている。

「……一九八九年三月からだと。なにか意味を見いだせるかね?」

ショーンはバックミラーをにらんでいた。スモレットは階段を駆け降りた。ミスター・ピアソンが言ったことを咀嚼《そしやく》するのに一瞬が必要で、返事を待たれていると気づいた。

「ええ」スモレットはショーンの真横を走ってまっしぐらにシルバーのアウディTTにむかった。ロック解除すると電子音のビッという音がしてライトが瞬いた。「ええ、それでたくさんのことに説明がつきます、ミスター・ピアソン。教えてくださって、ありがとうございます。いま、フランチェスカはどこにいるかご存じですか?」

「三十分ほど前に電話してきたよ」ミスター・ピアソンが言った。「今夜は帰宅が遅くなりそうだと。だが、理由は話さなかった。もしも、きみが娘を危険な目に遭わせているのなら……」

「お嬢さんはわたしにメッセージを残しているかもしれません」アウディのヘッドライトがついて、スモレットはショーンに気づきもせずにバックで横を通り過ぎ、たくみなハンドルさばきで駐車場の出口へむかう。

「では、たしかめてくれないか?」ミスター・ピアソンが言った。「今夜じっとしてないのは犬たちだけじゃないかもしれん」

「たしかめましょう。できるだけ急いで折り返し電話します」

スモレットが道路に出たところで、留守番電話の最初のメッセージが聞こえた。ノージからで、耳元から離さねばならないほど彼女の声は大きかった。

「次のメッセージです。十八時三十分」続いて電話がそう教えてくれた。

「猿は親切にも、ついにわたしと今夜会うことを許可してくれた」フランチェスカの声だ。「これからインタビューをするわ。七時半か八時まではかかるはずよ……」

ショーンはダッシュボードの時計を見おろした。

十八時三十分だと。ショーン自身がスモレットに話を聞いていた時間じゃないか。まさにこの警察署で。

それはつまり……手まわしオルガン弾きが動いたということか？

ふたたびバックミラーを見たが、猿はとっくに消えていた。

32　七つの海《セヴン・シーズ》

一九八四年五月

「あなたたちふたりは学校で一緒なのね？　ピアソン先生のクラスで」

スモレットの母がアスティ・スプマンテのグラスを手に、息子とサマンサのあいだに立った。

サマンサは祖父としゃべっていたが、振りむいてミセス・スモレットに訝《いぶか》しげな視線を送った。

「ああ」サマンサはデールをちらりと見て言った。「ええ、そうです。あなたは……？」

「カレン・スモレット」アレクシス・キャリントン（八〇年代のドラマ《ダイナスティ》の登場人物）ばりの肩パッドの女がゴールドとダイアモンドのちりばめられた手を差しだした。「デールの母よ。あなたはサマンサね？」

サマンサの笑みは物問いたげだった。デールは自分の首元が赤く染まってくるのを感じた。混みあった部屋でおれをここまで引きずってきて、こんなふうに恥をかかすとは信じられないよ。この場ではこれを着るべきだと強く言われた黒いタキシードと母に結ばれた小さな蝶ネクタイ姿でとっくにマヌケみたいな気分になってるのに。

「ブラック・タイ・ディナーはこの格好をするものなの」母にはそう言われたのだった。「覚えておきなさい。これからもこうした機会はあるはずよ」

彼は自分のイタリア製の革のドレスシューズを見おろした。身につけていて恥ずかしくないのは、これだけだ。

「エリック！」カレンが甲高い声で呼びかける。「お誕生日おめでとう、ダーリン！」

エリックは身を乗りだして、彼女の頬にキスをした。「カレン。いつものように美しい」

「まああ」カレンは品《しな》を作ってみせて言った。「このおばさんが？」

彼女はその場でまわり、赤いスパンコールのドレスがヒップのあたりでシュッと揺れた。

デールは目をつぶった。フリーメーソン・ロッジの床に穴が開いて自分を呑みこんでくれたらいいのに。だが、すぐそばで低い声がこう言うのを聞いて飛びあがるほど驚いた。「やだ！あんたの母親もうちのと同じくらい困り者だなんて知らなかった」

目を開けるとサマンサが、いたずらっぽく笑いかけていた。

彼は笑いはじめ、彼女はウインクした。

「どれがきみのなんだ？」彼は小声で返した。

「あそこにいる恥知らずのおばあちゃん」サマンサが首を振ってみせた先には、カレンのブロンドの双子かと見まがうような女がいた。ただし、黒いシフォンのレイヤーになったドレスを着て、腹の膨らみが完全に隠れていない点は別だ。「ツバメのウェインと一緒」彼女はその名を軽蔑を込めて発音した。

デールは落ち着かない様子の男をじろじろと見た。巻き毛の茶色の髪、頬ひげ、サイズの合っていないタキシードはデールの格好をとびきり洗練されたものに感じさせてくれた。ウェインは七〇年代のどこかのスタイルを引きずっているように見える。

「あててみようか。あのタキシードの下では、腕に錨《いかり》のタトゥーを入れてるんだろ。きみのママの名前の下に」

サマンサの目は見ひらかれ、口は完璧な〝O〟の形になった。

「どうしてわかったの？」

「伯父さんのテッドが」デールは今度は自分がうしろへ首を振ってみせた。「同じことしてる」

サマンサは首を伸ばしてから、口に手をあてて楽しそうな忍び笑いを漏らした。ウェインのほかに、この部屋でフレアパンツを穿いているただひとりの男の姿を認めたのだ。

デールはこんなに愛らしいサマンサは見たことがないと思った。髪も、ローランズがデールをねちねちとからかうネタにしたあのバカげたスタイルから伸びていた。長くて鳥の毛みたいで、とても都会的だった。それにシンプルで裾の長いブラックドレスは彼女のプロポーションを最大限に引き立たせている——だが、彼女がテッドのことを笑うのをやめると、すぐさま視線を顔へ引きもどした。

「そう」彼女は言った。「わたしたち、思ったより共通点があったのね」

「ねえ」エドナはアマンダの耳元に顔を近づけて囁いた。「サミーと話をしている、あの顔立ちの整った男の子は誰？」

アマンダは母の視線をたどった。「知らないわ。でも、ほんとに素敵な子ね？」

「素敵どころじゃないですよ」エドナも賛成した。

「ほら」リヴェットはエリックの隣にすっと立った。「言っただろう？　ふたりは見目麗しいカップルになるじゃないか？」

「あの少年はたしかに精一杯、身なりを整えたな」エリックはしぶしぶ認めた。

「あの子はもっとよくなるぞ、エリック」リヴェットは言う。「トップにまで昇りつめる。おれが叩きこめば優秀な警官と社会の手本になれるすべての素質をもっている。それに、あんたを笑顔にさせることがまだある。おれのスピーチより先にな。あんたの次の作品のために、かわいいおぼこ娘を見つけた」

「ほう？」エリックはサマンサから視線を離さずに言った。「この前のよりいいのがいるはずがない」

「試してみんとわからんぞ。なにしろ、今度のはその古いブロックから削った破片だからな。それに」彼はエリックの耳元に近づいて小声で言った。「その娘はまだウブな十五歳だ」

「コリーン」ジーナが階段から二階へ叫んだ。「すぐに降りてきな」後知恵として彼女はつけ足した。「身支度の仕上げをしよう」

コリーンはほとんど覚えていない祖母からずっと前にもらった、ピンクのプラスチック製の化粧台いっぱいに並べておいたお守りを見おろした。ノージに教えてもらったことと、ラットがいないことの、どちらがどれだけ影響しているのか全然わからないが、この家にもどって数カ月になるものの、いまでは祭壇だと考えるようになったこの化粧台を、ジーナが部屋に押し入って盗んだり、壊したり、乱したりすることは一度もなかった。

コリーンは祭壇布として使っている赤と黒のベルベットのスカーフに視線を走らせた。ノージが蠟燭とかなり細かな模様の小さなインド製の真鍮の皿をノリッジのサイケデリックな店で買ってきて、呪文の効果を持続させるにはこうしたものはきれいに整頓しなければならないと念押しした。

白い蠟燭が二本、これは呪文を唱えながらまず白檀《ビャクダン》の精油をこすりつけておいたもので、海塩を入れた真鍮の碗のなかで燃え、熱い蠟へと溶けていくところ。それぞれの蠟燭の隣では、線香が蓮の形の真鍮の入れ物から煙をあげ、乳香と没薬《もつやく》の香りが部屋を満たしていた。

蠟燭が守っているのはご褒美のものたちだ。師匠がくれたタロットカードと本が二冊。『ゴエティア――ソロモン王の小さな鍵』と『ネクロノミコン』。一冊目は警察署での夜にジーナから助けてくれた本で、コリーンは一番大切にしていた。ノージの導きがなければ、書名を発音することもできなかっただろうし、それを言うなら書いてある言葉だって理解なんてとても。でもコリーンはこの本が守りの力をとにかく放っていると感じていた。

「コリーン！」ジーナの声がさらに大きくなり、床の下からいやなふうにどんどんと叩かれた。「いますぐ降りてこいって言ったよ！」

コリーンは鏡に映る自分を見つめ、白い光に包まれたところを想像した。いまでは暗記している呪文を繰り返した。それを三回唱えて祭壇に頭を下げてから、立ちあがって一階へ降りた。

男が台所で母と一緒に立っていた。

これまでに会ったことはないみたいだが、同時にとても見覚えがあって、男が顔をこちらにむけるとどきりとしたくらいだ。

シープスキンのコートを着た背が高く肩幅の広い男で、黒い中折れ帽の横には羽根がついている。日焼けした丸い顔に落ち窪んだアーモンド形でダークブラウンの目を黒い眉が縁取っていた。大きな笑みでぱっくりと口を開けると、尖った犬歯が見えた。コリーンは自分の頬に片手をあて、男を見ながらある問いを頭で形作っていった。

「この人は」コリーンが質問を声に出すより早く、ジーナが言った。「あなたの伯父さんのレンよ」

コリーンは顔をしかめた。最初に思い浮かべた質問は突然浮かんだ不安に消えていった。じゃあ、この男はラットのかわり？

「やあ、コリーン」男はそう言い、大きな手を差しだした。金色の指輪がどの指にもきらめいている。

コリーンがためらいながら手を握ると、男はごく軽く握り返した。彼をもう一度見やると、また妙な感覚が甦った。あり得ない考えが思い浮かぶ。ジーナが今度ばかりは嘘をついていないってことはある？　この人、本物の伯父さん？

「ひさしぶりだな」男はコリーンの頭のなかを読めるかのように言った。「乳母車で眠る小さな女の子だった頃以来だ」

コリーンはたしかめようと母に視線を送った。

ジーナはうなずいた。「そうなんだよ、コリーン。レンがあんたに会うのは赤ん坊のとき以来。でも、そのあいだの埋め合わせをしたがってるんだよ」

コリーンは黒いレンジ・ローヴァーの助手席に座った。

「すっごくいい車だね」彼女は革張りのシートとレン伯父さんのコロンの香りが気に入ってそう言った。この人が運転するあいだずっと顔を見つめていて、確信のようなものを得ていた。レン伯父さんは楽しい。笑わせてくれる。

「そう言ってくれて嬉しいよ。男たるもの、イギリスで最高の車だけを運転しないとな」

コリーンは伯父さんの横顔から視線を外し、窓の外を見た。海岸通りへと車を走らせ、ジュリアンが夏にレストランでウェイターのバイトをした大きなホテルへむかっていた。アルバート、というホテルだ。

方向指示器がカチカチと鳴りはじめ、レン伯父さんがホテル裏手の駐車場に車を入れた。コリーンは高い壁、細い窓、残飯用の大型のスチールのゴミ箱が並ぶ様子を見やった。ホテルはこちら側からはあまり素敵に見えない。

「ここに行くんじゃないよね?」彼女は訊ねた。

「心配しないでいい。この町一番のホテルと言われているんだからね。ここで働いている友人がいて、特別な計らいをしてくれたんだ」彼は片目をつぶった。「だから裏口にまわらないといけなかったのさ」

「うん、でもわたしもここで働いてた友達がいるんだ。その男の子、ゴキブリだらけだって言ってたよ。いつかの夜なんか、おばあさんのスープボウルに天井から一匹落っこちてきたくらいだって」彼女はその場面を想像して忍び笑いを漏らした。

リヴェットは車を停めた。「その友達は大げさに言ってるのさ。男の子というものはみんなそうだからな。だがいいかな、ゴキブリがいても、わたしがきみのために叩き殺してやるさ。さあ」エリックの顔が階段室の細い窓に見えた。

「そうしてもらお」コリーンはまだ笑いながら、シートベルトを外した。

裏口まで半分ほどの道のりを歩いたところで、エリックが首を振って片手で首を切る仕草をしているのに気づいた。リヴェットは顔をしかめた。

エリックがさらに激しくその仕草を繰り返し、首をひっこめて視界から消えた。

「何事だ?」リヴェットは思わず声に出し、ぴたりと歩みをとめた。

隣でおしゃべりしていたコリーンは何歩かそのまま進んだが、隣に伯父さんがいないと気づいて、振り返った。「どうしたの?」

「さてな。ちょっと車のところで待っていてくれ。たしかめてくるから」

コリーンは下くちびるを突きだした。「いいよ」

話を聞かれない場所まで彼女が行ってしまうと、リヴェットは裏口に近づいてそっとノックした。

ドアはごくかすかに開いた。

「彼女は帰らせろ」エリックが鋭く囁いた。

「なんでだ?」リヴェットは小声で言った。「なんの問題があると?」

「あの娘はまともじゃないからだ。あれが、エドナの犬の毛を刈って、バカ犬を怖がらせて死なせたとんでもない女だ。帰らせろ、レン。そしてわたしや家族には二度と近づけるな」

ドアはリヴェットの鼻先で叩きつけられた。

ゆっくりと振り返った。コリーンは車の横に立っている。というより正確には、車の隣で踊っていて、自分なりの小さな夢の世界に浸っている。頭のなかでは歌が聞こえているらしい。

化粧と腰を抜かすような髪型にもかかわらず、十五歳にはとても見えなかった。幼い少女が歩道でスキップしているように見える。いつも取り残されてひとりで遊ぶ幼い少女だ。

「やれやれ、ジーナ」彼はひとりごとを言った。「またおまえの評判は落ちたぞ」

彼はゆっくりとコリーンに近づいた。

「悲しい知らせだ。友人が病欠だった。結局、今夜は食事ができない」

「まあさ」彼女は肩をすくめる。「ここで食べるのは安全じゃないって言ったよね」

思わずリヴェットは笑っていた。そしてこんなことを訊ねていた。「じゃあ、かわりになにをしたい？」

コリーンは首を傾げた。「うーん」考えこんでいる。「そうだな、レジャー・ビーチに行くのが好きだったけど」その視線はまばゆく輝く尖塔、タワー、観覧車の方向へ漂った。「でもね」彼女は鼻に皺を寄せて彼を振り返った。「もういやになったの。あのね、いま一番好きなのは……ドーナツの大袋を買って、ゲーセンで遊ぶことかな」

期待して彼女の顔は輝いた。非情なことができる者たちを相手にしてきた経験からすると、リヴェットはどうしても彼女がエドナの犬を傷つけたなど想像できなかった。「いいだろう、コリーン」彼はそう言って、ポケットから車のキーを取りだした。「案内してもらおうか」

リヴェットは彼女をザ・ミントに連れていき、五個で一ポンドのドーナツとコーラを一缶買ってやり、食事をしたことがないような勢いで彼女がこれをがつがつ食べる様子を見守った。

それからゲームセンターの入り口で数ポンドを両替してコインを渡し、一緒に彼女の好きなゲーム機へむかった。

コリーンはスロットに小銭を入れながら自分の幸運が信じられないでいた。浮かれていた。砂糖を摂取したから、それにレン伯父さんがとても親切だから、そしてついにパックマンのラウンド3まで進めたから——いくら努力してもこれまでは行けたことがなかった。

「レン伯父さん!」彼女は嬉しくなって歓声をあげた。「これ見て、レン伯父さん!」

伯父さんに見せようと振り返った。彼女の顔から笑みは消え、かわりにとまどいを浮かべて、シープスキンのコートと中折れ帽の男の姿を探した。周囲のゲーム機は大きな音をたてて鳴り響き、気にも留めていない。レン伯父さんはいなくなっていた。

「なによ?」ジーナは戸口にもたれ、疲れた様子、飽き飽きした様子だった。ろくに手入れをしていないとリヴェットは気づいた。完璧な肌にシミができて、顔は飲酒がすぎて睡眠不足から腫れていた。以前はつやのあった真っ黒な長い髪はくすんで洗っていないようだった。「まだほしいものがあるの?」

「彼女はだめだった」リヴェットは言った。

「えっ?」ジーナは顔を曇らせた。息からはバーボンの匂いがプンプンする。リヴェットは彼女を押しのけて玄関ホールに入り、道路に面した外ドアを閉めた。

「おまえの小さなコリーンは」リヴェットは言った。「使い物にならなかった。おれのパートナーが彼女を使いたがらなかった」

ジーナは肩をすくめた。娘の好む仕草にそっくりで、それを投げやりにしただけだった。

「だから？」彼女は言った。黒い目の焦点は合っていない。

「だから、おまえはおれの時間を無駄にした。おれのパートナーの時間まで無駄にした。つまりだな、状況はまたもやおまえにとって芳しくないってことだ、ジーナ。それからすぐに……」

ジーナは彼の顔に煙を吐きだした。「知ってる？　あたし、本気でどうだっていいのよ」彼女は仰々しく両腕を広げてみせて、よろめき、壁にもたれた。「あたしをファックしたい？　ファックすれば。あたしを殴りたい？　殴れば。好きなことをやりなよ。あたしが経験してないことなんかない。さっさと済ませて」

リヴェットはうんざりして彼女を見やった。「残りの品はどこだ？」

「なんの話か全然わからない」ジーナが言った。

リヴェットは首を振って彼女を玄関ホールに置いて二階へあがった。手前の寝室で明かりがぼんやりと光っているのに目を留め、なかに入った。

「こりゃなんだ……？」彼の視線はコリーンのピンクのプラスチックの祭壇に吸い寄せられた。蠟燭は燃え尽きかけて、蠟が碗から垂れて固まり、ベルベットのスカーフにも滴っている。彼は近づいて自分が目にしているものはなにか突きとめようとした。化粧台の中央の黒い本を手にした。『ゴエティア――ソロモン王の小さな鍵』。

部屋のほかの部分も見まわした。シングルベッドと長さの合っていないカーテン、安物のナイロンの絨毯。化粧の濃いポップスターの写真が、ぞっとするような七〇年代の壁紙にテープで留めてある。ここはコリーンの部屋か。

「あたしなら、それにはさわらないね」ジーナが戸口に立っていた。「それはコリーンの黒魔術の祭壇だよ。ギャハハ！」彼女は軽蔑して酔っぱらいらしい笑い声をあげたが、言葉遣いを考えなおしたようだ。「でもさ」そして眉をあげてみせた。「今夜は効き目があったみたいだね？」

リヴェットはもとの場所に本を置いた。

蠟燭の火が揺れてから消えた。

「で、なんであんたのパートナーはコリーンが気に入らなかったんだよ」ジーナはなじった。

「そいつは若いのが好きって言ってたはずだけど。醜すぎるって？」彼女はかぶりを振った。

「まあ、驚かないね」

「ずいぶんと強気じゃないか、ジーナ。だが、ヘロインがなくなって手札もなくなってしまえば、強気も失せるな」

「ああ。たぶん、あんたの言うとおり。でも、強気でいるあいだに、それからぶん殴るでもなんでも、次にあんたがやろうとしてることをやる前に、ひとつ教えてやるよ」

「まったく興味はないな」リヴェットはそう言ってジーナに近づいた。

「それでも聞いたほうがいい。コリーンのこと。あの子の見た目がたいしたことがない理由。ここのほうも」彼女は人差し指で頭の横をつついた。「ほんとに悲しいことだよ。父親に似たせいだ」

リヴェットはジーナの手首を摑んだ。

「おまえのお楽しみ相手の数を考えればな、驚きはしないぞ」

摑んだ手に力がこもると、ジーナの目に怒りの光が甦った。

「相手のなかでも一番のクズ野郎の子だからだよ」彼女は言った。「あんただ」

33 おれの王国《マイ・キングダム》

二〇〇三年三月

ノージはスウィングの店のドアを開け、騒音の壁のなかを歩いた。メタリックなギターがドラムの連打に対抗してわななき、それに負けじとヴォーカルがしゃがれ声を張りあげる。学生ふたりの横をすり抜けてカウンターに寄りかかると、オーナーの背中に叫んだ。「マーク！」

客と笑っていた彼には声が届かなかった。「マーク！」いらだつノージの声は、エモの大音量より数デシベル高くなった。ファーマンがくるりと振り返った。ようやく気づいてもらえた。

「マーク」ノージはさらにカウンターに身を乗りだした。「あの警官、今夜は来てない？」

「誰だ？」マークは言った。「ショーン・ウォードのことか？　いや、来てないぞ。なんだ、探してるのか？」

「とても大切なことがあるんだよ。説明してる時間はないんだ。でも、もし彼が来たら、あたしにすぐ電話するように言って――携帯に。いい？　そして絶対に引き止めておいて」

「またわたしですが、ミスター・ピアソン」ショーンは言った。「フランチェスカからたしかに伝言が残っていました。娘さんはインタビューをおこなっていて、あと三十分から一時間で終わるそうです」彼はダッシュボードの時計を見おろした。

「うーん、そうなのか」ミスター・ピアソンは完全には安心できていないようだった。「では、八時にはうちに帰るな」

「そうですよ」ショーンは自信もないのに断言した。

「なるほど。では、犬たちが家を引き裂く前にわたしが散歩に連れていったほうがいいな」

「そうですね、ミスター・ピアソン。娘さんからなにか連絡があればお知らせしますので」ショーンは電話を切った。すぐさま、電話がまた鳴りだした。

「やっとつかまえた！」ノージの金切り声が耳元で響いた。

「ノージ」ショーンが言った。「きみの伝言を聞いたばかりだった。きみに会うつもりだったが、別件ができてね。大切なことで……」

「あたしが話そうとしたことより大切なことはないよ」

「申し訳ないが、いまは別件のほうが大切なんだよ」ショーンの親指が電話を切るボタンへ伸びた。

「リヴェットが」ノージが言う。「いま、あなたの友人の記者と一緒にいるよ。どう思う?」

「なんだって?」ショーンは親指を下ろした。「ふたりはどこに?」

「そういうあなたはどこにいるんだよ?」ノージが切り返した。

「警察署の前だ。じらすなよ、ノージ。ふたりはどこにいる?」

「あたしをスウィングの店の前で拾って。すぐにふたりのいる場所へ案内する」

「すぐ行く」ショーンは電話を切り、車のエンジンをかけた。駐車場を出るときに、スモレットと揉めていた刑事がまだ署の入り口に立っているのに気づいた。道路を見やり、動揺した表情を浮かべている。


フランチェスカの視線は窓でとまった。一階のサッシ窓だ。錠がかかっていなければ、ここから外に出るのは簡単なはずだ。錠に手を伸ばし、開けてみた。簡単に開いた。だが、窓をもちあげようとしたが、なかなか動かない。「もう!」彼女は息を殺して毒づいた。窓は窓枠からほんの少ししかあがらなかった。視線を木の窓枠にむけた。ペンキで塗りこめてあるらしい。

窓はだめだ。もう一度考えて。

ありったけの力を出して窓を引き下げ、錠をかけてカーテンをさっと閉めた。ふたたび椅子に座ったが、頭はめまぐるしく動いていた。じゃあ、トイレはどう? あそこにも窓があるはずね? いくらなんでも、彼はトイレまではついてこないだろう——とにかく、最初は。それよりは、彼を待たせておいて、帰らねばならないとあっさり人に言って玄関から出ていったほうがいいんじゃないの。そうよ、いい考え。ただし、うまく事を運ぶにはここに上着を置いていかないとならない。ちょっと、これは高いものだったのに。でも、そんなことを気にしている場合？　上着なんかまた買えばいい。

上着を脱ぐと椅子の背にかけ、落ち着かずに水をがぶ飲みした。ショーンに電話するチャンスだったことに気づいた。せめて自分がどこに誰といるのか知らせることはできたはずだ。窓などいじらずに最初からそうしておくべきだった。でも、まだきっと時間はある……

急いでバッグを探っていると、ドアが開いた。

「予定変更だ」リヴェットが言った。

ショーンはスウィングの店のむかいに車を停めた。そこにノージが豹柄のコート姿でバッグを肩にかけて立っていた。彼女はドアを開けて乗りこみ、きらめく目でショーンを見あげた。

「ふたりはフリーメーソンのロッジ。いまたしかめたら、まだいるって。道順はわかる？　教えたほうがいい？」

「教えてくれ。一方通行に引っかからないように案内してくれたら、本気で魔術を信じることにするよ」

「わかった。次の角を左よ」

ショーンはアクセルを踏み、ノージの指示に従って最初の角を曲がった。「じゃあ話してもらおうか。ミス・ライマンについて知っていることと、彼女がいまリヴェットと一緒だとどうやってわかったのか」

「あの男には見張りをつけておいたの。あなたと最後に話したとき以来。いつなにがあるかわからないから、あいつの居場所はつねに把握しておきたかった。だから、あの女性があいつと一緒だとわかったの。彼女については、ほとんど知らない……」

「そうか。だが、きみはわたしの〝友人の記者〟と電話で言ったから、知っていることはあるはずだな」

「彼女の仕事は知ってるよ。あたしだってあの新聞は読んでるし、顔は見かけたことがある。《マーキュリー》の前の編集長とは大違い。全然違うでしょ?」ノージはちらりとショーンの横顔を見つめてから、道路に視線をもどした。

「わたしのことも尾けていたのか?」ショーンは訊ねた。

「ううん。あたしは推理しただけ。あなたにはこの町で協力者が必要だった。地元の新聞社の人に頼むのが理にかなってる」

「なるほど。信じることにしよう」

「次の交差点をまた左よ。あと少し」

フランチェスカは立ちあがった。「ええ、わたしも予定の変更が。たったいま電話があって……」

「スモレット警部はほかの場所であんたに会いたいそうだ。おれが付き添って、あんたが無事到着するようにする」

リヴェットはふたたび笑顔を見せ、テーブルに近づきグラスを手にして飲み干した。

フランチェスカは笑い声をあげた。神経が逆だって乾いた笑いになったが、頭は冷静なままでいようとした。「どうしてです？ ここじゃまずいんですか？」

「あんたの書きたがっている記事に関係があるんだよ」リヴェットはそう言ってからになったグラスを置き、テーブルに身を乗りだして彼女を見おろす格好になった。「スモレットはもっと詳しく経歴を教えようとしてるんだ。あんたが正確な人物像を描けるようにしたいわけだな」

「そういうことですか」フランチェスカは返事をすると、ひと口水を飲み、乾燥した喉をなんとかしようとした。「では、仕事中の警部に合流するというわけですか？ 目下、警部はなにか捜査中なんでしょうか」

「いいや」リヴェットは首を傾けた。「奴の私生活に関係したことと言えるな。自分のルーツをあんたに見せるという奴の考えだ。奴の出発点をな。そうすりゃ、あんたも奴のことを全面的に描けるようになる」リヴェットはドアにあごをしゃくった。「生まれもった慈愛の精神がどこから出たものか拝見といこう」彼の笑みはさらに深くなり、顔に寄った皺も深くなった。

フランチェスカはゆっくり立ちあがった。

「そうだよ、お嬢さん」リヴェットが催促してきた。「あんたを奴のもとにできるだけ早く連れていけばいくほど、あんたはおれを早く厄介払いできるんだ。経験豊富な刑事じゃなくても、それがあんたの本当の望みだとわかるからな？」

「そこよ」ノージが言った。「右に曲がると、もう駐車場」

車を入れると、ショーンはリヴェットのローヴァーに気づき、ほっとした。

「きみの言うとおりだ。ふたりはここにいる。さあ、乗りこもう」

ノージはこまったように笑った。「あたしが一緒にいくのは賢いとは思えない。ここじゃ、あたしみたいなのは歓迎されないの。あなただって入れてもらえないかも」

「いいだろう、じゃあ、きみはここにいろ。奴の車を見張っていてくれ。奴がほかの出口からやってくるといけないから。どの車がそうか、もう知っているとみたが？」

ノージはうなずいた。「幸運を、ショーン・ウォード」彼女は低い声で言った。

車を降り、玄関前の階段にむかう途中でショーンは上着のポケットに入れた携帯の振動を感じた。取りだして表示された相手の名を見おろした。ジャニス・メイザース。

足をとめた。「どうも。手早く話してもらえますか」

「わかった」彼女の声はクールだった。「誰かに話を聞かれる心配は？」

ショーンは玄関から目を離さず一歩踏みだした。「ありません」

「リヴェットが集めたサンプルふたつの分析結果が出たの。エイドリアン・ホールという名のサンプルが、例の正体不明のＤＮＡとぴったり一致した」

ショーンは鋭く息を吸った。「本当ですか。そいつはコリーンの母とつきあいのあったバイカーのひとりです。〝サイコ〟という呼び名の。リヴェットが最初からわたしに怪しいと思わせようとしていたバイカーたち。事はそれほど単純だと思われますか?」

「若干、都合がよく見えるわね?」メイザースは言った。「もっと興味深いことがある」彼女は話を続けた。「あなたが送ってきた葉巻の吸い殻から採取したDNAは、コリーン・ウッドロウのDNAと極めて近い型だった」

「え?」ショーンは記憶を巻きもどしながら、車を振り返った。ゆうべ、ノージとかわした会話。

自分の言葉。〝だが、犯行現場の写真で見たよ。床に五芒星が描いてあった。被害者の血で。まさかリヴェットがでっちあげたとは言わないだろう?〟

ノージの言葉。〝あの男にどんなことができるのか、わかってないくせに……〟

「いまどこにいるの?」耳元でメイザースが言った。

「そのリヴェットに会おうとしているところですよ。彼が自分のオフィスと呼ぶ場所で。アーネマスのフリーメーソンのロッジです」

「彼には注意して。いまわかっていることはなにも漏らさないで。勝手知ったる場所にいる彼はなにを仕掛けてくることか。親しげに、なにも疑っていないように行動すること——手を尽くして時間稼ぎをしてね、ミスター・ウォード。そのあいだにどう進めるのがベストかこちらで探るから。あなたに痛い目に遭ってもらいたくない」

「重々承知していますよ」ショーンはそう答えたが、フランチェスカがいかにその痛い目に近づいているか考えると、膝がうずいた。

「そうね。手が空いたら、かけなおして」

ショーンは電話を切り、建物に入った。受付のぱりっとした身なりの男に満面の笑みで迎えられながら近づいた。

「レン・リヴェットに会いたいんだが」ショーンは言った。

「申し訳ないですが」受付の男は答えた。「ミスター・リヴェットはそうですね、五分ほど前に帰りましたよ」

ショーンは首を振った。「勘違いだよ。車がまだ表に停まっている」

「そのとおりです」男は笑みを崩さぬままに、デスクの下へ手を伸ばした。「わたしにキーを預けていきました」彼はショーンの鼻先にキーを突きだした。「よくあることです。たとえば……」話を続けていた受付の男はショーンの背後を見て眉をひそめた。「おや。あれはいったい何事です？」

ノージが戸口に立って携帯を振っていた。取り乱した表情だ。

「大丈夫」ショーンは言った。「わたしが対処するので」

彼は背をむけて急いで表に出た。

「ふたりはここにいないよ！」ノージが叫んだ。

「わたしもそう聞いた。ふたりを尾行しているきみの仲間はどうしている？」

「彼がちょうど電話してきたところ。ふたりは彼女の車で出かけたって。二、三分前に」ノージの目に狼狽の色が濃く表れていた。「いま、海岸通りを走ってるって」彼女は左のブリタニック桟橋の方角を指さした。「追いかけよう!」

「よくもまあ」リヴェットが言った。フランチェスカは海岸通りでマイクラを走らせている。「こんな狭い車を運転できるな? 足の置き場もないじゃないか」彼はまたもや膝のうずきを感じていた。関節炎はもっともやめてほしいときにかぎって襲ってくる。

フランチェスカは前方の道路を見つめた。「あなたの車のあとを走ってもよかったのに。逃げたりしませんよ」

リヴェットは喉を鳴らした。「そうかな? そんな印象はまったく受けなかったが。それに大将の輝かしい記事を書いてもらうんだからな、きっちり送り届けないと。どちらにしても、目的地はそう遠くないんだ、ありがたいことに」

「どこへむかっているのか、ヒントを出してもらえません?」フランチェスカはだんだん腹が立ってきた。

「快楽の園」リヴェットは答えた。「楽しみがけっして終わらず、太陽がけっして沈まない場所」人影のないレジャー・ビーチ遊園地の黒いタワーがすぐ前に見える。「方向指示器を出してもらおうか」

34 人格崩壊《イヴ・ホワイト／イヴ・ブラック》

一九八四年六月

「あの子がなにしてるか見える？」デビーは声をひそめて廊下のむこうの突き当たりに首を傾げた。ほかのOレベル（当時の中等教育の普通級修了試験）の美術専攻学生と同じように、サマンサが試験の最後となる課題、年度末の展示の仕上げをしている場所だ。

ダレンが梯子のてっぺんに立ち、自分の大好きな絵をかけていた。空と海の境目に青の絵の具がすっと入れられ、四人の黒い影がむこうをむいて、水平線を見つめている。そこには空を舞うカモメの群れ。ウィッチェル先生はすごく感心して、イースト・アングリアの水彩の伝統における最高のものだと言った。ダレンがお気に入りのLPのジャケットを模写したんだと気づかないで。そうか、いまでは二番目のお気に入りかな。ダレンは先月、エコー&ザ・バニーメンのニュー・アルバムの溝を本当に摩耗《まもう》させてしまったんだから。

彼は首を巡らして身を乗りだし、もっとよく見えるようにした。サマンサは床に膝をつき、目の前にポートフォリオを広げていた。前のめりになって髪が顔に落ちかかり、周囲の穿鑿《せんさく》する視線から目を隠している。

「なにもしてないみたいだけど」ダレンが言った。「まだなにも展示してない」ダレンは梯子を降りはじめた。デビーはとにかくこまった目つきになった。「気に入らないな」そう囁いた。「わたしたちが終わるのを絶対待ってるんだよ」

隣にダレンが飛び降りた。「でもさ、それから彼女になにができるんだ？　ぼくたちはもう芸術科高校に入学が決まってる。彼女がなにをしたって、ぼくたちはとめられないさ」

「どうしてかな」デビーは言った。「いやな予感がしちゃうんだよ」

デビーはその日の午後の帰り道、ダレンの家に近いノーフォーク・キッチンズ・ティールームで気分が悪くなった。紅茶をひと口飲んだだけで吐き気がして、カップはテーブルの奥に押しやってかわりに会話に集中しようとした。

あと一カ月足らずで学校は終わる。ジュリアンはAレベル（当時の中等教育の上級修了試験）を受けてシックスス・フォーム・カレッジに進む予定だ。ダレンはアーネマス芸術科高校の国家職業資格認定《BTEC》グラフィック科に、デビー自身は総合芸術デザイン科に入学を認められている。アレックスは結局、名門のロンドン芸術大学セントラル・セント・マーティンズに進むことになり、コリーンはあたらしい青少年職業訓練計画《YTS》のおかげで、美容室で実習できることになった。

でも、いまのところダレンは音楽の話に夢中だった。夏の終わりに開催されるヨーク・ロック・フェスティバル。ダレンとデビーはそのために夏のバイトで金を貯めて、最初の冒険に出かけるつもりだ。エコバニ、シスターズ・オブ・マーシー、スピア・オヴ・デスティニーが出演する。どれもふたりの好きなバンドだ。

ふたりがおしゃべりするあいだ、コリーンはジュリアンとふざけていた。拳に砂糖の包みを隠して、ジュリアンが見ていない隙に彼のカップに入れつづけている。彼のほうは、コーヒーの表面の泡をコリーンの後頭部に弾く。ふたりとも相手のしていることに気づいていないふうを装っているけれど、そろそろ限界だ。

デビーのカップが冷たくなり、紅茶のことを想像しただけで胃がひっくり返りそうになった。立ちあがろうとしたそのとき、ジュリアンがカップをどんとテーブルに置いて叫んだ。「おい、この女め、コーヒーになにをした?」

「わっ!」コリーンは悲鳴をあげて後頭部に手をやった。「わたしの髪になにしたんだよ?」一握りの砂糖がテーブル越しにジュリアンの顔に飛ばされた。

ジュリアンが反撃するより早くデビーは急いで席を離れ、トイレに駆けこんでなんとか間に合わせた。ラバに腹を蹴られている気分。あるいは、毒を盛られたような。


ピアソン先生は赤ペンを置き、ついに大量の採点を終えた。あくびをして立ちあがり、伸びをした。壁の時計を見ると五時三十分。満足の笑みを漏らすことを自分に許し、机の一番下の抽斗に答案を入れた。

週末のことを考えながら廊下を歩いた。駅へ娘を迎えにいったら、まっすぐに海岸通りの妻のレストランへむかう。金曜の夜を過ごす一家の好みのやりかただ。フラニーの通学時間は同じ年頃の女子生徒のそれに比べて長いが、昨年の九月に通いはじめたノリッジの私立小学校でいい成績を収めているようだ。ピアソン先生はそれが嬉しかった。娘は私立中学校に進むことになる。偽善者かもしれないが、自分が教鞭をとっている学校に入学させたくなかった。娘をいじめられたくなかった。娘を意地悪な少女と直面させたくなかった。たとえば……

図書室を過ぎて角を曲がったところで先生は足をとめた。サマンサ・ラムがすぐそこに立って、黒いマーカーペンを振りあげ、五年生の絵の展示になにか描いている。あまりに作業に没頭していて、真横に立たれるまで教師の存在に気づきもしなかった。

「なんのつもりですか?」ピアソン先生は言った。


コリーンはデビーの家のドアを激しくノックした。友を支えていないほうの手で。「ミセス・カーヴァー!」彼女はどなった。

隣でデビーがぐらりと揺れた。またやってきた吐き気をこらえようとしている。

「大丈夫だよ」コリーンはデビーを安心させようとした。「もう家だからね」


「お話はよくわかりました、ヒル先生」アマンダは言った。「謝るのはわたしのほうです。わたしの母校に通えばあの子が価値あることを学ぶと愚かにも考えたんですから」

彼女の家の戸口に立つ校長には、かつてのアマンダ・ホイルの姿が一瞬見えた。クリスタル・チップス(アニメの登場人物)のような大きくうねった髪型に厚底のヒール、明るい笑顔――それは十五歳の誕生日あたりに急に消えたのだが。

「あなたを責めることはしませんよ。きっとそうした時期なのでしょう」

アマンダはヒル先生のうるんだ灰色の目に同情心を見てとった。この場で見ることなど予想もしなかった理解が表れていた。この老校長に魂まで見透かされたようで、よろめかないように戸口を摑まないとならなかった。

「ええ」彼女は囁いた。「とにかく、あの子を送ってくださってありがとうございました」

ヒル先生はふたたび帽子をかぶった。「では失礼しますよ、アマンダ」

アマンダはドアを閉めると呼吸を整え、少し目を閉じて力をかき集めた。また目を開けたとき、怒りの赤しか見えなかった。

「サマンサ！」彼女は叫んだ。三階まで階段を駆けあがると、娘の寝室から流れる音楽はどんどん大きくなっていった。アマンダはドアを強く押した。

こうなると予想していたらしいサマンサが反対側から身体を押しつけていて、ドアはほんの少しだけ開いてから、乱暴にふたたび閉まった。レコード・プレイヤーが飛んで針がレコードでキーと雑音をたてるほどの勢いだ。

アマンダはドアを拳で叩いた。「入れなさい！」どなった。

「いや！」サマンサが叫んだ。「あんたとは話したくない！　あんたの言うことなんか、なにも聞きたくない！」

「弱虫じゃないと言ったはずでしょう、サム」アマンダも叫び返した。「それなのに、なにをしてるのよ、そこに隠れて。学校でしたことと同じじゃないの？　こそこそして、陰で人のものを壊して」

超人的な力が湧きあがるのを感じたアマンダがドアに全体重をかけると今度は大きく開き、サマンサは部屋の奥へ突き飛ばされた。アマンダは勢いよく部屋に入ると、レコード・プレイヤーをとめ、娘を見おろした。「さあ、話を聞くのよ」

「あっち へ行け！」サマンサは金切り声をあげ、床で身をよじって離れようとした。「さわるな！」

「この意地の悪い弱虫」アマンダの目は光り、声は氷のような囁きになった。「どうしてわたしはあなたに構うのかしらね」

「こっちだってわかんない」サマンサは吐きだすように言った。「わたしのことなんか産みたくなかったのは知ってるからね。最初から見え見えの態度だったよ。あんたはわたしがほしくなかったし、愛してもいなかった。だからわたしを愛してくれた人たちを引き離してきたわけ？　最初はパパ、今度はおばあちゃんとおじいちゃん？　なんであの家にいさせてくれなかったのよ？　なんで、わたしがしあわせでいられる場所に置いておけないわけ？　なんでわたしをこんなに苦しめたいの？」声はしゃがれてきて、自己憐憫《れんびん》の涙があふれてきた。

「あなたを苦しめる？　あなたは苦しみの意味をわかっていないわ、サム。わかったことなんかない。わたしがあなたを守っていたから。ほんとにわたしってバカね」

「はあ？」サマンサは憤慨して息を呑んだ。「わたしを愛していた父親からわたしを守ったとでも？　わたしが育って友達も大勢いた家からわたしを守って、ここに連れてきたとでも？　この狭苦しい家に、あんたとあのぼんやりしておろおろしたウェインが毎日いちゃつくのを見るために？　それを見るために？」サマンサはアマンダの腹を指さした。しゃべりながらヒステリー気味になってきた。「あんたのなかにいるそいつがわたしの居場所を横取りして、育って、わたしは一度も愛されたことがないのに、愛にかこまれるのを見るため？」

　サマンサは立ちあがり、床から学校のカバンを拾った。「それが守るということならば、お母さん、わたしは通りで寝起きしたほうがいい。パパのところへ帰る。あんたがなんと言おうが構わない。パパはわたしを愛していて、あんたはわたしを愛してない。パパはきっと面倒を見てくれる。あんたがこれからも絶対にできないくらい、わたしを守ってくれるよ！　この町は大嫌い、あんたも大嫌い」

　アマンダは心のなかでなにかが折れたようになり、行く手をふさいで娘の腕に爪を食いこませ、怒りの痛みがサマンサの見ひらいた瞳に浮かぶほど強く握った。

「もしも父親のもとに残したら」アマンダは自分の声がこれほど冷静に聞こえることに驚いた。「あなたはあのアルコール依存症の子守をして、あの家も、あの学校も、ほかのすべてのものもひとつ残らずあなたから奪いとられるのを見ることになっていたでしょうね。マルコムは破産したのよ、サム。そんな目に遭うことからあなたを守りたかったけれど、あなたがそこまで言うなら仕方ないわ、これが真実よ。ロンドンへもどっても、なにもない。もどったら現実に直面するだけだけど、なんなら帰ってみたら」

娘の目を見れば信じていないことがわかった。「どんなことでも言うんでしょう、お母さん？」彼女は鋭い声で言い、アマンダの手を振りほどこうとした。「自分が正しく、ほかの人がみんな悪く見えるようなことならなんでも」

「話はまだあるの」アマンダは続けた。もうやめられないとわかっていた、自分が道の行き止まりのガードレールにむかっているとわかっていたが、それでも突き進んで崖を越えるのを防げなかった。「優しいエドナとおじいちゃんの家にもあなたを置いておけなかった。あなたが、あの男好みの年頃になったいまでは無理だった。もう安全じゃない。あの女《ひと》はあなたを彼から守るためになにひとつしてくれるはずがないし、わたしは彼があなたを見る目つきが変わったのに気づいた。わたしのときとまったく同じよ」

サマンサはもがくのをやめた。母親をじっと見つめ、口をぽかんと開けている。「なに言ってるの？」囁いた。

「あなたのためにわたしはあれだけ努力したけれど、どれも無駄だった。赤ん坊に罪はないと思ったのに」アマンダは首を振った。「でも、血は争えない……」

「なにを言ってるのよ？」サマンサの白い顔をショックが襲った。アマンダは手を離した。喉に塊がつかえて、しゃべれなかった。

「お母さんってば！」娘の声がまともではなくなってきた。「なんの話よ？　はっきり言って！」

だが、アマンダは娘のベッドに倒れて、首を振ることしかできなかった。涙が頬を次から次へと伝ってくる。

「いや」サマンサは声を振り絞り、激しく身震いするアマンダを見おろした。

「いやだ！」そして悲鳴をあげ、部屋を飛びでて階段を駆け降りていった。ベッドで痙攣《けいれん》する母親を残して。アマンダの腹痛が激しくなっていく。一階では旋舞の儀式が始まったかのようにあたりにぶつかり投げつける音が響き、抽斗がひっくり返されてガラスが割れ、叫び声は嘆き悲しむ甲高いわなをなきに変わった。そして、きっぱりと終わりを告げるように玄関のドアが叩きつけられた。

コリーンはむかいの自宅からデビーの家を見守っていた。医者が戸口でモーリーンと話している。ほっとしたことに、デビーのお母さんはにこりとして背をむけて家へもどっていった。具合はそれほど悪くないし、救急車で運ばれることもないという意味だ。きっとお腹を壊しただけね。コリーンはカーテンをふたたび閉めて、ベッドにぐったりと横になった。学校のカバンを拾い、逆さまにして中身を掛ぶとんに投げだした。

教科書、鉛筆、消しゴムを探りながらしかめ面になった。ふたたびカバンを手にする。まるで奇跡のように分厚い革装丁の本がなかに隠されていないかと。頭のなかは焦りでいっぱいになってきた。祭壇やベッドの下をたしかめ、抽斗を全部探すと、床は服と下着で埋まってしまった。もう一度バッグを徹底的に調べた。いらだちの涙が目蓋の奥でちくちくする。ここにはない。今朝、通学したときには絶対にもって出た。ジーナに見つかりそうな場所に置いたままにはしておかない。

でも、今日は普通の日じゃなかった。午後はずっと教室を離れて、壁に作品を展示していたから、教室と美術室を行き来するあいだにカバンから目を離した時間帯もあった。

そしていま『ゴエティア』はなくなっている。コリーンはベッドにどさりと横になった。ある顔が頭に浮かぶ。バカにした笑みと歪んだ前歯。サマンサに今日、バイバイと挨拶された。話しかけてきたのは、あの子が美容室に来た日以来で、こっちの知らないことを知っていると言いたげに笑ってた。カバンを肩にかけてウインクして、嘲《あざけ》るように小さく手を振ってたっけ。

冷え冷えとした恐怖がコリーンになだれこんできた。


はっとしてウェインは目覚めた。口は渇き、慣れない姿勢で寝たために首は凝っている。一瞬ののちに我に返り、違和感のある臭いや薄暗い照明や周囲でビーッと鳴る電子音の意味するものに気づいた。そこでたちどころにすべてが甦った——家が荒されて、泥棒にでも入られたように台所がめちゃくちゃになっていたこと。上からアマンダの悲鳴が聞こえてサマンサのベッドに行ってみると、アマンダはそこに横たわって大泣きして腹を押さえていた。血だまりができて上掛けにまでぐっしょり染みこんでいた。救急救命センターにたどり着く前から手遅れだとわかっていた。ふたりの娘は生まれることなく、いなくなってしまった。

ウェインが寝てしまっていた椅子の隣のベッドでアマンダは眠っていて、目覚めているあいだには一度も見たことのない穏やかな安らぎの表情を浮かべていた。かなりの鎮静剤を与えられているに違いない。

「全部わたしが悪いの」彼女は繰り返しそれだけを口にしていた。ウェインは焦ったのとアマンダの身体が心配なのとで、ほかのことはまったく考えられないでいた。けれど病室の陰気な照明のなか、明け方の四時という侘しい時間になって初めて、電気ショックのようにいきなり、ある顔が頭に浮かんだ。
サ、マ、ン、サ。あの子はどこにいる？

コリーンは夢のなかで動いているように、床の髪を掃いていた。ゆうべは一睡もできなかった。ノージに電話したけれど、お母さんが電話に出て淡々とした声で、ジョンは外出していていつもどるかわからないと言った。だから海岸通りまでむかい、桟橋のむかいのトイレのあたりをうろついて何時間も過ごした。きっとノージは見つからないと内心わかっていたけれど。バイトの前にいったんとぼとぼと帰宅し、水で顔を洗ってこざっぱりと見せようとした。そのあいだ、上ではうるさい音楽が鳴り響き、男たちが大声でわめいていた。母親がまたもてなしてる。

墓場での夜のことが頭から離れない。

振り返っちゃだめ、絶対に振り返っちゃだめ。

呪文をじゃましちゃった。それどころじゃないかも。呪文をこっちに跳ね返らせた。そうだよ、きっとそう。美容室の床を掃きながらコリーンはそんなことを考えた。すべての兆候があるもん。デビーが昨日急に具合が悪くなったこと、あれが始まりだった。それから本が消えて……それか、盗まれて……カバンから……

コリーンはちり取りをもちあげ、視線も一緒にあげた。窓の外を見て、ちり取りを落としそうになった。

サマンサが外に立っていた。いつもの小ぎれいな様子じゃない――はっきり言って正反対。顔には汚れがにじんで、髪はもつれて、片方の膝には大きな擦り傷があって、まるで転がりまわったみたいだ。でも、なによりいけないのは、ショックでコリーンが目を離せないのは、サマンサが浮かべた正気とは思えない勝ち誇った笑みだった。隣に黒く大きな本を掲げて。

35 どんな違いがあるの？《ホワット・ディファレンス・ダズ・イット・メイク》

二〇〇三年三月

自宅のリビングのソファからサンドラ・グレイが見ると、庭の隅にある夫の物置小屋の明かりがようやく消えた。午後じゅう夫はそこにいた。昔の警察関係の品物を保管している場所で、詳しい話をサンドラに聞かせる前に例の私立探偵のために掘りだしたいものがあると言っていた。

サンドラはできるだけ気を紛らわそうと、テレビを観たり、いまはオーブンに入れてある料理の準備をしたり、なにもかも普段と変わりなく振る舞っていた。けれど、このような夫は二十年近く目にしていなかった。ポールは以前に一度壊れたことがある。この事件が原因で。彼がまたあんなふうになったらどうしたらいいのか。

ポーチの明かりが瞬いて、庭の小道をもどる夫の歩みを照らした。ポールの表情は厳しく、決意がみなぎっていた。彼は両手で本のようなものをもっていた。

「レジャー・ビーチ？」フランチェスカは言った。

「そうさ」リヴェットが答えた。「そこから車を入れてくれ。警備員が簡単に通してくれるはずだ」

しかめ面になってフランチェスカはダッシュボードの時計をちらりと見おろし、速度を落として角を曲がった。午後七時十分になるところだ。先ほど強く感じていたパニックは収まっていき、集中できるようになってきた。

ロスが準備した書類は今頃、ファクスされているはずだ。父さんはたぶんこの瞬間にもそれを手にし、ショーンと話をして、元夫に調べるよう頼んでいたレジャー・ビーチの経営におけるリヴェットとスモレットのつながりを伝えているだろう。この昔からの遊園地とふたりのあいだにはなにかいわくがあるの？　リヴェットが自分をここに連れてきたのには、ほかになにか理由があるんだろうか？

エントランスには警備員詰め所があったが、なるほど、なかにいたスキンヘッドの若者はリヴェットの姿を目に留めるとほほえんで、通行禁止のバーをあげるスイッチを押し、手を振ってふたりを通して駐車場へ誘導した。

「少しばかり妙だと思ってるようだな?」リヴェットが言った。「ここに来るのは」

フランチェスカはエンジンを切り、無関心な表情を装いながら、頭のほうはギアをより速く切り替えていった。この元警部は思ったほどわたしについて知らないようね。

「わたしをからかっているんですか、ミスター・リヴェット?」彼女はそう言ってまじめな視線で彼をねめつけた。「スモレット警部が本当はインタビューに答えたくないのなら、そう言ってくれさえすればよかったんです。わたしを遠ざけようとこんな苦労をしなくてよかったのに」

リヴェットは低い声で笑うと首を振った。「いいや、お嬢さん。あんた、おれを誤解してるよ。いまはそう思えんかもしれんが、ここはスモレットの過去において欠かせない一部なんだ。すべてはここから始まったとも言えるな」

彼はシートベルトを外し、ドアを開けて車を降りようとした。地面に立とうとすると凶悪な痛みが両膝を突き刺し、つかのま、辛い思いを見せないよう車の横手にもたれるしかなかった。このいまいましい老いぼれの身体め。リヴェットは口に出さず毒づいた。ここでおれを失望させるな。

フランチェスカも車を降りて警備員のほうを振り返ると、彼はふたたび椅子に腰を下ろしてタブロイド紙のスポーツ欄を読んでいた。彼女は車のロックをかけ、上着のポケットにキーを入れた。すぐに取りだせる場所に。

「こっちだ」リヴェットが肘に軽く手をあててきて、回転式の入場口に案内した。フランチェスカはさわられて眉間に皺を寄せないよう最大限の努力を払い、キーから指先を離さずにいた。駐車場を照らすひとつきりの街灯のむこうに、丸太船のスライダー、古い木造ジェットコースターのカーブや急激な下り坂、普通の観覧車やゴンドラが揺れる観覧車の円形の輪郭がそびえたっていた。フランチェスカは突然はっきりと納得した。この文字どおり煙と鏡（ごまかしの意味）の場所――きらびやかなライトや安上がりなスリルに息吹を与える行楽客のコインなしでは、無言で邪悪に横たわるほかないこの惑わしと欺きの土地で、リヴェットとスモレットが結びつくのはなるほどあり得ることだと。

入場口でリヴェットは数字をすばやくキーパッドに打ちこみ、通用門の取っ手を動かした。そこで立ちどまって言った。「あんたは昔ながらの《マーキュリー》をじつにうまいことを仕切っていると聞いたぞ」

「そうなんですか?」パットの顔がフランチェスカの脳裏にぱっと浮かんだ。「誰からです?」

リヴェットはその質問を無視した。「前編集長のシド・ヘイルズとは知った仲だった。あいつはいい友人でね。あんたが〝人物紹介記事〟とやらで書こうという社会の問題はあの男の時代にはなかった。あんたが指摘したように、時代がたしかに変わったのはわかるさ。だが、新聞に必要なのはちょっとした歴史的視点のはずだぞ」彼はドアを押し開け、腕を振ってなめらかに誘う仕草をした。「お先にどうぞ」

ショーンはノージの肩に手をまわし、フリーメーソン・ロッジの玄関先から連れだした。受付の男が受話器に手を伸ばすのが見える。

「どこへ行くつもりなんだ?」車にむかいながらノージに訊ねた。

彼女はすばやく助手席側にまわった。「スモレット警部の家よ」ドアを引き開け、乗りこむと慌てて閉めた。「急がないと」

ショーンはキーをイグニションに挿したが、手をとめた。「ずいぶんと自信があるな。フランチェスカたちがそこへむかうことがどうしてわかる?」

ノージは反問するような目つきで見つめてきた。だが、答えはとっさに出てこないらしい。座ったまま身体を揺らして口を開けて閉じたが、声は発しなかった。

「とにかく行こう」ショーンは言った。

ポール・グレイはソファで妻の隣に座った。

「古い業務日誌だ。一九八四年の。保管はしないことになっているが、今後、わたしになにかあったら、これだけがきみに残せる保険だから」

サンドラはパニックに襲われ、夫が神経衰弱に見舞われつつあるのかと顔を窺った。だが、彼の目は鋭く集中している。

ポールが手を重ねてきた。「サンドラ。レン・リヴェットについて理解しなくてはならないのは、彼はつねに相手の心が読めて、こちらは進んで彼に話をして重荷を下ろしたくなるという点だ」彼はかぶりを振って皮肉めいた笑みを浮かべた。「まるで牧師だな」

「どういうことなの、あなた。リヴェットになにを話したの?」サンドラは手を拳に握った。

ポールは妻の目をまっすぐに見つめた。「一九七三年の夏」彼は言う。「きみも覚えているだろう。ボーイ・スカウトの低年齢組にサッカーを教える新顔がやってきた。隣の家のロンに彼のことを訊かれたよ。男は体育教師の資格をもっていると言っていたが、ロンはそいつがどうも怪しく感じられたから、わたしが経歴をたしかめられないか知りたがった。それで少し探ってみたら、たしかに男は教師ではあった——児童への性的虐待で逮捕され五年間を刑務所で過ごすまでは。コベントリーあたりの町での話だ」

サンドラは目を閉じた。ポールは握った手にさらに力を込めた。

「となると、わたしがやるべきことは、ボーイ・スカウトの隊長に話をしてそいつを辞めさせるだけでよかったはずだ。だが、それじゃ正しいとは思えなかった。男はなにも咎められず潜み、同じ犯罪を繰り返した証拠があがるまでは、わたしにできることはほとんどない。そのあいだも、子供たちは危険にさらされている。だから自分の手で片をつけることにした。わたしはそいつを半殺しの目に遭わせたんだよ」

サンドラは目を開けた。涙で光っていた。

「レンがわたしの尻拭いをすべてしてくれた。もちろん、どうしてそんなことをしたか理由を話してからだったが」

　日誌を摑む夫の拳の山が白くなった。

「彼はすべてのことをわたしから聞きだした。児童養護施設のこと、養父のこともすべて。それまで誰にも――きみ以外には打ち明けていなかったことを」彼はいったん口をつぐんでから続けた。「レンは二度とその件を口にしなかったし、ほのめかすことさえなかった。コリーン・ウッドロウの事件が起こるまでは」

「そして、ゆうべまでは」サンドラはあててみた。

　ポールがうなずいた。「だが、こいつには」彼は業務日誌の表紙を平手で叩いた。「わたしの目から見た事件でレンが明るみにしたくない事実がいくつか書いてある」

「でも、あなたは捜査にかかわっていなかったわよね？」

「ああ」ポールはうなずく。「これはわたしが独自に調べて見つけたものなんだ」


「この場所は」リヴェットは聖域に通じるドアを閉め、腕を広げてみせた。「かつてはエリック・ホイルという男のものだった。偉大な男だった」

「やはりあなたのいい友人？」フランチェスカはそう言いながら、以前にどこでその名を聞いたのか思いだそうとした。自分の両親の姿が脳裏にひらめいた。キッチンのテーブルで身を寄せあって、小声でしゃべっているところ。

「そうともさ」リヴェットにふたたび肘を摑まれ、出し物小屋の並ぶ前を案内されて歩いた。

どれもいまの時期は錠がかけられ板が打ちつけられているが、けばけばしい広告はそのままになっている。「そして、ここは」彼は〈マジック・ダーツ〉と書かれた文字を指さした。「デール・スモレット少年にとってすべてが始まった場所だった。伯父のテッドがこの店を切り盛りしていた。まあ、いまでもそうなんだがな。もう七十歳になろうとしてるが。カーニバルは一家の血に流れているようなもんで、離れたいとは思わない、何歳になろうともと言ってるな。引退は選択肢にない。テッドのような男にはそうする懐具合の余裕もないしな」

フランチェスカは星にかこまれたダーツボードとダーツを描いたプラスチックの看板をにらみ、編集室でショーンに見せた写真を思い浮かべていた。秘密を抱えた老人たち。

「あなたみたいな男たちもですね、ミスター・リヴェット。あなたが本当に引退された気はしません」

「あんたが記者になった理由はわかるぞ」リヴェットが言った。「だが、わからんのは、そもそもこの町へもどった理由だ。ロンドンで立派な仕事をもっていたそうじゃないか。全国紙で。あんたみたいに聡明で、そしてこんなことを言っても大目に見てほしいが、魅力的な女がそんな仕事を辞め、ここみたいに退屈で古臭い町で働こうと思ったのはなぜだ」

「わたしは挑戦が好きなんです」フランチェスカはほほえみながら言った。「おそらくは、あなたもそうですね。デール・スモレットはあなたにとって挑戦だったんでしょう、ミスター・リヴェット？　彼が遊園地のバイトから警部にまでなるのに手を貸したんですもの」

リヴェットはつま先とかかとに交互に体重をかけながら、循環がよくなって膝の痛みを押しとどめておけるよう願った。

「おれは誰にでも可能性を見いだすのさ、ミス・ライマン。だからこれだけいい刑事になった。多くの点でおれたちの仕事は似てると思わんかね？ ここかしこでどう働くべきか情報を集めることが重要だ。この町が秩序正しく、立派だというイメージを作りだすのはおれたちにかかっている。おれたちがそういった仕事をしなければ、商売に悪影響を及ぼす。そんな真似は許せんだろう？」

フランチェスカのくちびるから笑みが消えた。

「スモレットと」ノージはおもむろに吐き捨てるように言った。「リヴェットはこの件で手を組んでる。昔からそうなの」

「この件とは？」ショーンは訊ねた。頭のなかでこれまでの出来事を再生していた。スモレットがオフィスで受けた電話、慌てふためいて去っていったこと——それはフランチェスカがインタビューをすることになっていた時間にぴたりとあてはまる。それにリヴェットが彼女をしばらく足止めするためにここへ呼びだしたのだとしたら、今頃、三人が合流している可能性は大いにある。

「コリーンをはめた件だよ！」ノージは泣き叫んだ。「あの子は身代わりだったの！ それにいま、あいつらを捕まえられなかったら、あなたの友達が次の犠牲者になるだけじゃなくて、あなたが本当に追いかけてる人も逃げちゃうよ」

「わたしが本当に追いかけている人？」ショーンは隣にいる奇妙な人物――ほんの数時間ぶんしか知らない人物をちらりと見やった。一致したDNAのことを考える。あれが本当にバイカーのものであるはずがないと直感でわかっていた。リヴェットがまたしても策を凝らしたのだ。別の身代わりを作って。だが、ノージのことは二十年越しの恨みを果たそうとする執念深い夢想家ではなく、DNAの本物の持ち主のもとに導く人物であると信じるようになっていた。どれだけあり得ないように思えても。

「わかったよ」彼は上着のポケットに手を伸ばして綿棒のDNA採取キットを取りだした。「隠し事がないことを証明するために、やってほしいことがある。ほんの一秒で終わるから、すぐに動ける」

「ここは少し寒くなってきたな？」リヴェットは言った。「オフィスに入って彼を待とう。むかうときに電話すると話していたからな」

リヴェットはタワーの入り口で足をとめ、番号をキーパッドに打ちこみ、ドアを開けた。一列に並ぶ電球が赤いカーペット敷きのロビーを照らしていた。金属の壁にエレベーターが組みこんである。

「最上階の続き部屋行きだ」リヴェットが言う。「……すべての秘密が隠してある場所さ」

36　空《ザ・スカイズ・ゴーン・アウト》は消えちまった

一九八四年六月

「コリーン？　どうかした？」

ヘッド・スタイリストのリジーの声はしばらく遅れてからコリーンのシナプスを通って聞こえてきた。のろのろと振り返った。あの本を視界から逃したくなかった。

「一分だけ外に行ってもいいですか」そう言って片手を額にあてた。「ちょっとおかしな感じで。卒倒でもしそうなので」

リジーは顔をしかめてコリーンの視線をたどり、外に立つ人影に目を留めた。サマンサは見られていると気づいたかのように、身じろぎして背をむけたが、リジーは彼女が春になった頃にコリーンと同じような髪型にした少女だと気づいた。あのとき、ふたりの少女のあいだには妙な空気が漂っていた。思い違いでなければ、いまこの瞬間もそうだ。

リジーはコリーンがとても気に入っていたが、嘘をつかれるのは気に食わなかった。「二分だけよ。そうしたら、友達にはきっぱり帰ってもらうこと」

コリーンは真っ赤になって、ほうきを放りだす勢いで美容室をあとにした。外では道のむかいをサマンサが歩き去るところだった。

「サム、待って！」コリーンは美容室の誰もに聞こえるほどの大声で叫び、道を走っていった。

サマンサはさっと振り返り、本を見せつけるその目には邪悪さが躍っていた。

「返して、サム」コリーンは腹立ちの涙を浮かべて言った。「あんたにもってる権利はないよ。それ、わたしのでもないんだから」

サマンサはひょいと身体をかわして離れ、コリーンの周囲をまわりはじめた。「どうして？この本のどこがそんなに特別なのよ」

「めずらしい本だからだよ」コリーンは摑みかかろうとしたが、うまくいかなかった。「全世界に数冊しかないんだ」

サマンサはスキップしてコリーンの手の届かないところに行った。「わたしにはたいしたことない本に見えるけど。あなただって、なにが書いてあるかわかってないくせに」

「わかってるに決まってるよ」コリーンは両手を握りしめた。「それは魔法使いの師匠の本で、盗んだのがバレたら、あんた、もっとひどい目に遭うから」

「魔法使いの師匠？」サマンサは大笑いした。「それいいね、コリーン」

コリーンの繰りだしたパンチは空振りになった。「返してって言ったけど！」そうわめいた。

「返すかもね」サマンサは言う。「でも、まずわたしを助けてもらってからよ」彼女が見やると、コリーンの背後でリジーが美容室の戸口にやってくるところだった。

「コリーン！」リジーは叫んだ。「いい加減にしなさい。いますぐもどって！」

「あと一分だけ」コリーンも叫び返した。視線をサムから外さない。「どういう意味、あんたを助けるって」

「いますぐと言ったでしょう！」リジーは道を渡ってふたりのほうへ来ようとした。

「あんたたちがパーティしていた古いトーチカ。警官が見つけたあそこ。そうよ、あなたのこと見たんだから、コリーン」これを聞いて仰天した表情を見てサマンサはにっこり笑った。

「あなたの監視を続けるのに水晶玉はいらないんだからね、姉妹。今夜ここのバイトが終わったらあそこで待ち合わせよ。そうしたら、この本を返そうかな」

リジーの手がコリーンの肩に下ろされたが、コリーンはサマンサを見ていた。ろくに寝ていないようだし、ひどく憔悴しているように見える。

「さあ、帰って」リジーがぴしゃりと言った。「そしてうちのスタッフを煩わすのはやめて」

「でも、リジー、この子……」

「そしてあなたは」リジーはコリーンを美容室のほうにむかせた。「いますぐ仕事にもどって今日は最後まで口を閉じておいて。さもないと、あなたを雇う話を考えなおさないとならなくなるわ」

その言葉は横っ面をはたかれるよりコリーンに痛みを与えた。

午後六時三十分に、コリーンが一言も口をきかずに最後の髪を掃いて最後のコーヒーカップを洗い終えたところで、リジーが給湯コーナーの戸口に顔を突きだした。

「コリーン」先ほどよりも優しい口調になって声をかけた。「いったい、何事だったの?」

コリーンは険しい視線をむけた。今日の今日まで彼女はリジーを崇拝しきっていた。でも、さっきの言いかた、それもよりによってサマンサの前であぁ言われては。長年自分をがっかりさせてきた大人たちとリジーは変わりないのかも。

リジーは逆にコリーンから敵意ある視線をむけられて衝撃を受けた。「コリーン」彼女はもう一度声をかけた。「美容室の前で喧嘩をさせるわけにはいかないと、わかってくれないの?」

「サマンサ・ラムは昨日、わたしのカバンから本をパクったの。それを取りもどそうとしてたのに。それなのに、あなたがとめた」

「まあ、そうだと話してくれたら——」リジーはそう言いかけた。

「気にもとめなかっただろうね」コリーンはいきなり話の腰を折った。「ほかのみんなと同じに。あなた、自分がなにかほしいときだけ、わたしに親切だったんだね」バイト用の上っ張りを脱ぐと壁の釘に引っかけ、バッグを手にして肩にかけた。

「コリーン」リジーは深い水のなかをもがいて進んでいる気がしながら、またもや声をかけた。「もう帰ってもいい?」少女の暗い瞳は憧れの存在を貫くようだった。

リジーは一歩下がった。「力にならせて?」そう申しでた。

「お構いなく」コリーンは言った。「自分でなんとかするから。いつものように」そう言って上司の横をすり抜け、この美容室を永遠に去った。

「何度言ったらわかるの」ノージの母親の声がコリーンの耳元でがなった。「あの子はいないし、どこにいるかも知らないよ。いつもどるかも」

遠くからコリーンの耳に男の声が聞こえた。ノージのパパだ。石油プラットフォームから帰ったんだ。ノージが家を離れたのも無理ないや。ミスター・ケニヨンが妻から受話器を受け取った。

「あのホモを見かけたら、もう帰ってこなくていいと言ってくれ」父親はそう言って電話を切った。

コリーンは電話ボックスの外に出た。ノージがいないと、どうしたらいいかわからない。マーケット・スクエアの上にそびえる時計を見あげた。六時四十五分。空腹の痛みが胃を突き刺し、気づけばフィッシュ&チップスの屋台にむかって歩いていた。サマンサに会ってなんと言えばいいのかどうしたらいいのか、ちっともわからない。でも、どうするにしても、からっぽの胃袋を我慢することはないと自分に言い聞かせた。

テイクアウトの包みにヴィネガーをかけていると、横で声がした。「どうかしたのか、コリーン？」

「ダレン！」コリーンはぱっと顔をむけた。彼の声を聞いて希望の火花が弾けた。

「バイトが終わったところかい？」彼はそう訊ねながら、自分もテイクアウトを手にした。

「うん。そっちはなにしてんの？」

「別になにも」彼はヴィネガーを受け取りながらそう答えた。「デビーはまだ寝込んでるからね」

「デビー！」コリーンは口をだらりと開けた。友達の苦しみをすっかり忘れていた。

「心配いらない。大丈夫さ。もうすごく悪いってことはないから。元気づけたくて音楽紙をいくつかもっていったところさ」

「そっか」コリーンは塩を彼に渡して言った。「じゃあよかった。それで」彼女は最初のポテトを口に放りこんだ。「ジュールズに会う予定もないんだ？」

「ないね」ダレンは言う。「あいつはアレックスとノリッジに行った」彼は思わせぶりに眉をあげ、カウンターに塩をもどした。「ぼくも帰るにはまだ早い時間だな」

「ダレン、助けてくれないかな」口を開けて食事をしていても、コリーンの表情は真剣だった。

「いまいましいサム・ラムがまたわたしにクソを落としたんだ」

ふたりして海岸通りにむかいながら、コリーンはできるだけ状況を説明した。「あの子のせいで、仕事もなくしちゃったみたい」そう締めくくった。

「まさか」ダレンは首を振った。「彼女、きみを気に入ってるんだろ？　美容師は。そのくらいのミスひとつでクビにするはずないよ」

「でも、本気でわたしにどなったんだよ」コリーンは反論した。「みんなが見てる前で」

「うん、でもさ、美容師からしたら、どう考えても歓迎とはいかないだろ？　きみが喧嘩騒ぎを起こしてるのを客みんなに見られるなんてさ。その人、自分が大事な本を取りもどすのをじゃましてるなんて知らなかったわけだしな?」

コリーンは不意に罪悪感に囚われ、最後にリジーとかわした言葉を思いだした。「うん。リジーは知らなかった。やだな、ダレン、わたし、どうかしてた。あんなことやっちゃだめだったね?」

「心配するなよ。朝になれば全部違って見えるさ。きみがごめんって言えば、美容師もきっと謝るよ」

「あったまくるなサム・ラムめ」コリーンはからになった包み紙を握りつぶし、それがサマンサの首だったらいいのにと思った。「どうして、わたしを放っておけないんだろ」

ダレンは肩をすくめた。「彼女がどんな問題を抱えているか知りたいもんだよ。でもさ、コリーン、きみは彼女になにも言う必要はない。外で待っていたら、ぼくが本を取りもどしてきてやるよ。ぼくが来るなんて、むこうは思ってもいないだろ?」

「わあ、ありがとう、ダレン」コリーンは彼と腕を組み、マリン・パレード通りにやってくると左に曲がってノース・デーンズへむかった。「お返しはするね」

「そんなこと、しなくていいよ」ダレンはそう言ってにこやかに笑い、なにやら納得してうなずいた。「あのバカな女を一度驚かせたらごきげんだろうな。あれだけデビーにいやがらせしたんだからね」

この時間には、海辺でお茶を楽しんでいた行楽客たちは帰り、わずかに残った者たちが凪よけをたたみ、ピクニックの荷物を片づけていた。遠くの波打ち際で母親と幼い子供ふたりがまだ水遊びをしていて、海はダイアモンドみたいに輝いている。

「きれいな夕暮れだね？」ダレンが言った。

「だね」コリーンは小さな子供ふたりを見て胸のうずきを感じた。自分は母親と海で水遊びをしたことなんか一度もないし、一緒にこんな目新しい体験をできる自分の娘をもてることがあるのかな。

「子供はもつつもり？」思わずそう訊ねていた。「あんたとデビーは」

ダレンはそこまで考えたことがなかった。「そうだな。いつかは」

「あんたも引っ越すの？　アレックスみたいに」その可能性に初めてコリーンは気づき、あたらしい恐れを抱いた。自分の知るものがなにもかも失われていき、みんなが引っ越していき、自分はこの町にひとりぼっちで残される。

「そうだな」ダレンはコリーンがどう思ったか感じとったようだった。「できればロンドンの芸大に進みたいよ。でも、それは何年も先のことさ」

「だろうけど」コリーンは疑うように言った。

「あのさ、きみもここに残ることはないだろ？　残りたくないんだったら。考えてみろよ。美容師の資格が取れれば、きみもどこにだって行けるよ」

コリーンが思いついたことのなかった考えかただった。不安顔が笑みに変わった。「そうだね。ほんとだ。わたしだってここを出ていけるね？　ああ、ダレン、明日の朝一番にリジーに謝りにいくよ。ばったりあんたに会えてほんとによかった。あんたは命の恩人だよ」

ふたりはサマンサの祖母の家の近くにやってきた。コリーンはぶるっと震えた。あの小さな犬の一件があった夜のことを思いだし、このヴィラの窓が自分を見つめるガラスの目のように感じられた。

「砂丘を突っ切ろう」コリーンはそう提案し、防壁を飛び越えると姿を消した。

「待てよ！」ダレンは砂まみれになりたくなくて、もっと注意深く壁を降りた。トーチカはすぐそこだ。「あのさ、コリーン」追いついたダレンは声をかけた。いたずらっぽい笑みがくちびるに浮かぶ。「訊きたかったことがあるんだ」

「ふうん？」コリーンは振り返って彼を見やった。「どんなこと？」

ダレンは笑い声をあげ、頬を赤くした。「デビーに殺されちゃうかな」

「なによ？」コリーンは笑い返すべきかそうしないほうがいいのか、とまどった。ダレンは今更ちょっかいでも出すつもりじゃないよね。

「あのさ、訊いてよければ――あの夜、墓場の木の上でなにをしてたんだ？」

コリーンはトーチカ前の砂丘のてっぺんでぴたりと足をとめた。ノージが呪文をかけはじめたちょうどそのとき、墓場のむかいの家の窓から聞こえた声を思いだした。デビーがダレンをうしろから引っ張って窓を閉める様子が頭に浮かんだ。うなじの毛が逆立った。

「だめ」コリーンの瞳孔が広がった。

「ごめん」ダレンは言った。「訊いちゃいけないってわかってたのにさ」見るからにきまりが悪い様子で、コリーンの肩をぽんと叩いた。「なあ、訊いたことは忘れてくれ。じゃ、きみはここで待っててくれよ。ぼくが本を取り返してきてやるから。お詫びの意味でお返ししなきゃいけないのは、こっちのほうだな」

「だめ」コリーンは繰り返した。パーティのときここで見た幻覚が甦っていた——赤、黒、白。血、髪、肌。刃のきらめき、肉を斬り裂く……サムが指の腹を切るのに使った砂丘の草みたいに。ふたりの血を混ぜるのにあの子がおこなった黒魔術。わたしを姉妹と呼び、ふたりの運命を永遠にからみあわせた……前兆が不意に甦り、コリーンはすべてがなにを意味するのか理解した。墓場の呪文はたしかに跳ね返っていたんだ。わたしと、呪文を唱える静寂を破った人に。ダレンがトーチカに入ればなにが起こるのかわかった……

コリーンは身体を動かして彼をとめようとしたが、身の毛のよだつ運命があきらかになって手足は凍ったようになっていた。

「そこに行かないで」声を振り絞った。「ほんと、もういいの、ダレン。別の方法で本は取り返すから。もう帰ろ」

「バカ言うなよ」ダレンが言う。「なんてことないから。彼女がぼくを傷つけるとでも?」

コリーンは必死で手を伸ばし、彼の袖を掴んだ。「お願い、ダレン。行かないで!」

だが、ダレンは笑い飛ばして手を振りほどいた。「大丈夫だよ、コリーン。絶対に」

「でも……」

コリーンは力が出ないまま夕日を受けて立ち尽くし、ダレンが歩いていき、砂丘の斜面を降りて、坂で増す勢いで砂を撒き散らすのをただ見ていた。彼が行ってしまうのを見ていた……

「ギャアアアアアア！」空を斬り裂く悲鳴でコリーンは我に返った。

砂丘を駆け、心配で足取りを強め、一気に下ってトーチカの薄暗がりへと入った。目よりも足が速く動き、勢いがついてとまらず、足が滑って、大きなどさりという音をたててダレンの上に倒れこんだ。

「きゃっ！」コリーンは金切り声をあげた。手の付け根がコンクリートの床で滑ったが、あまりの心配に痛みは感じなかった。自分が乗ってもダレンは動かなかった。身体を起こそうとして、右手がなにか温かくて湿ってべとつくものにふれているのがわかった。ダレンの後頭部から出ているなにかに。

「ひっ！」コリーンは身体を離そうと必死になって脚をばたつかせた。

「ギャアアアアアアア！」悲鳴は今度は背後から聞こえた。その声のあまりの恐ろしさにコリーンは立ちあがってダレンから離れ、片隅に逃げこんだ。

入り口から射す夕日を背にしてシルエットになったサマンサは、脚を広げて立ち、頭上に掲げた大きなコンクリートの塊の重みで両手を少し震わせていた。目の前で展開されたことの顛末を見て目がきらめいた。

「サム！」コリーンの声は首を絞められて出したわななきのようだった。「サム、あんた、彼を殺したよ！」

「彼?」サマンサはダレンを見おろしてから、ふたたびコリーンに視線を送った。顔が激しく引きつっている。彼女はコンクリートを落とした。

「コリーン? どうして……?」サマンサは手足を広げた身体を見おろし、訝《いぶか》しげな表情で手足の輪郭に目を留めた。「ダレン?」そう言い、隣に膝をついた。

そして彼の後頭部にさわり、指先をくちびるに運んだ。

「ダレン」サマンサは同じことを繰り返し、顔をあげてコリーンを見た。光を放っているように思えるほどのあまりにもまぶしい笑顔で、ひねくれた天使みたいだった。「でも、これなら完璧よ、コリーン。これがあなただったよりも、彼女を傷つけられる」

「か、彼女を、き、傷つける?」コリーンは口ごもった。

「あんたの大事なデビーよ、もちろん。あの子はわたしのすべてを壊した——今度はわたしがあの子のすべてを壊してやった!」サマンサはけたたましい笑い声をあげ、手を伸ばしてぬいぐるみのように軽々とダレンを仰向けに転がした。

コリーンからもダレンの顔が見えるようになった。見ひらいた青い目にショックの表情が張りついている。両手はだらりと横に垂らし、とても青白くて、痩せっぽちで、こわばっていた。コリーンはさらに壁際へ這っていき、頭のなかで悲鳴をあげたが、まったく声を出せなかった。

サマンサはダレンの隣で膝立ちになり、左右に首を傾げていた。ポケットを探りはじめ、家から盗んできたJPSのパックとライターを取りだした。煙草を一本出して火をつけ、深く吸いこむ。その両手は震えてもいないことにコリーンは気づいた。自分のほうは、どうしようもなく身体が震えだしたのに。

サムはダレンの片腕をあげ、口から煙草を出すと、彼の肌に押しつけた。

「やめて……！」コリーンはかすれ声をあげた。目をつぶろうとしたが、言うことをきかない。かわりに両手で目をふさごうとしたが、手は顔を滑り落ちていって、血の跡が頬に残るだけだった。

サマンサはまた同じことをして、今度はダレンの腕の少し上に煙草を押しつけた。顔を歪め、煙草をふかしてから動作を繰り返した。何度もやっているうちに、煙草が真っ二つに折れた。

「役立たず」サマンサはそう言った。口からよだれが一筋垂れている。「もう一度やろう」退屈と怒りのあいだぐらいの口調だ。

今度は煙草の先をダレンの額に押しつけた。

コリーンはふたたび口を開けたが、どうにもならなかった。なにも言えず、なにも聞こえず、血管を自分の血が流れる音がするだけだ。それでもにおいは感じられた。焼かれた肉の悪臭が鼻孔に入ってきて、また身体が痙攣《けいれん》した。

サマンサはダレンの顔全体に煙草の跡をつけた。「もうたいしてかっこよくなくなったね？」そう言い、吸い差しを投げ捨てた。「もとから、たいしたことなかったし」彼女はコリーンを見やった。「でもね、わたしはもっとすごいことができるの」

コリーンは気づかないうちに目を一瞬閉じたに違いない。次の瞬間、サマンサの両手に銀色のものが握られているのに気づいたからだ。包丁。それを振りあげてダレンの腹の真ん中に突き刺した。胸の悪くなるググググという音をたてて刃は沈んでいき、抜くときにはもっとひどい音がした。「そうよ、これよ」サマンサはコリーンを見あげ、欲望に憑かれた邪悪な笑みを見せた。「このほうがいい。これはデビーに！」彼女はふたたび包丁をダレンに振りあげた。

コリーンは震えだしたときと同じくらい急に動かなくなった。おなじみの麻痺した感覚に支配されていく。そしてサマンサが包丁を下ろした。

「デビー・カーヴァー」サマンサは言った。声はどんどん低くなり、しゃがれていった。「デビー・カーヴァー、カーヴァー、カーヴァー、あの女を切り刻《カーヴ》んでやる！」何度も包丁を振りあげ、振りおろし、繰り返し、引き裂かれた肉をさらに斬ってつぶす音が、悪夢の不協和音になって古いトーチカを満たした。もう一度、もう一度、さらにもう一度、彼女はのけぞって息を呑む音を漏らして包丁を突き刺し、いまでは本人の身体が小刻みに痙攣して太腿が左右に揺れていた。動きをとめる頃には、声がかれて息ができなくなり、口の両端にポツポツと泡を吹いていた。

そこで片手ずつあげて、拳を握ったりほどいたりして、包丁を左右に握りかえながら、茫然となって血しぶきを見つめていた。ようやく、顔をあげた。

コリーンは壁に背中を押しつけ、サマンサを見つめ返した。口を開けて目を見ひらき、顔じゅうに血がにじんだ格好で。サマンサの両太腿のあいだに、いまではダレンが肉屋のまな板の上にあるものに似た姿となっているのが見えたが、奇妙なことに表情は変わっていない。

立ちあがったサマンサは足元が安定せずに左右に大きく揺れた。自分がもった包丁を見て、顔をしかめ、コリーンのほうに投げ捨てた。壁にぶつかり音をたててコリーンの隣に落ちた。続いてサマンサは煙草とライターをポケットからふたたび取りだし、足元に落とした。よろめきながらあとずさり、入り口まで下がった。

外に出ると、夕日を受けて瞬きし、自分の身体を、両手を、両脚を見おろした。

そこで走りはじめた。


エドナは自宅の台所にいて、耐熱ボウルでパン生地をこねていた。両手を使ってなにかしていたかった。頭から離れないひどい考えから気をそらして自分を慰めるため、なじみのようになった儀式だ。

早朝のウェインの電話から気をそらす。もう会うこともなく、腕に一度も抱くことのなくなった孫娘の件を聞かされ、もうひとりの孫娘が通りのどこかを徘徊して、エリックの顔がきく腕利きの警官たちでも、まだあの子を見つけられないことから。いまではもうそのチャンスがなくなったアマンダへの罪滅ぼしからも気をそらす。目の前で起こっていたことを見るのを頑なに拒否した自分の弱さと強情さが原因で、娘も、孫娘たちも、エドナ自身もこれだけ苦しみを味わうことになったことからも。

それに部屋の片隅のからっぽの犬の籠からも。

台所で無理してまっすぐに立つ初老の女は、きっちり固めた髪型に入れたハイライトにゆっくりと沈んでいく夕日の黄金の光を浴び、パン生地をもくもくとこねて、指先から心配事を吹き飛ばそうとしていたが、悲鳴をあげたいほど指先はすでに痛くなっていた。

裏口をノックする音に、飛びあがらんばかりに驚かされた。

サマンサの顔が窓ガラスに押しつけられていた。埃と、なにかもっと黒っぽい色味のもので汚れた顔。両目はなんの表情もない大きなふたつの皿のようになっている。一瞬、エドナは悪夢の生き物を見ていると思った——洞穴の巨人《トロール》、屋敷の幽霊《ボガート》、あるいは髪が逆立ってボサボサになっている魔女。つかのま、心の奥底にあるものがこれは家にあげてはいけないものであり、十字架を手に取って追い返すべきものだと告げた。それからもっと力強い感情に圧倒された。不安よりも強く、理性よりも強い感情に。祖母の愛だ。

エドナはサマンサに駆け寄り、錠を開けて取っ手を押して一歩下がった。ドアが開くと孫娘が胸に飛びこんできて泣きじゃくりながら何度もこう言った。「おばあちゃん、おばあちゃん、おばあちゃん」

エドナがエリックに電話したのは、サマンサを風呂に入れてベッドに寝かせてからだった。孫のことはまずスポンジでさっぱりと洗ってやり、埃もほかのものもすべて排水口に流し、一番大きく柔らかいピンクのタオルで包んでやり、子供の頃の歌を口ずさんでやりながら鏡台で髪を乾かしてやった。

サマンサはされるがままで、エドナのネグリジェを着ると、つねに整えてあった自分の部屋のベッドに心地よく横たわった。枕に頭がつくかつかないかのうちに彼女の目蓋は閉じられ、呼吸はゆっくりになって眠りについた。

エドナは孫の服を腕にかけてそっと台所にもどり、洗濯機に入れて熱湯洗いにセットした。ドラム式の洗濯機がまわるのをガラス越しにしばらくながめた。

ついにエリックに電話しようと受話器を手にしたとき、どう切りだせばいいのかさっぱりわからないと気づいた。「サミーはここにいるわ」エドナはまずそう言った。「無事な姿で二階で寝ています」

「ありがたい」エリックは長々と息を吐きだして言った。「どこにいたのか見当はつくか？なにをしていたんだろう？」

「わかりませんよ。でも、なにかショック状態にあるの。行動がとてもおかしくて」

「アマンダが流産したことは知ってるのか？」

「知らないでしょうね」エドナの指先は神経質に電話のコードを上下した。「教えたくなかったんですよ。あの子はとても……」だが、自分の考えていることを表現する適切な言葉が見つからなかった。

「ああ、おまえの判断で正しいようだな」エリックはどう言えば伝わるのか煩悶していたエドナを救ってくれた。「寝かせておくのが一番だ。レンに捜索は打ち切るよう伝えておく。朝には詳しい話を本人から聞けるだろう」

「あなた、帰宅されるんですか？」そう言うエドナの声は震えた。

電話のむこうで、エリックは口に運びかけたスコッチのグラスを置いた。窓のあちら側では、観光客がネオンの灯る不思議の国で舞いあがり、空を飛び、スリルと楽しさで大声をあげながら、木造の丘、ペンキで塗られたジェットコースター、回転してきらめく観覧車で楽しんでいた。目の前のデスクではアマンダが赤ん坊のサマンサを抱いて、まばゆい笑みを浮かべている。

「十分で帰る」彼は言った。

37　対価《ザ・プライス》

二〇〇三年三月

アーネマス署の入り口に立って、ジェイソン・ブラックバーンはパトカーが表の階段前で急停止するのを見ていた。口はカラカラだった。この件はすべてひとりで対処するようスモレットに押しきられてから、何度もリヴェットに連絡を取ろうとした。だが、あのおやじは携帯を留守電のままにしていた。彼の導きを失ったブラックバーンはパラレル・ワールドに迷いこんだ気がしていた。慣れ親しんだすべてのものがひっくり返り、いつものルールがひとつとして適応されない世界に。

ブラックバーンは警察での長いキャリアにおいて多くの経験があった。だが、いま自分の目が見ている光景よりひどいものなどなかった。ノリッジ警察副本部長のアーサー・ボウルズが、ブラックバーンのおなじみの同僚、アンドルー・キッド部長刑事を従えて階段をこちらにあがってくる。ボウルズはまっすぐ前を見て、厳しい表情を崩さない。キッドは黒ずくめの服装でウールの帽子を目深にかぶり、テロリストのような風情で足元に視線を落としていて、身体の前で手錠をかけられ、頬の深い切り傷の周囲には血が固まりかけていた。

エレベーターの扉が閉まると、フランチェスカは不安がちらりと甦るのを感じた。ふたりが乗ると箱にはほとんど余裕がなく、不快に感じているのを隠すのはむずかしかった。それをユーモアでごまかそうとした。「赤いカーペットにオフィス直通の専用エレベーターですって?」両親の姿そう言ってみた。「王様のように暮らすのを好んだんですね、お友達のエリックは」両親の姿が意識の前面にふたたび甦った。

「彼の地位にふさわしいものさ」リヴェットが言う。

「それで、あなたは彼にとってなんだったんです? 側近のようなもの?」

扉がひらくとそこは円形の部屋で、窓に取りかこまれていた。リヴェットが先に降りて明かりをつけた。

「どの王にも側近は必要だ。権力を維持するには頭脳がいる。金じゃ買えんものさ」

リヴェットに続いて部屋に入ると、フランチェスカは父親がエリック・ホイルに関連したことをしゃべっていたのを立ち聞きしたことを思いだした。〝あの祖父だからね〟父はそう言っていた。〝あの少女にどこか悪い面があるのは不思議でもなんでもない〟妻を相手に自分の生徒のひとりについてそう語っていたのだ。でも、フランチェスカが戸口に立って聞いているのに気づいて、父は話をやめた。

「座ってくれ、ミス・ライマン」リヴェットが言った。

オフィスの中央には映画プロデューサーが使いそうな特大のデスクがあり、革張りのチェアは海にむけて置かれていた。似ているがサイズの小さな椅子がむかいにある。白く毛足の長いカーペットをゆっくり歩いていく。デスクに載った装飾品は大型の丸いガラスの灰皿とやはりガラス製の卓上ライター、それに古めかしいダイヤル式の黒電話だけだった。リヴェットがドスンと大きなほうのチェアに腰掛け、ポケットから葉巻を取りだした。

「では、ここは昔のままなんですね」彼が火をつけるのを見ながらフランチェスカは言った。「現在所有しているのが誰にしても」

リヴェットは煙を吐きだした。「そうだ。変わってない。もうたいして待たんでいいはずだ」彼はゴールドの腕時計に視線を走らせた。「奴はすぐにでも電話してくる。酒は本当にいらんのか？　ここにはいい酒が置いてあるぞ」

「いまあなたは誰の側近なんですか、ミスター・リヴェット？」

リヴェットは電話を見おろしてから、ふたたび彼女を見やった。「あたらしいボスは」そう話を続ける。「古いボスと共通点がたくさんあってな。わかるだろうが、見た目というのをエリックは優先した。優先しすぎたわけだが、結局は」

リヴェットは灰皿に葉巻を置いた。たなびく煙がフランチェスカの鼻をくすぐり、彼はパンツのポケットから小さな鍵を出して目の前の抽斗を開けた。厚いＡ４サイズの封筒を取りだして、ふたりのあいだのデスクにぽんと載せた。

「こいつを見せよう。あんたは骨がある、ミス・ライマン。弱い心の持ち主が見せるようなびくついたところがない」彼は思わせぶりに眉をあげて、封筒を押しやってきた。「あんたはこれを追いかけてたんだろ？」


勝手口を開けて犬たちを外に出そうとしたとたんにミスター・ピアソンの電話がふたたび鳴りだした。きびすを返して電話に出ようと急いで廊下をもどる足元をかすめて、犬たちは逆方向の夜のなかへ飛びだしていく。

「フラニー？」受話器を取ってそう言った。

「フィリップ？」ミッドランド訛りのその声は過去に聞いたことのあるものだった。

「フィリップ、シーラ・オルコットよ。あなた大丈夫でしょうね？」

「シーラ？」ミスター・ピアソンはこめかみに手をあて、目をつぶった。一拍ののちに、頭にその姿が形作られ、自分の話している相手がわかった。「ああ、シーラ、きみか。すまない、年寄りの物忘れというやつが出たに違いないな」

「あのね、訊きたかったの。うちでちょっとしたことがあったから、あなたが無事かたしかめたほうがいいと思ってね」

「どうした？」ミスター・ピアソンはふたたび膝から力が抜ける気がした。「何事だね」

「スモレット警部はどこだ?」副本部長が問いただした。「わたしは本人としか話さないと特別に命じたはずだが」

ブラックバーンはまだ地面を見ているキッドから視線を引きはがした。

「警部は呼び出しを受けまして」ブラックバーンは答えた。「緊急の用件です。わたしに留守を預かれと言っていかれました。今夜はもう連絡は取れないと。わたしにわかっているのはそれだけでして」

ボウルズはキッドを前に突きだした。

「この男を留置場に入れておけ。逮捕時の警告はもう読みあげてある。わたしがもどるまで、誰とも話をさせるな。そして〝誰とも〟というのは」副本部長の冷徹な目がブラックバーンを射抜くように見据えた。「とくにおまえという意味だからな」

「うちに押し入ろうとした男を捕まえたんですよ」シーラが言った。「でも大丈夫、予想して備えをしていましたからね。昨日、あなたの娘さんがわたしを訊ねてきて、それにロンドンの探偵も現れてから、こんなことがあるんじゃないかと思っていたんですよ」

「わたしの娘?」ミスター・ピアソンの声は自分の耳にもかぼそく聞こえた。「それに探偵《デテクティヴ》? ショーン・ウォードのことかね?」

「ええ、そうですよ。感じのいい若者だったわねえ。この町の刑事《デテクティヴ》たちとは大違い。しかも、そいつらだったんですよ、うちに押し入ろうとしたのは」彼女の声は険しくなった。「刑事のひとりだったの。何年も前にわたしに裁判で証言する必要はないと言いにきた、その同じ刑事。信じられる？　うちの息子のショットガンの銃口がむけられているのに気づいて、肝を冷やしていたわ。それからかわいそうに、ミニーも彼にむかっていって。わたしはとめられなかったんですよ、弾を込めた銃を握っていては……」

勝手口の外から、猛々しく吠える二頭の声が響いた。

「おっと、犬たち！」ミスター・ピアソンは言った。「悪いね、シーラ。あとでかけなおすよ」

フランチェスカはリヴェットのにやけた顔を見つめた。

「ほら」彼は言う。「こいつを」

彼女は指が突然むくんで言うことを聞かなくなったように感じながら、封筒の口に滑らせて書類を取りだした。一番上の書類にはアーネマスの弁護士事務所のレターヘッドがついていた。タイプ打ちされた書類に視線を走らせる。

エリック・アーサー・ホイルの遺言書

一、エリック・アーサー・ホイルは精神と記憶が健全な状態にある一九八九年三月二十九日のこの日、次の指示を残すものとする。私が死亡した際には、アーネマス・レジャー産業の敷地建物と利益をレナード・ホレイショ・リヴェットとデール・アームストロング・スモレットとで二分の一ずつ相続するものとする。ただし、両当事者が段階的縮小、売却、及びいかなる形であれ営業の中止を試みないことを条件とする。

「あんたの手間がちょっとばかり省けただろ?」リヴェットが言う。「古いボス」彼はエリックの名に太い指を置いた。「それにあたらしいボス」その指をスモレットの名に移動させた。「デールについての話はまだ終わってないが、言うべきことはあとひとつしか残ってないな。おれは弱点を見つけた者とだけ取引することにしている。エリックの弱点はなにか知っていたし、デールの弱点も知ってる。それに」彼はいままでになく残忍な笑みを浮かべた。「あんたの弱点だって知ってる」

リヴェットは椅子にもたれた。「父親はフィリップ・ピアソンだな? 懐かしのフィル。この町に史上最悪の呼び名を与えた男。あんたのその直感の冴えは親譲りというわけだな」

恐怖がフランチェスカの全身に広がったが、どうしてリヴェットにばれたのか見抜こうとした。

「パットね」そう言うのが精一杯だった。

リヴェットはかぶりを振った。「いいや。じつはポール・ボーマンが、そのちょっとした詳細を調べるのについて手伝ってくれた。あんたには排除できない堅い雇用契約を結んでいて、シドの経営時代から引き継いだもうひとりの人物さ。そしてあんたは奴が見た目どおりの、ヴァイアグラを飲んでばかりいるガタのきた老いぼれと思っていた」

フランチェスカは喉元が締まる気がした。リヴェットは正しい。老けた好きもの広告部長にそんな悪だくみができるなど疑ってもいなかった。リヴェットの笑みが広がった。「そうさ、ミス・ライマン。ボーマンは今日の午後、おれのためにちょっとばかり調べ物をしてくれた。有能ぶりにはあんたも驚くぞ。あんたはロンドンの新聞社で働いていた頃、社内の経済部長と結婚していたな——ロスだろ？　だが、家族の事情であんたは退職したとむこうの新聞社では言われた。さあて、だとしたらその家族とは？　あんたのそのひょろりとした体格、しゃべくり体質……」リヴェットはうなずいた。「フィリップ・ピアソンの女房はあんたが町にもどって半年経たずに亡くなってる。彼の人生第二のギリシャ悲劇だ」

「人でなし！」怒りでフランチェスカの瞳孔は広がった。

リヴェットはエリックの遺言書をふたたび小突いた。

「それがあんたを動かす理由だ」彼は静かに言った。「エリックも同じだった。家族がこの悲劇の中心さ。あんたはここまで調べあげた。すべてがどうつながっているのか最後のところを知りたくないか？」

夜の帳《とばり》が下りた外へ出ると、ミスター・ピアソンは砂利敷きの私道を車がバックして、猛スピードで去る音を聞きつけた。走って家の表へまわる頃には、ブライドン橋の方向に消えるテールランプがなんとか見えるだけだった。犬たちが砂利に脚を取られながら走ってもどってきて尻尾を激しく振った。ディグビーがくわえていたなにかを、主人の手に押しつけてきた。

「これはなんだい？」それはぐにゃりとして湿っていた。「なんてことだ」

「ご立派な調査ね」フランチェスカは目が合った者を石に変えるゴルゴーンの視線と母親に言われていたものを苦労して召喚した。「でも、忘れていることがないかしら？　ショーン・ウォードよ。彼もこの件はすべて知ってるけれど」

「ああ、そうだな。あれはいい子だな、あのウォードは」リヴェットは表情を和らげた。「あいつのように勇敢な戦士はおれも利用できただろうに。別の時代に会っていれば」彼は悲しそうに首を振った。「だが、ここはあいつの町じゃないし、どちらにしても、そろそろここを去る頃だ。あいつはこの町に来た目的を手に入れたからな」

聞き捨てならない。「なんの話？」フランチェスカは言った。

「あいつが探していたDNAのサンプルさ。そいつはおれが手伝って、あいつが求める人物へ導いてやれた。あんたたちはふたりとも、正しい道をたどってたよ。なにも見逃してなかったな。ほら」

リヴェットがデスクからなにかを取りだし、差しだした。色の褪せかけた古い写真だ。袖のゆったりしたサイケデリックな服を着た女が、流れるようなブロンドの髪を服と揃いのスカーフで押さえ、生まれて間もない赤ん坊を抱いている。

「エリックの家族だ。娘のアマンダとその幼い娘のサマンサ。この赤ん坊こそ一連の出来事が起こった理由だ。あんたが残りの真実を見つけだすのを阻止しようと、スモレットがここへむかおうとしてる理由。ただし、スモレットが間に合うとは思わんがな。ウォードはおそらく今頃DNAが一致したと知っただろう。あんたがこのオフィスを忙しく調べまわっているあいだに。そうだな、哀れなスモレットにとって目下の状況はよろしくない。あんたと同じに、あいつも自分が本当はなにに巻きこまれていたのか知らんのさ」

リヴェットは上着のポケットに手を入れ、手品師がはめるような白い手袋を引っ張りだした。

「それでも」彼はそう言いながら手袋をはめた。「明日の見出しはスクープになるな。そいつを書くのがあんたじゃないとは残念なこった」

フランチェスカが見ていると、スローモーションのように、手袋をはめた右手がふたたびポケットに入って小型の拳銃を取りだした。

「悪いな」彼はそう言って銃をむけた。「だが、そろそろ時間切れなんでね」

デスクの電話が鳴りはじめた。

「たぶん、スモレットからあんたにだ」リヴェットは言う。「これですべては終わりさ」

38　早すぎる埋葬《プレマチュア・ベリエル》

一九八四年六月

六月十八日の月曜日は暖かい夜明けを迎え、きれいに晴れた青空に太陽が昇り、六時にグレイは警察署に出勤してきた。腋の下に汗をかいたと思いながら車のドアを閉めてロックし、署に入って食堂へむかった。

トレイに卵二個、ベーコン、濃い紅茶一杯を載せたのは、早朝勤務には普段より燃料が必要だからだ。グレイはいつでも夜勤のほうを好んできたが、ちょうどいまは警官の半数が北で炭鉱労働者のストライキの対処にあたっているため、人手不足だった。あらたにバス一台ぶんの警官が、超過勤務手当を喜びながら昨日送りだされたところだ。

グレイは顔を曇らせて紅茶に口をつけた。知り合いの大半と違って彼とサンドラはマーガレット・サッチャーに投票などしなかった。

「なにを考えてる」うしろから声がした。

「レン?」グレイは振り返った。

警部が片目をつぶった。「ここにいると思ったぞ。食事を終えたら、おれのオフィスに来てくれ。おまえの経験を頼りたいことがあってな」

グレイは眉をあげた。「いいでしょう」

「いい子だ」リヴェットが肩をぎゅっと摑んでから去っていった。

しばらくグレイは座ったまま、警部に摑まれた跡を意識していた。紅茶をまた飲んで、食べかけの料理を見おろした。考えまいとしても、記憶がちらちらと甦って、急に卵とベーコンはまったく美味しそうに見えなくなった。トレイを手にして食べ残しを捨てると、小走りでリヴェットのオフィスへとむかった。

警部はデスクから立ちあがらず、グレイに座れと身振りだけした。

「不良の変人たちのことは知ってるだろう、ポール?」そう言って、茶色の段ボール紙のフレームに収められた学校写真をデスク越しに差しだした。

グレイはそこにある笑顔を見つめた。そばかすの散った十代の少年の顔。青い目が波のような黒い前髪から覗いている。黒いVネックのセーター、白いシャツ、細いブラック・タイ、胸に〈エコー&ザ・バニーメン〉と書かれたバッジ。

「ダレン・ムアコック」リヴェットが言う。「住所はノースゲート・ストリート八十九番地、アーネマス中学の生徒だ。土曜の夜に帰宅しなかったが、両親は朝になるまで気づかなかった。いつも両親が寝たあとに帰ってくる子らしい。親たちは信用してるんだな」リヴェットはやれやれという表情を作った。「ただし、この子がゆうべも帰宅しないと、さすがに親たちは心配を始めた。息子はふらりと女のところに寄ってるだけじゃないとな。いつも息子が出かける場所をかたっぱしから捜したが見つからず、友人全員に電話したが誰も会っていない。最後の消息は土曜の午後にガールフレンドを訪ねたときだ。デボラ・カーヴァーという名で、サウス・タウンのほうに住んでる。ただし、週末はずっと病気で伏せっていたから、少年はここでは一発できなかったな」

こう言ったときリヴェットはグレイの顔によぎるものを認めたが、刑事はうつむき、咳払いして写真を見つめていた。

「もちろん、少年が学校に現れないか待ってはみる」リヴェットは話を続けた。「だが、それとは別に、おまえになにかこれという心当たりがないかと思ってな」

この少年にはどこか見覚えがあるとグレイは思った。もっとも、いつもの深夜の巡回で出会ってはいない。記憶は五月祭の日に中止させたパーティへ時間を遡った。ノース・デーンズのトーチカ、古いソファがあった。ダレン・ムアコックはあの一同に含まれていたようだ。たしかにこの顔がいたとは言えないが。コリーン・ウッドロウは確実にあのなかにいて、これは妙なことだが——リヴェットがほんの二週間前にいきなり彼女に関心をもった。あの子が患っている発作のことや、グレイの聞きつけた黒魔術の噂。補導したとき宿直だったロイ・モブズから聞いたと推察するしかないが、アレイスター・クロウリーの本のことまでなにもかも知っているようだった。

再度、上司を見あげた。リヴェットは椅子に座ってくちびるに笑みを漂わせていて、その目に浮かべた熱意を見ると、胃の塊がさらにずしりと感じられるようになった。

「ある場所に心当たりがあります。彼らが隠れ家として使っているんです」グレイは立ちあがった。そこに少年がいるはずだという確信よりもリヴェットから離れたい衝動のほうが大きかった。「ちょっと見てきましょうか?」

リヴェットは五分待ってから受話器を手にして、暗記している番号にかけた。

「首尾よくいったね?」彼は電話の相手に訊ねた。

「レン」エリックはむっとして、二日酔いだと窺わせる声を出した。朝早くに起こされるのを嫌うのは知っていた。あきらかに前夜しこたま飲んだらしいウイスキーの量を考えれば不思議はない。だが、エリックがこちらに合わせるのはいまや当然だ——おれがこれからやろうとしていることを考えれば。元手を回収する先の長いゲームをうまく実行していかんとな。

「いま何時か、わかっているのか?」エリックに言われ、リヴェットは彼がエドナの洗いたての枕カバーの上で顔をしかめているところが想像できた。

「そろそろ、昨日そっちで処理したことを教えてくれよ」リヴェットは言った。「こっちも部下を動員しているんだからな。人手に余裕のないときに。そこのところ、わかってもらわんと」

エリックはうめき声をあげ、シーツが衣擦れの音をたてた。「サミーはロンドンへ帰した」隣でエドナが目覚めたことがはっきりとわかった。「適切に治療してくれるクリニックへ入れた。マルコムが不甲斐ないアルコール依存症だったことも、ひとつは役立ったらしい。この手のクリニックについては、あいつは詳しい」

リヴェットは鉛筆を手にして、人差し指と中指でくるくるまわした。「よし。そっちのほうはすべて処理済みと。あんたには、エディス・キャベルに行ってもらわんとな」

彼はアマンダが流産後の回復に努めている病院の名を出した。「こんなときには、あんたが家族全員の面倒を見ている印象を与えるよう心がけろ。サミーについては対処がむずかしいがな、もちろん」

リヴェットの手のなかで鉛筆は折れた。「だが、アマンダのほうがよっぽど堪《こた》えるだろうな?」

グレイはアイアン・デュークの店の前に車を停め、肩に上着をかけて防壁の階段を降りていき、ノース・デーンズを越えた。目の前の水平線がきらりと光っている。砂丘の柔らかい砂にトーチカにむかって残された複数の足跡に気づき、遠くでかすかなブーンという音を聞きつけた。50ccのスクーターのような音だ。ぼんやりとそんなことを考えながら、古いトーチカに近づくと、音は大きくなっていった。

グレイはなかに入ると瞬きをした。まばゆい陽射しから室内の暗がりに合わせようと瞳孔が急激に広がった。例の音はこの頃にはじつに大きくなっていたが、最初にあっと思ったのは音ではなかった。臭いだ。まちがいようのない鉄分とはらわた——死の臭い。あたりをうごめく死の化身が見えてきた。目の前で波打ち、うねる黒い雲。一瞬、グレイはシュールなアニメの登場人物のように別の次元に迷いこんだのかと思った。

一歩近づくと、黒い雲はまっすぐに彼にむかってきた。突然、それがなにかわかった——ハエだ。宙を飛ぶ集団、極小の虫の弾丸が彼の顔に、口に、鼻に、目にぶつかる。息もできずによろめいてあとずさり、バランスを崩さないようにした。意識の奥底でまだ、犯罪現場を乱してはならないと考えていたからだ。警官としての訓練に本能が勝ち、胃の中身が渦巻いて喉へと迫りあがってくるまでは。グレイは覚束ない足取りであとずさって外に出ると、腹の中身を盛大にぶちまけ、砂を蹴ってそれを覆うと、めまいを覚えながらよろよろとトーチカの前にもどり、身体を支えようとザラザラしたコンクリートの外壁をやたらとひっかいた。

上着のポケットからハンカチを取りだし、口元を、続いて汗の浮かんだ額を拭いた。何度か深呼吸をして、いけると自分に言い聞かせた。「落ち着け」そう言ってなかに入った。「落ち着け」

そのとき、彼女が見えた。顔を血塗《まみ》れにして壁に身体を押しつけ、口をぽっかり開けて目はうつろだった。悲鳴をあげる途中で固まってしまったかのようだ。

グレイは両手で自分の頭を摑んだ。めまぐるしく頭が回転していた。大量殺人のようなことがあったのか？　目の前の床に横たわっているのは、ハエがいた場所にあるのは、被害者の遺体だ。これがダレン・ムアコックかどうかは、わからなかった――かつては黒髪と白い肌の持ち主だったが、いまやほとんどの部分が赤に染まっている。

遺体を迂回し、耳に響く大きな音を静めようと苦労した。自分の鼓動の音だ。そしてコリーンの前に膝をついた。彼女はまっすぐにこちらを見ている。顔は血でにじんでいるが、傷らしいものは見あたらない。以前、ソーシャル・ワーカーがどうやっていたか思いだしながら、彼女の肩に手を置き、そっと揺さぶり、穏やかにはっきりと声をかけた。「コリーン、起きろ。大丈夫だ。コリーン、悪い奴らはいなくなった」

コリーンの目蓋がぴくりと動き、それから大きく息を吐くと、ぬいぐるみのようにグレイの腕に倒れこんできた。


〜


リヴェットは隣に鑑識チーフのアルフ・ブラウン、うしろに警官たちを乗せたヴァンで、アイアン・デュークに到着した。すでに救急車が停まっているのを見て腹がたった。「エリア一帯を封鎖しろ」ぶっきらぼうに部下たちにどなると、彼らは防壁から階段を降りていった。「行楽客が数時間でやってくるだろうが、一歩たりとも入れるな」

警官たちが扇形の隊形で去っていくと、リヴェットはグレイに注意をむけた。コリーン・ウッドドロウをストレッチャーに乗せようとする救急隊員を手伝っている。

「ちょっと待て」彼はコリーンの血塗れの顔を凝視してから、グレイにむきなおった。「そこで遺体を見つけたと言わなかったか？」

グレイの目はリヴェットが見たことのない激しさを込めて光った。「ええ、そうですが」部長刑事はそう言った。「ですが、生きている者のほうをいまは優先しています」

リヴェットの視線は救急隊員にすばやくむけられ、それからグレイにもどった。「ふたりともそのままでいろ。おれがこの目で見るまでは、何人《なんぴと》たりとも現場を離れることは許さん」

彼はトーチカに消え、そしてもどってきた。口をハンカチで押さえている。咳をして地面に唾を吐くと、グレイを見つめた。「彼女にまだ被疑者の権利を読みあげてないんだな？」

「警部？」グレイはリヴェットからコリーンに視線を移し、ふたたびリヴェットにもどした。

「この少女はひどい心の傷を負ったんですよ、早く医者に診せたいので権利など読みあげていません。おわかりになりませんか……」

リヴェットの表情は暗くなった。「おまえこそ、彼女のやったことがわかってないのか、部長刑事？　その子は人殺しなんだぞ！　アルフ」彼は鑑識チーフに呼びかけた。「さあ、なかに入って仕事をしろ。それから、入る前には大きく息を吸っておけよ。おまえは」彼は救急隊員を見やった。「彼女に必要な手当を、いまここでやれ。病院には行かない。おれと署に直行する」

グレイは反論しようと口をひらいたが、リヴェットが片手をあげて制した。紛れもない憎悪が目に浮かんでいる。その朝、二度目になるが、グレイはいつかの夜明け、岸壁から突き落とされた荷物のことを思いだし、言うつもりだった言葉は喉につかえたままになった。

「これはなんだ、コリーン？」

むかいに座る男が太くて先広がりの人差し指で、ふたりのあいだのテーブルに載せられた黒革の本をつついた。

コリーンは金属製の椅子でぎこちなく身体を動かした。後ろ手にまわされて手錠をかけられたところが痛む。部屋は目の前で揺れていた。

「知らない」彼女はどうにかそうつぶやいた。

「いいや、知ってるとも、コリーン」男が言った。その声にはどこか聞き覚えがある。大きくて熊みたいな体格にも見覚えがある。だが、コリーンはどこで見聞きしたのか考えられなかった。記憶はショートしたようになっている。思いだせるのはダレンのことだけ。砂丘で自分の前を歩いていき、彼女には聞こえないなにかをしゃべっている。音を消した映画を観てるみたいに。

「おまえの母親から聞いたんだぞ」男は話を続ける。「これはおまえの特別な魔法の本だってな」

コリーンは眉をひそめた。記憶の闇が意識の片隅を軽く叩いている。

「それどころか、おまえの母親に祭壇を見せてもらった。おまえはそこで呪文を唱えるそうだなあ」

男の声はなだめるような調子になり、コリーンは目を閉じた。頭のなかで再生しているダレンの映像へと次第に注意をむけていった。その場所では、自分がどのくらいそこにいるのか、どうしてこんなことになったのか、まだわからないでいた。

不意に、赤、黒、白がぎざぎざにきらめいて意識に押し入ってきた。墓地のイチイの木。ノージが下に立って、腕を広げている。コリーンははっとして目覚めた。

「ぴんときたか、コリーン？　ぴん《ベル》ときて、呪文《スペル》も思いだしたか？　おまえは呪文を使ったのか？」声はしつこかった。

コリーンはあることを思いだした。「わたしは彼女を追い払いたかっただけ」そう言った。かぼそい声だった。

「どういうことだ?」男が身を乗りだし、顔を近づけ、焦点がさらに合ってきた。男の目にはどこか見覚えがある……

「誰も傷つけるつもりはなかった」コリーンは言った。「呪文が跳ね返ったの……」

そこまで言って、すべてが甦った。砂丘を下って、トーチカに入るダレン。罪深い悲鳴が宙を切り裂き、ダレンを追ってトーチカに駆けこんだけれど、手遅れだった。死んだ彼の身体につまずき、血だまりに倒れて、コンクリートの塊を抱えて立つサマンサを見た……

「ごめんなさい!」コリーンは金切り声をあげ、テーブルに突っ伏して、ぶるぶる震えて泣きじゃくった。椅子が床にこすれてキーという。「ごめんなさい!」

リヴェットはテープ・レコーダーをとめた。

「これでいいだろう」

オフィスにもどったアルフ・ブラウンは写真を準備して待っていた。リヴェットは犯罪現場でざっと見たときよりさらに詳しく、ダレン・ムアコックに対しておこなわれた惨状を観察した。視線は血で描かれた五芒星をさまよった。

「マスコミに連絡する頃合いだな」彼はそう決めて口に出した。「犯人を逮捕した刑事はどこにいる?」

グレイは地下の人でごった返した取調室で、リヴェットがスウィングの店でやるよう命じた昼食どきの手入れで捕まえた酔っぱらいのひとりと話していた。ハーヴェイ・バントンはのろのろとしゃべり、わざとらしく言葉を引き伸ばして、グレイが誰のことを、そしてなんのことを訊いているのか、はっきりわからないと言い張っている。グレイは苦労しながらこのやりとりに集中し、頭の片隅から離れないぶんぶんというハエの黒い雲を振り払おうとしていた。

「ポール」ロイ・モブズの声が背後から聞こえた。「ボスがいますぐ上に来いだとさ」


署の階段でリヴェットの隣に立つグレイはカメラから、そしてリヴェットの言いなりの記者、《マーキュリー》のシド・ヘイルズの質問からも顔をそむけていた。取調室からあがってくると、昼間がどれだけ明るいか忘れていたと思い知った。

「被疑者と話をしていることは認めよう」リヴェットはそう語っていた。「今夜は自宅のベッドでぐっすり眠れると読者に教えて構わん。不届き者は捕まえてあり、ちょうどすっかり自白したところだ。彼女の共犯者についてもう少し質問をしたら、全貌を発表できる」

グレイは息を呑み、事態を把握しようとした。

「彼女の共犯者と言いましたかね？」ヘイルズ記者の目がぎょろついた。

リヴェットは苦笑いをした。「聴覚のテストが必要なのか、シド？　いまのところ、話せるのはそれだけだよ、諸君……」

記者たちの群がる道のむこうに、グレイはシーラ・オルコットがおんぼろのシトロエン2CVから降りる姿を見かけた。引きつった白い顔から髪をはらっている。一瞬、ふたりの目が合った。そのとき、リヴェットがグレイの肩に手を置いてそちらをむかせた。

「全部聞いてただろう、ポール?」リヴェットは誰にも聞かれないように耳元に顔を寄せてきた。「おれは彼女の自白をすっかり録音した。さあ、下へもどって、あのろくでなし連中から、自分が魔法使いだと想像をたくましくしてる奴を見つけろ」

黒い雲はグレイの視界の端に動いてきた。「なにをしようとしているんですか」そう言って雲をはねのけようと眉をこすった。

「バイカーといまいましい変人ども」リヴェットは言う。「あいつらには、おれの町にいてほしくないのさ」


モーリーン・カーヴァーは踊り場で足をとめ、あふれてくる涙を押しとどめようとした。夕方のニュースでたったいま聞いたことが信じられなかった。ほんの二日前に会ったばかりの、笑顔で柔らかくしゃべるあの若者が、もうこの家の玄関にやってくることはないという事実を認めることができない。ダレンが殺されたというニュースのショックを倍にするのは、ニュースキャスターが伝えていたことだった。被疑者が逮捕され、それは同級生だと思われると。少女だと思われると。

モーリーンはこれまでの出来事を思い返した。デビーがコリーンをうちに連れてきて、どれだけそれで悩んだか。娘がこの友情に頼りきっているのはけっしていい結果を生まないだろうという消えることのない不安。一週間、姿を消してからコリーンがふたたび訪れたあの奇妙な午後。そのときの会話でデビーがとても心配していたこと。隣のアレックスとの喧嘩と、転校生のサマンサ・ラムと、その子の仕打ちにデビーが怒ってわめいていたこと。

モーリーンは大泣きしたいのを堪《こら》え、一瞬、顔を両手で覆ってから、もてるかぎりの力を振り絞ろうとした。

そっとデビーの部屋のドアを押し開けた。娘は昨日ようやく吐き気が収まったが、睡眠不足で憔悴しきっていたから、今日は学校を休ませたのだった。どちらにしても、すでにあれだけの努力をして、芸術科高校に入学するためのOレベルの試験も終わっているのだし……

デビーはベッドに横たわり、枕に髪を広げ、片手を口にあてていた。心に疑問をもちながら眠りについたようにくちびるに乗せられた人差し指。シーツの上には土曜日にダレンがもってきてくれた音楽紙が広げてある。モーリーンは目を閉じ、牧歌的な至福の世界からけっして、もうけっして同じにはもどれない世界へ娘を目覚めさせる勇気をくれるよう神に祈った。

「ママ?」デビーがぱっと目を開け、一瞬、顔に笑みを広げたが、それもモーリーンの目つきを見て固まった。「ママ、どうしたの?」

モーリーンにはどれだけ時間が過ぎたのかわからなかった。もう暗くなっていて、デビーが泣き疲れて母の腕のなかで横たわり、慈悲深いひとときの眠りに落ちたことだけがわかった。

道のむかいを走る足音をモーリーンは聞いた。そして金属のガチャリという音に続いて、ガラスの割れる音。ふたたび走る足音が道を遠ざかっていく。急にシュッという音がして、部屋が照らされた。そこで、道のむかいから宙を斬り裂く悲鳴。

炎が一階を全焼させ、建物の前面を焦がした頃に、グレイは到着した。大勢の人々がそれぞれ自宅の前に出て火事を見物していた。杖をついた男たち、赤ん坊を抱いた女たちの顔は奇妙で残酷な喜びを浮かべて揺れる炎に照らされている。

「あの女を燃やせ！」誰かが叫んだ。

建物のてっぺんから煙が噴きだした。消防士たちが梯子に立ち、炎にむけて放出する水が曲線を描いている。火花と灰が降ってきて、空は赤、オレンジ、紫に輝いていた。つかのま、グレイの痛む目は空へ立ちのぼる煙を捉えた。頭のなかで煙は犯行現場で目撃したあの黒い雲と溶けあった。

「売女！」隣で女が叫び、グレイはぎくりとして、炎を背にした黒いシルエットに視線をもどした。リヴェットが庭の小道からこちらに歩いてきた。拳を口にあてて咳きこんでいるジーナを抱えて。

リヴェットは野次馬をにらんで叫んだ。「そこから下がれ！　みんな、帰れ！」水が炎にかかってジュッといった。周囲に瓦礫《がれき》の破片が降ってくる。リヴェットの顔は赤く、目は北海のように暗く計り知れなかった。

グレイは上司を見つめ、もはや自分はなにも考えられないと悟った。

ふたりはアイアン・デュークの駐車場で夜明けを見つめていた。グレイの車にリヴェットが乗り、ハンドルを握っているのもリヴェットだ。ふたりとも二度と経験したくはない二十四時間の終わりに、警部のフラスクからウイスキーを飲んでいた。

「孤児院育ちだと話していたな、ポール?」リヴェットは言った。

グレイは揺れる青い水平線に昇ってきたオレンジ色の球体の輪郭を見つめた。

「だからおまえは似た境遇の子供を気にかける」リヴェットは銀のフラスクを差しだした。

グレイはそれを受け取り、ぐいとあおった。酒が喉の奥を焼く。

リヴェットはグレイを見つめて話を続けた。「おれはそんなおまえを尊敬してる。なんの後ろ盾もないところから始めて、自力で身を立てた。そのためのガッツも決断力もあって、立派な刑事になった。おれがそれを尊敬してないとは思うなよ」

グレイが顔をむけた。その目は血走っていたが、ジーナの燃える家の表でふたりきりのときに見せた取り乱した様子は消えていた。ジーナは煙を吸った程度で済んだが、娘のしたことについて歓迎できないニュースにこれから対応するわけだ。おれに歯向かった罰としてはそれでじゅうぶんだ。いまのところは。

「おまえはいい奴だ、ポール。そして、いい警官でもある。しかし、そのふたつはいつも相容れるとはかぎらんな?　だから、おまえには数週間の休みをとらせたい――もちろん、給料は全額支給だ。かみさんを休暇に連れだせ。どこか静かでゆっくりできる場所へ。リラックスして、この町を離れ、しばらくは仕事のことを忘れろ。おまえを失いたくないからな、ポール」

リヴェットはさっとグレイの肩に手を置いた。「本気で言ってるんだからな」

グレイはくちびるを震わせて目を閉じ、涙を堪《こら》えようとした。

リヴェットがイグニションにキーを挿した。「さあて。家へ送ろう」

39 復活《リザレクション》のジョー

二〇〇三年三月

スモレットは彼女を見やった。結婚して何年にもなる女を。見つめ返す彼女の目はベッドサイドのランプの光では緑に見えるが、直射日光の下だと海の青と同じ色に変わる。

「頼むよ、きみ。出かけないとならない」

彼はベッドサイドの時計に視線を走らせた。ジェイソン・ブラックバーンが焦って電話をかけてこなければ、今頃はレジャー・ビーチでレン・リヴェットに会っていただろう。それどころか、仕事を投げだしてきたから、町をあとにして半時間は車で走っていたかもしれない。罠が口を開けた音が頭のなかでしていた。

妻は視線を上掛けにむけ、ありもしない糸くずをつまみはじめた。うつむいて身体を動かすと、細心の注意を払って整えられた前髪がずれ、ほんの一瞬、両こめかみに盛りあがって残る白い古傷が認められた。

「言ったでしょ、行きたくない」彼女は囁きより少々大きい程度の声で答えた。

スモレットは隣に膝をつき、気を揉むように手を握った。

「ほんの数日だから。お気に入りのホテルを予約しておいた。きみのために荷造りもしておいた。車も用意してある。あとは服を着るだけだ。頼むよ、ダーリン。わたしのためにやってくれないか」

爪をスモレットの手に食いこませ、ふたたび彼女が見つめてきた。おかしな表情を浮かべている。「わからない」彼女は言う。「どうしてわたしを厄介払いしたいの、デール？」

彼女は純白のまっすぐな前歯で下くちびるを嚙んだ。

「そんなことはしたくないよ、ダーリン。きみの身の安全を守りたいだけだ。いつもそうしてきたように」

彼は妻の手を口にもっていき、拳にくちづけをして目を閉じ、結婚を申しこんだときに彼女の祖父とかわした約束を守るため、鎮静剤を使うべきだろうかと考えた。生涯守るつもりの約束だ。本当はあの老人はこの結婚を望んでおらず、大変な説得が必要であり、しかもスモレットではなく、あの老人がアドバイスを受け入れるただひとりの人物の口添えがあったからだとしても。

「今日レン叔父さんが来たのよ」彼女が言った。「その件と関係がある？」

スモレットは目を開けた。「なんだって？　いつ頃だい？」

「今朝よ。お茶を一杯飲みにきたの」彼女は下くちびるをさらに強く嚙んだ。「レン叔父さんはわたしを好きだったことがない。そうでしょ？　わたしを厄介払いしたがってる」彼女の目に涙があふれた。


「ここになにが書いてあるの？」サンドラは言った。

「アーネマス中学の校長とコリーン・ウッドロウの担任にわたしがした聞き込みの記録だ」グレイは端の痛んだページをめくった。「この捜査でいぶしだされた者は別にいる。ようするに、ここに書かれているのはあの子のことじゃないんだよ。あの学年最大のトラブルメイカーは、どちらの教師の意見でもコリーンではなかったし、ゴスの誰かでもなかった。卒業間近で校長が退学にしなければならなかった別の少女がいたんだ」

「それは誰なの？」サンドラは囁いた。

「もちろん」グレイは言った。「エリック・ホイルの孫娘だ」

サンドラは喉元に手をあてた。「エドナの」

グレイはうなずき、さらにページをめくった。

「次の聞き込みがある。リジー・ハレル――オリヴァー・ジョン美容室の経営者でコリーンを見習いとして受け入れた人だ。コリーンとサマンサ・ラムはあの土曜日の朝に美容室の前で喧嘩をしていたと証言している」

首を振るサンドラの目は険しくなった。「彼女は知っていたのね、ポール。エドナは知っていた」

「さらに、ウォードから聞いたことがある」グレイは言う。「レンは昨日、アルフ・ブラウンに言いつけて古いファイルを探すのを手伝わせたそうだ。アルフ・ブラウンは五年前に退職している——だが、ウッドロウ事件の鑑識をすべて担当したのは彼だった。そして、犯罪現場についての情報で、昔からわたしをとまどわせてきたことがある。今日のこの日まで。現場を見たショックのせいで、勘違いしたか、まともに思いだせないのだと考えていたんだよ。だが、最初に現場に入ったとき、わたしはダレン・ムアコックの遺体の周囲に血で描かれた五芒星など見ていないんだ」彼はぴしゃりと業務日誌を閉じた。

「電話して」サンドラの声は急き立てるようだった。「ウォードに電話して。彼までリヴェットにやられる前に」

スモレットは客用寝室のバスルームに入り、自分の顔を見つめた。肌は灰色に見えるし、目尻には数日前にはなかった皺が刻まれていた。十代ののぼせあがった感情は長年の結婚生活のあいだに燃え尽きたが、月曜の夜明けまでは自分が立派なことをしたのだという考えを大事に抱いていた。そしてこの結婚は叔父のためになる大仕事というだけではなく、自分のためでもあった。

こう聞かされていた。サマンサの十代のときの神経衰弱は、母親のアマンダと何カ月も仲違いをしていて、極めつけにアマンダの流産につながった喧嘩をしたことで急激に引き起こされたものだと。だからこそ、サマンサは民間のクリニックで治療するためにロンドンへもどって父親のマルコムが面倒を見ることになった。スモレットが警察学校の訓練で近隣のヘンドンに滞在したとき、リヴェットに煽られて、サマンサがアーネマスを離れるしかなくなった直前に始まったばかりだった、ぎこちない求愛の行為を再開した。二年の婚約期間を経て、チェルシー・タウンホールで結婚し、巡査の資格をとって彼女とアーネマスへもどった。ロンドンで出会った女だと誰もに語った。そうしたほうがいいと言われたからだ。

彼の愛は当時まだ色鮮やかに燃えていた。たとえ、学校で知っていた頃の少女の面影はほとんど残っていなくても。不妊手術、歯科手術、もうひとつの手術は彼女のために必要だと理解していたし、それで彼女はスモレットの愛すべき完璧な警官の妻になった。子供のようなもろさも、妻への愛を深めたくらいだ。だから、エリックと約束をかわしたのは、リヴェットが隠していた動機――協力することで約束され、やがて手にした報酬――のためだけではなかった。

サマンサは初めて出会ったときのことをほのめかすことは一度もなく、スモレットも妻がそうするとは期待していなかった。治療の観点から、回復のためには頭のなかの大半をからっぽにしなければならないと理解していた。妻は幼い頃を時折思いだし、祖母がもういないことをよく忘れたが、エリックについて口にしたことは一度もない。リヴェットだけが妻の不安をかきたてるらしい。意識の片隅に、リヴェットをうっすら覚えている部分がまだ潜んででもいるようだった。

妻は母親と和解することはなかった。アマンダは現在、ハートフォードシャーのどこかで暮らし、ずいぶん年下のウェインといまでも結婚していて、スモレットが集めた情報によると、贖《あがな》いがわりのような行為として次々に養子をとっているらしい。エリックは一九八九年に亡くなった。結婚式からほどなくして、二回目の心臓発作で倒れてそのままだった。彼は全財産の半分をスモレットに遺した。サマンサの世話をいつまでも見ることが条件だった。

スモレットはみるみる昇進し、リヴェットのいた警察署で指揮をとるまでになった。長い時間をジム通いにあて、心を砕いて築いた町での地位は家庭生活の中心に空いた穴を埋めてくれたが、穴は時が流れるにつれて次第に大きくなっていった。妻が彼からさらに遠ざかって自分の殻に閉じこもっても、スモレットの見栄えのよさは彼と同じように不満を抱いた中年女たちをつねに引き寄せた。後腐れのない関係をありがたがり、自分の結婚生活を破綻させないために秘密にしておきたい女たちだ。

自分の役割は悪いものじゃないと受け入れていたところに、ショーン・ウォードが町に乗りこんできた。

スモレットは戸棚の扉を開け、くたびれた自分の姿を追い払った。すでに妻のいつもの薬は荷物に入れていたが、医師からいざというときのために、より強い薬をもらっている。万が一にも妻が暴れるようなことがあればの話だ。長年のあいだに、ちょっとした癇癪《かんしゃく》が起こることはあったが、この薬を使わねばならないと思えることは一度もなかった。

だが、ロヒプノール睡眠薬の包みを手にすると、未知の領域に自分は踏みこむことになりそうだと感じた。ショーン・ウォードはリヴェットと最初に接触した瞬間から正しく推察していた。物事はリヴェットが引退する前とまるきり同じにもどっていたのだ。命令するのはリヴェット。探偵にはできるだけ親切にしろとこちらには言いつけて、リヴェットが本式の仕事を彼のやりかたでやれるようにさせた。しばらくサマンサを町から出したいと提案された。彼女がウォードの調査に巻きこまれるようなことがあれば、なによりも思いだしたくない不愉快な時期の記憶が甦るかもしれないと。

いつものようにスモレットはリヴェットの意見を尊重し、今夜の仕事のあとで信頼できる隠れ家、安心してサマンサの世話を任せられる適切な場所に連れていく手配をしていたが、その一方で、事態が新展開を迎えるたびに噴きでてくる、収まることのない疑惑を懸命に抑えてもいた。昔のトーチカの妙な一件は、遠い過去に埋めたと思っていた多くの記憶を甦らせた。ダレン・ムアコックやコリーン・ウッドロウと一緒に学校に通った当時のこと、サマンサ自身がゴスのひとりだった短い期間のことを。

けれど、ブラックバーンが電話をかけてくるまでは、スモレットは二十年も前の事件が飛火してくるはずもないと思いこんでいたし、いつものようにリヴェットがすべてを丸く収めると信じていた。おそらく——睡眠薬のラベルに視線を落としながらスモレットはみずからに認めた——おれはほかの可能性など考えたくもなかったんだな。

彼は先ほどリヴェットに電話し、キッド部長刑事がシーラ・オルコットの農場でなにをするか知っていたのか訊ねてみた。いっさい知らなかったと否定されたが、初めてスモレットはリヴェットが嘘をついていることに気づいた。キッドが昔からリヴェットと働いてきたことを知っていたし、ウッドロウ事件の初期の捜査で果たした役割も知っていた。この二晩というもの、スモレットは夜更かしをして自分でも事件のファイルを読み、たくさんのウォードのメモにも目を通し、できれば過去の行間を読み取り、リヴェットがあのとき以来隠してきたものがないか推測しようとした。

だが、考えをまとめる暇もなく、サマンサを連れて町を出る前に話があるとリヴェットに言われた。いまだにふたりともエリックのオフィスと呼んでいる場所でだ。

「どうしてです?」スモレットはあきれた。「ゆうべ、すべての話はけりがついたはずでは? そうすれば、町を早く出ることができるということだったでしょう? 第一、これはあなたの考えで……」

「デール」リヴェットの声には、被疑者の尋問の前に使いたがるおどけた調子があった。「おまえの利益に特別な注意を払ってることは、わかってるじゃないか。いつもそうしてきただろう。だが、気づいたことがあって、そいつはいますぐにおれたちで対処しないと、おまえにとって問題になるかもしれん。嗅ぎまわっている記者がいる。その女はおまえにとって害となるものを掘り当てそうだ。電話じゃ詳しいことは言えんし、理由も説明できない。だが、おまえとサマンサのために、なにも問題がないようにしておきたかろう?」

「わたしとサマンサのために?」スモレットはいまだに聞かされていることの意味がよくわか

らなかった。

「そうとも。おまえのかわいい女房。おれが気にしているのは彼女のことだから、おまえもそうしろ。三十分後に待ち合わせだ、デール。家を出るときに電話を入れてくれ」

そこで電話はカチリと切れた。スモレットは当惑しながら署を去るとき、ブラックバーンに奴の親友がノリッジの警察副本部長を引っ張りだした混乱に対処するよう命じ、制限速度を超えるスピードで車を飛ばして帰宅した。リヴェットが最後の言葉で火をつけた不安をぬぐいさることができなかった。三十五年の人生でスモレットは叔父の考えかたを解読できたためしはないのだが、あの人がなにか――あるいは誰か――について悪いことを企んでいるときはそうとわかった。帰宅してみると、サマンサはこの数カ月で最大のぼんやりした状態だった。そして今朝、すでにリヴェットが家を訪ねていたという……

スモレットが寝室にもどると、妻はまだ絹のネグリジェと化粧着姿だった。しかし、いままで目にしたことがないものを手にしていた。大きく、古く、黒い革装丁の本。

「ほら」彼女は言った。「レン叔父さんがくれたの。返すって言うのよ。わたしが貸したものみたいに。でも、デール」妻の目は不安でいっぱいだった。「これが好きになれない。思いだすのよ、なにか……なにか悪いことを……」

ポール・グレイは受話器を置いた。「彼とこれから会うよ」彼はサンドラに告げた。「スモレット警部の家で」

「もしかして——」サンドラは口をひらいたが、夫がキスで続きを封じ、手に業務日誌を押しつけた。

「こいつを頼むよ、きみ。わたしは出かける」

リヴェットは受話器を手にした。相手の声は予想していた人物のものではなく、聞いたことを理解するのに一瞬、手間取った。この番号にかければ自分が出ることを知っている者がキッドについてなにか言っている。キッドがオルコット農場への不法侵入で捕まり、あのガミガミばあさんが十二番径のショットガンをキッドに突きつけ、ノリッジ警察に通報したこと。しゃべっているのはブラックバーンで、そうとわかったリヴェットは、奴がおもしろくもない内輪の冗談でも言っているに違いないと考えた。そういうのはブラックバーンのお得意だ。

「それから悪い話がまだ不足だって具合に」ブラックバーンが先を続けた。「あなたに命じられたとおり、スネル刑事をピアソンの家に行かせたんですがね、ケツの半分を噛みちぎられる怪我を負いましたよ。あの家で犬を飼っているなんて言わなかったじゃないですか」

「犬?」リヴェットは聞き返し、その言葉を口にしたとたんに、吠える声が聞こえるような気がした。立ちあがり、銃をデスクに置いた。「おれをかついでるんだな?」彼は襟元をゆるめ、まっすぐにフランチェスカを見ながら言い、顔を真っ赤にしていく。「かついでいるんだと言ってくれ」

「そうだったらどんなにいいか」ブラックバーンの声は哀れっぽくなった。「でも、ノリッジの副本部長が十分前にここへやってきまして、今頃はそちらへむかっているはずです」

「なんだと?」リヴェットの顔色は真紅から真っ白に変わった。「それで、スモレットの奴はどこをほっつき歩いてる?」

「知りませんよ」ブラックバーンが言った。「三十分ほど前に大急ぎで出ていきました。この件はあなたに話すな、すべてはわたしのほうで対処しろと、ぎゃんぎゃん言い残して……」

リヴェットは受話器を落とした。耳元の音が着実に大きくなっていく。猟犬の群れの声が聞こえる気がした。鼻を鳴らし、吠え、血を求めて。痛みが脚から胸へと走り、腕に下がってから心臓へむかった。とても強い痛みに、身体が跳ねあがり、跳ねさがる感覚。エリックの古ぼけた椅子が身体の下でひっくり返った。そしてリヴェットは沈んでいった。沈んで、暗い水へ、脳裏をいくつもの光景が駆けていく。

エリックの孫娘、髪を枕に広げて、殺人を目撃したと話している、その後、翌朝に行方不明の届けが出た少年の。彼女の口からこぼれる言葉は女優のように正確で、話はどこも隙がなく、無実の人間にはこしらえることができないだろうものだ。エリックが孫娘の手を握り、彼女はいい子だと言い、彼女は期待を込めてエリックを見あげる。エリックの握る彼女の手を見おろす自分、彼女の割れた爪とすりむけた拳の関節を見る。

台所のエドナ、パン生地をこねている。

ポール・グレイ、少年の写真を見てうなずいている。ポール・グレイ、仕事に出かけるところ。アルフ・ブラウン、その後、仕事に出かけるところ。悪臭漂うトーチカをゆっくりと歩いている。冷静で感情を見せない、いい戦士。命令に疑問を投げかけたことがない。

コリーン・ウッドロウ、留置場で泣いている。コリーン・ウッドロウ、拳の関節に切り傷も擦り傷もなく、黒く塗られた爪はまったく割れていない。ダレン・ムアコックの乾いた血が顔じゅうになすりつけられている。

サウス・タウン・テラスの夜の火事、人々のくちびるから報復の叫びが発せられ、夜気に煙が立ちのぼる。アーネマス中学の校門での騒動、背の高い、痩せた男が毛布をかけられて警察車両の後部に案内され、暴徒となった母親たちが彼の血を要求して金切り声をあげる。

肩にかついだエドナの柩の重み、教会のオルガンの憂鬱な葬送曲を聴きながら、通路を進む。エリック、病院のベッドに横たわり、あれこれ機械につながれている。最後の儀式を与えるために彼に顔を近づけ、祝福の言葉を囁く。「おれたちの家族同士の結婚だ、エリック、そう話したな。もうすべては整ったから……」――親友の額を弁護士の作った書類で、エリックの遺言書で扇ぐ――「おまえの役目は終わった」酸素吸入チューブを掴み、つまんで酸素がいかないようにして、エリックの目に悟りがみるみる浮かんでから、白く濁る様子を見ている。

そしてジーナ、ノリッジで川にむかって逃げていくジーナ、狭い路地へ、遺物がほしいか――白いやつをやるぜと白いペンキで壁に書きなぐってある路地へ。ジーナがつまずき、転び、赤いくちびるから罵り言葉を吐き、黒い目で彼を見あげ、それが憎しみで冷えついたまま最期を迎える。

その光景がコリーンへと移ろいでいく。彼の車の隣で待って、ひとり踊っている姿。

リヴェットが鉄の手に心臓を摑まれるのを感じ、猟犬たちの熱い息を頰に感じたとき、頭が床を打った。

「ほら」スモレットは妻にグラスを差しだした。「これを飲んで。気分がよくなるから」

だが、彼女は首を振った。

「飲みたくない」彼女は子供のような声を出した。あるいは、むくれたティーンのような。

「頼むよ、ダーリン」スモレットは懇願し、横目でふたたび時計を見やり、あとどのくらい時間があるのか考えるあいだにも、なにもかもが自分からこぼれ落ちていくように感じ、リヴェットとエリック・ホイルに本当はどんなことがやれたのか、これまでなぜ認識できなかったのか訝《いぶか》っていた。

ベッドサイドのテーブルにグラスを置き、妻がもっている本に手を伸ばした。

「これはなんだ?」

「魔法使いの師匠のものよ」妻が囁くと、彼は天を仰いだ。

もう我慢ならない。妻に薬を飲ませることができないのであれば、別の手段を使うしかない。たくみな手のひと振りで、彼女はだらりとベッドに横たわり、本はその手から落ちて床へ滑った。

突然の雨が降りだしたのは、ブリタニック栈橋に差しかかったときで、フロントガラスに激しく叩きつけてきた。ノージが顔をあげるとちょうど二叉の稲妻が水平線に走るところで、空にジグザグを描く線はノース・デーンズのむこうにそびえる風力発電機の羽根をつかのま照らした。血流が速くなるのを感じた。時が一周まわってもとにもどりつつある感覚。

「ここよ」彼女はそう言い、フロントガラスの先、六〇年代に建てられた海を見おろすスカンジナビア風のヴィラを指さした。

どの窓からも明かりが煌々と漏れ、ショーンが見ると、スモレットが署を出るときに乗っていた車が私道に停まっていた。そこに自分の車を入れると、玄関が開いてスモレットが現れた。女を抱えている。

スモレットがぱっと顔をむけたとき、ショーンはブレーキを踏み、私道の出口をふさいだ。車のドアを開けて降りると警部が驚きの表情を浮かべ、横殴りの雨のなか、第二の車のヘッドライトで一瞬、照らされた。グレイの車がショーンの車の背後にやってきたのだ。警部が抱えた女は身じろぎひとつしない。

「スモレット警部」ショーンはすばやく私道を横切った。「あなたへの聞き取り調査をいま終わらせたい」

「何事だ?」スモレットは強気に出ようとした。退職したグレイ部長刑事がショーンの背後からやってくるのが見えた。「道を開けろ、妻の具合が悪いのがわからないのか? 病院に連れていくんだ」

ショーンは近づいて女をさらによく観察した。目は閉じられ、穏やかな顔をしていた。具合が悪いようには見えず、眠っているだけのようだ。

「それが彼女なんだな?」背後でポール・グレイが言った。「あんたが守っていた人物。これだけの歳月」

スモレットの口元から力が抜けた。「なんだと?」

「これは誰なんです?」もはや何がどうなっているのかわからず、ショーンは訊ねた。

「かつてサマンサ・ラムと呼ばれていた女性だ」グレイが答えた。「彼女の祖父がこの家も、レジャー・ビーチも、アーネマスの半分も所有していた。八九年に亡くなり、娘とは疎遠だったので、財産の半分は親友のものになった――レン・リヴェットの」

フランチェスカの顔がショーンの頭に浮かんだ。「アーネマス・レジャー・ビーチ産業の元オーナーの孫。その残りの半分はここにいるスモレット警部が所有していますよ」

「そうらしい」グレイが言う。「それに、わたしの頭が完全にいかれているのでないなら」彼は眠る女にあごをしゃくった。「きみの謎のDNAは彼女のものだろう」

「違う」スモレットはあとずさって言った。「違う、わたしたちに近づくな」

「謎のDNA」ショーンは言った。「リヴェットからすでに一致するものを受け取っている」そしてスモレットの目を見つめる。「彼が今朝採取したサンプルから」

警部は妻を見おろし、ふたたびショーンを見あげた。顔に恐怖の表情が張りついている。

「まさか。彼はそんなことをしない。そんなことをするはず……」

「彼はやったんです」ショーンは口を挟んだ。「リヴェットに詳しい説明を聞くのが楽しみですよ。彼自身のＤＮＡがコリーン・ウッドロウと酷似している理由についても」

「なんてこった」グレイがそう言うのが聞こえた。「ジーナ」

ショーンはあたりを見まわした。道に停まっている車にフランチェスカのものが交じっていないだろうか。「ところで、彼はどこに？ リヴェットはどこです？」

だが、スモレットは足元からくずおれかけていた。グレイが前に出て彼を支えた。「しっかりしろ。あんたには気付けにブランデーが必要だな」

そしてスモレットが抱いたほっそりした女を見おろした。雨粒がまつげを滑っていく。なぜこれほど安らかに見えるんだろう。

「家に入ろう」グレイはそう言い、ふたりまとめて玄関へ誘《いざな》った。

ショーンはあたりの様子を窺った。リヴェットの所在について答える者はいなかったが、ここにいないのはあきらかだ。自分の車を振り返った。ノージの姿もなく、助手席のドアが大きく開いている。

「すぐに行きます」彼はグレイに声をかけ、ポケットにまだしっかり入っているノージのＤＮＡを採取したキットを握った。

助手席からまたしても小さな藁人形が見つかった。トーチカで見つけたのと同じようなものだ。リヴェットを模した人形は脚を空にあげて倒れ、心臓をピンが貫いていた。

ノージは走っていた。雨のなかを走っていた。あの本を無事にバッグに入れ、すすり泣きをこらえて裏通りを駆けていた。

先ほどの私道に車を入れたとたん、心の眼で、寝室の床の毛足が長く白いカーペットに本が落ちているのを見た。ショーンが――過去からもどってきた警官のグレイも――スモレットと彼の眠れる森の美女に詰め寄った隙を見計らって、ひらいた玄関から忍びこみ、急いで階段をあがり、目当てのものを見つけた。本そのものが導いてくれるようだった。ふたたび外に出た彼女は誰にも見られず、去っていくのも誰にも見られなかった。サマンサ・ラムのもとに彼女を誘った水晶玉のビジョンと同じくらいそれはたしかだ。それでも、ついに本を取り返すことができたなんて。あの手ごわい人物から回収できるなんて、うぬぼれた十代の頃の自分でも信じてなかった。でも、コリーンはいつも信じてくれたっけ。

走りながらノージはコリーンのために泣いた。知識を切望し、力に飢えていた子、あの決定的な夜に師匠に学ぶためにノージが見捨てた子。師匠にようやく本を返せる。ノージを現在の姿にしてくれた師匠――でもその代償は？　自分がコリーンのそばにいてあげさえしたら、こんなことはなにも起こらなかっただろう……

けれど時が一巡したいま、変化が感じられる。サマンサに呪いをかけた墓地での夜に訪れたものと同じ変化が。頬を伝う涙で街灯の光がにじむ。この教えは学ぶのがなにより困難だった。

ミスター・ファーラーの古書店にやってきたノージは、顔に手をあてた。肌のすぐ下にちくちくする無精ひげが感じられた。

フランチェスカが隣で膝をついたが、リヴェットには彼女が見えなかった。彼は岸壁ぎりぎりにいて、ネルソンの像を見あげていた。ただし、そこにいるのは提督ではなかった。ショーン・ウォードが濃い茶の瞳で見おろし、笑みを浮かべていた。

「これが正義か！」彼に呼びかけた。「向こう側で会おう！」

そこでリヴェットは背中から落ち、水に呑まれるままになった。

40　海を濡らす雨《オーシャン・レイン》

二〇〇四年六月

ジャニス・メイザース弁護士はドクター・ラドクリフに続いて灰色がかった緑の長い廊下を進んだ。蛍光灯の下で消毒液の臭いがたちこめ、なんの飾りもない壁といくつも並ぶ窓のないドアに足音が反響する。

セキュリティ・ゲートを過ぎると、壁に沿って色味が現れてきた。誇らしげに展示された収監者たちの絵。教室の強化された曇りガラスのむこうで声がして、人影が動いている。ドクター・ラドクリフは立ちどまることなく、共同部屋のブロックにやってきた。一定の時間内ならばドアを開けたままでいることを許されているが、左の最後のドアだけは別だ。

そこで医師は足をぴたりととめ、弁護士に顔をむけた。前回彼女がここを訪れた際に抱かせた頑固な敵意は、彼の目から消えていた。いまでは穏やかになり、かすかにきらめいている。話しはじめた声にも込められた感情を映しだしてのことだ。「あなたに謝罪しなければなりませんね、ミス・メイザース」

勅撰弁護人は首を振った。「彼女にとって最善だと思うことをされていただけでしょう。彼女の人生に存在したほとんどの人が見せた態度よりずっと親切だったんですよ。あなたは安全に守っていた」弁護士は悲しげにほほえんだ。「このなかで」

ドクター・ラドクリフはそっけなくうなずき、ドアのロックにキーを挿した。「彼女の主張です」彼は言い足す義務がある気がした。「わたしの主張ではなく」そして静かに取っ手をまわした。

コリーンは顔をあげなかった。ベッドに腰掛け、先日壁から外された水彩画を前に広げている。ドクター・ラドクリフのもとにやってきて以来、描きつづけてきた絵だ。十五カ月前にドクターがショーン・ウォードに見せたものと同じ画題で、メイザースの弁護チームが控訴院で次々に提出したものでもある。裁判では、コリーンの担当医が前々から言いつづけていたように、アーネマスのビーチに彼女がずっと昔に置き去りにした無垢な子供である自分自身に接しようとしてこの絵を何枚も描いているのではなく、ダレン・ムアコックへの罪悪感——殺人者が待ち伏せする場所へ彼を連れていったこと——を和らげる方法の一種なのだと陪審員に納得させることができた。

コリーンの元担任のフィリップ・ピアソン理学士が、その絵は、十六歳のサマンサ・ラムが台無しにした、学校の壁に飾ってあったムアコックの絵と同じ描写だと証言した。ムアコックがその同じ手で殺害される前日、オリジナルの絵は黒いマジックで猥褻《わいせつ》なことを書きちらかされたのだ。もっとも、ドクター・ラドクリフと同じくピアソンも、ムアコックが絵の着想をどこから得たのかわかっておらず、地元のビーチでの日常風景をスケッチしたものと考えていた。ジャニス・メイザースは着想の源がなにか、みんなに語ることができた。ダレン・ムアコックの一番のお気に入り――あるいは第二のお気に入りかもしれない。彼には決められるだけの時間がなかった――のLPジャケットだ。陪審員のなかにはそのタイトルの皮肉さに堪《こら》えきれず泣き声を漏らす者たちもいた。《この上は天国《ヘヴン・アップ・ヒア》》。

今回はピアソン、シーラ・オルコット、ポール・グレイの証言を含むすべての証拠が裁判に提出され、事件の中心にある本当の悲劇がようやくいくつも明るみにされた。ダレン・ムアコックは血みどろの茶番のセンセーショナルな要素ではなく、生きて、呼吸して、将来の夢を描いていたひとりの人間。コリーン・ウッドロウは、当時捜査を率いていた男とのまさかの血のつながりを含め、不幸な境遇を最悪の陰謀に利用され、実質的に残りの人生を奪われることになった少女。

勅撰弁護人が完全に証明することができなかった一点が、遺体の周囲に被害者の血で描かれていた五芒星は、遺体発見後にコリーンを悪魔崇拝の女殺人者として罠にはめるために書き足されたものだということだった。グレイ元部長刑事は宣誓のうえ、遺体発見の際に見た記憶はないと繰り返した。彼の元同僚のアルフ・ブラウンは同じくらい強情に、自分は見たと主張した——そして当人の写した事件現場の写真を決定的な証拠として提出した。だが、この頃には、事件の捜査班にいた者で証言できる立場にあるのはブラウンだけになっていた。アンドルー・キッド部長刑事とジェイソン・ブラックバーン部長刑事はふたりとも懲戒免職となり、警察苦情処理独立委員会によって申し立てられた職権濫用についての公判を控えている。リヴェットは地中《グラウンド》に眠り、スモレットはあきらかになった事実を直視できず、医学的見地《グラウンド》から辞職していた。

メイザースはスモレットにはいくらか同情していた。リヴェットが殺人者である親友の血族をかばうため自分がはめられていたことに、愛ゆえに盲目だった部分もあって、二十年のあいだ気づいていなかったのだ。とは言っても、勅撰弁護人はスモレットを賢いと思ったことなど一度もなかった。

彼女はつねにわかっていた。遠い昔、あの小さな町でふたりのひどい男たちが編んだ複雑な蜘蛛の巣を見透かすには、町の者たちの鼻先でずっと隠されてきたことを見抜くためには、外部の者が必要だと。ショーン・ウォードは蜘蛛の糸を一本ずつ払い、そうすることでレナード・リヴェットの傲慢と浅短《せんたん》のどちらも暴いた。

ショーンとふたりで断片をつなぎあわせたところ、リヴェットの最後の行動はフランチェスカ・ライマンを殺害し、自分の愛弟子に罪を着せるのが狙いだったらしい。リヴェットがフランチェスカにむけた銃はスモレットに支給されたもので、警部が知らぬあいだにオフィスの金庫から取りだされていた。スモレットのサマンサとの結婚と、彼が手に入れた会社の資産を結びつける書類がレジャー・ビーチのオフィスのデスクに残されていた。内情を窺わせるサマンサと母親の写真も。リヴェットは《アーネマス・マーキュリー》の編集長がホイル家とリヴェット家のビジネス上のかかわりを結びつける証拠を探して忍びこみ、そこにスモレットが来合わせて殺害したことにするつもりであり、その一方でウォードには謎のDNAが誰のものか示そうとした。

リヴェットがショーンに提供して一致したDNAの身元は偽物だと、メイザースはさほど時間をかけずに突きとめた。バイカーのエイドリアン・ホールは十年前に大型トラックに轢かれて亡くなっており、これもまたリヴェットのちょっとしたダークなジョークだった。おそらくはサマンサ・スモレットの身元を、夫が目論見どおりに逮捕されたら暴露するつもりだったのだ。スモレットを油断させ、本性をあきらかにする戦術の一環だったと主張し、一石二鳥でフランチェスカも片づけられるというわけだ。ところで、フランチェスカとショーンはふたりが調査を始めたときから、リヴェットがつねに一歩先んじていたのはなぜか見当がつかないでいた。

ショーンの滞在していたシップ・ホテルの敷地が手がかりを求めて捜索され、女主人の息子がコンピュータの専門家だと判明した。そのデーモン・ブーンはリヴェットにコンピュータを使わせ、初歩的なプログラムをいくつか教えたことは認めたが、昔からの家族ぐるみのつきあいのある友人が自分をなんのために利用していたのかは知らないと言い張った。熟考のうえ、証拠らしい証拠が欠けていることから、彼はなんの告発も受けないまま釈放された。リヴェットが自分は不滅であり不可侵であると信じていたのが、彼の失墜につながった。医者から心雑音があると警告され、酒も葉巻も濃い味の食事もやめるよう言われていたというのに。だが、死に至っても、彼は勝利した部分があった。逮捕からも市民の穿鑿《せんさく》からも逃れたのだから。それでも、フランチェスカはせめて記録のために、誰でも真実を推察できるよう記事を書いているところだ。

サマンサ・スモレットも法廷に立つことはないだろう。あらたな検査で謎のDNAが彼女のものと一致してからすぐ、高度なセキュリティの病院に入院していた――コリーンの上訴が審理され、市民が怒りの矛先をむけるあたらしい顔を得るよりずっと早く。彼女が暴徒のヒステリーにさらされることはない。サマンサの居場所はタブロイド紙の一面でも暴けない。最後にきてついに彼女はコリーンと立場を入れ替えた。

「あなたたち、ふたりだけにしましょう」ドクター・ラドクリフが言った。「用事があればノックしてください」

メイザースは会釈して部屋に入ると、彼がドアを閉めるのを待った。コリーンがゆっくりと顔をむける。勅撰弁護人が近づくと、コリーンの視線が狭いシングルベッドの横幅いっぱいを覆う絵に落ちた。

それは青、どこまでも青だった。長く伸びる海、水際からカモメが舞い、四つの人影が立って、風を受けて背を丸めている。弁護人はこの絵を何度見つめたことか、とっくに数えきれなくなっていた。右から二番目の人影、彼がヘアスタイルを真似した人物が、どうにかして振り返ってくれないか、そこにダレンの笑顔をもう一度見ることができないかと全身で願って。けれどコリーンと違って、彼女は魔法を信じていない。何年も前に名前を変えたとき、ダークなジョークとしてメイザースの姓を選んだ。いつかきっと、そもそも迷信や伝承がこんな惨事を自分たちに運んだはずがないと証明するために。

あの本。二十年前の裁判で誰もが言及していたが、誰も実際には提出できなかったもの、コリーンとダレンをトーチカへ、破滅へと導いた本は、アレイスター・クロウリーとサミュエル・リデル・マグレガー・メイザースがかかわったものだ。でも、人が話題にするのはクロウリーだけ。みんないつでもメイザースのことは忘れている。

彼女はコリーンの肩にそっと手を置き、絵の上に、いままでと違うものを見ていた。ようやくだ。彼をそこに残していける。安らかに。

ダレン・ムアコック——彼女が愛したただひとりの人は、いまでも若く美しいまま思い出の海岸にいて、目は最後の黄金の夕日を受け、青が虹のようにきらめいていた。

「リーニー」彼女は言った。「もう大丈夫。行こう」

謝辞

キャプテン・スウィングについてさらに詳しいことを知りたい方々に、本書の主な着想はミスター・ファーラーお薦めの本、Robert Lee著『Unquiet Country: Voices of the Rural Poor 1820-1880』（Windgather Press刊）から、得たことをお伝えしよう。ミスター・ファーラーはEric J. Hobsbawm and George Rude著『Captain Swing』（Pheonix刊）もお薦めするだろう。

本作を始めとするこれまでの作品執筆中の助言と支えに対して、心からの感謝をカロライン・モンゴメリーに。あなたがいなければなにひとつ書けなかったでしょう。同じように、知識と忍耐と洞察に対してジョン・ウィリアムズに、〝不沈の無秩序の主〟でいてくれたピート・エアトンに、いつもすばらしい存在でいてくれたドリーン・モンゴメリーに感謝を。

本書ではドクター・シオドア・コウロウリスに大変お世話になった。私にはさっぱりわからない点について非常に貴重な手助けをしてくれた。また水晶玉占いに対してはルース・バイヤーに、キャプテン・スウィングの精神の具現化に対して、ザ・ローン・ランターにも感謝を。ママとパパ、リン、クリス・ナイツ、ポール・ウィレッツにも、〝過去を記憶していてくれたこと〟に対して特別な感謝を。

親愛なる友人たちにシャンパンを――ピート・ウッドヘッド、ジョー・マクナリー、アン・スキャンロン、エマとポールのマーフィー夫妻、リン・テイラー、リチャード・ニューソン、ベネディクト・ニューベリー、デイヴィッド・ナイト、マーティン・ウェイツ、キャス・ミーキン、ダニー・ミーキン、フランシス・ミーキン、ダニー・スニー、エヴァ・スニー、メグ・デイヴィス、ロス・マクファーレン、フィービー・ハーキンズ、クリス・〝ぼく歩けないよ〟・シモンズ、ジェイ・クリフトンとヴァネッサ・ローレンス、ビリー・チェーンソーに、ダマヤナとプレドラグのフィンチ夫妻、リディア・ランチ、マックス・デシャーンとカトヤ・クリヤー、マーク・ピルキントン、マイク・ジェイとルイーズ・バートン、フェン・オズウィン、スティーヴン・プリンス、ロジャー・K・バートン、ジェイムズ・ホランズとドクター・パディ、ケンとレイチェルのホリングズ夫妻、ラファエル・アブラハム、ジェイク・アーノット、デイヴィッド・ピース、スチュアート・ホーム、マーク・グレンデニング、デイヴィッド・フォガティ、ソーホーの仲間たちに。キャプテン・スウィングの店と似ていなくもない、あるパブの飲み仲間たちに乾杯――ヘル、ルークとアダム・コックス、サル・ピットマン、アンディ・サーペイ、マーク・ファイアマン、ショー・コノン。助力と支援に対しておかわりを、サーペンツ・テイル社のアンナ・マリー・フィッツジェラルド、レベッカ・グレイ、ニーヴ・マーリ、《ペクトラム：ザ・カルチュラル・ピック》のガイ・サングスター・アダムズ、3AMのアンドルー・スティーヴンス、《ヌード》（安らかに）のスージーとイアン・ローリー・プリンス夫妻、《ファット・クオーター》のケイティ・アレン、《プラネット・モンド》のデイヴ・コリンズ、《フォー・ブックス・セイク》のジェーン・ブラッドリー、《パルプ・プレス》のダニー・ボーマン、ホラーな〝サイコヴィル〟暮らしのアラン・ケリー、ビショップスゲート・インスティテュートとハウスマンズ・ブックショップのみんなに。挨拶を、フランソワとベンジャミンのゲリエール夫妻、カリーン・ラレシエール、ジャンヌ・ギュイヨン、ヒンド・ブータルジャンテ、エステル・デュランド、クレール・デュヴィヴィエ、トマス・ボーデュレ、セッド・ファーブルに。

とっておきのキープを、大好きなミスター・M、マイケル・ミーキンに——あなたはいつでも大将よ。

バウハウス、クラス、ザ・クラヴァッツ、エコー&ザ・バニーメン、ジュールズ、キリング・ジョーク、ザ・モブ、ニュー・モデル・アーミー、ポイズン・ガールズ、パブリック・イメージ・リミテッド、シアター・オヴ・ヘイト、ショック・ヘッデッド・ピーターズ、スージー&ザ・バンシーズ、シスターズ・オヴ・マーシー、(サザン・デス・カルト、スピア・オヴ・デスティニー——最悪の時代を最高の時代に変えてくれた人々の音楽に感謝を。

そしてキャロル・クラーク、チャーリー・ジレット、ポール・〝ホフナー〟・ネスビットを偲んで——天に生まれ永遠に輝け……

「ある男の仕事」からの詩節はベネディクト・ニューベリーのご厚意によって引用したものである。

ニュー・モデル・アーミー〈ヴェンジェンス〉の歌詞はジャスティン・サリヴァンのご厚意によって引用したものである。

解説

霜月　蒼

――彼女は破滅に向かう途上にあり
その青ざめた白い肌に磔刑《たつけい》の傷跡

The 69 Eyes, "Gothic Girl" より

――検事　あなたは被告人がどこか変《weird》だと思っていましたか？
少女　はい。だってあの子はいつも黒いシャツを着ていて、髪の毛も真っ黒だったから。

"Paradise Lost: The Child Murders at Robin Hood Hills" より

世の中には二種類の人間がいる。青春時代に周囲にすんなり溶け込むことのできた人間と、そうでなかった人間である。

それは必ずしも、友だちが多かったとか少なかったとか、あるいは教室で浮いていたとかいなかったとか、そういう実際の状況だけを意味するわけではない。どんなに多くの友人がいて、

どんなに楽しく充実した日々を送っていたとしても、自分は他の子たちと違うんではないか、こんなことが好きな自分はおかしいんではないか、そんな屈託を抱えることはある。自分以外のひとは誰も聴いていない音楽とか。感想を話す相手のいない小説とか。皆と騒ぐよりもひとり静かにいるほうが好きだとか。そういうことをきっかけに。喧噪《けんそう》のなかで無音のエアポケットに取り残されたような感覚。あの焦燥めいた気持ち。この本は、そんな孤独感を経験したことのある僕たちのための小説である。

本書はイギリス作家キャシー・アンズワースの第四長編 *Weirdo* (Serpent's Tail, 2012) の全訳である。物語は、元刑事の私立探偵ショーンがイギリスの海岸べりの町アーネマスで二十年前に起きた凄惨な殺人事件の再調査に着手するところからはじまる。この事件で逮捕され、有罪判決を受けたのは少女コリーン。しかし今、DNAの検査技術の進歩によって、現場に未知の人物のDNAが残されていたことが判明した。このDNAの主が真犯人かもしれない。だがコリーンは事件後、心を病んで施設に収容されており、事件の真相を語らない。そこで彼女の弁護人がショーンに事件の再調査を依頼し、ショーンはアーネマスで二十年前のことを知る者を訪ね歩く。

これと並行して二十年前の物語が語られる。コリーンの通う中学校に、ある日、ロンドンから転校生サマンサがやってくる。サマンサの祖父はこの町の観光の目玉である海辺の遊園地の所有者だった。友だちがいないこと、母親と折り合いが悪いことなどを告白して、サマンサはコリーンに近づいてくるが、徐々に彼女の真の顔が浮かび上がってくる……

こうしてショーンを主人公とする私立探偵小説と、コリーンを軸とする青春小説とが交互に描かれてゆく。読者は、やがてコリーンが殺人者として弾劾《だんがい》されることを知っているから、ただでさえ思春期の疎外感と痛みに満ちた彼女の物語に、宿命の暗い影がつねに落ちることになる。現在のパートでは「殺人の被害者」の名前も性別も伏せられているため、「いったい誰が殺されるのか?」という謎を意識して読むことにもなる。コリーンたち少年少女の愛憎の綾織りが、どのような殺意の紋様に行き着くのか。そこを読み解くミステリとしての興味が、本書には周到に編み込まれている。

だが、少年少女の無邪気な殺意をめぐる物語は、本書に似たムードを持つ秀作『邪悪な少女たち』(アレックス・マーウッド)など、それほど珍しくはない。本書のポイントは第二部で訪れる転回にある。そこで作品世界がさらに一層、重層化するのだ。新たな世界の層が加わることで、サスペンスとダークネスが加速する。第二部以降の本書は、単なる悪意の網の目を描いた今時の欧州ミステリを脱して、もっと大きなクライム・フィクション、世界と権力のありようを断罪するノワール小説の相貌をみせはじめる。

単なる個人の悪意ではなく、もっと大きな悪意。そのキーワードとなるのが「魔女狩り」だ。コリーンとショーンが彷徨《さまよ》う海辺の町には、十七世紀の魔女狩りを率いた〝魔女狩り将軍〟マシュー・ホプキンスの暗い影が落ちている。魔女狩りと魔女、魔術のイメージが、忌まわしい烙印のようにしてコリーンたちにまとわりついている。

本書の原題 Weirdo は、「奇妙な」を意味する形容詞 weird のおしりに「o」の一文字を付け足して、「weird なやつ」という意味にしたものだ。この weird、単に「奇妙な＝ふつうと違っている」というだけでなく、「不気味」「気持ち悪い」という意味を含んでいる。「他と変わっていて、気持ち悪い」。日本語に訳すなら、「キモいやつ」となるだろう。

思春期に投げつけられたら深く心に傷を負うであろう言葉である。本書には、そんな「ウィアードゥ」と呼ばれる少年少女たちが登場する。特異なファッションで外界から自身を守り、大人が眉をひそめるユース・カルチャーにのめりこむ子たち。いまでいえば「ゴス」が近いだろうか。

ウィアードゥ、あるいはゴス。その黒いイメージが、迫害された魔女と重ねあわされている。本書の第一部のタイトル「スモールタウン・イングランド」は、一九八〇年に結成されたイギリスのポスト・パンク・バンド、ニュー・モデル・アーミーの曲名からとられているが、「ニュー・モデル・アーミー」とは、かつてオリヴァー・クロムウェルが率いた軍隊の名であり、キャシー・アンズワースは自身のウェブサイトで、クロムウェルとニュー・モデル・アーミーが、ホプキンスによる魔女狩りの言わば先触れとなったと記している。

セックス・ピストルズらがパンク・ロックを創始したのちの一九八〇年代、その影響下にありつつも、もっと鬱屈した暗い音を出すバンドがいくつも出現した。シスターズ・オブ・マーシー、エコー&ザ・バニーメン、キリング・ジョーク、サザン・デス・カルト。本書の章題はこうしたバンドの曲名やアルバム名に由来し、作中の「ウィアードゥ」たちが聴くのも、こうしたバンドだ。

彼らの音楽はいわゆるパンク／ニューウェイヴに分類されるが、二十一世紀の今から振り返れば、オルタナティヴ・ロックの原型であり、ゴシック・ロックのさきがけだった。同時期に動き出したジョイ・ディヴィジョンやアメリカのソニック・ユースも同じカテゴリに含まれるし、ナイン・インチ・ネイルズやマリリン・マンソンも、こうした音の延長線上にある。

キャシー・アンズワースは編集者／ライターとして、長らくイギリスの音楽／カルチャーの現場に身を置いてきた。生年は不明ながら、コリーンたちと同様こうした音楽を浴びて十代の時期をすごしたとおぼしく、「ゴス」の源流についての記事をガーディアン紙に寄稿したこともある。そんなアンズワースは、ニュー・モデル・アーミーを支点として、「オリヴァー・クロムウェル＝魔女狩り＝体制による圧殺」というテーマと、「ポスト・パンク＝ゴス・カルチャー＝圧殺される〝キモいやつ〟」というモチーフを結びあわせた。

アンズワース自身は明言していないが、本書の下地には、一九九三年にアメリカ、アーカンソー州ウェスト・メンフィスで起きた幼児殺害事件があるのではないか。三人の幼児が快楽殺人を思わせる惨殺死体で見つかったこの事件では、物的証拠が皆無の状態で、三人の少年が有罪となった。彼らが「異常者」とされたのは、黒いTシャツを着て、ヘヴィ・メタルを聴き、スティーヴン・キングを読み、アレイスター・クロウリーに関心を持っていたからだった。やがて少年たちは「ウェスト・メンフィス・スリー」と呼ばれ、彼らをサポートする勢力には、メタリカやヘンリー・ロリンズなどのメタル／パンク・アーティストや、ジョニー・デップ、ウィノナ・ライダー、ピーター・ジャクソンといったゴス／オタク文化のアイコンも名を連ねた。

ウェスト・メンフィス・スリー。あるいはマサチューセッツ州セーラムの魔女裁判。ゴスの黒い服に身を包んだコロンバイン高校乱射事件の少年たち。そしてイギリスの〝魔女狩り将軍〟ホプキンス――体制にうまく順応できない者たちを、多数派の幸福の名において殺す体制。歴史を貫いて続けられる不寛容という暴力。そのメカニズムを、八〇年代のゴス・ロックの暗い怒りの律動にのせて、キャシー・アンズワースは描き切った。それは一度でも「自分は他人と違うのではないか」という切実な疑問を抱いたことのある僕やあなたの心をひどく強く揺さぶり、引き裂く、見事な青春ノワールとして結実したのだ。

本書はアンズワースの本邦初紹介作であるので、最後に著者について触れておきたい。

キャシー・アンズワースはおそらく一九七〇年前後の生まれ。十九歳でイギリスの有名な音楽誌 Sounds で執筆を開始、そののちも Bizarre や Melody Maker といった音楽／カルチャー誌のライターや編集者を務めた。小説家デビュー作は二〇〇五年の *Not Knowing*。以降、*The Singer*（2007）、*Bad Penny Blues*（2009）を発表、これに続くのが本書 *Weirdo* だった。いずれも近過去を舞台とし、ロックや映画などのユース・カルチャーが背景となった犯罪小説であることが共通点のようだ。

作家としては、デレク・レイモンドからの影響を公言している。残念ながら本邦未紹介のレイモンドは、*I was Dora Suarez* などの「ファクトリー・シリーズ」でカルト的な人気を誇るイギリスのノワール作家。非常に陰鬱な作風で知られる。ほかにデイヴィッド・ピースやジェイムズ・エルロイへのシンパシーも表明しているから、アンズワースはノワールの伝統に意識的な書き手とみていいだろう。

昨年刊行された最新作 *Without the Moon* は、一九四二年、爆撃に怯える灯火管制下のロンドンに出没した殺人鬼を追う警察小説だという。ロック・カルチャーを離れた初の作品ということになる。エルロイと比較する書評もある新作にも、大いに期待したい。

検　印
廃　止

訳者紹介　1965年福岡県生まれ。西南学院大学文学部外国語学科卒。英米文学翻訳家。カー「帽子収集狂事件」「曲がった蝶番《ちょうつがい》」，カーリイ「百番目の男」，テオリン「黄昏に眠る秋」，プール「毒殺師フランチェスカ」，ジョンスン「霧に橋を架ける」など訳書多数。

埋葬された夏

2016年5月20日　初版

著　者　キャシー・アンズワース
訳　者　三《み》　角《すみ》　和《かず》　代《よ》
発行所　（株）東京創元社
代表者　長谷川晋一

162-0814/東京都新宿区新小川町1-5
電　話　03・3268・8231-営業部
03・3268・8204-編集部
URL　http://www.tsogen.co.jp
振　替　00160—9—1565
DTP　キャップス
旭印刷・本間製本

ISBN978-4-488-27006-3　C0197

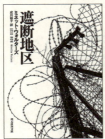